# 追忆
# 如歌
# 年华

ZHUI YI RU GE NIAN HUA

陈玉兰 ◇ 著

团结出版社

© 团结出版社，2025 年

图书在版编目（CIP）数据

追忆如歌年华 / 陈玉兰著 .-- 北京：团结出版社
2025.1.--ISBN 978-7-5234-1302-9

I. 1247.5

中国国家版本馆 CIP 数据核字第 202451SU76 号

书　名：追忆如歌年华
统　筹：玉娇龙传媒
责任编辑：韩　旭
封面设计：高　颖

出　版：团结出版社
　　　　（北京市东城区东皇城根南街 84 号　邮编：100006）
电　话：（010）65228880 65244790
网　址：http://www.tjpress.com
E-mail：zb65244790@vip.163.com
经　销：全国新华书店
印　装：武汉鑫佳捷印务有限公司

开　本：170mm×240mm　16 开
印　张：16.5　　　　　　　　字　数：278 千字
版　次：2025 年 1 月　第 1 版　　印　次：2025 年 1 月　第 1 次印刷

书　号：978-7-5234-1302-9
定　价：88.00 元

# 目录

CONTENTS

追忆如歌年华

ZHUI YI RU GE NIAN HUA

# 追忆如歌年华

ZHUI YI RU GE NIAN HUA

# 第一章

## 一

我们这代人老了。岁月带走了我们的青春芳华与容颜，唯一留下来的是记忆。人老爱忆童蒙，回忆是生命的一部分，是人生最宝贵的财富，是留恋回不去的时光。我将用记忆中的故事，讲述我们这代人走过的风雨彩虹人生路，记录我们成长、蜕变过程中的每一个精彩瞬间，见证那些岁月流逝和时代变迁的重要事件和精神传承。在变老的路上，珍惜初心，珍惜生命，珍惜往后余生的健康。

记忆中，1974 年 7 月 16 日是一个意义非凡的日子，是我们高中毕业下乡的日子，是华北大平原麦收开镰的日子。

天蒙蒙亮，雄鸡高唱，太阳微笑着洒下晨光，村支书他趿拉着鞋，披着网眼纱的连襟汗衫，用手搓着胸脯上的汗渍泥卷，来到村广播站。半天云里的几个大喇叭齐鸣着村支书的命令："全体社员们注意了，别睡懒觉了，老爷儿照屁股了，赶紧给我起床抢粮。晚了，看我怎么罚你们！"随之，喇叭里响起了《农业学大寨》。这嘹亮激越的歌声，像沸腾的诗，给炎热夏天的人们注入精神。

被惊醒的人们，来不及梳头洗脸，揉着眼睛，睡意蒙眬地以生产小队为单位走出家门。人人胳肢窝底下夹着昨晚早已磨好的镰刀，锃光瓦亮跃跃欲试。人们踏着露珠进入麦田，像布阵的兵井然有序地走进各自的抢粮方阵。草帽底下藏不住男人古铜色的脊梁，女人五颜六色的花衬衫。

烈日当头，麦浪滚滚，人们戴着草帽，弓着身子，左手拢过麦子，右手拿着镰刀，在日头下挥汗如雨地抢粮。

然而，今年与往年不同，人群多了几抹绿色的点缀，清一色的绿军装。他（她）们身着布仿军装，没有领章帽徽，胸口统一别着一枚大大的像章。她（他）们是首批来到这里改造思想、锻炼身体的特殊群体，正是歌一样的年代，花儿一样的年龄，散发着清纯少男少女的气息。他们是来这里过渡的，两年后便可回城安排工作。

那穿的确良绿军装、扎马尾辫的女孩儿就是我。那是真正的绿军装，四个兜的军官服。其他人都是布仿，大多是家做的。没人能享受我的待遇，因为我的哥哥正在部队服兵役，我央求他给我弄来这身特殊装束，是哥哥对我下乡的特殊鼓励与支持。当时，我高兴得三天三夜没睡着，梦里笑声把爸爸妈妈都吵醒了："傻孩子，天上掉馅饼砸你怀里了。"

绿军装，是那个时代最时尚、最自豪的装束，谁家要是有个男孩子或女孩子当兵了，那就是大出息、大喜事。大街上要是走来个当兵的，人们一准儿拿眼睛瞅着，羡慕不已。

那时，一个村是一个生产大队，一个生产大队分十六个生产小队，我被分在第十三生产小队。镰刀下一片片麦子倒下，堆积成捆，被马车送往打麦场，等待碾压晒干成粮。约一个时辰左右，小队长一声吆喝："收工。"收割的早班就结束了。人们匆匆忙忙回家吃早饭，把早已饧好的面剂子揉擀成面条，煮熟的白面条在凉水里一拔，就着醋蒜搅拌，入嘴滑嫩，透着一个字：爽！

社员们饱嗝还没有喘匀实，各小队长用急促的钟声催促社员们抓紧时间抢粮。那五颜六色的人群再次涌入麦田，割麦的割麦，运粮的运粮，一派繁忙的麦收景象。

当骄阳似火，收割的人汗流浃背，小队长一声吆喝："歇个地头畔儿。"人们松一口长气，把草帽摘掉，从麦浪深处露出头来，如"吱吱"欢叫的麻雀，暂时歇息在地头树荫下。那个理短发的叫余然，年龄最大，20岁，一脸的稳重，那高高耸起的胸脯显示她已经发育成熟。她把从地头沟渠里取来浇灌井水的水壶，递到每个人手里说："农村没有凉白开，锻炼着喝吧，不会闹肚子的。"她在家排行老二，父母亲都是工人，上面一个哥哥，下面三个妹妹。她是应届高中毕业生，班里除几个当兵的男生外，学校"一锅端"全盘上山下乡，否则没有下乡两年以上的经历不予回城安排工作。她的父母亲为了留住本应下乡、但待业在家的哥哥，也为了堵住那些街道革委会小脚老太太的几张臭嘴，提前给她报了名额，顶替哥哥下乡。在学校她是班长，习惯性地表现班长的风范，并在班主任怂恿下，向报社写了下乡决心书，发在市报头版头条，被学校破格吸纳为预备党员。

那个身材高挑、梳着两条大辫子，像古代贵妃那样发髻高盘的女孩子叫涂燕。她父亲在特殊年代被要求进行劳动改造，母亲一人抚养三个孩子，心力交瘁，过早离世了。街道革委会为了"照顾"三个孤儿，提出让哥哥接替母亲的班、

# 追忆如歌年华

她下乡，弟弟仍可以读书的安抚政策。于是，她作为"可教育好的子女"，高二辍学来到这里。

那个梳着两条齐肩小辫的女孩叫花小溪，六零后，满脸稚嫩，笑起来很天真，露着两颗小虎牙。只有 15 岁，文化水平最低，是初二的学生。她的父亲原是一名作家，在特殊年代被关押。妈妈抵不住精神压力，投靠他人寻求庇护去了，把小溪扔给奶奶抚养。那年爷爷刚刚去世，她们没有了生活来源，靠政府每月发放每人 10 元救济金勉强度日。小溪为了给多病的奶奶减轻负担，自食其力，几次哭闹到革委会要求下乡。于是，初二便辍学来到这里。

我叫陈宁宁，19 岁，也是应届高中毕业生，爸爸妈妈是报社记者。因我有个哥哥在外地当兵，"身边可留一个子女"的下乡政策，本可以照顾我留城，但我的目标是当作家，为了体验生活，为了寻找素材，毅然决然报名下乡。大家称我为秀女。

"地头那几个黄花大闺女，到这边来。"我们刚刚喝了几口水，憨厚的生产小队长就沙哑着嗓子大声呼叫。等我们走近了，他又说："你们谁会唱歌跳舞，给大伙儿来一段，大伙儿先'呱唧呱唧'。"随即带头鼓掌。

掌声勾起了我的表演欲。在学校我是校宣传队的，多次登台演出的经历让我不再怯场，听完生产小队长的提议，我自告奋勇地让余然伴唱我给大伙跳了一曲《洗衣歌》。舞蹈把我们带进幸福与憧憬之中，我们准备在农村发挥知识青年的作用，大干一场，为父母争光。

"太棒了，再来一个要不要。"在欢呼声中，我又即兴跳了一曲《扎头绳》，把社员们的情绪推向高潮。余然用她那浑厚的女中音唱了一曲胡松华的《赞歌》。男知青沈浩乘兴拉了一曲二胡独奏曲《丰收乐》。在村民们响亮的掌声中，村里的姑娘舒敏来了一段河北梆子《审椅子》，这是我们第一次听地方戏河北梆子，以前一茬儿的京剧样板戏，早已听得不新鲜了，这高亢动听的河北梆子却是这么委婉激越。河北也有自己的传统特色曲目，我感到一种无名地兴奋和向往。自此，我不由自主地向村民学唱河北梆子，现在仍记忆犹新。在一次全市知青文艺会演中，村支书推荐我代表全体知青参加了比赛，我演唱了河北梆子《龙江颂》，一举成名。以致后来公社书记要把我调到公社工作，但我拒绝了。因我见到那晚花小溪偷偷哭泣，说我不管她了，又成了孤儿。出于同情心，我拒绝了公社的工作，选择留在花小溪身边。

几天的忙碌，旷野已不见麦浪的踪影。满载麦捆的拖拉机、马车、架子车、小拉车，奔跑在田间小路上，尘土飞扬。打麦场上人欢马叫，笑声一片，丰收气象喜气洋洋。

# 追忆如歌年华

　　村大队部喇叭里歌声悠扬"在希望的田野上"，曲符回荡在高耸的麦垛间。打麦场上知青拉套，村民手扶辕把粗重的碌轴碾过厚厚的麦穗，麦粒唰唰而下，翻场再碾，挑麦收堆，应接不暇。知青们学着农民的样子，手挥木锨，铲起沉沉的粗麦，弧线式撒向空中，那金黄的麦粒垂直落下，而那麦糠、麦秸随风飘去，纷纷扬扬如天女散花。

　　夕阳含情脉脉地看着知青们，收工的路上，知青们嬉笑打闹的声音给乡村带来了城里人的气息，这种新鲜又青春的气息，感染了那些年轻的村民们。

　　暮色降临，天空繁星闪烁，皎洁的月光洒在晒麦场上，格外明亮。吃过晚饭的知青们像军人那样，排列整齐，席地而坐，互相拉歌，一天的劳累驱赶不走我们心头的高亢，个个挺直脊背，充满希望，喜气洋洋，透着青春的气息，听村支书讲话。村支书粗犷的声音让我们误以为他是个性格暴虐的人。他说起话来总带着一种长辈教训小辈的口吻："你们都是些有知识的孩子，有文化的学生。我是大老粗，说话如竹筒倒豆子，直来直去，大道理我不会讲，也讲不过你们。我们是受命于公社，为了完成政治任务才收留你们。你们都给我听好了，要把你们这些城里孩子的坏毛病收敛起来，夹着尾巴做人，不要炝蹶子。这是城市郊区，不是山沟沟，我们不缺劳动力。你们既来之则安之，好好接受我们的再教育。首先经得起考验，第一大考验就是夏天防蚊虫，冬天不怕虱了臭虫咬。听说有人看不起我们农村人，你们晚上睡不着觉，摸着胸脯好好想想，哪个上数三代不是老农民，给我好好劳动改造，年轻人需要历练，好钢需百炼。我要让你们吃些苦头，给我打起十二分精神来，铆足干劲玩命干。"

　　村支书以铿锵有力的声音，一个音节一个音节地吐出对知青们的期望，在夜空中回荡，使人感到一丝丝紧张与惧怕，知青们仿佛感到他要把自己撕碎一般："现在你们的安置费还没有批下来，先在村里各家各户暂时借住着，等郊区知青办把钱打到村里账上，我们再给你们盖知青宿舍，办知青农场，给你们拨几百亩实验田，自食其力去吧。"

　　村支书四十岁上，比我们知青大二十来岁，是三代老农民，公社里响当当的贫下中农代表人物。穿一件丢了几个纽扣的本色粗布汗衫，戴一顶少边没沿的破旧草帽，刮过胡子的两腮留着几个血口子，加上小小的眼睛，大大的鼻子，显得十分的笨拙和粗犷。他的嘴巴大大的、厚厚的，给人一种憨厚的感觉。那张把持不住的嘴，却总是不自觉顺嘴说出"你懂个卵"这句口头禅，以示他是啥都懂的农活全能手。他曾经一棍子打折了反攻倒算老地主的腿。抗战时期，他父亲偷偷给八路军带路，偷袭了村西边日本鬼子的飞机场，让我军大获全胜，自此村支书家留名村史。

村支书让知青们成立了知青文艺宣传队，获得了知青与村民们的一致拥护。余然、我、袁自朝等几名知青加入了宣传队，与村里文艺骨干约十几人每天晚上收工吃过晚饭，便集中在小学校里排练节目。白天活跃在田间地头宣传毛泽东思想，表扬好人好事。我自编自演了许多文艺节目，有诗朗诵、快板书、歌词填唱等许多小巧灵活、丰富多彩、村民喜闻乐见的文艺节目，受到村支书及大家的一致好评。村支部开会通过，让我担任村妇联副主任，激发了我更高的创作热情。宣传队员们活跃在田间地头，起到了活跃村民生活，调动村民积极性的重要作用，也成了那个时代特有的印记。我曾经美好地憧憬着，要加强刻苦锻炼自己，早日回城去做共产主义接班人。现在听起来有些可笑，但那时候却无比神圣。

交公粮，是一年中社员们最扬眉吐气的一天，几辆装满麦子的拖拉机在前面开路，突突突开怀大笑，扬威耀武，趾高气扬。后面十几辆大马车紧随其后，车把式故意把鞭子甩得嘎嘎响，脸上洋溢着笑容，他们模仿着电影《青松岭》里交公粮的情节，喜气洋洋。那拖拉机倒像为他们鸣笛开道的警车，他们才是主角。书记早已天不亮，三四点钟就出发到郊区交公粮处排队，晚了，其他大队的人马到了，就更排不上号了。那时，交公粮哪个生产队交得多交得早，是无比光荣的事情。郊区委会召开全体社员大会表彰，下文件号召人们学习，还上报纸宣传。只有这时候我们才能看到书记那张冰山脸，绽放笑颜。我们虽然很累，但是很幸福，很知足。

# 二

不久，我们四名女知青便奉命卷起铺盖卷儿搬进了书记家的西厢房，与先前的妇委会长依依做别。她是一位亲切的中年妇女，是一个半市半农的家庭，经济情况在村里还算是数一数二的。她无数次自豪地向我们介绍，她有一个儿子二十四岁，在部队当兵。农村讲究虚岁，她把自己儿子的生辰八字都详细地告诉我们，可见她对儿子的疼爱。她的儿子当兵去了南方，比余然大四岁。前一阵她的儿子来信说入党提了干。她高兴地请我们吃了韭菜鸡蛋馅饺子，表示庆贺。她的丈夫在市里纺织厂上班，单位有食堂，只休息日回家吃饭，所以我们很少见到她的丈夫。她还有一个小儿子也当兵走了，家里只剩四个女儿。大女儿在公社读中学，学校离村很远，有几里地，每天走着去学校，大女儿中午不回来吃饭，一走就是一天。她每天早早起来，给大女儿做好饭，让大女儿带上午饭，大女儿晚上放学回来已经掌灯时分,农村人一向"日出而作,日落而息"。所以,我们时常与她大女儿见不着面,很是陌生。那三个小女儿,一个上五年级,一个上三年级,最小的还没有上学。她们总是用怯生生的眼神看着我们,不理解为啥家里突然来了这多人,与她们抢房住,甚至抢了妈妈的注意力和感情。所以,她们很少与我们说话,总有一种距离感。见我们搬走了才露出一丝笑容,好像在说,入侵者终于走了。花小溪还落了泪,因那次拉肚子,是妇委会长给她找的药,拌的疙瘩汤,细心地照顾她。

我拿出家里带来的照相机,全自动的,在房东家门口合影,以此来纪念几个月房东对我们的细心照顾与留恋。在房东简陋的红砖瓦房前,我们一个个张着嘴,傻乎乎地笑,满满的幸福感。

搬进村支书家里,我们就多了一个人,一个女孩子。她是书记的女儿,叫赵杏楠,是家里的老小,上面有三个哥哥。三个哥哥都结了婚,分家自立门户了。她现在读初三,听说我们来了,说啥也不去学校读书,非要和我们一起吃住一起下地,把父母气得要死要活。她说喜欢城里的孩子,向往城里的生活,最大的愿望就是和城里人一样吃商品粮、喝自来水,城里人高贵。城里生活对她有着极大的诱惑力。

她有两只丹凤眼,尖下颚,特会传情,尤其是一笑眉眼上挑,眼眸生动清亮如翡翠,十分娇媚动人,惹人爱怜,她天然的美貌和诱惑力,特讨异性喜欢。

她的父母住东厢房,我们住西厢房,她主动把土炕最东头让给我们,说冬天烧火炕暖和,自己则睡最冷的炕西头。我们很奇怪,他爸姓梵,她为何姓赵。她说,才改的姓,这是学城里人反潮流,偏偏不随父姓,要随母姓。其实,反潮流和跟谁姓没有多大关系,可见她的任性与父母对她的娇惯。她每天睡觉不刷牙不洗脚上床就睡,对我们每晚刷牙洗脚的行为,既陌生又不习惯,问我们天天如此不嫌麻烦?我看到她脚后跟皲裂得露出红肉,问她啥时候才洗脚。她说上个月刚刚洗的脚。一个月前洗的脚还刚刚,我差点儿笑喷了,说城里人都是我们这个样子,你要想做城里人就跟着我们学起。她愉快地答应了,以后一举一动都学着我们的样子。她每天和我们一起下地劳动,教我们如何使用各种农具,讲村里的风土人情、风流韵事,与我们相处得很融洽,她无忧无虑、活泼开朗,好像一切都是为了消遣。她尤其爱和男知青打趣,有说有笑,有时还动手动脚,对男知青总有一副挑逗模样。男知青也很喜欢她的这个爽朗性格,管她叫"开心果",每天渴望听到她咯咯的笑声,只要一天没有看到她,就会问我们打听"开心果"哪里去了?我当时还怀疑是不是男知青在耍她,只为了打发时光。后来我们才发现，他们是真心喜欢她，她的天真，她的不受拘束，正好给他们失落、自卑的心灵带来了慰藉。

赵杏楠不知道，村里人都很羡慕她有个当支书的爹，受到全村人公主般的待遇与宠爱。他的父亲给知青们介绍她时，起了一个好听的名字，回乡知识青年。这样，她名正言顺地归划进知青行列，享受知青的一切待遇。赵杏楠的加入，使我们名正言顺地正式扯起知识青年这面大旗。

麦收刚过，梵书记说话算数，就把我们45名下乡知识青年、1名回乡知青（赵杏楠）聚集在一起，把村南边那150亩地划拨给我们用做大队试验田。并配备一名场长，一名技术员和几名有种田经验的村民。场长是梵书记没出五服的堂弟，三十多岁，那副铁板面孔上长着满脸横肉，从没有见他有过笑模样。脾气阴晴无常，像那炮仗捻儿的脾气，点火就着。背地里我们都叫他梵大炮。

技术员是农业专科学校的毕业生，比我们大三四岁，长得尖嘴猴腮，又戴副眼镜，镜片后面闪烁着一双小眼睛扑朔迷离。他那对小眼睛透过高度近视眼镜发出一种奇妙的光芒，仿佛有一肚子馊主意。给我们的初感是高深莫测，年少老成，与实际年龄极不相符。他姓侯，因猴子喜欢无事捉虱子，有句话说，猴儿拿虱子，瞎掰。我们私下里管他叫猴瞎掰，刚开始他不习惯，与我们翻脸吵闹，说我们侮辱了他的人格。知青们哪管他人格猴格的上纲上线，叫着顺嘴好玩，他越恼火我们叫得越欢，故意叫着，大声叫着。他后来恼着恼着无可奈何地恼疲了，慢慢习惯了，也就默认了。

## 三

知青们有了自己的土地，高兴得不亚于解放初期分田到户的农民，个个摩拳擦掌欢呼雀跃。但我们毕竟是城市长大的孩子，光有热情不够，只有干劲也不行，得懂行，懂农活技术。在场长和猴瞎掰的指导下，我们先是犁地，前面几个知青肩头拽着犁耙绳子拉犁，场长在后面扶犁。别的生产小队里都是牲口（或牛或驴或马）拉犁，我们没有牲口，我们就代替牲口。没有几天我们肩膀都被绳子勒出红血印，有的肩头出血。场长让他老婆给我们每人做了一副肩垫，垫在肩头上好些了。犁地过后是平地，我们仍拉绳子，场长扶住爬犁扶手。地头地尾一天走动几十个来回，累得我们腿都拉不开栓了，有的女孩子哭哭啼啼要回家，几个男知青哄哄她们又不哭了。当然，哄她们没啥物质的东西，只是语言安慰而已。再后来是撒玉米种子，我们还是在前面拉绳，场长他们在后面扶住种子篓子。篓的上面有一个露底的小方漏斗，我们走动漏斗就会抖动，种子就会自然地撒到地里。后面有人跟着把地搂平，种子被掩埋在土里。种完了玉米种子，场长教我们搭背儿，就是用锄头在地里搭起一米见宽一拃见高的土垅，形成流水通道，以利灌冬水。场长他们搭的背儿，笔直平整，像一件入画的艺术品。而我们搭的背儿，七扭八歪，像条蜿蜒曲折的蛇。老农见了都发笑，场长他们又加班加点地整理一遍。玉米种子撒好后是栽山药，山药秧是猴瞎掰在自家土炕上事先温好的秧苗，我们再一棵棵把山药秧子移栽到地里。我们不懂技术把山药秧子栽得很深，生怕被风刮跑了。谁知秋后带来巨大损失，也使我们头一次与猴瞎掰产生了矛盾。

苗秧栽好后需要浇水，我们每两人一组，24小时灌溉。我与花小溪分在一组。我把母亲给我做的饼干给她吃，我觉得她特别可怜，15岁的孩子就抛家舍学来到农村，像没人管的孤儿。我给她讲故事，讲《一千零一夜》，讲《安徒生童话》，讲保尔·柯察金《钢铁是怎样炼成的》等，还用东拼西凑的故事哄她开心。她羡慕至极，吞吞吐吐地说："我可以认你做姐姐么？"我当然高兴了，巴不得呢。背地里我俩认了姐妹。自此，她一直叫我姐姐。

一天，我俩值夜班，夜里飓风铺天盖地而来，像魔鬼的爪子抓挠着我们的脸蛋，大雨浇灌在我俩头上，雨衣如纸，起不了丝毫作用，我俩第一次感到大祸临头。小溪说："咱俩赶紧找个地方躲躲吧。"我俩看到田间地头堆得高高的麦秸垛，就急忙跑过去，到跟前，麦秸垛里传出"呼呼呼"的声音，我俩停住脚，向麦秸垛细瞧，我的妈呀！风雨中那麦垛里两只绿色小圆光死死地盯视着我们，那眼睛犹如看不见的绿宝石闪闪发光，双眸反射的阴森散布着恐惧与死亡。我听母亲说过，黑暗中，狗的眼睛冒红光，狼的眼睛冒绿光。风声中那阴森森两只绿色小圆点，一步步向我们逼近。"狼，真的是狼！"我失声大叫。我俩隐蔽在黑暗中，小溪一下子扑倒在我怀里大哭："姐，我害怕。"我感觉她浑身颤抖，身体向下滑去。我壮起鼠胆安慰她说："不要怕，不要哭，再哭，狼会扑过来。"小溪止住哭声，但浑身哆嗦，呜咽着。我虽然不相信城市的郊区农村里有狼的出没，但我眼前确实出现了书里描写的狼吃人的血淋淋的镜头，世界末日到了无怪乎就是这样，我俩要被狼吃掉又束手无策，只有等待死亡。当时怎样的一种无助与绝望，到现在我用笔也描绘不出。"救命啊！"空旷的田野里，风声雨声裹挟着我俩的呼救声，我把小溪紧紧地搂在怀里，不，是死死压在身下。我极力控制着胆怯的情绪，使头脑尽快保持清醒，我们不能跑，跑得再快，两条腿跑不过四条腿，必定被狼撵上吃掉。不跑，狼视眈眈，眼冒凶光，我俩根本不是它的对手。心理防线彻底崩溃，如那案板上待宰的鱼，横竖是个死。跑不得，动不得，眼里噙着泪花，脑子一片空白，我把挖沟渠的铁锨紧紧握在手，像攥住救命稻草，准备等待狼扑过来拼死一搏。

生死关头，一束手电筒的光束射过来，神速带着倏忽，近前是场长带着几名男知青跑过来，他们知我俩今晚值夜班，见刮风下雨不放心跑过来查岗，通知我俩回去。

"救我！"这时，我俩像见到了救星，情不自禁地号啕大哭，把哭声拉得很长，哭得惊天动地，昏然欲绝。

那哭声仿佛是一种生命的释放，死人堆里发出来的活人的气息。场长吓坏了，那张沟壑纵横的面孔本能地露出愧疚的怜悯，他和几名惶恐不安的男知青见状，拿着棍子冲狼恶狠狠地打过去。"嗷——"，几声狼的惨叫渐渐远去。在手电筒的光亮下，在场长与知青的帮助下，我俩清醒过来，后来才知道那是一只流浪母狗和它的几只幼崽躲在麦秸垛里。清醒把我带出黑暗，我猜想，也许母狗怕我们伤害它的孩子，死命护幼崽，呼呼凶斥。我们怕狼吃掉，胆战心惊。正如麻秸杆打狼——两头怕。已被我们哭声吓坏的几个男知青，早已失去理智，不问青红皂白，一阵乱棒把母狗打跑，可那几只幼崽却没有母狗的幸运，它们跑不动，也不会跑。当时，村支书怕我们冬天下地冻着，给我们在田间北头准备盖几间休息室，刚刚开工，挖好地基，砌砖上瓦，在旁边挖了一个淋灰池，里面有一人多深的淋灰水。几个男知青，义愤填膺，毫不犹豫地把那几只没有跑掉的狗幼崽，拎起尾巴，抡了几圈，甩进淋灰池里。那幼崽"嗷嗷嗷"地惨叫，不亚于我俩当时的恐惧。我俩得救了，可幼崽却赔上了性命。之后我俩也因此获"殊荣"，备受知青们的赞赏。

第二天下午，我上工看见母狗远远地盯视着我们不敢靠前，听任幼崽在淋灰池里一声接一声地惨叫，母狗焦躁又绝望地瞪着一对急红的眼睛，像公园的狼一样来回溜达，除此以外，已没有任何能力挽救它的幼崽。幼狗的气脉比人的气脉要长，一整夜竟没有淹死，一声连一声地在淋灰池里惨叫。我要求男知青把它们捞上来，男知青说捞上来也活不了了。好几天，我的耳畔仍响着幼崽的"嗷嗷"惨叫声，像一串恐怖的风铃声时时敲打着我的心灵。

这件事，在知青中反响很大，有的家长情绪波动，找到了郊区委知青办讨要说法。同时，也有人产生了回城的骚动。村支书也吓坏了，之后村革委会做出决定，女知青不许上夜班。夜间出来必须三人以上结伴。当时，我们宣传队每晚排练节目，结伴而行。

# 四

给地施肥，是必须的。场长与男知青从肥料厂拉回来一袋袋化肥。猴瞎掰说，啥肥料也比不上人粪，人粪是最好的肥料。他给场长出主意，村里小学校的厕所，每日生产队派人掏粪，还得记工分，不如让知青掏了，粪给了试验田。这样既不用记工分，又省下一笔财力，一举两得。

场长听之有理，经请示梵书记同意后，便派两名知青每天下午到小学校掏大粪。在当时此活还是比较轻的，上午可以在家休息，又不是特别累，知青都抢着去。场长可能觉得我与小溪夜班遭遇流浪狗的事有些愧对我俩，便毫不犹豫地派我俩去小学校掏大粪。

我俩从老农民手里接过脏兮兮的粪车，他用恶狠狠的眼神盯住我们，如眼神能杀死人的话，我俩肯定被他击倒。他是在诅咒我俩抢了他的饭碗，可这臭碗饭谁愿意端啊，顶风还臭八百里。那粪车车把上到处都是屎，连木纹缝隙都浸透了屎，我不明白那老农民怎会天天摸屎不嫌脏，有一次我看见他休息时候，手都没洗，从兜里掏出块干粮就咬。听他媳妇说，晚上睡觉也不洗，衣服脱下就睡。我爱干净，上厕所都用手帕捂住鼻子，看见掏大粪的人都躲得远远的，而今我却要去掏大粪，并且还是奖励的好活儿。如此优厚待遇，我们没有理由拒绝。

小溪见到那大粪车不敢近前，抱住一棵大树干一个劲地呕吐，说："姐，咱不干了，粪车还回去吧。"

我说："就这样认怂了，场长和知青们怎么看咱们，我们来农村不就是锻炼的么，遇到困难就打退堂鼓，是不对的。为了早日回城，老鼠弄猫豁出命干。"

我俩从村小卖部买了两副白线手套，卫生口罩，一把长杆大铁刷子。把大粪车拉到田里浇灌的沟渠边，戴上口罩、手套，用铁刷子沾着水，把大粪车一点一点刷出模样来，当然首先刷的是车把手。因年深日久沾在车把上的屎如漆似胶根本抠扯不下来，我俩先用水慢慢浸泡，再用铁刷子用力刷。看到有人来了，我俩赶忙把口罩、手套摘下藏起来，怕挨批评。刷了一上午，累得腰酸腿痛。

中午我俩谁也没有吃饭，仅剩的自由时间，都用在呕吐上。

下午，我俩拉着大粪车，去了小学校，万万没有想到招来更大地嬉笑与嘲弄。我们到小学校正赶上学校课间休息，一进校门便被一群孩子围住，像看稀罕物似的对我俩指手画脚，小一些的孩子问我俩是不是掏大粪的老头死了，我俩替班。大一些的孩子问我俩是不是"黑五类"的子女，掏大粪劳动改造。只有那个看大门的老爷爷很同情我们，把那群孩子赶跑了："去，去，一边玩去。别把两个城里来的孩子吓着，怪可怜的。"

一个中年男老师走过来板着战斗脸严肃地对我俩说："以后不准在课间时间来掏粪，到男厕所掏粪必须先站在门口大声喊几声，确定里面没有人了再进去。掏粪时，一人到里面去掏，一人在外面把守站岗。"

当时，我们不明白他为什么这么凶，这么不待见我们，但我们还是老老实实地按照他说的做了。

后来，我们谈起此事，大姐大余然分析，他也许是好心，怕厕所里与我们相遇，十分尴尬，假如我们大叫起来："耍流氓呀！"必定给他带来灭顶之灾，开除公职不说，在两个小姑娘面前，说不清是真耍流氓，还是假耍流氓，无端猜测，定会招惹是非。听余然如此解释，我与花小溪才对那个男教师的抱怨与愤懑减少了些。

晚上，我俩仍没有胃口吃饭。我俩把衣服换下来，用肥皂反复揉洗，唯恐衣服残留臭味，遭人嫌弃。之后，把身上使劲擦洗干净。

因小溪长得个子矮小，每次拉粪都是我掌把，她在旁边扶着车把。一天，背后不知谁说她干活捡便宜，那次她非要自己撑车把不可。我与她争持不过，只好让她掌把，我用手使劲拽了拽绳子，小心翼翼拉套。谁承想没走几步，车子开始摇摇晃晃，车把上仰，她根本压不住，大粪顿时从后面倒粪口流下来，撒了一地。我赶忙抢过车把稳住，压低车把，可大粪已流在地上，而地点正是学生操场。小溪只知道哭："姐，我是好意，不想让你太累了。"眼看就要放学了，学生们看到，还不把我俩吃了，不吃也得扒层皮。必须抓紧时间处理。

这时，我看到门卫老爷爷拿着铁锨跑过来，把操场边上的黄土端过来，一掀一掀把粪便掩盖掉，说："可怜的孩子，这么小，来到农村受罪，我的孙子还上学呢。"不知怎么的，我的眼泪也流出来，哽咽着说："老爷爷，谢谢您。"老爷爷把粪便掩埋好，让我们赶紧离开："一切由我来办，你俩放心回去吧。"

第二天，我俩早早来到学校清理粪便，可已被老爷爷清理得干干净净，为了答谢老爷爷，我把苹果塞给他，老爷爷乐呵呵地笑起来："你们叫我声爷爷就心满意足了，以后多叫我几声，比啥都强。"他没有接受，舍不得吃，心疼地说："你们留着自己吃吧。"

我俩把几个厕所的茅坑掏干净，把厕所打扫干净，拉着粪车走出校门口。不远处看到场长骑着破二八自行车过来，他见到我俩竟然有些躲闪，我便生疑，昨天漏粪事件让我有些心虚，我看到他大摇大摆进了学校门口，便警觉起来，是不是有人告发了我俩漏粪之事？我把粪车停在院外墙角拐弯处，让小溪看着，偷偷跑过去查看，我怕场长训斥我俩，把我俩开除，不让掏粪了。虽然掏粪我与花小溪都不情愿，但伤害性不大侮辱性极强，在知青中我俩怎么解释被场长开除的因由。

场长的自行车停在校长办公室门前，远远听到他与校长大喊大叫："两个小姑娘咋的了，掏粪不行吗？我刚才查看了厕所，扫得干干净净，你们连扫厕所的工分都省了，还不知足，让我换了她俩，就是不换，比你们扫厕所的老头儿强多了，再让我换人，我跟你急。"

我万万没有想到，也许场长一时心血来潮，那颗善良的心打通了任督二脉，替我们出头。我心潮涌动地悄悄跑回来，与花小溪拉起粪车大步流星地向试验田奔去。

到了试验田，场长早已在那里等候，倒剪着双手，站在余晖下，看着我俩把大粪倒进化粪池里，笑眯眯地一句话也没有说。

## 五

村支书提前在田中央打了一口井，说专门用来浇灌试验田，其实哪个生产队都可以用。钻井队员说，井深 345 米，老费劲了。故意想抬高钻井费用。村支书那张能言善辩的嘴，几句话把他们打发走了："要钱没有，要命有几条，再啰嗦，这点钱都不给了，反正机井我们已经用上了，吃亏的是你们。"那结算要账的年轻女会计无话可说，低头耷脑走了。我们以后喝的都是井水，比自来水好喝多了，丝丝清凉中带有淡淡的甘甜。

很快，知青休息室修建好了，约 200 平方米的红砖小院，坐北朝南，两间，一大一小，那间大的开了门口，作为会议室，能容纳四五十人，那间小的作为休息室。如那皇宫挺立在知青们眼前，骄傲地向村民们宣告，知青待遇就是不一样。村支书让泥瓦匠给我们在大间会议室里盘了一个煤火炉，把小学里闲置的几张课桌和几把椅子搬过来，用作休息。添置了水壶、青花瓷碗，供我们烧水喝水使用。小间屋里盘了土炕，铺了炕席，供夜班休息用。外面西墙搭了一个小棚子，堆了一排高高的蜂窝煤，连过冬的煤都准备好了。外面东墙中间部分抹了石灰，刷了黑漆，弄成一块大黑板，让大队会记在上面赫然写了四个大红字：知青园地。场长派我上午来试验田出工，出期黑板报。在学校，班里的黑板报都是我负责，这会儿刚好派上用场了，第一期黑板报必须办得有气势、有学问，显示出知青的精神面貌。我专门买了知青板报书刊样本，广泛征求场长和知青们的意见，大家各抒己见，最后我归纳整理后出了首期板报，黑板置顶赫然写着几个大红粉笔字：我们也有两只手，不在城里吃闲饭。我在黑板中间画了一道粗粗的红色分界线，

# 追忆如歌年华

左边专门宣传知青动态，表扬好人好事。右边是知青向贫下中农学习的心得，我摘抄了报纸上歌颂贫下中农的的文章，自己还编写了一首无头无尾的小诗：

> 我们年轻人，
> 有颗火热的心，
> 革命时代当尖兵，
> 一声召唤离了家，
> 走向辽阔的田野……

男知青袁自朝人高马大，帅气十足，没来几天就成了男知青的头儿，喜欢插科打诨、耍贫嘴。而余然沉着稳重，自带领导气质。场长让知青们选两个队长，通过投票选举，余然为正队长，袁自朝为副队长。私下里男知青都叫他老大，他也有老大的派头，整天指手画脚，吆五喝六。有些男知青们不听场长的，都听他的。我们宿舍里除赵杏楠外，其余四人都背地里管他叫，假清高，装大瓣蒜。赵杏楠特别崇拜他，整天嘴里离不开"袁自朝"三个字。一次，歇地头畔儿，袁自朝提议女知青和他掰腕子，还让给我们双手，谁输了叫他一声哥哥。在知青中他年龄大，与余然同是二十岁。余然沉稳，听我们争论，总在一旁抿嘴微笑，沉默寡言，规规矩矩，表现出的镇静着实令人惊诧，从不受时光与环境的影响，像个大姐大。可袁自朝行事乖张，整天嬉皮笑脸，哪有一丝大哥大的样子。袁自朝为了一声"大哥大"的尊称，这招想得够损，涂燕识破了他的坏心眼，反驳说："那不行，是你提的建议，要大度，我们输了，叫你哥哥。你输了，叫我们姑姑。"袁自朝最爱插科打诨，一脸坏笑说："你不就是想长我一辈，占我便宜，好，依你，我输了，叫你一声大姨妈。"

大姨妈是女孩子来例假的别称，涂燕恼了："外甥，装什么大尾巴狼。"说着就要动手捶袁自朝。赵杏楠拦住说："不好玩，男生强女生弱，以强欺弱不公平。大家玩猜拳，谁输了，谁说出心里话，同时还要给出说心里话的理由。"这个建议我们都认为很好，便采纳了。因为小聪明，一般男生都抵不过我们，暗地里就想看袁自朝的洋相，逼他说出心里话，给他难堪。赵杏楠的提议当然她要一马当先，首先与袁自朝划拳。狡猾的袁自朝，好像早已摸透了赵杏楠的脾气，三拳两胜赢了赵杏楠。在人们的起哄声中，赵杏楠大大方方说出心里话："我喜欢袁自朝。"理由是袁自朝的爸爸是市劳动局局长。我们一个个目瞪口呆，赵杏楠怎么能说出这般话来，并把袁自朝的底细摸得一清二楚。后来我们才反应过来，这是赵杏楠向袁自朝的一种表白方式。袁自朝那松松垮垮、啥都无所谓的脾气，没有半点做作，尴尬笑笑："你说喜欢谁，这只是个字眼而已，你爸是书记，申请下乡表里我们填得清楚，当然知青家底你啥都清楚。"赵杏楠理直气壮地说："喜不喜欢你，是我的事。你喜不喜欢我，是你的事。"弄得二人很是尴尬。大姐大余然赶紧岔开话题，让袁自朝与涂燕划拳，这时候的涂燕，把两条盘在头顶的大辫子散下来，乌黑乌黑又粗又长，过了屁股蛋，特俏丽，有股杨贵妃之美。她说有人出十块钱买她的大辫子，她都没有答应。那时候十块钱相当于现在的一千多元，可见她对大辫子的珍惜程度。尤其村里的姑娘更是羡慕，那是招惹小伙儿喜爱的资本。我特别羡慕，因我先天不足，梳着两条小辫，头发丝细如牛毛，别人的一根头发有我的三根粗，风一刮两条小辫都翘起来，像小猪尾巴，我索性两股合成一股，扎在脑后。男知青有的叫涂燕"大长腿"，有的叫她"大辫儿"。清朝时叫大辫是一种蔑称，现在叫大辫是一种雅称。涂燕一副势在必得的样子，向手心啐了一口唾沫，摩拳擦掌，跃跃欲试，划了两拳果真赢了袁自朝。袁自朝吭吭哧哧了半天接着赵杏楠的话茬儿说："喜欢涂燕。"理由是想给涂燕爸爸摘掉右派分子的帽子。我猜他与赵杏楠不同，赵杏楠是实话实说，他是以开玩笑的方式说出心里话，聪明的袁自朝立即委婉地回绝了赵杏楠的表白，言外之意，我不喜欢你，又对涂燕表白："喜欢你。"大大咧咧的涂燕并不买账，把嘴一撇说："你爸破劳动局长有什么了不起，给我爸摘帽，能有这么大道行？还得问问北京那伟大的老人家同意不同意。"

"假如有一日，你爸平反了，你敢喜欢我吗？"袁自朝说。

"吹牛吧你。"涂燕说。

"火车不是推的，泰山不是垒的，是骡子是马拉出来遛遛。"

"好，与你再比一场，输了我服你。"

"比什么？"

"随你。"

"喝酒。"袁自朝仗着自己是男生，耍酷，想用自己之长击涂燕之短。

"怎么喝？"

"今晚我值夜班，对瓶撅，你敢吗？"

"除了阎王我怕谁。"涂燕多少年受欺压，已经历练出来，千杯不醉，万杯不倒。如那荆轲刺秦王，视死如归地说："风萧萧兮易水寒，壮士一去兮不复还。依你，准时赴约，看我怎么把你这坏小子灌倒放平！"

# 第二章

## 一

　　晚饭后，赵杏楠偷了他爸三瓶保定二锅头白酒，把家里晚饭的煮花生提前藏起来足足有二斤多，包好，还拿了几个咸鸭蛋，主动陪涂燕来到试验田赴袁自朝之约，一比高低。余然害怕出事要求我俩也跟着。赵杏楠阻止道："有我罩着，你们放宽心。"

　　我们担惊受怕，忧心忡忡等待着涂燕二人回来，可夜里十二点钟了，仍不见二人踪影，那晚没有星光，黑沉沉的天空，像魔术师的幕布，不知藏着怎样的玄机。余然对我说："宁宁，你随我去看看，涂燕愣头青别出了什么岔子，袁自朝再出什么幺蛾子。"对于涂燕的担心胜过恐惧。自从我与小溪值夜班，出了流浪狗事件，书记知我俩从小没有养过狗，惧狗，就从亲戚那里弄来一条刚刚出生的小狗，大耳朵，小短腿，已经一个多月了，毛茸茸的特好玩，它对我们很友善，又聪明，见了我们摇头摆尾，在腿上蹭来蹭去，不摸摸它的头表示喜爱不让你离开。有时我们舍不得吃的好东西，都给了它，我们给它起了一个好听的名字，聪聪。余然我俩牵着聪聪壮胆，它又蹦又跳开心极了，在我俩身上又扑又蹭，像赴婚宴似的欢实。细心的大姐大余然又找了两名男知青作伴。

　　寂静如漆的田野，充盈着清新的空气，远远望去只有知青农场休息室的灯光，像一只流浪狗的眼睛，闪着淡红色的光芒，扑朔迷离，琢磨不定。我们有一种不祥的预感，心里惴惴不安，不觉加快了脚步。进屋来，看到袁自朝四仰八叉倒在炕上，旁边还有男知青小个子二毛，躺在他的身边瘫软如泥。我推断可能是袁自朝怕自己喝不过涂燕，找来二毛陪绑。因二毛经常吹嘘："知青里论喝酒我说第二，没有人敢说第一，能喝倒我的人还没有出生。"没有想到喝酒往往咋呼越欢的人越没有两把刷子，如那瓶子里的醋，一个瓶子底，少，晃荡不起来；满瓶子醋，没有了空间，也晃荡不起来；只有这半瓶子醋，最易晃荡，却是晃荡得厉害。二毛就像那半子醋，晃荡得不知自己几斤几两。借着平时侃大山爱吹嘘的毛病，有时吹嘘大发了，连自己都相信了。二毛的爸爸是一位环卫工人，在知青群里，父辈算是最没有地位的，可能二毛这是一种自尊心作怪吧，其实，他根本没有这个必要，他爸属于工人阶级，工人阶级领导一切，是老大。

　　赵杏楠正给涂燕剥咸鸭蛋，涂燕坐在桌旁，滋溜一口酒，吧嗒一口菜，饮得正酣，桌上三瓶白酒已经见了瓶底。

"姑奶奶，你怎么还喝。"余然把涂燕的酒瓶夺过来。

"余姐，看见了吧，这俩王八蛋，想灌我，全让我给喝趴下了。"涂燕指着躺在炕上的袁自朝二人，醉眼惺忪、摇摇晃晃地说："多年来终于出了一口恶气，让那些欺负我的人统统见鬼去吧。"

赵杏楠告诉我们：袁自朝喝了七八两酒就被放倒了。二毛没有帮袁自朝，没灌二两酒，反倒自己先喝趴下了。涂燕喝了一斤八两，还要喝，说剩下这点酒不喝完，可惜了的。

赵杏楠哭丧着脸说："可惜了我爸的三瓶保定二锅头，原准备偷偷送给袁自朝的，没承想却都便宜了涂燕。"

我听涂燕说过，她有三瓶酒的量，看来真是不假。但凡女人能喝酒的，男人千万不要逞强较劲招惹。余然冲烂醉如泥的袁自朝二人歪歪嘴笑笑，急忙让叫来的那两名男知青把烂醉如泥的袁自朝二人托着背回知青宿舍。让赵杏楠把涂燕扶回家去。留下我与余然值了一宿夜班。聪聪一直趴在门口，吐噜着红舌头，支棱起耳朵谛听着周围的一切动静，像随时准备出征的战警，要保卫我俩。

第二天，袁自朝、涂燕等四人都来上班，余然才松一口气说："再有下次，我定要告诉场长，三天不挨就上房揭瓦，你们就欠收拾。"

袁自朝见到涂燕心悦诚服，乖乖叫了几声小姑。赵杏楠也让他叫，他挤挤小坏眼，连连不住声"大姨妈，大姨妈。"叫得脆生。气得赵杏楠用土坷垃扔他，知青们哄堂大笑。

过后，袁自朝对我说，那天他没有醉，故意装的，他就是想要让涂燕出口气。自此，袁自朝把涂燕佩服得五体投地，小姑、小姑的一直叫着，直至后来引起轩然大波，险些丢了性命，才不得不改口。

# 二

浇水过后的玉米、高粱、山药钻出地面，绿油油的叶子羞答答地开，翠生生地长，别有一番诱人的情趣，场长把夜间浇水改成白班。接下来是间苗，就是把那稠密的、弱小的秧苗拔掉，成拢成行，以利秧苗苗壮成长。别以为是件轻松的活儿，对于我们这些五谷不分的城市孩子，却是一道大难题，我们分不清楚啥是苗啥是草，在我们眼里苗与草长得一模一样，翠绿的叶子，茂盛的苗，一对难兄难弟。有的苗当草薅掉，有的草当苗留下，气得场长大骂我们："怎么教也不会，这群城市来的兔崽子，就知道耍贫嘴，吃喝拉撒睡瞎闹腾。"猴瞎掰这时派上用场，他把苗与草的区别，仔细讲给我们，并用实物做示范，我们大长了见识。

更困难的在后面，间苗后用锄头给苗松土，那真是技术活，不听使唤的锄头，随意地看哪只苗不顺眼，"嗑吱"一锄头判了苗的死刑，那些可怜的秧苗，躲过了间苗的一劫，没有躲过松土的一劫。我们觉得自己一无是处，吃闲饭的，情绪很颓废。

袁自朝那张一天没有时闲的嘴，更是如火如荼，除了睡觉闭嘴，睁眼就跟麻雀一样叽叽喳喳说个不停，我们耳朵都起糨子了。赵杏楠一直跟在他身边间苗、锄地，还和他比赛。袁自朝比不过赵杏楠，赵杏楠让他喊她小姑，袁自朝嬉皮笑脸仍一声"大姨妈"叫得不改口，其他男知青也跟着起哄："好一朵美丽的大姨妈。"气得赵杏楠哭过几回鼻子，几次给场长告状说袁自朝欺负她。场长象征性地批评几句："下不为例。"给足了赵杏楠面子，说白了实际是给赵杏楠爸爸的面子。但对于袁自朝来说，场长的批评仿佛是在开玩笑，说了等于没说。

一晚，余然说村妇委会长请我俩去她家有事商量，我想都没有想高高兴兴答应了。一个月前，我们从她家里搬出来再也没有去看过她，觉得很是歉意。到了她家里，屋里焕然一新，没有了旧时模样，炕中间放着一张崭新的、长方形的小饭桌，桌上摆着猪肉炖粉条，芹菜炒肉，摊鸡蛋，冒着腾腾的热气，还有凉菜，香菜拌猪耳朵，煮花生米，小葱拌豆腐。我们搬出去没几天，对我们这么盛情款待，我有些受宠若惊。傻笑，是我当时最明显、最能暴露心情的动作。余然却大大方方回答着妇委会长地嘘寒问暖。

一会儿，门帘一掀，走进来两个人，两个年轻人，两个兵哥哥，身材魁梧、英俊威武的军官。着一身绿军装，"一颗红星头上戴，革命红旗挂两边"，都是四个兜的。我知道他们都是军官，排以上军官，因为我哥哥给我家寄回来的照片，妈妈说哥哥升排长了，着四个兜，穿皮鞋，就是军官了。他俩比我哥哥还英俊，都在一米八以上，一个高大魁梧，气宇轩昂；一个白净利索，玉树临风。妇委会长指着那个高一些的介绍说，这就是我给你们常说的我的大儿子郝建社，今年探亲假刚刚回来。转身指着矮一些的说，这是郝建社的战友叫楚建军。一同休探亲假。正在我俩不知所云晕菜之时，那两个年轻军官千不该万不该做出了我俩打死也想不到的动作，面对我俩挺直身板扣靴行军礼，齐声道："知青好！"他们把手举向帽檐，从容不迫，不慌不忙，神情震惊、庄重，具有大将风范。这阵势让我手足无措，只有傻杵着。倒是余然冷静，与郝建社握握手说："都是一家人，你们客气了。"

　　妇委会长指着一桌饭菜让我们炕上坐说:"这是郝建社给你们准备的见面礼。"

　　我像个新兵蛋子,大姐大余然指向哪里,我就打向哪里,乖乖就坐。余然和郝建社脱了鞋上炕坐着,并肩一字排开。我与楚建军陪坐,分坐炕桌两边,双腿搭在炕沿下。

　　郝建社要给我俩倒白酒,我俩拒绝了。他给楚建军倒酒,楚建军也推辞了,说头一次与俩美女见面,酒气熏天不礼貌。郝建社把酒瓶放下,我们一人来了一杯橘子汁。这时候,妇委会长抿嘴笑着说:"要照顾女儿们。"一掀门帘,轻盈地出去了。

　　我特别喜欢同军人聊天,谈军营,谈军官谈军人生活。郝建社问我,听说你哥哥也是当兵的,一句话问到了我的燃烧点、兴奋处,我特崇拜我的哥哥,瞬间打开了话匣子,那种生疏感跑得无影无踪。我告诉他们,我哥哥是70年的兵,现在山西大同,是通讯兵,现任通讯排排长。

　　楚建军说,他们是69年兵,当时郝建社17岁,不到服兵役年龄,户口本被母亲改大了一岁,蒙混过关。当时自己14岁,更不符合当兵条件,是他爸找的人,被武装部保送的特种兵。说当时比他小的兵还有,才十三岁就当兵走了,都是部队大院的子弟。楚建军、郝建社都是一个车皮拉到云南昆明去的,都是一个城市的兵。只是一个走的农村兵指标,一个走的城市兵指标。

　　我与楚建军开玩笑:"是不是为了逃避上山下乡?"

　　楚建军回敬我:"怎么大实话全让你说了。"

　　楚建军又说:"刚去部队的时候,大多数新兵,瞧不起部队子弟,说我们是后门兵,嘚瑟,矫情,个个都是天桥的把式,光说不练,耍嘴皮子的主。"

　　郝建社说:"军二代们不服,与我们一样训练,一样吃苦,一样实战演练,从不认输,体现父辈的坚韧与顽强的性格。"

　　楚建军笑笑说:"我多次给父亲去信告状,有人欺负我,替我出气,谁知父亲却说,我从小到大靠谁了,你们也不要靠,有本事自己去闯。在我最郁闷时期,多亏班长郝建社给了我莫大帮助,几次帮我险中求生,才有今天。郝建社现任侦察连连长,我任连队指导员。"

　　两个人一个叫郝建社,一个叫楚建军,一唱一和,配合默契,好像冥冥之中有什么安排,倒像亲哥俩,连探亲假都一起休了。余然问:"那连里的工作咋办?"郝建社笑笑:"有副连长呢,缺了臭鸡子就做不成槽子糕了。"这真是个意外,上级领导怎么会同意连里两个领导同时缺席。其实根本不是那么回事,他俩都是找的借口回城里办"公"事。对军人的崇拜，我是顶礼膜拜。我问楚建军，你家住哪里？他说在火车站不远处的将军楼。我险些蹦起来，我家就住在将军楼隔壁。小时候，我经常望着将军楼，奢望啥时能进去看看，里面住着许多老红军。那时市里都是小平房，没有二层楼，我渴望看看二层楼怎么住，怎么上下楼。楚建军开玩笑说，明儿我带你去见见二层楼，看看老红军长没长着三头六臂。

我"蹭"地蹦下炕，把酒杯高举，躬身道，两位兵哥哥，受小妹一拜，说话一定要算数。两个兵哥哥仰身哈哈大笑，异口同声，绝不食言。

余然很懂事，轻描淡写地向郝建社介绍自己的家庭情况。我暗里给她使眼色，说这些干什么，他俩又不是警察查户口，把自己的肠子肚子掏出来让人看，有必要么？郝建社一语道破，是不是我也应该说说我的家庭情况，可你们都看到了呀。楚建军说，重要看个人表现。我有些纳闷，他们这是什么意思？

郝建社问我俩谁大。余然说，她二十岁，长我一岁。楚建军幽默笑笑，怎么看着宁宁像比余然小四五岁。我说，面由心生，也许我心智嫩，面相就显小呗。

楚建军笑笑说："看来郝建社比余然大四岁，我比宁宁大四岁，真是巧了，冥冥之中也许有一种注定安排。"

当时楚建军怎么算的年龄我也蒙了。

郝建社说："听说宁宁舞蹈跳得好，能不能让我俩饱尝眼福，跳一支。"

我巴不得给兵哥哥跳舞，那是一种幸福的享受。我不知羞地跳了那支我最喜欢的《洗衣歌》。两个兵哥哥用手打着拍子给我伴唱，乐得鼓掌叫好。

我说余然歌唱得好。话刚一出口，余然便红了脸推辞说："大半夜的，别把狼招来。"

楚建军大笑："狼，确实有两只，两只色狼，只是没绿了眼，绿了一身皮，专吃美女。"

我问俩兵哥哥，部队里有女兵吗？他们说有呀。我说我特想当女兵，特羡慕女兵。他们说可以啊，有机会一定介绍你认识。也许两人是随口一说，没当回事儿。我却当真了，一直盼着见到女兵。

我们对二位军人产生了浓厚的兴趣。我神往着女兵的风采。我对军人佩服得五体投地，恨不得立刻跟两位军人去军营。我们边吃边谈，当把桌上酒喝干、菜吃净，才发现夜已经很深沉，余然问郝建社几点了。郝建社抬起手腕看看表，迟疑地告诉她已经十二点了。余然赶紧告辞，说妇委会长和女儿睡了，就不打扰了。两位兵哥哥小心翼翼把我俩送回知青宿舍依依不舍地离去。

进了屋我仍兴致勃勃地说笑着，余然冲炕上努努嘴，那仨都睡着了。我才吐吐舌头赶紧闭嘴。躺在床上，我仰望着窗外天空，月光皎洁，星光灿烂，我便想："也许二位兵哥哥正在与我一样，仰望着同样的天空，说不定在聊着我们。"二位兵哥哥久久萦绕在我心头，我看看余然一动不动，她是不是也有心事。

第二天上午，农场地里我们正在锄苗，场长说，你当兵的哥哥来看你。我很吃惊，怎么说曹操，曹操就到。昨晚刚刚提到了哥哥，哥哥就来了。

我欢天喜地跑到地头一看，哪是什么亲哥哥，却是昨晚那两个兵哥哥。楚建军开着一辆绿色吉普车，里面坐着郝建社。

楚建军从车窗里探出头来说："你不是想看看将军楼，想见见老红军吗？走，我带你去，叫上余然。"

我特想去但不知如何向场长请假。郝建社说："早替你们请好了。"他向余然挥挥手，余然好像早已知道径直跑过来坐上后车座。郝建社从副驾驶跳下来，扶我坐上去。他上了后车座，与余然坐在一起。我要求与余然坐到一起作伴。楚建军说："小孩子家真不懂事。"一把把我摁在副驾驶上，随即开车出发。

## 三

楚建军一路开车一路讲起他的父亲：父亲从 1931 年参加革命，出生在一个雇农家庭，父亲从小脾气又倔又犟。十四岁那年，失手打死了地主家的儿子。为了不连累家人，父亲离家出走，跑了半个多月，一跑就是几百里，连回家的路也不认识了。

一天连饿带累昏倒在路边，恰有一只队伍经过，被人救活。那个骑马的大官说，小家伙，哪里人？父亲说，没有家，是孤儿。大官说，想吃白面馒头，跟我们走。父亲使劲点头，跟着部队就走了。

那是贺龙的部队。从那时起，父亲跟着贺龙部队，参加了无数次战斗，一次次从死人堆里爬出来，身上大大小小的枪伤弹痕三十六处，九次负重伤。

楚建军说："在我七岁时，父亲带我去军部大院的澡堂洗澡，父亲让我给他搓背，我发现父亲身上有好几个洞，数了数有七个，像虫钻的孔。我问父亲你身上怎么有这么多窟窿。父亲哈哈大笑，说这都是军功章。"

余然问："你父亲解放后没有再回家乡？"

楚建军说："1949 年解放，父亲见报纸天天登找家启事，大都是像他一样很小从家跑出来，参加革命几十年。他看见一个找到家的战友兴高采烈。父亲也动了心，登报数日找家，仍没有消息，父亲有些泄气。一次，一个战友给他开玩笑，说

# 追忆如歌年华

他是地主的儿子，成分高，不敢找家。父亲哭笑不得，气得一个劲地骂娘，这才下定决心找家。经过组织批准，父亲带着警卫员踏上了回家之路，在省委省政府、县领导的帮助下，父亲终于找到了家，二十多年的骨肉分离，乡亲们传说父亲早已被炸弹炸飞牺牲在战场，今儿穿着黄色的粗呢子军装，带着大壳帽，别着匣子枪，带着警卫兵，衣锦还乡。父亲这才知道，爷爷已是白发苍苍卧病在床，奶奶泪眼迷离已成半瞎，几次上吊被救起。一个哥哥饿了吃野果毒死。妹妹被卖掉音讯全无。一家人抱头痛哭。乡亲们奔走相告，昔日的放牛娃回来了。父亲把从城里带来的饼干糖果款待乡亲们。之后，父亲登报上电台把妹妹找回来，把爷爷奶奶接到城里，二老享了几年清福，先后走了。父亲对父母的愧疚才减轻了些。"

楚建军给我们打预防针说，父亲最爱说一句话，我命令你。假若命令我们，希望我们听令，军令如山倒，老爷子的作风一贯是他正确，没有错误。

我被楚建军父亲的英雄事迹感动着，远远望去那红砖绿瓦的将军楼，肃然起敬。绿色吉普车开到大院门口，两位年轻军人站岗，持枪荷弹，一脸严肃，叫停车查看通行证。我心便紧张起来，跳下来，站在大门口，向郝建社请教如何行军礼。他告诉我，双腿并立，挺胸抬头，手指五指并拢，拇指压在食指中间稍有弯曲，举手至太阳穴眉梢。我现学现做，恭恭敬敬冲将军楼行了军礼，以表示我对老一辈革命家的崇拜。楚建军拍拍我的头笑笑，鬼丫头，真机灵。

楚建军说，院里住着一群 55 年授衔的将军们。他爸是中将。此将军楼大约建于六十年代初，那楼房一排排整齐划一、排列有序，像出征的军人器宇轩昂、高大威猛。

我们被楚建军请进家门，直面是客厅，铺着红地毯。我赶紧把鞋在门外蹭蹭干净，怯生生小心翼翼地迈进来。东边沙发上坐着两个七十多岁的军人，那洗得发白的军装透着一股过去战争的味道。那个光头的老红军正发牢骚："我今天找到了市退伍军人安置办公室，骂了他们一顿，我孙子退伍都一年多了，还不给安置工作。都是吃干饭的，拿着共产党的钱，不给共产党干活。我在延安与毛主席一起工作七年多，也没见这种怪现象。"郝建社见到两位老红军恭敬扣靴行军礼，二位老红军站起回礼，那光头老红军一声："来客人了，告辞。"冲我们咧嘴一笑，扭头出门了。

那戴军帽的老红军就是楚建军的父亲，与我们打招呼，是那么和蔼，仿佛什么都没有发生过。我与余然放松下来，叫了声"伯伯"。老红军指了指我，对楚建军说："你的战友？"楚建军这才敢介绍，郝建社是他的战友，我俩是知青。老红军把我错认为楚建军的战友，可能是我穿着哥哥带给我的女兵服，只是没有领章帽徽。我们坐下，保姆给我们上水后退出客厅。

"去年市晚报，是不是有个叫静子的记者采访过您。"我看着老红军有点面熟，又姓楚，心里估摸着是在哪里见过，于是怯生生地问道。

"对呀。"老红军回应。

"这真巧了，静子就是我的妈妈。"我惊呼。

老红军是本市出了名的传奇人物，家喻户晓。

楚建军的妈妈现在北京工作，哥哥和妹妹跟着妈妈在北京。

我问："为什么要两地分居，为什么不把娘仨调回来，享受阖家团圆之乐。"

余然说："现在，以您的身份只是一句话的事。"

老红军笑道："一天是军人，一辈子就是军人，军人就应该一切行动听指挥，我没有理由向部队提任何个人要求。"

老红军要留我们吃午饭，我们推辞。他很严肃地说："我命令你们。"扭头又对楚建军说："我命令你把他们都留下。"

"得令。"楚建军给我们扮个鬼脸，言外之意是说，我没有说错吧，命令来了。

吃饭中，老红军教训楚建军，以后不许再打着自己的旗号到司机班要车，车与司机都是部队配置的，不能轻易使用。老红军的话让楚建军很尴尬，尴尬的后果是一口米饭卡在咽喉里，咳嗽了半天才吐出来，眼泪鼻涕横流还憋了个大红脸。

事后，他对我自嘲道："越怕在你们面前丢面子，却越出糗，这次糗大发了。"

## 四

午饭后，楚建军把我俩送回农场后急着要返回市里，说有要紧事办。余然与我来到知青休息室，全体知青蹲在地上，一个个像小鸡崽低头耷脑、闷不作声。我俩茫然了，甚至怀疑是我俩惹了什么祸。场长站在他们面前，板着那张驴脸，训斥着知青们。猴瞎掰站在旁边，拿着笔和纸，准备随时记下知青们"坦白交代犯罪事实的审讯"笔录。

场长说："你们谁吃狗肉了？"

知青一片寂静，没人吭气，更没有人承认。

场长声音抬高八度："别装了，狗肉只有蘸着大蒜才能吃，谁嘴里有大蒜味，谁就是罪魁祸首。"

赵杏楠问道："场长，知青平时饭食少油寡盐，吃顿狗肉解馋不可以吗？"

场长说:"吃谁家的狗不成,偏偏打死公社书记家的狗,剥了皮炖着吃了肉,还把狗皮扔到书记家的门口示威。"

经了解才得知,那只把我们吓得半死的母狗,不是流浪狗,是公社书记家走失的母狗,它可能看到农场的麦秸垛适合生崽,选择了那快生育宝地。知青溺死狗崽子的事被公社书记家的儿子知晓后,和知青产生了矛盾,男知青石利气不过,策划了这起"吃狗"事件。场长思想觉悟没有那么高,只定义是个别知青的捣蛋行为,报复我与花小溪被狗吓坏的恶作剧。大家咬紧牙关、宁死不招。最后,知青们如愿以偿,场长以"法不责众"的原则不了了之。

# 五

第二天,为了管教知青让我们"懂规矩,守纪律",场长特地请了几个军人对我们进行军训。我与余然看到那两个领头的军官,目瞪口呆,竟然是郝建社与楚建军,我俩向他们投去一个颤抖的微笑,心里也放松了不少。

郝建社、楚建军等军人们手把手给我们讲解了枪的构造,枪的使用方法和注意事项,但我只记住了一点,射击时"三点一线"。楚建军给我们上国防教育课,讲了当前的国际形势,国内形势,以及备战形势。之后,我们五人分一组,一组一杆枪,枪里没有子弹,进行假想敌的实战演练。我们生平第一次摸枪,又恐惧又欢喜,爱不释手。好景不长,枪,中午就被军人们收走了。郝建社与楚建军答应,过几天会带我们去军部靶场实弹打靶演练。我们恋恋不舍,与枪依依分别,期待着郝建社、楚建军遵守诺言,带我们去靶场实弹射击。

下午,余然被抽调到大队部帮忙整理材料。我们每天上午练习走队列、拔正步、站军姿、匍匐前进,还教了我们格斗拳、擒拿拳、赤手夺刀等。郝建社叮嘱,这些只能用于自卫,不可打架斗殴。自那以后我们不再自卑,不再胡闹,学会了像军人那样约束自己。

十天后,郝建社、楚建军履行诺言,带我们来到城外某部队打靶场进行实战演练射击。郝建社、楚建军再次给我们讲解射击知识、动作要领、"三点一线"。当我拿起半自动步枪,趴在掩体内,用肩膀顶住枪托,单眼瞄准,听射击命令时,我的心都快要蹦出胸腔,第一次摸枪,第一次开枪,第一次射击,楚建军那句话回响在耳边:"我就是一名战士,前方发现敌人,那靶心十环就是敌人的心脏,消灭它,保卫祖国,为民立功。"射击命令发出后,我稳住情绪,慢慢扣动扳机,把子弹射出。十人一组打靶完毕,我们焦急等待报靶员统一报环数,五发子弹,有的报三十多环，有的二十多环，有的一发没上，报到我的靶环，竟然弹弹九环，总计四十五环。群情沸腾了，楚建军惊呼道："天才啊，神枪手。我第一次打靶，还跑了一发子弹。"楚建军像大哥哥一样友好地摸摸我的头。我羞红了脸，急忙跑开，藏到一边自我陶醉。仅我一人得了射击优秀奖，知青们叹服不已。

那奖状伴随我走过了半个多世纪，至今，我仍憧憬，假若我那时当兵了，是不是真的能成为神枪手。但也许真正的人，真正的事，往往不及心中所想的那么好。

十几天的军训，场长最清闲，反正现在农活不是那么紧张。军训的这段时间，是我们下乡来过得最快乐的日子，虽然我们没能理解其中的真正魅力所在，却被两位军人的优良作风影响着。

后来，我才知道，余然并没有去大队部帮助整理材料，有人看见她与郝建社出村了。我问余然，你俩出村干什么去了？她好像察觉了什么，脸一囧说，就不告诉你。我怀疑军训是郝建社、楚建军主动找到村支书，临时给我们加的军事训练课。怀疑只是怀疑，到最后我也没有找到余然与郝建社相好的有力证据。

郝建社、楚建军十四天的探亲假转眼过去了，我们的军训也就结束了。我与余然请了假，送他们到火车站。楚建军说，喜欢我身上有一股天生无忧无虑的直率劲儿。余然眼圈红红低头不语。郝建社送给她一个小锦盒，里面装的啥？不知道。我在一旁十分尴尬，也气恼楚建军啥也没有送给我。

后来余然头上多了一副漂亮的蝴蝶红发卡，我问她是不是郝建社送的，她矢口否认。那发卡在余然的头上翩然起舞，衬托得本就好看的余然，越发妩媚了，对比之下，堵在我心口的气越足了。楚建军，一个高干子弟，只会拿嘴哄人。其实，我心里是对余然的一种嫉妒。嫉妒就像一头发怒乱冲的公牛，怀疑每个人都是高傲而勇敢的斗牛士，会随时残忍地激怒他。我凭空揣测送纪念品就是友谊深厚的具体体现，不送礼物就是不想再与我联系，表示绝交。恨，这个东西以爱的倍数存在，人总是在恨中寻找东西，来弥补心中缺失的那份爱。

楚建军来信，我仍在赌气，当着余然的面拆也没有拆开，扔进猪圈里，让余然告诉楚建军，少理我，正烦着，他这个朋友我不交了。余然说我，孩子气，人不大脾气倒不小，像火柴一擦就着。我对余然的批评嗤之以鼻，试图冷处理这段友谊，错误地认为与楚建军的友谊只是他的一时兴起。楚建军的来信像一个秘密被埋藏起来，我连梦都不敢做，因为我怕梦里再次见到楚建军伤害我的样子。那些被掩埋的内容激发着我无穷无尽的想象里，但每一个想象都是我多疑后对余然更深层次嫉妒。那副发卡一直跟着余然戴到结婚，我的嫉妒一直跟着余然到结婚。

# 第三章

## 一

　　知青何美丽找到我，说我在妇委会长家住过，肯定与郝建社熟悉，要我带她去妇委会长家里，说发现了一个秘密，那军训侦查连长郝建社是妇委会长的儿子。她特别仰慕军人，想与郝建社交朋友。我看到她说话脸色绯红，并嘱咐我替她保密。我就开着玩笑说："是不是想与郝建社处对象？"她瞪大眼睛、带着羞涩的语气说："你想哪儿去了？"玩笑归玩笑，我还是带她去了妇委会长家里。回来的路上，她流泪道，自己来晚了，郝建社现在已经有女朋友了。她叹息道，别村的女知青有的找了大队干部的子女处对象，工分一下子提上去了。这么现实的女孩子能有什么好结果。我对她很鄙视，但把这种鄙视只藏在心里。后来，何美丽十分庆幸地告诉我，多亏当初妇委会长没有答应她与郝建社处对象，知青小勤回城后立即跟生产队长儿子分手了。小勤被生产队长儿子骚扰，闹上法庭，最后以赔款告终。

　　绿油油的玉米疯了似的长，结出的玉米棒裹着绿被吐露着黄色的穗子，像戏台里老生的胡须在微风轻抚下颤巍巍地抖动。袁自朝说黑夜里都能听见玉米拔节的声音。我与花小溪掏大粪的过程也结束了，场长说玉米、山药不再需要浇大粪了。余然学会了织毛衣，经常跑到妇委会长家去请教毛衣花样的织法，还偷偷带回来信，看信的时候总是笑眯眯的。

　　快言快语的涂燕与赵杏楠却闹起了别扭，涂燕陷入极度沮丧中，对我和余然说，赵杏楠已经十多天没有搭理她了。她也不知道什么原因，让我俩帮她去问问赵杏楠。我和余然找到赵杏楠，问她，涂燕怎么得罪你了。赵杏楠气愤地说，涂燕，撬我杠子。我和余然很纳闷，她俩无论从家庭、经济、亲属等没有任何交集，涂燕怎么会得罪赵杏楠呢。赵杏楠说，涂燕抢她的男朋友。我和余然很稀奇，你啥时候处对象了，是谁呀？赵杏楠说是袁自朝，并列举了涂燕几点对不起她的地方：一是赵杏楠送给袁自朝的万紫千红擦手油，出现在涂燕的兜里；二是赵杏楠给袁自朝钩织的假领子，戴在涂燕领子上；三是看见袁自朝偷偷给涂燕塞糖包，四是涂燕感冒了，喝的是赵杏楠给袁自朝预备的感冒药。我和余然很气愤，这个爱惹是生非的袁自朝，整天不鼓捣点事来就浑身难受不舒服。我找到袁自朝，质问他，为什么脚踏两只船。袁自朝大喊冤枉，一只船还没有来得及踩上，何踏两只船。我直截了当把涂燕和赵杏楠的矛盾告诉他。他哈哈大笑说："赵杏楠那是一个活该，剃头挑子一头热，整天像个跟屁虫在我身后转来转去，撵都撵不走。我已经拒绝她了。但是赵杏楠说，她就是块膏药黏上了，倒追个轰轰烈烈。我哄她说，我与涂燕好上了，涂燕早已捷足先登了，你是正月十五贴门神，晚了半个月了。"袁自朝为撇掉赵杏楠嫁祸涂燕，涂燕糊里糊涂背黑锅。

我和余然几经调查，把事实真相告诉赵杏楠，那擦手油是袁自朝故意当着你的面给涂燕，为了气你，让你以后不再理他，涂燕根本不知道怎么回事。你钩织给袁自朝的假领子，袁自朝根本没戴，放在箱子里。涂燕的假领子是他哥哥买给她的，不相信可去袁自朝箱子里去查看。那感冒药确实是袁自朝给涂燕的，人感冒了谁都可以喝药，袁自朝还给别人喝过，治病如救火，是谁病了袁自朝都会这样做。偷偷塞糖包，那几天袁自朝到炊事班帮厨，与涂燕打赌又输了，是袁自朝的自我惩罚。

赵杏楠知道都是袁自朝捣的鬼，与涂燕没有丝毫关系，才破涕为笑，怒气消了。涂燕向赵杏楠保证，就是世界上只剩下袁自朝一个男人，涂燕打光棍也不会与袁自朝处朋友，因为她心目中的男朋友，根本不是袁自朝这个样子，并答应给赵杏楠与袁自朝创造一切机会促成他们，涂燕和赵杏楠冰释前嫌。

但赵杏楠却离开了我们，搬回到自己的卧室，跟父母亲一起吃住去。赵杏楠家是三间灰色砖瓦房，坐北朝南，向阳，东西两间厢房对门，中间房间开门口，门口东西墙各自对应一个灶台，烟道从东西厢房土炕直接通向房顶的烟囱，平日里烧柴火做饭、冬日取暖。村支书与老婆住东厢房，赵杏楠住西厢房。先前赵杏楠说一人住西厢房害怕，跟我们搬到一起挤着住。现在说不害怕了，就搬走了。赵杏楠搬走后，我们不敢挽留，也不敢帮她搬铺盖卷儿，害怕哪句话又惹恼她了，使她无端生是非。我们在左右徘徊犹豫之中，眼睁睁看着她，用妈妈把散穗的高粱糜子编织的笤帚，登高上梯打扫着房间，不敢过去帮忙。

我们的房子是在正房的西边搭建的一间小房，先前放些杂物，我们来后打扫整理出来让我们住进去，便成了知青宿舍。

赵杏楠回到自己屋里恸哭起来，那是一种难以安慰的哭泣，持续了好几天，我们也不明其中的缘由，她什么也不说，虽然她表面热情坦诚，但总觉得是在客套。我几次劝袁自朝去哄哄赵杏楠。袁自朝把嘴一撇说："别理她，过几天就没事了。"可过了几天，赵杏楠常常会从谈话中走神，无端地带着泪水发呆。她说想回到学校继续读书，可担心落下的课程已经追不上了。我猜，可能赵杏楠无法忍受袁自朝对她的冷落、嘲弄。她在与我们接触后，发现与城里孩子之间的鸿沟与落差，一种自卑自贱侵蚀着她。我们装作没事人儿一样、小心翼翼地待她。袁自朝故意把她勾织的那副假领子戴出来，让她看见，并给她几次糖包。慢慢地，赵杏楠好些了，我们的热情填充了她的孤独，她脸上的笑容出现了甜蜜，但甜蜜里不再带有天真。

我问余然："为什么农村的女孩成熟得这么早，十六七岁就知道处对象。"

"也许赵杏楠只把袁自朝当作跳出农村的平台，她哪里懂得啥是情啥是爱。"余然说。

"袁自朝为嘛不与赵杏楠彻底挑明，没有必要藕断丝连，伤及无辜，伤人又伤己。"

"回城我们还要找赵杏楠的父亲签字、写政审材料，盖村委会的公章、盖公社的公章，没有必要得罪。"

"袁自朝父亲是劳动局长，怕啥？"

"有句话叫，县官不如现管。"

一瞬间，我又可怜起袁自朝了，不是他找麻烦，是麻烦找他。也许他的玩世不恭，诙谐刁钻，是一种自我保护的屏障。

私下里，我找到袁自朝给他道歉："那天，骂你脚踏两只船是我不对。"

袁自朝大言不惭地说："有船踏，说明我有魅力。"

## 二

知青的吃饭问题，村支书是动了脑筋的。村支书原来打算知青们与房东一起吃住，房东们不同意，凭空添了几张嘴，有许多不便。房东让知青住在自己家里，已经够高风亮节了，再一起吃饭给房东添多少麻烦。最后，通过村支委会研究决定，群策群力绞尽脑汁作出一个英明决策，给知青办食堂。村支书在大队部腾出两间房，南房，作为知青的伙房，支台搭灶，买面打油，擦台抹布，准备得像模像样。村支书找了两名男知青，大一些的叫柳雷，做管理员。小一些的叫肖克，做采买。在村里找了一名炊事员做主厨。那时我们知青共用一个户口本，每月由市财政局统一拨款，每人每月生活费6元，打到村账上。那时每人每月6元生活费已经相当不错了。我邻居家王阿姨的儿子在省体委训练，每人每月也是6块钱生活费，吃得很好。我们有统一购粮本，每人每月半斤卫生油，18%细粮，其余都是粗粮。饭食，每人每天早晚一碗玉米面粥，稀汤寡水，不如叫有玉米味道的汤水。早晚饭两个玉米面饼子，一块腌白萝卜条，长度约有一寸。中午两个馒头，一碗白菜汤，汤里偶尔游离着一两块带膘的肥肉片，像追鱼似的难寻。知青们整天啃玉米面饼子、大咸菜，尤其冬天带冰碴儿的，很多人得了胃病，请假影响了出工。管理员柳雷给村支书提了一个建议，给知青们包顿饺子。村支书征求村里那名炊事员的意见。他不同意，说几十人的饺子怎么包。柳雷说找知青帮工。场长不同意，说误工费怎么算。最后，村支书召开全体知青大会，把柳雷大骂了一顿："你馋了，拿知青说事。"其实是话里有话，杀鸡给猴儿看，封知青的嘴。柳雷一气之下私下里说村里舍不得给知青花钱，一顿饺子得花去知青一个星期的伙食费，村里克扣知青生活费等等。此话传到村支书耳朵里，气得他破口大骂："柳雷，你个王八蛋，再胡说八道，吊销你知青户口，让你一辈子在农村待着，回不去城。"之后，换了一个新的管理员，并恐吓柳雷再胡说八道要给他记大过。吓得柳雷大气不敢出，灰溜溜收拾铺盖卷与我们一起下地干活去了。伙食风波以柳雷挨骂，撤换管理员暂告一段落。

## 三

一切让步秋收，紧张忙碌的秋收开始了，那些四处疯跑的孩子看不到了，都被家长训斥猫在家里干活，不论怎么淘气的孩子，都得老老实实为那点可怜的自留地里的收获忙碌，掰苞米，挖土豆，刨红薯，捋毛豆，翻花生，洗西红柿种，洗黄瓜种，摘茄子辣椒，摘芸豆，这都是孩子们的活。

男知青们则跟着场长镐玉米，村里人叫镐棒子。他们拿着镰刀，从地头开始，顺着垄一根一根把玉米秆放倒。女知青们跟在后边，把割倒的玉米秆一根一根整齐地攒在一起，半垄地一堆。等一块地的玉米全放倒了，我们再从头打捆，把女知青攒的堆每堆捆成两捆，捆完后都码放在地头聚齐，我们拿着竹筐跟着场长把玉米秆的玉米一个个掰下来，脸上总会被玉米叶子划出一道一道的红痕，出点汗钻心的疼。刚扒了皮的玉米摸上去软软的，像一层皮膜下包着一汪水，只是煮着最好吃。等晒上几天，就变得硬硬的，再煮了吃就咬不动了。玉米棒晒干，这时候就要把挂晒的玉米摘下来，坐在一起，搓苞米，把两根玉米横着绞在一起搓动，玉米粒就脱落下来，搓完粒的玉米骨子堆在一边，这个可以烧火。玉米粒还要再晒，要不然放不住，易发霉，就全糟蹋了。刨去玉米棒的玉米秆堆成一个玉米秆垛，送到知青食堂，做饭的时候拿它烧火。有的玉米秆交到大队去，切碎了冬天是牲口的口粮。

我们发现一个秘密，高粱叶子还有一个十分重要的功能，村里人把高粱叶子收回家，切成十厘米的段，再从正中间劈开，放到茅厕里，用来擦屁股，村里人叫刮屁股。这个习惯一直沿袭到改革开放，后来村民们富有了，擦屁股也跟着富有了，改为享受卫生纸。

玉米白天晒，晚上装麻袋收起来，白天再倒出来晒，如此往复，直到玉米粒全身都硬了，能贮存了，再装到麻袋，最终被大队收没了。寄予厚望的知青们眼睁睁看着自己辛辛苦苦收获的粮食被大队收走，愤而反抗地说："我们辛辛苦苦打下的粮食，为什么大队收走，不是说让我们自给自足么，冬天我们怎么过？"场长开诚布公地说："这是大队的试验田，一切收获都是大队的。你们种的那几粒粮食，还不够你们塞牙缝。再说你们有集体粮本，吃集体伙食，有市财政拨款买粮，根本用不着大队的粮食。"就这样，知青们大眼巴巴地看着自己种的玉米，被大村收了去，心里太不是滋味。

袁自朝暗地里带着知青们消极怠工。这中间发生了一件小事，这才让知青们知道我与余然打小报告是被冤枉的。玉米刚刚掰下来那会儿，一天下午完班，袁自朝神经兮兮地找到我，要借我煮猪食的大铁锅用用。我回答说不可能，怕他们报复场长给砸了，逼他们说出理由。袁自朝一脸尴尬地说："让知青们解馋，晚上偷偷给知青们煮玉米吃。"我二话不说地拒绝了，这就是想让我犯错误。他显出很顺从的样子说，见我松了口气又说，咱们辛辛苦苦打下的玉米，为什么大队一粒不剩全部拉走，我们连玉米啥味道都不知道。依着袁自朝先前的脾气，他早已带领知青们偷吃玉米了。也许是先前军训的教育作用，意识有了提高。他们连玉米甘蔗都没敢尝过，他表现出面对逆境仍波澜不惊的控制力，他显然成熟了，这个主意一定是他深思熟虑提出来的，同时也暴露出他心底的耐性。他主动找到我，也许代表着全体知青的心愿，我有什么理由再拒绝？我让他给我一天的时间考虑，之后我与余然沟通，余然出主意要我告知赵杏楠，其实是取得村支书的同意。

第二天晚上，全体知青在田间地头休息室，灯火通明，桌椅板凳摆在外面，我们集体聚餐，煮玉米的芳香在田野里飘荡，有些知青早已按捺不住，刚刚开锅冒出香味就尝了又尝，等玉米煮熟了，已被人尝去许多了。我们啃着玉米棒，这是开天辟地第一回享受着自己辛勤劳动的成果。男知青喝着廉价啤酒，五分钱一扎的桶装啤酒，是几个男知青向他们爸爸要钱买的。石利说，那桶啤酒才花了两块钱。新管理员还分给每人一个鸡蛋，说是村支书默许的。男知青像猪八戒吃人参果囫囵吞下去，梗着脖子说话，噎得喘不过气，赶忙使劲用啤酒往下涮。女知青们轻轻剥掉那层薄如蝉翼的滑皮，慢慢地用手剥着一小块一小块把清晰的蛋白送进嘴里，最后再吃掉最有营养的蛋黄，怕有腥味喝一口啤酒，"吧嗒、吧嗒"，嘴里享受余香，最后啃一口玉米就着鸡蛋、啤酒到胃里攀亲去了。知青们跳舞、唱歌，尽情享受着丰收之乐。我跳了一曲《庆丰收》，余然唱了那首拿手的《草原之夜》，沈浩拉了一曲《喜洋洋》。大伙儿用手轻快地打着拍子随声附和。袁自朝自告奋勇号了一首《知青之歌》，那破锣嗓子如那走调的留声机，吱吱呀呀唱出了猪叫声，比猪挨宰时惨叫还难听，直叫人浑身起鸡皮疙瘩。但在一片嘲笑与唏嘘中，把我们的情绪带向了高潮。那晚，不知谁首先发现了流星雨，石利说，对着流星雨许愿特别灵。我们暂停喧哗，把双手合十握在胸前，虔诚地对天许愿。我许愿，余然与建社继续友好；涂燕的爸爸早日回家；花小溪的爸爸能解放出来，与奶奶过上好日子。我则早一天写出好报道，把这里的故事讲给全国人民听。袁自朝说许一个愿望才灵验，许愿多了就不灵了。我默默地只许一个愿：几个愿望一同实现。

# 四

很晚了，我们才回到家里，赵杏楠把我叫到她的卧室，神情极度兴奋地说，她可能要怀孕了。我大吃一惊，谁是始作俑者？赵杏楠神秘笑笑说是袁自朝。不可能！我第一秒否定，袁自朝是何等聪明的人，他绝不会作茧自缚。但我又怀疑，不会有什么误会。

"他怎么样你了？"我问赵杏楠。

"他摸我了。"赵杏楠轻描淡写地说。

"他摸你哪里了？"说完我又后悔不应该如此直白。

"他摸我手了。"赵杏楠沉浸在幸福里，脸向着屋顶，把手放在胸前，眯缝双眼，像是在享受。她没有我想象的那种羞涩腼腆，而是有些炫耀："是我先摸他的。"

"摸你手就能怀孕？"我很惊奇。

"是啊。"

"谁说的？"

"学校女班长告诉我的，并不让我与其他男生说话，离男生距离近了，会通过说话传递气息得病的。"

"那你平时与班里男生怎样相处的？"我被赵杏楠的无知给逗笑了。

"我从不搭理男生，不与男生同桌，不与男生说话。"赵杏楠像个不谙世事的公主。

我窃笑，肯定是那个女班长在骗她，赵杏楠美丽大方，自由活泼，家境也不错，肯定得到过许多男生的倾慕。女班长怕被冷落，不得不编此瞎话糊弄她，在那个谈性色变的年代，赵杏楠自然知之甚少。

"女人生孩子是怎么回事？"我问赵杏楠。

"是从娘肚脐眼钻出来的。"赵杏楠神圣地说，"我要为袁自朝生孩子，我要做城里的官太太。"

我花了几天时间给赵杏楠讲解男人女人那些事。她始终瞪着一双吃惊的大眼睛，红着脸一片茫然地说："我没有为袁自朝怀孩子。"那种幸福感逐渐消失，顾影自怜了好几天。

私下里，我埋怨袁自朝："为什么让赵杏楠摸你的手，使她想入非非。"袁自朝吓得脸色苍白，迷惑了一阵，然后不痛不痒地说："那天，她要跳进猪圈起粪，我怕她出事，一把把她拉上来。她就抱住了我，我即刻推开了她。"

此次事件后，袁自朝对赵杏楠更是耗子见了猫，避之不及，怕自己让赵杏楠再次"怀孕"。

赵杏楠几次找到我哭诉，说袁自朝是负心汉。我宽慰她："天下好男人多的是，你何必单恋他。"

# 五

那天是个秋雨连绵的日子，在技术员猴瞎掰一声"开锄"的命令下，我们开始收红薯。头一次种红薯，不懂行道，埋得深浅杂乱，我们秋收红薯寥寥无几，一垅地（约三分）刨不到一小拉车红薯，十亩地的红薯产量装不满一整车的拖拉机。我们灰心丧气，埋怨自己怎么连个红薯都种不好。那几天场长去市里开会，由技术员猴瞎掰带领我们出工，他倒是很善解人意说："头一次种红薯，没有经验，一回生二回熟，别灰心，也许攒着明年大丰收。"考虑到上次没收玉米的事件，几天后，猴瞎掰说："村革委会决定，知青试验田今年红薯收成不太理想，红薯，大队不收了，由你们知青们自己处理。"不管红薯收成多少，我们重燃起热情，一致商讨，红薯收完了，我们分了拉回家去，让父母尝尝我们的劳动果实。幻想父母亲的喜笑颜开，幻想明年红薯大丰收堆成小山。

那天吃过晚饭，赵杏楠与我们聊了一会儿天，回到自己的屋里休息去了。袁自朝急匆匆跑来找我们，小声地对我们说："咱们知青红薯被偷了，我的房东告诉我的，他昨晚看到有人偷挖知青地里的红薯。我估计今晚还要去。我已经约了石利他们几个知青，今晚抓贼去。你们去不去？"我们一听，异口同声地说："越渴越吃盐，敢从我们嘴里夺食，必须去！"我们拿了木棍、板砖、铁锹，信心满满地赶去红薯地。我们没有叫上赵杏楠，村里人她都认识，不想让她为难。

我们来到红薯地，细雨绵绵的夜里，看见几个身影，有人打着手电筒，有人擎着雨伞，还有人举锹弯腰挖红薯，偷窃行为猖狂至极。我们慢慢地靠近，发现红薯已经装满他们的小拉车，并听到一个声音说，这已经是第二车了。我们像潜伏的猎豹，如剑离弦扑向贼的刹那间，顿时愣住了，脚步似被锁住，大吃一惊："见鬼！"我们怎么也想不到，贼的首领竟然是——猴瞎掰。我感觉花小溪攥住我的手在发抖，瞬间又缩回去紧握胸前，"我的奶奶，猴瞎掰又一次欺骗了我们。"知青们欲拳脚相加，余然提醒说，我们还要回城，不能再次闹事了。这句话像给我们打了一针镇定剂，很快让我们的拳头，我们的铁锹，我们所有自卫的工具，变得软弱无力。

石利把村支书找来，赵杏楠一同跟来，她认出，偷挖红薯者除了猴瞎掰一家人，还有他二哥一家人。很明显猴瞎掰作案找了赵杏楠的哥哥陪绑、把闯、背黑锅，出现问题以利甩锅。当村支书质问猴瞎掰，为什么这样做？猴瞎掰振振有词："我们没有偷知青红薯，是他们不要的，我怕浪费了，红薯烂在地里可惜了的，才替知青挖的。"村支书到地里查看，猴瞎掰一行人挖走的红薯，确实是我们已经挖过的红薯地，我们没有挖过的红薯地，他们确实没有动一锹。我们终于明白，当初我们种红薯生怕不牢固，埋得太深，红薯长在了深深的地底下，我们挖地太浅，所以发现不了大量的红薯。村支书问猴瞎掰，为什么不告诉知青深挖？猴瞎掰说，我说了。我们回忆起猴瞎掰确实说了，开挖红薯第一天，他告诉我们挖红薯的要领，确实有这么一句话，要深挖。知青们不懂，到底深挖有多深，说了等于没说，谁也不会当圣旨去执行。这是我们的大意，我们的疏忽，于情于理不应当由猴瞎掰为我们的无知买单。村支书决定，谁挖的红薯归谁。一锤定音，此事就这样滑稽收场。

猴瞎掰很快用他的小心思博得了知青们的谅解与欢心，他私下教给袁自朝他们如何烤红薯。知青们口耳相传间很快学会了烤红薯的技巧。先在垄沟边找一块高低坡，就着坡度掏个洞，用土坷垃搭一个小窑洞，里面放进玉米秆点燃，把土坷垃烧红了，把用手搓巴干净的红薯放进窑洞里摆好，用脚使劲把窑洞踹塌陷，红薯被烧红的土坷垃埋得严严实实，一会儿烤红薯的香气弥漫开来，香味扑鼻，馋得我们直流哈喇子。猴瞎掰让我们耐心等待，也不知过了多少时间，反正我们觉得有半个多世纪，等那土坷垃凉些了，猴瞎掰让我们用小棍把土坷垃扒拉开，期望已久的熟透的红薯赫然眼前，四散的香气钻进每个人鼻腔。红薯裹挟着巨大的魔力，也消解了我们对猴瞎掰的所有恩怨。

猴瞎掰把自家自留地的土豆拿给我们一同与红薯烤着吃。烤土豆的好坏全凭着经验，猴瞎掰能通过土豆发出的气味判断着烤土豆的火候，这时经验显得极为重要，少一分火候不熟多一分便焦透。知青们实验过多次，不是夹生就是烤，更显得猴瞎掰的重要性。

女知青把长得好看的红薯洗干净，拿回家来插在水杯里或水缸子里，紫色的薯藤，绿色和淡黄色相间的叶子，相互纠缠，就像一幅浓墨重彩的水彩画。

# 第四章

## 一

我分了一百斤红薯，个个肉实饱满，一大早兴高采烈地向赵杏楠家借了一辆小拉车，请了一天假，把红薯拉回市里的家去，让我的爸爸妈妈高兴。三个多小时的时间，我赶到了家里。我的爸爸妈妈正在吃午饭，看到我的到来，像迎接宝贝似的，惊喜之余是感慨万分："女儿长大了，女儿有出息了。"那泪水便顺着妈妈的脸颊流下来，心疼地埋怨我为什么不告诉他们找辆车拉回来，并说："我一定要把这事告诉你的哥哥，咱们家的宁宁长大了。"爸爸帮我把红薯卸下来，赶紧张罗让妈妈又炒几道好菜，吃饭的时候爸爸告诉我："我知道你生活得很好，很出色，我在古莲花池大门外，市群艺馆的橱窗内看到你的照片了。"我特别惊奇："啥照片？"爸爸说："就是你们几个知青在地头表演的《四大嫂学毛选》。"我本想把在队里不开心的事告诉爸妈，但都憋回去了。午饭刚刚吃过，爸爸便张罗着找了一辆小型130客货车，把我的小拉车装上车拉回村去，我让余然帮忙收车。然后让妈妈带我到市群艺馆宣传栏橱窗欣赏照片。在熙熙攘攘的人群，在古莲花池大门外显眼的玻璃橱窗内，当真一张放大的七寸黑白照片分外抢眼捉目，下面配有字：快乐的知青生活。妈妈笑眯了眼睛说："四个女知青，穿着灰色大襟衫，头扎白毛巾，把手搭在胸前倾着腰，真有些像模像样。"早已在此等候我们的爸爸，指着照片中围坐一圈的村民说："看，村里人看得一个个笑得多么开心。"我的心里像抹了蜜似的说："爸、妈，难道你们没有看出，我的眉毛画得一高一低。"爸妈哈哈大笑："那叫突出个性，知道吗，傻丫头。"这是我第一次被拍照宣传，照片对我是最大的慰藉。我想尽快把这个消息告诉其她三个演员，便急忙央求爸爸用自行车把我载到村里，辞别了爸妈，回到村里其他三人听我一说，比我还激动，火急火燎地借了两辆自行车，直奔群艺馆。

## 二

秋收持续一个多月，一样一样地处理好，各种物品进仓储备，交了公粮，播种好冬小麦，这一年的活就算干完了。

试验田买回来四头小猪，场长让我与花小溪去喂猪。它们一茬白色打底，镶嵌着几个圆溜溜黑斑的小花猪，靠着猪圈最里头的墙角，弓着身子怯生生地盯着我们。"嗨，你好，小猪珠。"我朝它们友好地挥挥手，但它们好像并没有领会我的友好，竖着两只耳朵，眼睛随着我的手一动一动的，着实惹人怜爱。场长说它们都刚满月，好喂了。猪圈砌在休息室对面的东墙边，用砖混土建造，坚固耐用，猪圈分上下两层，上圈供小猪饮食、休息，下圈方便它嬉戏、便溺。上下圈用砖砌成梯形，供小猪上下方便，上圈搭建有小草棚，也无非是用几根棍子做檩，随意铺设一些柴禾，为小猪遮风挡雨。在一面墙开一个小窗口，里面放上小猪进食的猪槽，叫做"猪铲子"，用水泥灌注，很结实。但四只小花猪可能怯生，被禁锢在三五平方米的小天地里，很不老实，也不安分，小猪把猪槽拱得乱七八糟，撕咬凉棚，冲撞围墙，拱啃地面。我与花小溪喂了一段时间，不但没有长肉还瘦了，我们很苦恼，不知咋回事，对场长诉说我们的烦恼。场长说，这小猪欠劁。我俩不知道"劁"是啥意思，以为小猪病了。

第二天来了一位中年男人，场长说是高阳人，他高高的身架，结实的臂膀，穿一身黑色自纺粗布衣裤，挑一副担子，带把小刀、钩子、缝针和线，他与场长见面后，不知嘀嘀咕咕说些什么，就一齐下了猪圈里抓小猪。场长说要劁猪了，让我与花小溪避开。我与花小溪躲得远远的，很揪心又不敢靠近，远远地偷窥。不一会儿，只听得一只小猪被抓出圈来，来人和场长几个人把它摁倒在地。小猪声嘶力竭凄惨地哀号，知青们闻声赶来看热闹。猴瞎掰说，那来人就是劁猪匠。我头一回听说这个字眼，感到很新鲜。劁猪匠不知是让声嘶力竭号叫的小猪破坏了情绪，还是被男知青围得水泄不通，急得额头出汗，腿微微发抖，时间约有五六分钟，劁猪匠一抬脚，小猪立即站直身子，夺命逃窜，在院里疯跑了几圈，慌不择路逃出大院栅栏奔向远方田野。

# 追忆如歌年华

*ZHUI YI RU GE NIAN HUA*

  我与花小溪以为要宰杀了它们，吓得大气不敢出，站在一旁颤抖，心里蒙着一层阴影，猪这么小，能吃肉吗？不会是要烤乳猪吧。我试图通过手指缝偷看一眼，余然用手蒙住我的眼睛说，女孩子家是不能看的，忌讳。大约间隔十几分钟的样子，一只接一只的小猪号叫着跑出来，四处逃窜，知青们拿着棍子围追堵截小猪，一个个累得气喘吁吁，七手八脚好不容易把小猪撵进猪圈里。

  那个劁猪匠把带血的啥东西抛向猪圈的房顶说："高升去吧。"

  袁自朝嘻嘻哈哈打诨说："太监阉割下来的'枪支弹药'，一般要放进一个木制的锦盒子里，安置在高架子上，行话叫'高升'，猪不是人，把那玩意抛向猪圈屋顶，权当也是图个高升吧。"

  石利打趣地念了一首诗："双手劈开生死路，一刀割断是非根。"

  猴瞎掰对我和花小溪说："你俩安心喂猪吧，小猪定会春天心不动，夏天胸不躁，秋天意悠扬，冬日等太阳。"

  我问猴瞎掰："小猪伤口化脓怎么办？"

  猴瞎掰说："小猪有免疫力，不碍事的，慢慢就会自愈。"

  场长说："小猪心静了，气顺了，身体倍棒，吃嘛嘛香，自然就胖了，你俩安心喂猪吧。"

  小猪的食料主要来源于知青食堂的剩菜剩汤涮锅水，我与花小溪每天三顿饭后抬着一个泔水桶到食堂担猪食，回来后我们兑一锅水，烧开了，再把用小盆凉水搅拌均匀的玉米面或山药面或高粱面，倒进锅里，熬成糊糊，即叫"嗑吃"猪食。熬好后，再用泔水桶盛出来，满头大汗地拎到猪圈门前，给小猪一勺一勺地倒进猪食槽里，我们都会给小猪打个招呼，四只小猪眨巴着眼睛，一边瞥着我们，一边嗷嗷叫，仿佛是说，再给些，还没有吃饱。"哼哧，哼哧"吃得特别香，我故意不紧不慢地一瓢一瓢舀给它们吃。往左边舀一瓢，它们头便伸向左边吃，往右边舀一勺，它们头又伸向了右边吃。就这样左一瓢右一瓢地看着它们将食槽啃得见底，将食槽舔得干干净净。有一头小花猪长得壮，总是欺负其他三只小猪，把整个身子占据食槽，不让那三只小猪吃，有时还咬它们。所以，每到喂食时，我与花小溪总是手里拿着一根小棍，驱赶那只强壮的小花猪。花小溪一边驱赶小猪一边说："人，有霸道的，猪也有霸道的，偏偏不让你霸道。"我俩给四只小猪都起了名字，那个霸道的叫猪大壮，胆小的小母猪叫猪公主，那个动作有些缓慢的叫慢镜头，那个懒惰些的叫无动于衷。

  我与花小溪还学会了打猪草，作为小猪的辅食。喂猪之余，我与花小溪一人挎着一只竹篮，满世界打猪草。那时我们学会识别了扫帚苗、曲曲菜、老瓜筋、银星菜、马齿苋等野菜，小猪无一不爱。回家后将大锅刷干净，米也要淘好，再把猪草切成指甲盖长度大小，放在一起煮，等煮开了，再喂给它们吃。

猴瞎掰说："小猪大概养整整一年的工夫，才会长成大猪。"

每当猪圈的下圈蓄积了一定量的猪尿、雨水，场长让我们把青草、烂泥等一股脑地扔到下圈里沤肥。小猪十分喜欢，在里面打滚，践踏，撒欢儿，泥土和它们的粪便得到了完美的融合，形成一种黑黑亮的色泽之后，肥料便自然而然地沤好了。

起猪粪，是最累人最脏的活儿。即用一种叫做粪叉的农具，不是老爷爷们背着筐头拾粪用的那种粪叉，这种粪叉的叉齿更长，带有一定弯度，利于铲物。下圈本来距离地面有一定的高度，需要大力气把粪叉扬高，把满满的一粪叉肥料扔到地面上。而粪叉的叉齿之间本来间隙就大，一个弄不好，一粪叉粪便扔到自己身上，臭气熏天。所以，每次出猪圈都是知青们犯怵的活儿，哪怕穿着长腿胶鞋，带着草帽，穿着雨衣，全副武装，也会搞到遗臭满身，知青们没有一个愿意干的。场长决定，一人起粪一个小时，歇一个小时，这种哀怨的心情才好些。

## 三

深秋了，微风拂过，有些凉意，我闭上眼睛，泥土的芬芳夹杂着些许淡淡的青草香，迎来了头一场雪，麦苗伸出雪被外面，好像一个探头顾盼的顽童，好奇地打量着这洁白如玉的世界。

场长说，冬小麦在明年春天会重新发芽，现在的嫩苗正可以喂养小猪。他让我与花小溪把小猪从猪圈里放出来，那四只小猪像被囚禁多日出狱释放的囚徒，玩命里撒欢疯跑，好奇心使它们又闻又啃又拱又蹿，好像要把麦苗一次吃个够，"哼哧、哼哧"津津有味，不知是说还是唱。

大队部喇叭里喊叫，我的妈妈来电话，找我有急事。我吓坏了，以为家里出事了，心急火燎托付花小溪注意把小猪撵回猪圈，从地里跑回大队部去接听妈妈的电话。电话里妈妈告诉我，在古莲花池群艺馆宣传栏橱窗里的照片又更新了，是我单个人的，放小猪的。我窃喜，不敢声张，午休借了赵杏楠爸爸的自行车，一个人跑到古莲花池去观看：在蓝天白云下，翠绿如茵的麦田里，透过晨雾看到几只小猪低头吃食，薄雾中一个小姑娘的侧脸，那女孩迎着风，莞尔笑着，微微上扬的嘴角，是心香四溢的陶醉，更是静默无我的释放！我被此景迷恋着，痴痴地看了许久。突然，身后传来一个声音："画中人不是你吗？"我不觉扭过身

# 追忆如歌年华

*ZHUI YI RU GE NIAN HUA*

来，看到一个年轻人站在我的身后，身穿中山服，戴副黑框眼镜，文质彬彬很有修养，给我的印象是沉默寡言，郁郁寡欢。他问我："你是不是叫陈宁宁？"我疑惑点点头。他自我介绍说叫蒋叶。我觉得名字十分熟悉，再看照片，正是摄影作者的名字。我很惊奇："你怎么拍到我的？"他笑笑说："是你的清纯把你带进我的视野里。"

他告诉我，他是群艺馆的工作人员，专门拍照反映知青的生活照。第一张展示《四个大嫂学毛选》是奉命完成任务，这一张《知青放猪》是他喜欢的。他说办公室里还有几张，你要不要去看看。我说好吧。

进得古莲花池内的最南头在绿竹隐匿下，蒋叶的工作室就在这里，这一间阳光不太充足的小屋，办公桌上放着许多张照片，都是为知青而拍的，但我的最多。我有些好奇，你为什么大量拍我，他神秘笑笑，以后我会慢慢告诉你。在他办公室一角，靠窗户的地方，放着一架钢琴，我情不自禁走过去抚摸琴键。他很惊奇说，你会弹钢琴？我羞涩道，在校宣传队时瞎闹，只会弹《东方红》《北风吹》《大海航行靠舵手》等。他坐在我的旁边弹了一曲，委婉激越，弹完问我，这是什么曲子？我说是奥地利著名作曲家施特劳斯的《蓝色多瑙河》。他很兴奋，仿佛找到知音般夸我有学问。我说，这是我上学时的音乐老师韩老师教我的，她是66届清华大学毕业生。因父亲是上海资本家，被分配到中小城市来我校教书，她时常弹这首曲子。我在蒋叶办公室没待多久，因为是第一次接触，各自都客客气气地保持距离。快到下午班的时间，我恋恋不舍地辞行。他送我到大门口时，约我下次再来，郁郁寡欢说，他有自己想得到而得不到的东西，但他很清楚，他可能永远得不到。我不解其意，但身体机械地点点头。

从那以后，我受他的热情邀请，听他讲述自己的故事。他1966年毕业于本市师范大学，是最后一批大学毕业生，后被分配到县里教书多年，今年刚调到市群艺馆工作，他是多面手，会弹钢琴、绘画、摄像等。他说他的父亲原是北京市某区干部，勉强算是"官二代"。他给我讲大学里的故事，讲他初恋的故事，在他大学毕业前夕，他的初恋是农村女大学生，不愿随他到县里去教书，一心想留在本市，狠心地将他抛弃，嫁给了他的情敌，留在本市大学教书。他不敢去打听初恋的消息，怕影响初恋的正常生活。他问我是否认识河北大学工作人员。我说，我的亲戚在河大教书。他告诉我他的初恋的名字，让我去帮他打听。我爽快答应。几经周折，我打听的结果，他的初恋现已患癌症，正在省职工医学院接受化疗。他流露出满怀的怜悯，让我偷偷去医院探望。我找到他的初恋时，他的初恋正躺在病床上，远远望去，他的初恋化疗后精神萎靡不振，生命游离于生死边缘。我找人打听了初恋的病情，医生说时日不多了。他这才与我悄悄探望初恋，他不敢靠前。我劝他应该勇敢相认，告诉她，你还想念着她，爱她。他踌躇片刻后摇摇头说，不想去打扰她，只想远远地祝福她。

病痛还是带走了他的初恋，当我告诉他这个消息，他两行泪下地说，她若嫁给我，绝不会得癌症，她是被虐待忧虑而死。我说，她对你的背叛，为了留在城市贪图虚慕，背叛爱情，不值得你为她留恋难过。他苦涩地说，他的初恋在这个城市没有任何亲人，问我能不能陪他去公墓给初恋烧烧纸，权作拜别。

那天，城市刮着阴森森的风，那座以墓园长砖铺地的墓地，柏树不惊，阳光不见，到处一片死气沉沉。他把一些供品摆在初恋石碑前，烧一沓黄纸，拜倒坟前，低声哀述衷肠，放着那支奥地利著名作曲家施特劳斯的《蓝色多瑙河》。此曲里面肯定有许多故事，我知趣地躲开了。

我与蒋叶认识不久，有一天他到试验田找到我，说要回到北京，遵照父母之命、媒妁之言去完婚。他说是一个没有感情的婚姻，父亲给他安排好工作，还是在北京群艺馆工作。我说，你是不是为了寻找初恋才迟迟不肯回北京。他点头默认，说初恋都是用来追忆的。我真有些舍不得他，他给我照的那张放小猪的照片上了省报，得了一等奖。他是摄影奖，我是佳人奖。他是我尊敬的人。他帮助我发表了许多篇小说，我的处女作就是他给发表的，他是我写作路上的领路人。

五年后，我在北京某大学读书，他来找我，把一个深藏心底的秘密告诉我，他已经结婚了，但他并不幸福，因为心底一直暗恋我。我骤然一惊，记忆中楚建军的影子突然蹦出来，与蒋叶针锋相对，我用强烈的意念把楚建军轰跑。我很奇怪，脑海里怎么会给楚建军留有一席之地。我也不知道是什么时候的挑逗行为，让蒋叶产生其他的情愫，可我从始至终把他当成大哥哥，举止言行从没有越雷池一步。

他戏嘲道："是你，让我从初恋的阴影中走出来。我遭受排挤时，初恋给了我安慰，让我对生重燃信心。但那不是爱情，于我而言，只是感恩。你这样的女孩才是我心目中最美的追求。"

他苦笑："我知道有些缘分注定要失去，也明白有些缘分永远也不会有好结果，所以选择沉默，谢谢你在我寂寥的日子里，留给我一辈子的念想。"他的现任妻子有孕在身，再这样心猿意马会对不起准备出生的孩子，对不起妻子。这一次他下了狠心要跟我断干净，他把保存多年的照片全部归还于我。说一定要把这句憋了许多年的话说出来。我知道这些行为只不过是自欺欺人罢了。

为了斩断他的单思念想，我故作若无其事地样子："暗恋，是一个人的硝烟战场，与我何干。初恋，也许是你的专情。我，也许是你的滥情。"言外之意让他明白，从此以后，不说再见，永不相见。

他信誓旦旦："相逢已是上上签，何须相思煮余年。既然今生无缘，那就彼此成全，我绝不会再来打扰你。"

从此，我再也没有他的消息。多少年以后，我在电视里看到他的讲话身影，那时他已是北京某区文联主席。

# 四

赵杏楠的妈妈是一个风韵犹存的中年女人，头顶浓密的齐耳短发，一副笑眯眯的面孔，一双丹凤眼依稀可以看到往日的美丽。她对她的丈夫的任何提议，就像对待圣旨，从不敢提出异议。她的父母死后，她跟着哥哥长大，她全心全意把丈夫作为她的终身依靠。她为丈夫生了三个儿子，先后都已娶妻分家单过，另立门户。赵杏楠是最小的女儿，她把赵杏楠当成自己生命的化身。知青的到来，给她平静的生活带来新的活力。她惊奇地说："原来世界这么精彩，女孩子也可以这样过，这样活。"她恳求丈夫让知青搬到自己家来住，一是希望赵杏楠与城里的女孩子接触交往，潜移默化影响女儿。二是看出女儿十分向往城市的生活，她要竭尽全力改变女儿的命运。她对我的特殊照顾，虽说是"别有用心"却十分美好。我与花小溪喂猪一天三顿，中午那顿有一搭没一搭的，场长并不计较，所以花小溪在不在没人注意，因为我是主角。村里人喂猪都是早晚各一顿，我们中午加喂一顿，是因为知青食堂的剩菜残汤要处理打发掉。小猪们便得到多喂一顿的加餐待遇。那几日，花小溪由于奶奶得病，我偷偷让花小溪一早一晚跑到试验田喂猪，目的让场长看到她上班，中午时间不用回来，我一人喂猪，故意敲得盆子叮当响，让人们听到我与花小溪在喂猪。让花小溪一整天回家照顾奶奶，我则窝在屋里看书打发与蒋叶辞别的孤寂。赵杏楠妈妈看透了这一切，她找到我，劝我搬到赵杏楠屋里住，理由是小西屋四个人住太窄太挤。如此优待，偏给我一人，我怕其他三人多疑。她笑笑说，我让妮妮（赵杏楠的小名）爸通知她们，是我们命令你。这样我与赵杏楠同住一屋。

那晚赵杏楠很开心，她高兴地把自己最宝贝的手帕让我看，说是花了十几个晚上偷偷绣给袁自朝的。她在白色的绸帕上绣的啥，我没有看出来。她说绣的是一支玫瑰花，绿叶配红花。我极力掩饰住笑，表面维持着无比羡慕的神色，夸她处女作真漂亮。她自我欣赏着得意之作，颤抖着双手无比欢跃地说，如果袁自朝喜欢，还给他绣更多。

桀骜不驯的袁自朝定会"斩立决"判那手帕的死刑，拒绝她，扫她的兴致。我动了恻隐之心，劝她说，我教你写诗，那样袁自朝会更加喜欢。她欣喜若狂答应。我把从家里带来的《红楼梦》给她读，她读的《红楼梦》有许多繁体字，有的字她不认识，她就虔诚地一字一句向我请教。她的妈妈见到，笑得抿不上嘴，夸道："妮妮，像这样学习认真，不至于排年级倒数第一，没脸上学了。"

私下里，我找到余然，和她一起给袁自朝做工作，不可以打击赵杏楠的积极性，先接受了她的手帕再说。

袁自朝像被蝎子蜇了，一下子跳起来说："凭什么！"

"我们惹不起她爸，我们要回到城市，政审材料需要她爸批准。"余然很严肃地说。

"你有什么了不起，等赵杏楠提高了学问，长了见识，你白给，她都不要。"我挖苦袁自朝。

"赵杏楠对你只是新鲜感，并不是爱，新鲜劲过了，就怠情了。"余然说服袁自朝。

"凭什么要我牺牲色相，你们都知道，我喜欢的是涂燕。"袁自朝还是不依不饶地说。

我答应袁自朝，事情还有挽回的余地，沉住气。

袁自朝接受了赵杏楠的手帕，但转手给了我，让我自行处理。我只好秘密藏起来，不让赵杏楠发现，以观后效。

慢慢地我发现，赵杏楠确实变了，最让我感到意外的是她竟偷偷背诵《红楼梦》里的诗句："花谢花飞飞满天，红消香断有谁怜？""眼空蓄泪泪空垂，暗洒闲抛更向谁。""孤标傲世偕谁隐，一样花开为底迟？"她变得矜持了，那种风风火火的性格有所收敛，她在模仿林黛玉，她对袁自朝不再是大胆狂追，而是故作矜持。我觉得有些可笑，为了爱一个人，忘记了自己。一晚临睡前，她偷偷告诉我，她要把自己的第一次给袁自朝，以示贞洁。我吓得眼珠子险些蹦出来，真想扇她两个耳光。我找到余然商量。余然说："这个傻妞，怎么这么痴情。"

不几天，袁自朝找到我与余然，说赵杏楠有些反常，身子极力想靠近他，说什么贾宝玉与林黛玉的话。余然倒吸一口冷气，赵杏楠采取行动了，我说："当断则断，不断则乱，哪怕我们回不去城市。"

袁自朝的决绝行为让赵杏楠每日哭哭啼啼，我暗自松了口气，觉得总算做了件好事。

# 五

涂燕闯了一个大祸，以她的性格，天塌下来也是一副大大咧咧、满不在乎的样子。那天，知青上早班，涂燕走半路突然发现来了大姨妈，急急忙忙折回宿舍取卫生巾，却没有。忽然想起，这几天何美丽没来上早班，说是来了大姨妈肚子疼，就跑到何美丽宿舍处去要，进屋突然发现一个影子跌跌撞撞从何美丽的身上爬下来。涂燕出于好奇定眼细瞧，倒吸一口冷气，竟然是猴瞎掰！涂燕脑子一片茫然，几乎记不起来当时是落了泪，还是乱了方寸，大叫一声："猴瞎掰，你个王八蛋，欺负女知青。"猴瞎掰"蹭"地蹿下炕，一边系着裤子一边战战兢兢地说："我们在谈恋爱，关你屁事。"说着眼神躲避着，与何美丽互交眼色的指使下，凉锅贴饼子——溜了。何美丽一人面对涂燕，哭哭啼啼对涂燕说："你千万不要对别人说。"面对涂燕的质问，何美丽眼神躲躲闪闪，蹲在炕角一个劲地抽泣。涂燕明白，何美丽是半推半就，何美丽说："猴瞎掰的爸爸是村治保主任，年底有一个推荐知青回城的指标，猴瞎掰说，他爸与郊区委某领导说好了，一个知青指标带一个村里人，招工到一个区办小厂。"涂燕气坏了，大声斥责何美丽："假若你给他生了孩子，你还怎么回城。"何美丽眼神游离着，说着避孕的措施，言语间透露出轻微的得意。

气急败坏的涂燕大骂何美丽："癞蛤蟆蹦脚面，咬不咬人膈应人。"把此事说于我与余然听，骂何美丽不给知青争气，问我们要不要制止。余然说："人家谈恋爱，咱们怎么管，已成事实，如何挽救？"涂燕无奈何答应何美丽对此事缄口不言。

年后，猴瞎掰爸爸果真信守诺言，把二人弄到那个区办集体小厂。何美丽用身子换回了回城的机会。

回城后，何美丽把户口改成城市户口，并没有与猴瞎掰步入婚姻的殿堂，而是立刻甩掉猴瞎掰，而是嫁了一个现役军人，怀孕后的何美丽追随军人去了边陲落户做了随军家属。猴瞎掰无法忘记何美丽，他想找何美丽算账，又怕背上破坏军婚罪。对于这一切猴瞎掰只能忍受，连气带郁闷病倒了。

在我参加工作不久，听说猴瞎掰死了，那年他三十岁，始终没有结婚。村里人说，他心眼太多，累死了。真正的病因是，他无法爬出对何美丽旧情的陷阱，他得了肾病，没有钱也没有找到合适的肾源，带着遗憾走了。对于这迟来的消息，我们还是回乡安慰他的父母。他的父母虽然搬进了新房，却仍保留着他住过的那间小东屋。当我们第一次见到那间小东屋窗糊纸肮脏不堪，已被风雨剥蚀得摇摇欲坠，门后青苔累累，窗下落叶蒙尘，桌上除猴瞎掰的照片清晰外，墙壁上石灰墙脱落，角落肮脏的蜘蛛网絮结，一副苍凉颓废的模样。我们问为什么不清扫，他的父母亲解释说要保持原样，当他还在。

# 第五章

## 一

进了腊月门，过年的气氛一天天浓烈。那晚，花小溪喂猪没有回来。余然有些着急说，是不是她的奶奶病重了？我与涂燕向袁自朝、石利借自行车要回城去看望花小溪。他们知道后，埋怨我们为什么不告诉他们，自告奋勇用自行车载着我们回城。袁自朝载着涂燕，石利载着我，余然向郝建社妈妈借了自行车，自己单骑，我们五人浩浩荡荡奔向花小溪的家。

花小溪的家在帅府胡同最深处，那个灰砖瓦房四合院，东西厢房，皆是两间，约有四五十平方大小，不见灯光显然空着没有人住。南厢房依稀分辨出里面放些仿古黑色大漆家具。北面是正厢房三间，是正房。在院最东面黑暗处用红砖搭了一个小棚子，不用说是临时搭建的，这就是花小溪与奶奶的住处。

我们进门来，花小溪正趴在奶奶身边抽泣，见到我们那种无法压抑的情绪达到顶点，大声哭起来，说，奶奶一整天只喝了一口小米粥。

我们要把花小溪的奶奶送进医院，奶奶死活不答应，哀求我们一定要照顾好花小溪，等待她爸爸出来。最后我们决定，让花小溪在家好好伺候奶奶，不用回村出工，猪由我们几个人轮流喂食，我们还每人给她凑了五块钱，给奶奶买些药吃，买些滋补品。

安慰好花小溪和奶奶，我们回到村里，入夜，我翻来覆去睡不着，花小溪那愤怒的哭泣，像一个幽灵在整个屋里盘旋，黑暗中几乎看不到谁能拯救花小溪与奶奶。我们尽我们最大的努力帮助她、安慰她，给她俩温暖。

## 二

冬天覆雪寒冰，农活不是那么忙，眨眼进了腊月门，孩子们那一天紧似一天的鞭炮声时不时地提醒大人们，春节，进入倒计时。冰封的大地，寒气透过棉鞋直往心窝里钻，我们不时地跺着脚，手放到嘴边哈着气，有的知青手脚都冻裂了口子，钻心的疼。村领导商量后决定取消早班，我们终于可以放心大胆钻在暖和和的被窝里睡懒觉，发誓要把那耽搁的早睡黄金时间统统睡回来。

我要喂猪，不敢睡懒觉。那日，早饭后我去喂猪，发现四只小猪崽不见了，变成了一只大黑猪子在猪圈里哼哼唧唧，我吓坏了，急赤白咧大喊，我的小花猪被野猪吃掉了。

场长笑眯眯地走过来，不紧不慢地说："你喂养的四头小猪，活吊毛每只还不足五十斤，原准备过年宰了给知青们打牙祭，看来是黄瓜菜，凉了。我把我媳妇养的两只大黑猪，给你们撺过来一只，换走了那四头小黑花猪。这只大黑猪活吊毛有上千斤，把它宰了分了肉，知青们拿回家去孝敬父母过年。"

养了三四个月的小猪，突然被换走了，我还是有些不舍，但场长传达的村里政策，还是有暖心的感觉。

分过年猪后，村领导看我们一年辛苦，提前给我们放了年假，我们欢呼雀跃。随后，场长用双手压住激奋的群情说，还有一个通知给大伙念一下。他刚刚念了标题，我没有听完全便欢叫起来，因为余然被吸收进了村委会，担任村团委书记。原团委书记娇儿婚嫁到其他村已经卸任。知青里面余然是第一个进入村领导班子的，这是开天辟地的大事，表明了知青在村民中的威信与地位，说明了知青干得还是不错的。知青们又一次欢呼，场长再一次压住知青地欢叫说，下面我点到名字的知青，留下来，有重要任务。余然、袁自朝、石利、拉二胡的沈浩等有些文艺范儿的知青全被点名留下来了，难道与年底村里一年一度的唱大戏有关。

知青们领到了年底分红，我分到 76.30 元，那时我在知青中挣工分算是可以的，挣 7 分。余然和涂燕挣 7.5 分，花小溪挣 4.5 分。袁自朝几个高大壮士的知青快与村里壮劳力比肩，挣 9.5 分，那时村里的壮劳力最高工分挣十分。我的劳动价值第一次得到肯定，我学着其他人的样子用手指抿着唾沫，一口气把钱数了五遍，故意把票子捻得嘎嘎响，生怕别人听不见，眉开眼笑地享受着数钱的愉悦过程。

## 三

我们七八个知青留下来，被带到了村支书办公室，里面早已有五六个人坐在那里与人有说有笑。这些人个个气质不凡，举止优雅，女的好看漂亮，男的酷毙帅呆,透着一股艺术派。有两个人我认的,是蒋叶介绍给我的,都是本市京剧团的主角,女的叫金玲,男的叫晓林,都是剧团里的台柱子。那群人那股外在的魅力,把我们吸引住了,发自内心的瞬间肝脑涂地变成脑残粉,禁不住陷入一种恬静的恍惚中,难道他们是来唱戏的,兴致盎然地眼巴巴地瞅着他们傻笑。

村支书指着那个年长些的对我们说:"这是市京剧团的季团长,带着演员来村里与你们一起过年。"

我知道赵杏楠爸爸是个戏迷,但不至于迷到整个过年期间请他们在村里管吃管住管演出管出工资。

季团长摆摆手笑道:"我们这是为了完成上级任务,把样板戏送村进户,遍地开花。"

村支书说:"给你们知青一个政治任务,把现代京剧《龙江颂》折子戏给我拿下,这是继八个京剧样板戏之后又一部很有影响的好戏,特别适合农村演出。时间紧任务重,你们要克服困难,争取春节前把剧本拿下,在村里演出。春节过后参加公社选拔赛,到市里汇演给我拿大奖回来,我对你们大大的有赏。"

我们早已克制不住激动的情绪,把几个演员团团围拢。季团长分别让我们还有几个村里的几名戏曲爱好者,每人拣自己喜欢的唱几句,选几个自己喜欢的动作比划几下。最后季团长选定剧中人物,余然扮演一号人物江水英,我扮演二号人物阿莲。剧中三号人物生产大队长李志田由袁自朝担任。季团长虽对袁自朝不太满意,可选了几个人都觉很不妥,只好矬子里面拔将军,凑合使用了。村里还选出了一些群众演员做配角。石利会拉手风和沈浩一起进了乐队。演员人物分配已定,我们便各自接了剧本,由京剧团来人中的不同角色一对一对号接洽,手把手进入正式排练。

晚上,赵杏楠吞吞吐吐地说,想进剧团,为的是能天天和袁自朝在一起了,但她爸爸嫌她唱戏水平太凹,没答应。可我又有什么权力把她弄进剧团。我知道,她一句京剧不会唱,只会唱河北梆子,但我不能拒绝她,因为我要回城,我不想得罪她。

第二天,京剧团的老师首先教我们唱腔,我故意认真地唱得音律走调不齐。剧团老师耐心辅导,一字一句地教我。我越学越走调,怎么也学不会,就产生了畏难情绪。我故意漫不经心地说,要是改成韵调河北梆子就好唱了。余然也在一边敲锣边鼓。这个提议立马得到一致响应,因为村里人十人中有九人都会唱河北梆子,老少都会随口哼几句。赵杏楠的爸爸为难踌躇片刻,征求大家意见,得到一致同意。于是,请村里的琴师把唱腔韵调一律改成河北梆子,一片释然与欢呼。首站成功，我与赵杏楠偷着乐。第一步实现了，第二步我向余然请教，如何把赵杏楠拉进剧团来。余然让我装病，总跑厕所。余然拐弯抹角地向赵杏楠爸爸提出，为了保证春节正常演出，阿莲一角儿能否安排 AB 角儿。赵杏楠爸爸又很快答应，并推荐了一个村里的文艺爱好者淑敏。我找到了赵杏楠的妈妈，把赵杏楠的心事告诉她。她的妈妈为女儿的事情当然上心，给丈夫吹了一宿的枕边风，第二天 B 角儿成了赵杏楠，我为 A 角儿。赵杏楠与我们知青天天在一起开始排演，高兴得几天几夜唠叨不停，半夜醒来还见她背台词，为了她的爱情努力着。我暗自想，我帮她，不知是福还是祸。

## 四

腊月二十三，是"小年儿"。从腊八开始，村里的年味就越来越浓了。赵杏楠的妈妈把过年的日程安排得满满当当，按照议事日程忙得不亦乐乎。腊月二十三，是祭灶王爷的日子。赵杏楠妈妈把三个哥哥一家人全叫到家里来吃饭，带着嫂子、孙孙。随后家家开始大扫除，扫屋顶、扫窗台、扫院子角角落落，擦窗扫地净灶膛。清洗各种器具，拆洗被褥窗帘，洒扫房间庭院，掸拂尘垢蛛网，干干净净迎春节。

三十晚上是最热闹的，夜幕降临还没有开挂，那打麦场上早早挤满了人。夜空中不知道是哪个调皮的孩子点燃了花炮，噼里啪啦一阵狂响，烟雾弥漫萦绕。有的孩子跑到后台看演员化妆，换戏装，瞅稀罕看究竟，被大队保卫赶跑了。紧锣密鼓中开场我们演员一亮相，便博得一片掌声，喝彩声，台上唱得起劲，台下看得仔细。

在第三场第四场阿莲的戏份多些时，赵杏楠让我装肚子疼，她来上场，这个"人来疯"真是天赋异禀，无师自通，把河北梆子那高亢、激昂，豪迈的唱腔演绎得淋漓尽致，让人们刮目相看，喝彩声不断，尽管她动作有些生硬，甚至忘记了比划手脚，但瑕不掩瑜，依然光彩照目。有了这场戏的尝试和大放异彩，赵杏楠以下几场戏都是她来演，我靠边站成了一名旁观观众。但我没有感到失落，没有情绪颓废，而是一阵畅然，确信是我们一段伟大友情的开始。我一生都记得，赵杏楠因激动而颤抖着声音，展露笑容，向我透露着自己的重大发现："被人尊敬是多么开心的事情，我要永远铭记这一刻。"

天天赶场，一天几场，我们个个筋疲力尽，嗓子都喊哑了，没有人叫苦喊累，不是我们不敢怨言，而是我们整日处在兴奋中，忘记了疲劳，忘记了想家。也许那美好的舞台，使我们忽略了想家的痛楚与哀伤。过了破五，村支书一声令下："你们可以放假了，过了正月十五再来上工。""哄"的一声，我们一个个像跑完马拉松的运动员瘫软在地。

<h2 style="text-align:center">五</h2>

正月十六，我们回到赵杏楠的家中，气氛极不寻常，赵杏楠没有在家，准确地说是突然失踪了。我搬回到小西屋又与余然、涂燕住在一起。花小溪因奶奶病情加重，没有按时回乡，我们替她向场长请了假。对于赵杏楠的失踪，我们进行了各种各样的揣测，私下里，我问袁自朝："你知道赵杏楠哪里去了吗？"袁自朝恼火地说："你们都不知道，我怎会知道，为什么人人都问我，我跟她没有半毛钱的关系。"

赵杏楠的事还没有头绪，又一个坏消息——花小溪的奶奶去世了，她打电话给我们说，现在露宿街头，无家可归。

我们听到这个骇人听闻的消息是刚刚吃过晚饭，那天下着零零星星的小雪，地上结着薄薄的一层冰。袁自朝和石利接受教训，春节回家互相商量好了央及父母给各自买了一辆新自行车，今天正好派上用场。袁自朝载着涂燕，石利载着我，余然骑着郝建社家的自行车，我们五人一路向城里慌慌张张奔去。由于路滑，我们不知道摔了多少跟头，弄得浑身是雪，满脸是泥，跌跌撞撞疯了似地奔到省职工医学院大门口，只见花小溪坐在医院门口的马路牙子上，在那里哭天抹泪等待着我们，见到我们，"哇"的一声抱住余然号啕大哭。我们顾不得抖落一身的狼狈，把花小溪带到医院急诊门诊走廊内。花小溪处在大难临头的惊恐中，浑身颤抖着告诉我们，她的奶奶刚刚去世，已被护士弄到医院太平间，不知道如何是好。我们没有处理丧事的经验，习惯性地看向石利，面对这突发事件，他也手足无措，他对余然和袁自朝说："先回到花小溪家去，再做商量。"

打开花小溪的家门，屋里满目疮痍，冰冷的屋里残留着破烂家具，饭桌上残留着啃剩下的一小块玉米面窝头，冻得梆硬，面目全非的窝棚里遍布死亡的气息。因特殊情况，花小溪爸爸和妈妈没法回来。我们五人成了花小溪唯一的依靠，石利环顾四周，冷静下来后说："赶紧准备丧事。"经过商量，我陪着花小溪去各处报丧。余然总管，张罗一切事务。袁自朝与涂燕负责吊丧事宜。石利做账管。余然说："我们还年轻，没有经验，花小溪你赶紧到居委会磕头，请求有关人员，过来帮忙。"岁月遗留下的伤痛，终究填满了花小溪飘零的人生。我们为了她破碎的命运，曾拼劲青春的全部勇气，然而花开始于天成，花败亦有不能追究的因果，在她奶奶去世的当年，她也带着众多无法诉说的苦楚离开人世，小溪临走那天告诉我，有些痛她注定得承受，但她庆幸有我们这群知心好友，在她坎坷的一生点缀上星星光彩。小溪的离世，带走了特殊岁月里的伤痛，也是我知青记忆中的句点。

# 第六章

## 一

"海东方！"我到华江师范大学报到的第一天，这声呐喊闯入我的脑海，我看到一个身材娇小，梳着两条小辫，走路蹦蹦跳跳的女孩，莺歌燕语般的甜蜜情影，女孩长得秀气温婉，稍带红晕的圆脸上有一双美目，最重要的是她有些像花小溪，恍惚间，我竟有些泪目。她身背沉重的包裹，吃力地拖着拉杆箱，匆忙地走在水泥路上，在川流不息的新生报到人群中，东张西望在寻找着什么人。"夏雨雪！"又一声浑厚的男中音吸引了我，我看见一个高大帅气的男孩，在她的身后把她的拉杆箱紧紧攥住："人不大，包裹倒不小。"他用一副挑逗的眼神看着女孩子："给我一个为美女献殷勤的机会。"说着毫无忌惮地抢过她的拉杆箱说："我带你到新生接待处报到。"夏雨雪张嘴说道："用不着你多管闲事。"他却阻止道："不用谢，顺路，与你同行，我也是新生报到。"俩人说说笑笑离开了我的视线。

我瞅着他们的背影发呆，他们身着天蓝海军服轻装，与我的绿军装、绿挎包遥相呼应，不用说他们是军区大院的孩子。我觉得只要穿上军装，会永远在道德上保持一种立正姿势，不再有参与放浪形骸的行为。

我被分配到女生宿舍二楼，紧挨走廊最东头那间，有些狭小，是二人房间，我正纳闷，别人都是四人房间，我为什么二人间，那莺语袅袅声音便跟进来，又是夏雨雪。我掉过头去细细看她，她向我问好，声音很悦耳。她把背包放在东边床位，我自然地把背包放在西边床位，跟进来的海东方见到我，没有给夏雨雪说话，却先把手伸给我说："你好，新同学，以后多多照顾夏雨雪哦。"我很尴尬，男生怎能随便进入女生宿舍，但不失礼貌地回握他的手笑道："我叫陈宁宁，以后请多多关照。"他一边帮夏雨雪整理背包，一边对我说："一回生，二回熟，这是咱们第二次见面了，回头我请你俩吃饭，刚才我看见在校门口有家饺子铺很好，要不一起吃饺子？"显然他看到我也很高兴。我继续把衣服与书一件件、一本本从拉杆箱里掏出，码在床头，一边用眼角瞄了下夏雨雪，用眼神告诉她："你们去吧，我不去了。"

夏雨雪却用淘气的眼神看着我说："盛情难却，我要告诉你个秘密。"

"你们要记住，并不是所有人都有过你们拥有的这些优越条件。"饺子馆里，海东方用这句话开启了他大哥哥式的语录。

海东方告诉我俩，学校废置多年，一切百废待兴，那闲置多年的女生宿舍正在修缮，我与夏雨雪才有幸住二人间，暂时委屈在小房间，以后还会重新分配新宿舍。他也不是军区大院的孩子，是一名出身农村的海军，从甲板考到学校来的。夏雨雪是他部队舰长的女儿，首长让他多多照顾夏雨雪。来到学校他俩也是刚刚认识。海东方比我大三岁，比夏雨雪大四岁。开玩笑说让我俩叫他哥哥才肯买单。

夏雨雪告诉我的秘密是，我仨同一个年级，她读历史系，我与海东方读中文系。

巧合的是，我与海东方分在同一个班，他坐在我的后桌。每天放学回来，我给夏雨雪复述海东方的一言一行。有一天，我实在憋不住，以开玩笑的方式问她："你是不是喜欢海东方。"她笑笑："你怎么思想那么复杂，难道男女生之间就不能有纯洁的友谊。"我暗自窃笑，没有拆穿她的小心思。

很快，班里以高考分数推选班长。海东方为正班长，我为副班长。夏雨雪总在我耳边念叨海东方，说喜欢他侃侃而谈的样子，喜欢他知识面广，喜欢他多愁善感的性格，喜欢他打篮球的酷劲儿。

一天，临放学，她对我说："班长，我想请你帮个忙。"她脸红红地低着头，扭扭捏捏双手摆弄着衣角，一副欲言又止的样子。

我问她："有什么话尽管说，咱俩好朋友，什么事我替你扛着。"

她低声说："你们班干部又学习又工作，还有课外活动，挺累的。尤其海东方课外还打篮球，天天跑得满头大汗，我给海东方买了一把扇子，托你帮我给他，但千万不要说是我给的。"

我不假思索地说："这有什么呀，关心同学嘛。"

她从书包里掏出一把折合纸扇递给我。我转手交给海东方，坦言说是夏雨雪给他的。他大大方方接过去说："谁给的我都喜欢。"

从那时，我天天早六点来到篮球场，陪着夏雨雪一起看海东方打篮球。我故意当着众人的面给海东方加油:"打出成绩来,给咱班争光,不然,对不起那把扇子。"

海东方十分激动:"谢谢宁宁,我的成绩就是班级成绩,我会努力的。"

不几天,海东方把扇子还给我说,买了新扇子用不着了。我把扇子还给了夏雨雪,说:"人家嫌你的不值钱,退货了。"夏雨雪急忙接过打开扇子,一瞧,不但不恼,反而笑眯眯地连声道谢,继而害羞地跑掉。

之后,我经常发现夏雨雪出神地盯视扇面。我很好奇,趁她去厕所,偷偷打开扇子,只见空白扇面多了几行字:一阵清凉一扇风,阵阵清风入心中,若问风源何时起,喜闻球场陈鸟声。

我一看是海东方扭扭歪歪蚂蚁似的毛笔字,就悄悄问海东方:"你拽什么拽,练毛笔字也不挑个地方,扇面写的啥意思,晨写成陈。"海东方十分郑重地说:"你不是姓陈吗?我的心里话呀。"我开着玩笑:"不会是写给夏雨雪的吧,拿我当挡箭牌。"他笑笑说:"那扇子不是你给我的吗,却拿夏雨雪作借口。那字是我写给谁的,你当真不知道,真是个榆木疙瘩脑袋,擀面杖吹火——一窍不通。"

我扭头告诉了夏雨雪:"海东方给你的扇子写着他的心里话。"

夏雨雪立刻像一只欢快的小鸟,歌唱着飞向篮球场,又去给海东方助威加油。

在年级诗歌朗诵会上,夏雨雪感情充沛念了一首诗:眼空蓄泪泪空垂,暗洒闲抛却向谁……结束时竟说帮我念的。说实话,我根本不知她啥含义,却觉得好玩。

没承想,海东方立刻回了她:枕上袖边难拂拭,任他点点与斑斑……

我知道夏雨雪的母亲是省文联的,著了书,写了诗,自然有文人的遗传基因与功底。事后,我故意夸她,你的诗写得真棒,连海东方都夸你。她羞红了脸说,你读过《红楼梦》吗?我故作糊涂摇摇头,因那时我的父母亲是禁止我看课外书的。她笑笑说,海东方就知道。夏雨雪的诗朗诵得了年级第一名,海东方高兴地附和赞成,说她是实至名归。但嘱咐我与夏雨雪以后在全校师生面前尽量不要念这类诗,这是一首情诗,再发现决不轻饶我俩。我听话地点点头,夏雨雪却一脸娇羞地说:"偏不,我偏要念。"说着扭身跑掉了。

对于《红楼梦》的诗词,我不敢说"倒背如流",但里面的诗词全部背过。以至第一学期暑假前夕,学校组织了一次《红楼梦》诗词大赛,我拿了第一名。夏雨雪不敢相信我有如此"神功"说有什么神仙附体。海东方说,有心就能渡河,有志者事竟成。其实是海东方私下里帮助我的结果。他给我讲解人物,我如饥似渴地看书学习。海东方问我书中最喜欢谁,我调皮问他喜欢谁。他说喜欢贾宝玉的离经叛道。他以为我喜欢林黛玉，想与我共同讨论一个话题——贾宝玉与林黛玉的爱恋主题。可我不喜欢林黛玉的弱不禁风、娇娇气气，喜欢晴雯的大胆泼辣、敢作敢为。他显出一副失望的神情说我不解风情，说我没有领会精神实质。大大咧咧的我想都没有想，心思够不到。

## 二

第一年暑期来临，同学们权作小别离，免不了有依依惜别之情。几天来，夏雨雪哭得最凶，我知道她舍不得海东方，为了给他俩提供独处的机会，我借故向班主任提建议，周末爬狼牙山，接受红色教育。班主任同意了。夏雨雪高兴地跳起来说，一定借这次机会把心里话全部告诉海东方。但说海东方要请假，说是回北海舰队看望战友。我与夏雨雪万万没有想到，夏雨雪倚窗哭得泪眼蒙眬，向我求救。

我正思量如何劝说海东方，情感纯真的夏雨雪犯了一个致命且一生都无法弥补的错误。那天班主任不在，主任助理在海东方书桌里发现一张纸条，上写着：务必爬山，有话对你讲。署名夏雨雪。助理突然把全班同学召集起来，把纸条在班上人声念了，并严肃地说："学校的规定不是摆设，大一新生偷偷传递纸条，这是什么行为，小资产阶级思想的泛滥。"他汇报到系主任那里，系主任十分重视，召开对夏雨雪的批评教育大会，以儆效尤。同学们感到很震惊，乱哄哄的不知私下议论什么："墙倒众人推，破鼓乱人捶。"夏雨雪给海东方纸扇、念情诗等都被同学扒出来，作为一条条罪状列举。我预感，纸条会毁了夏雨雪，给她带来难以愈合的伤痛。

她屡弱的身子站在讲台上瑟瑟发抖，她昂着头始终不承认纸条是她写的，拒绝做检讨。对于助理的大声斥责，我吓懵了，一句话也不敢讲。海东方"蹭"地站出来替她辩护："我知道纸条是谁写的，但绝不是夏雨雪！"大哥哥护小妹理所应当一肩挑。我紧张的情绪有些松弛，这是多么可敬可爱的行为，英雄总是在疾风暴雨中显露本色。

介于夏雨雪的强硬态度，系主任恐吓夏雨雪说要给她背处分，甚至劝其退学。我清楚海东方的庇护有些力不从心，理由不充分，没有力挽狂澜的说服力。夏雨雪悲痛欲绝扬言要去北京找她的爸爸为他申冤。海东方做最后挣扎大声争辩："那把折扇是陈宁宁给我的，那首诗是陈宁宁托夏雨雪念给我的，那张纸条是陈宁宁写的，因为我有事拒绝去狼牙山爬山，是陈宁宁作为班干部对我的劝说，干部要起带头作用。"海东方把那张纸条拿给我看，是夏雨雪扭扭捏捏仿照我的笔体写的。我立刻明白他搬出我这个班长做救兵，要我为夏雨雪背黑锅。

我猝不及防，没有一点心理准备，海东方的一字千钧如犀利的子弹射杀过来。很明显，他要我为夏雨雪的幼稚与无心之过买单，必须的，不敢担当也要担当。一身独揽此次事件的因由后果，给全班师生一个交代。我不知哪里来的勇气，站起身来昂首挺胸道："夏雨雪，我一直想告诉你，那张纸条是我写，但我绝没有歹意。"我准备替夏雨雪承担背处分、退学的危险。

我向系主任坦明真相，我好心替夏雨雪传递信息，约海东方与她一起爬山，一起接受红色教育，因那是他们父辈曾经战斗过的地方，一起去缅怀父辈英雄事迹，继承父辈红色传统，并当场作诗一首，说是夏雨雪写的：狼牙山下缅故人，昔日战场筑英魂，父辈雄姿今犹在，吾辈后继万古存。说是夏雨雪准备在狼牙山下朗诵这首诗，以此纪念父辈们。

我胡诌白咧解释给所有在场人听："那天，我没有找到海东方，就把纸条塞进海东方的书桌里，并没有署名。没有料到被谁整蛊使坏，落款上了夏雨雪，弄成了恶作剧，我好心办了坏事，把海东方与夏雨雪连带害苦了。"

班干部之间谈论工作，不是什么粉色绯闻，不是新生谈恋爱，一场误会解除了，系主任不再追究，班主任助理无言以对。我替夏雨雪解了围，我为我的表演暗自庆幸，一首诗化干戈为玉帛。

私下里，我对班主任助理的行为不太理解，对海东方抱怨："主任助理为什么如此大动干戈，口诛笔伐我们。"

海东方笑笑说："主任助理是新调来的实习教师，习惯打小报告，助理现在正在谈恋爱，以他人之心度咱们之腹，也许刚刚女朋友吵了他，把气撒在咱们身上。别理他，事情都过去了。"

我对主任助理的做法有些生气，骂道："真是心理不健康。"

我准备调换到其他宿舍，无奈地收拾行李，默默无语。夏雨雪一把把我拉住："好姐姐，我怎么会把你的好心当做驴肝肺，谢谢你救了我，留下来陪我吧，我已经让爸爸与他的战友，也就是校长商量，这宿舍就咱俩，谁也不要再安插进来。"

有心插花花不活，无心栽柳柳成荫。没承想我俩享受贵宾级待遇，宿舍成了双人间。而令我分外吃惊的是，海东方悄悄告诉我说："那天为夏雨雪的争辩词，全是他的真心话，他偷偷喜欢我。问我喜欢不喜欢他。"

我告诉他："不要再为你的重色轻友找理由遮羞了，要接受这次教训，不要再无事生非，庸人自扰。"

他哈哈大笑说："开个玩笑，何必当真。"

夏雨雪被爸爸的警卫员开着专车，接回北京过暑假。我的父母亲到哥哥部队探亲，我也要到哥哥部队与他们团聚。海东方知道后，说与我同路顺道到哥哥部队看望他的战友。几年不见哥哥了，我特别想念，想都没有细想就答应了。

为了打发漫长无聊的火车旅途，海东方向我讲起了部队舰队甲板的故事。他刚刚到甲板时，每天最纠结的事就是叠被子，每天早晨5点钟之前起床，到走廊上去抢位置叠被子，天天在地上叠，然后晚上还继续盖在身上，地上的被子先用膀子反复压，然后叠成三折把两边顶实，叠出型了还要整，三分叠七分整，这就是技巧。

我很羡慕兵哥哥叠被子，整齐划一，像艺术品。羡慕兵哥哥面对升国旗行注目礼的雄姿，羡慕那身白色海军服，两条风向带随风飘舞，羡慕舰船在蓝蓝的大海里翱翔，守卫祖国海疆，自傲又骄傲。

我开海东方的玩笑说："你们海军最糗的事是啥？"

海东方老实回答："冬夜的海面上或江面上异常寒冷，而住舱里却温暖如春。你想，十几个壮小伙睡在逼仄的船舱里，呼出的热气就能让船舱内的温度升高，因通风不畅，船舱里各种气味混合在一块，熏得人喘不过气来。"

他见我捧腹大笑，替我擦擦眼泪又说："所以，我每天盼着到甲板上站岗，三人一天岗，二十四小时轮换。最难受的是站深夜岗或交换凌晨岗，从暖暖的被窝里钻出来，披上大衣独自在船帮上挎枪站立三小时，没有定力确实很难。"

"为啥你的篮球打得那样好？"我问。

"我服役的舰船平常有四十余个战位，来自五湖四海的战友们之间感情都很深，除了航行和日常工作，空余时间大家都喜欢参加体育活动。我们船上的篮球队、足球队很有名气，那些上海人、山东人踢足球、打篮球技术还真好。每到一个港口，总会主动邀约兄弟舰船上的球队赛一场。打篮球我就是在舰船上学会的。刚开始我们不会打篮球的就成了球迷，在场边为战友摇旗呐喊，为赢球欢呼。后来替补了几回，就成为主力了。"

"铁打的舰船流水的兵。你为什么不去报考军事学院，却来到地方大学？"

"不告诉你，秘密。"海东方用手抻抻我的小辫，这次我拒绝了他，把他的手挡去一边，故意说道："不说我也知道，为了夏雨雪。"

"不全是。"海东方有些沉思，表情凝重起来。我猜想也许有什么难言之隐，没有再继续追问下去。

# 追忆如歌年华

我们来到哥哥当兵的部队，在部队招待所看到了爸爸妈妈，我高兴地把海东方介绍给他们。海东方几声"阿姨""叔叔"的奉承哄得爸爸妈妈喜笑颜开，把海东方像审女婿似的瞅得仔细。

一起吃饭的时候，爸爸妈妈一个劲地给海东方碗里夹菜，还埋怨我不懂事不给他们打招呼就把人带来。我一再解释，海东方是回家顺路来看看。我这才后悔，不应该带海东方到这里来，容易被家人误解，可为时已晚。哥哥与海东方见面，军人见面分外亲热，把我与爸爸妈妈都冷落一边了。两人一起在球场打篮球，累了坐在球场边椅子上促膝长谈。能言善辩的海东方，向哥哥高谈阔论着海军舰队的生活。哥哥是副营级，海东方是正营级，比哥哥还高一级，一个中尉，一个上尉，两个军官相见恨晚，篮球场上灯光下二人差点拽着我和他们一块"球场三结义"。哥哥用眼神告诉我，对海东方非常满意。我不得不向哥哥一再声明，海东方是我大学同学而已，可谁信呀！我不明白为啥我的家人对海东方如此有好感。初感，很重要，往往能起决定性作用，就像到商场买东西，第一眼看上的物品，再兜转多少圈回来进行比较，还是会说第一眼看上得好，这就是先入为主的道理，也叫"一锤定音"。

后来我才知道，海东方根本不是顺路而是有意拐道，没有给我爸妈带任何礼物，全凭一张肉麻的八哥好嘴，空手套白狼，达到了我因夏雨雪事件恨他到"馨竹难书"却应以"无罪赦免"之目的。其实他根本不用这样，是"以小人之心度君子之腹"，我对夏雨雪的庇护，是心甘情愿的。

## 三

暑假回校，一天午饭后，夏雨雪告诉我，在宿舍窗户看到操场上海东方正和一个背影高挑的女生，一边说话一边向校外走来。她醋意泛滥，急忙打听，得知是海东方的妹妹来看他，心里的嫉妒才烟消云散。我开诚布公地对海东方谈起夏雨雪的爱慕之情。海东方愣怔片刻，苦笑道，舰长只是让我照顾夏雨雪，并没有让我与他的女儿谈恋爱呀。我分析说，也许这次暑假夏雨雪给爸爸谈论此事，爸爸可能默许了。海东方沉默了，一会儿告诉我说，父亲是一名工程兵，前几年因肺病早逝，母亲是湖北恩施山区的一个小学教师，每月工资几百元，家里还有上初中、小学的弟弟妹妹。母亲一家人虽有政府补贴，但在乡间仍度日艰难，母亲不得不把幼时的海东方寄养在贵阳舅舅家里，把弟弟妹妹留在身边。他当兵是在贵阳舅舅家走的，前几天他告诉我已向校方申请了家庭困难生活补助。我简直不敢想象，这样一个开朗健谈的年轻人，家境并不是我想象中的那么优越。我把海东方的身世如实告诉了夏雨雪，警告她，毕业后，你要做好跟着海东方到乡下的准备。夏雨雪歪歪头说，要爸爸把他留在北京。我不由地为海东方高兴，也许这是最好的结局。

那一次，夏雨雪高兴得半个多月笑醒睡梦中，我时常看到她躺在床上，用胳膊挡住眼睛，抿嘴笑着，其甜意融融，其乐无穷。她是一个容易满足的女孩子，这一点很像花小溪。我事事照顾她，帮助她，像海东方那样呵护她。我把对花小溪的思念都反馈在夏雨雪身上。

在一次学院大辩论中，我与海东方双双进入决赛，我故意站在海东方的反方，与他展开激烈的对抗赛。最后关头，我故意输给他，让他打了一个漂亮仗。队友怀疑我有私心，我极力辩解，最后请同学们搓了一顿，才算堵住了他们嘴，那次花去了我大半个月的生活费。最后，海东方作为全市唯一的大学生代表，到北京参加全省大学生的辩论赛，最终拿了金奖回来。在海东方的庆功宴上，他举着酒杯走到我的面前说："多亏你，谢谢你。"我知他明白我的用心良苦，淡然一笑："祝贺你，凭借自己的实力给我们大学生争得荣誉。"夏雨雪跑过来对海东方说："你辩论的样子真的很帅。"海东方无奈地向我摊开手笑笑，意思是说，夏雨雪根本不懂他的心。回到宿舍，我发现兜里多了一张纸条，是海东方写给我的：只有打败强有力的对手，才是真正的高手。海东方言外之意，感激我成全了他。

第二天，晚自习在阶梯课堂，夏雨雪因来大姨妈腹疼请假未去，海东方故意坐在我的身后，把纸条叠成小飞机扔给我：你若懂我，该有多好。我怕夏雨雪的误会，瞬间把纸条撕得粉碎，扭身狠狠瞪他一眼，对他置之不理。

海东方纸飞机又飞过来：为什么不理我？

我气极了，这次回了：夏雨雪喜欢你，难道你不清楚吗？

他飞机又过来：我对她是哥哥对妹妹的呵护。

我回他：胡说。

他回我：开个玩笑，何必当真。

通过这次，我看透了海东方的见异思迁，决定晾海东方一段时间。同时暗暗发誓，绝不做对不起夏雨雪的事情。

白天课时很紧，顾不得想闲事，晚上有些闲暇，夏雨雪几次约我叫海东方出来玩，我都拒绝了，没有我做伴，有了狼牙山的教训，她也不敢造次，陪我留在宿舍看书。她是那样心不在焉，嘴里嘟嘟囔囔，不知是埋怨我还是海东方或是书本。可劲儿吃零食，一个月胖了三斤，期中考试四门功课，三门不及格，尤其法律考了18分。

# 四

白天上课我故意不理海东方。晚上男女生宿舍管理很严格，女生宿舍对于男生来说简直是禁区。海东方几次约我与夏雨雪出来玩，让我极为反感。海东方怀疑我真的不再理他，更加六神无主。我们住在二楼最东边僻静的角落，我的学习桌面对窗口，临窗而立，灯光下的身影映在玻璃窗上，开始海东方不敢叫我的名字，怕招来宿舍阿姨的怒斥，就向窗户扔小石子，希望我能看到他，想给我打招呼，我见他一蹦一蹿面瞅窗口，像个猴子般可笑。一招失败，海东方又想一妙招，从学院维修工那里借来梯子，搭到二楼我们的宿舍窗口想偷偷越窗而入，也不知道谁那么坏，故意偷偷把梯子放倒，海东方狠狠摔了一跤。第二天一瘸一拐来上课，谁问就呲谁，同学们躲得远远的，怕打不着狐狸惹一身骚。

夏雨雪私下里有些心疼海东方，对我说："咱们是不是有些玩过头了。"我笑道："一般同学间喜欢谁就爱捉弄谁，我们夏雨雪小姐是那么好追求的吗？"夏雨雪乖乖就范，对我言听计从。有一段时间不再海东方长海东方短地挂在嘴边。海东方屁股疼了半个多月，一瘸一拐才好些了。后来才知道，是看管女生宿舍大门的李阿姨让保卫科小王干的，因为不止一人向他们借梯子，不止一人被他们如此捉弄。气得海东方写一张匿名小字报贴在李阿姨休息室门上：法海，你等着我水淹你金山寺。第二天，阿姨休息室果然浩浩荡荡洪水泛滥，衣床被褥全湿透。海东方替广大受害者报了一箭之仇。气得李阿姨到系主任那里告状。系主任信誓旦旦，挥拳扬言定要查个水落石出。可终究没得结果，笔迹字体可是海东方花五分钱找校外小孩子写的。法不责众，只好以"事出有因，查无实据"不了了之。

一次，图书馆资料室我与夏雨雪复习功课，海东方与我们撞个正着，看见我俩在翻看法律知识书籍。

问道："你们准备考研？"

我说："准备考中国人民大学的研究生。"

海东方原准备大学毕业回到部队甲板上继续当海军，但立刻改变了主意，惊喜地说："巧了，怎么咱们又想一块去了，我也准备考中国人民大学。"

"真的！"夏雨雪十分惊喜。

"咱们一起加油。"海东方信誓旦旦地说。

"我法律成绩这么差，能行么？"夏雨雪有些担忧。

"别担心，有我呢，我帮你。"海东方终于找到献殷勤的机会。

"我的好哥哥，给你作揖了。"夏雨雪欣喜若狂，躬身作揖。

我没有理由也找不到借口再阻止海东风与我们套近乎，因为海东风的法律成绩确实在年级数一数二。但我经常找理由借故避开他俩，在海东方的帮助下，夏雨雪的学习成绩有所提升，进入中等水平。

"你真的不想回舰船甲板了？"私下里，我郑重其事地问海东方。

"可能吗！开个玩笑，何必当真。"他扮个鬼脸。

我这才发现他为了接近我们居然撒谎。

"撒谎是要付出代价的，撒一个谎要用一千个谎去圆，你就不怕夏雨雪告诉舰长？"我恐吓他。

"连你都骗不了，还能骗舰长，只能骗骗夏雨雪这样的黄毛小丫头。"他呵呵笑道。

"难道你不怕夏雨雪生你的气。"

"你不知道有这样一句话，恋爱的人智商等于零，甚至负数。"

"你终于承认你与夏雨雪谈恋爱了，这是要负法律责任的。"我抓住机会反驳他。

"为了你，啥代价我都愿意。"他借机又开玩笑。

"善待夏雨雪，如若辜负她，定斩不饶。"我故作严肃。

"遵命，我会把班长的话铭记于心。"他嬉皮笑脸。

## 五

临近寒假，我们进入紧张的期末考试复习阶段。校门口保卫科通知我，校大门口有人找。万万没有想到是余然来找我，她穿一身深蓝色工作服，土了吧唧满身油腻，看上去精神极度疲惫，满脸愁容。如此低气压，我猜想她一定发生了什么大事情。我把她请进宿舍，坐下来，倒了一杯热水给她。她接过握在手里，并没有喝，任水杯里的热气徐徐升腾。我了解她，除非遇到特别难办的事情，不然不会如此沮丧。我把夏雨雪支走，对她说："遇到什么困难了？"她说："真是烦透了，趁休假日来找你拿主意。"

余然告诉我，他与建社哥哥谈恋爱，她的父母亲一直不同意，理由是女孩自己找对象太不像话了，找个家在农村、远在外地的军人。婚后，一是经济生活困难，二是有了孩子没人帮助，生生累着余然一个人。几年来余然的妈妈给她介绍了许多男朋友，开始余然一个不见，后来被妈妈逼得展开迂回战，与男孩子见一面就说不同意，应付过去。私下里与建社哥哥秘密往来。建社哥哥来信说年底探亲假回来想把婚事办了，她这才不得不与父母提起，谁知母亲听说后大为恼火，但父亲没有太大反对。余然给父母亲撂下话："非郝建社不嫁，否则去当尼姑。"气得母亲发狠，你若嫁到郝建社家里，我就不认你这个女儿，把她轰出家门。余然左思右想去哪里都觉不妥，无可奈何才来北京与我商量。

余然有极强的心理素质，讲着这些烦心事，没有掉一滴泪。冷静地对我说，想听听你的意见。我开动脑筋，想方设法帮助余然怎样对付她的妈妈，促成她与建社哥哥的好事。对于这类问题，我是大姑娘上轿头一回，没有经验，我得找个诸葛亮帮我出谋划策。立刻，脑海里出现了海东方的影子，这个滑头一准儿会有好注意。在征求余然同意后，我把海东方叫来，简单介绍两人互相认识，两人见面彼此心照不宣，没有太多寒暄，只是微微点点头。我把余然与建社哥哥的事情对海东方述说一遍。海东方可能觉得这是我对他的最大信任，必当一桩大事来完成。

"这个事情再简单不过了，都什么年代了还家长干涉。余然，你把户口本偷出来，与郝建社登了记，受法律保护。你妈妈再反对，破坏军婚，受法律制裁。你妈就是一个干瞪眼白着急，儿女恋爱不是她说了算的事儿。"他呵呵一笑轻轻松松化解矛盾。

余然有些担心："这样做，妈妈气病了咋办？"

海东方答道："找我呀，我定有办法让你妈妈乐不可支。"三言两语海东方搞定了余然。

我有些茫茫然："这可行吗？"

海东方一拍胸脯："考试完，我随你俩回到你们的城市，把郝建社与余然的婚事办了，我给你们当总管，你们等着瞧好吧。"

我还是不放心叮嘱："这可不是儿戏，你把话吹大了，弄巧成拙咋办？"

海东方神情严肃地说："军人，保家卫国，甚至牺牲生命，多么神圣。必须要有一个好的妻子，和谐的家庭，我一定要尽全力帮助我的战友。"

海东方走后，夏雨雪回来，也没有说话的机会，乖乖坐一旁听我与余然唠家常。余然与我谈起其他知青的现状，袁自朝进了胶片厂做销售员。石利分到变压器厂做了机修工。涂燕到省道桥公司做了技术员，现在石家庄。赵杏楠已经大学毕业，分到一中当老师，找了"官二代"的男友，男友的爸爸是某汽车运输公司的一把手，男友现在爸爸公司学艺，准备接爸爸的班。余然进了妈妈工作的单位人民服装厂，集体的区办小厂，充其量也就有五六十号职工。

为了不影响我们复习，余然来也匆匆，去也匆匆，连夜赶回城去。在我与海东方送余然上火车时，海东方叮嘱余然道："你的妈妈是刀子嘴豆腐心，就是有些自负而已，哪有妈妈不疼女儿的，回去说两句好话，啥都解开了，一切都会烟消云散。"余然感激地点点头。

# 第七章

## 一

期末考结束后，我和海东方就急急忙忙坐火车回到家乡，下了火车，站台上熙熙攘攘的人群中，我发现余然与建社哥哥的影子，建社哥哥还是那么英俊挺拔。我一蹦一跳大声向他们招手打招呼，余然看到，快步奔过来，没等我介绍，海东方与建社哥哥早已握手问好。我清楚，两人早已从我与余然的嘴里了解对方。余然告诉我，郝建社也是昨晚坐夜车回来的。

出了站台，我们四人坐公交车来到了建社哥哥家里。建社哥哥的家大变样了，那座风雨剥蚀的旧房子被宽敞整洁的新房替代，五间新砖瓦房拔地而起、昂首挺立。

郝建社的爸爸已经病逝。建社哥哥的妈妈，也就是老妇委会长，一头花白发，精气神还是很足，把我们请进最东头建社哥哥的两间新房，新房里喜气洋洋，红绸被、红衣裳、红床单、红喜字，屋里的一切一切都是那么光彩靓丽，夺目耀眼。老妇委会长见到我们很开心，对我赞不绝口，说几年前就看出我最有出息，与海东方寒暄后知我们有事借故到外面做午饭，余然赶忙跟着她出屋去忙活。我就不明白了，海东方到哪里都是见面熟，"热沾皮"，与建社哥哥一路上没完没了地说话，每句话不离军人二字。海东方见我被撂一边噘着嘴，道："宁宁，你那嘴噘得快能拴住驴了。"我说："赶紧着，商量正事，怎么对付余然妈妈。"建社哥哥不好意思开着玩笑："部队里，那么多年轻人搞得俯首帖耳，怎么一个准丈母娘就搞不定了。"海东方说："那是不得法，看我的，保准马到功成。"建社哥哥把余然叫进屋来，海东方胸有成竹分配任务："郝建社、余然，你俩吃过午饭，拎着礼品到余然家里走一趟，探探路子，回来后再对症下药。"海东方的主意，我们都觉得可以，就言听计从，分头行动。

午饭后，建社哥哥带着余然去了她家。在希望的忐忑中等待了一个多小时，俩人皆是一脸颓丧。"真没办法！"余然强作忍耐丧气地说。一屁股坐在院里石凳上，脸上露出一种很深切的忧伤的表情。海东方对二人笑道："怎么样，首战战绩如何？"建社哥哥怕余然坐石凳着凉，把她扶进屋里，无可奈何地说："又打了败仗，连门都不让进，直接把我们轰了出来，不让余然进家，直嚷嚷不认这个女儿了。"海东方挽袖摩拳擦掌道："今晚，看我与宁宁的。"

晚饭后，海东方突然改变主意，对我说："把余然妈妈晾一宿，欲速则不达。"晚上我与余然住在里屋。海东方与建社哥哥住在外屋，俩人一宿亮着灯，嘀嘀咕咕不知说些什么，时而低低地交谈，时而激动地发声。

吃过早饭，迎着朝阳，海东方一路欢歌笑语把我载到余然的家里，今天是星期天，余然的家人都在，好像刚刚吃过早饭，我看见一个陌生的红衣女子在厨房里刷碗。我是余然家的常客，她的妈妈对于我的到来并不意外，等她把其他人用眼色支走，对我说："宁宁，给余然当说客来了。"我揣着明白装糊涂说："阿姨，说啥呢，我好心带男朋友来看您，给我参谋参谋，你不欢迎？"见余然妈妈语塞，又故意问道："余然呢，余然在家吗？"余然妈妈说："你还不知道，余然要结婚了。"我故作惊讶地说："好事呀，男朋友是谁？"余然妈妈一边给我们沏茶倒水一边说："你们最近没有联系？"我说："期末考试复习功课太忙，没有顾上。"海东方接过余然妈妈递过来的茶水杯，一边连声"谢谢"一边说："阿姨好气色，有四十岁？"余然妈妈顿时喜形于色道："已经五十多，退休了。"海东方拍马屁神功了得，知道女人喜欢听好话，投其所好就上这盘菜。我憋不住想笑，我们闲聊一会儿，自然而然余然妈妈问起了海东方的家庭情况。海东方顺嘴胡诌，说自己是深山里老农民的儿子，家有六个弟弟妹妹，父母靠着几分薄地勉强足食，还不能丰衣，想毕业后在城里打工贴补家用，求余然妈妈给他找个合适的工作，故作愁容担心我与他结婚后房无一间地无一垅，靠贷款租屋，对不起我，怕委屈了我。他把自己说的哪儿哪儿都不如建社哥哥，言外之意告诉余然妈妈，我比余然家庭经济条件好，男朋友的条件却不如建社哥哥，连学费都是靠奖学金。我终于明白，为什么来时他向建社哥哥借了一套破旧衣裳披在身上，故意装穷，在余然妈妈面前抬高建社哥哥的身价，借以绿叶配红花，满足一个女人的虚荣心。海东方察言观色到余然妈妈脸色有些喜色，又说："真嫉妒余然的男朋友，家里红砖大瓦房一溜儿排开，五大间，那叫一个气派，比解放前老地主家的还奢华。"我知道海东方是故意拿建社哥哥新砖大瓦房与余然家的蜗居作比较。海东方继续告诉余然妈妈，郝建社是革命的后代，神色飞扬地讲起郝建社妈妈当女八路时的故事，光荣事迹写在革命历史史册里。我不知道海东方这些消息是怎么背功课打听来的。我与建社哥哥认识这么多年都不知道，也许他又是胡编乱造，但编的有鼻子有眼，余然妈妈深信不疑。

余然妈妈很震惊地说："余然，这个死丫头，什么也不告诉我，就知道偷户口本。"海东方把建社哥哥夸得好像明天就升为团长，可以带家属随部队生活，余然成了随军家属享受军官太太待遇，也许还能配置警卫员、专车、独院，工资比地方挣得多一倍，去商场买东西都有警卫员保护着。把余然妈妈哄得晕头转向，好像真的成为军官丈母娘了，抿嘴呵呵地笑着。海东方随手拍了五百元给余然妈妈，说提前随个份子礼钱。余然妈妈竟然伸手接过了。

余然与郝建社的婚事就这样被海东方连蒙带哄敲定了。我当时还怕海东方顾屁股不顾脑袋哄余然妈妈，给自己招来更大的麻烦，后来事实胜于雄辩他说的全是真的，他的备课功夫我真是佩服得五体投地。

我们从余然家里走出来，抬头看见屋外小厨房顶上有一盒长方形的点心盒子，绿色带花，点心盒还没有启封，用红丝线缠绕打了一个漂亮的蝴蝶结。那是海东方从北京稻香村特意买来孝敬郝建社母亲的。郝建社母亲舍不得吃，让余然带给妈妈的。却被余然妈妈扔到院里小房顶，以示对郝建社的轻蔑。海东方趁余然妈妈不注意，顺手拿下来，藏在身后。

我们别了余然妈妈回来，他把点心盒子小心翼翼放在前面自行车前面小铁筐子里，我坐在自行车后座问："你偷食品盒干吗？"海东方简慢地答道："我花 3.7 元钱从北京带回来的，特意给郝建社妈妈装的，这是我一个星期的生活费，不知道珍惜给我扔到房顶，暴殄天物，我得拿回来，他们不吃咱们吃，长这么大我都没有尝过北京稻香村的点心，这是离我家远，不然我一定会孝敬我的母亲。"

我问海东方，你怎么轻而易举地搞定拿下了余然妈妈。海东方吹嘘道："做工作要对症下药。第一次见面，我就发现余然妈妈精明能干，嘴一分手一分，家里她说了算。余然爸爸老实勤恳怕老婆，一看与余然妈妈不般配。首先，我推断余然妈妈对于自己的婚姻并不看好，刚刚解放，一般女人的婚事都是'媒妁之言，父母之命'。余然妈妈是一个虚荣心极强的女人，余然是她的骄傲，她要找回自己年轻时的失落，女儿找对象必须超过自己的丈夫。所以，我故意拿我的寒酸衬托郝建社的富裕，故意把郝建社说得天花乱坠，来满足她的虚荣心。军官太太人人羡慕，望尘莫及，她在街坊四邻面前才能抬头挺胸走路，趾高气扬嘚瑟。我就是让余然妈妈心理平衡，找到制高点，宁宁的男朋友还不如余然，满足她的虚荣心。二是，余然哥哥可能刚刚结婚，那个厨房里刷碗的高个红衣女子可能就是余然的新嫂嫂。余然妈妈一个月内拿不出娶儿媳再嫁女儿的钱，所以，推迟不同意余然年前结婚是正常的。所以，我随得那大礼份子钱是帮助余然妈妈解燃眉之急，是郝建社妈妈给的，我做个好人顺水推舟，这沾名钓誉问题以后让余然再去解释吧。"

我狠狠捅了一下海东方的后腰说："人说养女儿是赔钱货，我看余然妈妈就赚了，就差通过嫁闺女，把娶儿媳的花销捞回来。"

海东方鼻子里哼一声表示赞同，把身子往前躬了躬，加紧了蹬车速度。

当晚，我把余然完好无损地送回到余然妈妈家中，故意开玩笑："黄花大闺女，请验明正身签收。"

随后，余然妈妈果真在街坊四邻人前显贵，炫耀军装上带杠杠的女婿："余然结婚后要随军的，随军家属就是官太太，有警卫员，有保姆，有专车司机，有独院。我这辈子的夙愿让余然替我超额完成了。"

## 二

郝建社与余然的婚期日定在阴历二十六。今儿是二十三，也就是说还有三天准备时间。海东方要我先回家给爸爸妈妈打个招呼，再回来帮助余然准备婚嫁。郝建社母亲把建社哥哥拿回的工资又给了余然二百元置备嫁妆，海东方与建社哥哥筹备婚礼用品与婚事安排忙里忙外。

结婚那天，余然妈妈叫人把陪送的东西拉过来，两床红绸面被子，二对大红鸳鸯戏水枕头，两个红木箱子，装了满满一辆三码子。图吉利来人还代替余然妈妈要了60元押车钱。抠门而细心的海东方偷偷打听算计，这一切陪送嫁妆一共花去60元。海东方啧啧嘴巴道："余然妈妈太精明了，嫁闺女一分未花就打发了。再加上亲朋好友、街坊四邻的份子钱，余然妈妈净赚一笔，真是卖闺女呀。"

郝建社看余然的脸色行事，余然说啥他就屁颠颠执行啥，没有一丝一毫的军官派头，倒像个勤务兵。海东方主要重点征求郝建社妈妈的意见，说她经事多，有经验。郝建社妈妈是一个很通情达理的女人，给海东方找了一个助理，其实就是副总管。因他熟悉这里的风土人情世故，会考虑得更加周全。海东方欣然同意。

那日，婚礼在海东方的指挥下有条不紊地进行着，当海东方一拿起话筒，那憋得紧紧的热气突然爆发出声音，这时我们听到《喜洋洋》惊心动魄的和弦满院子响起来。

我作为余然的伴娘，走进人们的视线，而让我最为尴尬的是，楚建军作为郝建社的伴郎与我相映相伴。当我听说这个消息时我把余然一个劲地埋怨，皱着眉头脸憋得通红表示不悦。余然用手指掐掐我的腰，指了指忙忙碌碌海东方背影说："一切听总管的。"站在一旁的楚建军没有与我说话，甭着一张笑脸对余然说："一切行动听指挥。"目光闪烁，脸色红润。

知青们的到来把婚礼引向高潮，有的知青是回城后第一次回到曾经战斗生活过的地方，那难忘的岁月仿佛发生在昨天，他们怀着一颗省亲的心一片赤诚前来，自然而然比一般人亲热，久别寒暄声快要把院子撑破，四十多名知青一人不落全部到位，他们干脆把几张桌拼凑在一起，又搭起了台子，起名叫圆桌会议，占据了大半个院子。这时我想掉泪，我想起了花小溪，就差她一人了。

酒席从中午开到晚饭结束，新人的洞房里，粉红色的屋子灯火辉煌，在人们铺床叠被起哄闹洞房时，海东方把我叫出来，悄悄告诉我："你交给我的任务已经完成，现在要坐火车连夜赶回家乡恩施。"我心里立刻产生出一种孤苦伶仃的感觉，使我感到不安，第一次尝到了一种离别滋味——恋恋不舍。我内心洋溢着一种动人的激情，仿佛就藏在那些气喘吁吁的、激动人心的话语里，想向他倾诉一番。海东方把我的脸捧在他的手心里，好像抚摩又像在逗我，那极力强忍的情绪，使我感觉出他的手在发抖，他嘴唇动了几动，欲言又止。之后，他用食指弯曲刮了刮我的鼻尖，开玩笑道："不要理楚建军，那小子心思太重，小心让他勾走你的魂儿。我发现那小子瞅你的眼神不对，带勾的，老老实实等我回来，带你一同回北京。"我当时并没理解他更深层次的意思，扭身跑到厨房柜子里把那盒蓝底红花他从余然妈妈那里"偷"回来的点心盒送给他，要他带给他的家人。他情不自禁地推辞。我坚持说，这是建社妈妈的意思。这句话是我骗他的，因为这是我的主意。因他与我在从余然妈妈那里回来的路上，曾对我说过："长这么大从没有吃过北京稻香村的点心，这里离我家远，不然我一定会孝敬我的母亲。"他犹疑了一下说声"遵命"接受了。我在点心盒里塞了50元钱，是余然让我这么做的，这是对海东方的酬谢。

我要找车送他，他微微一笑说不用，火车站离这里不远，自己跑着过去，十几分钟便到。

我抬头望去，一轮明月照在婚房的窗户大大的喜子上，使月色与光前一样美好，明月如辉，欢歌笑语从新房与窗户里流出来，海东方孤立的背影渐行渐远，他举起一只手向我做出最后的告别。"成全别人，委屈自己。"这就是海东方最让我敬佩的品质。

# 追忆如歌年华

当海东方的背影消失在茫茫黑夜，我失魂落魄地回到院子里，感到一双眼睛像摄像头一样窥探着我的秘密，是楚建军在墙角黑影里抽烟，点燃的香烟在黑暗里造成一个个模糊的光圈，一闪一闪的火光，一晃一晃地照在他忧郁的脸上，楚建军声音有些发抖说："你们谈恋爱了？"我苦涩摇摇头："自惭形秽，我配不上他。"楚建军告诉我，他的妈妈与妹妹已经调回保定工作。然后，嘴唇微微动了动，似乎话到嘴边又咽了回去，再无语。我仰头望了望苍茫的夜空，星星无语，我也无语。我不打算与他无话找话自寻尴尬，极力避开他的目光，默默回到新房里。那晚，我们三人都独自待在不平静的黑夜里。

余然告诉我，第三天回门她妈妈问起那个点心盒丢得莫名其妙，即使被猫叼走了，怎么连盒子也吃了。余然妈妈很后悔，一时气恼不应该把点心盒子扔到屋外小厨房屋顶上，那么高级的点心没有吃到就丢了，太可惜了，不知便宜了谁。她把满院子大人小孩问个遍，人人都说没有见到。余然妈妈与爸爸拌嘴怀疑爸爸偷吃了，爸爸当然不承认。最后，余然哥哥说嫂嫂怀孕解馋了，余然妈妈才没有继续追究。

余然妈妈用亲戚随的六十元份子钱给余然买的嫁妆被褥就把余然嫁了。余然嫂子过门没有几天，就吵吵闹闹要分家单过，余然妈妈用向郝建社要的二百元彩礼钱，给了余然嫂子当作安家费。精打细算的余然妈妈，没有花一分钱就把自个的亲闺女嫁了，把儿媳打发了。仍不满足地说："这收的份子钱都是债，以后还得我来还。"余然更没有想到，偏心的妈妈以后千方百计算计女儿，贴补儿子。

余然很生气，婚假后第一天上班把单位随的那 13.5 份子钱，一分没要，全部买了花生瓜子糖，给随份子没来吃席的人包了红包，一人一份分发了。可那些人却抱怨，说红包包的少了，才几块糖一把花生一把瓜子，没能解馋或没有来得及带给家里人就没有了，说她小气贪财。我生气地说："想吃喜糖多随份呀，一毛两毛还好意思拿出手，以为种庄稼，春种一粒粟，秋收万颗子，做买卖一本万利空手套白狼。"余然说："悔不如当初听人劝，买那五毛钱一斤的大黑块糖，块大又显多。"建社哥哥劝说："再重新买瓜子花生糖，重新包红包，值几个钱呀，至于大动干戈吗？"余然说："我考虑的是让人们尝尝鲜，特意托人从北京捎来的上海、北京奶糖和五颜六色的高级水果糖，都是有些人没有吃过的。"

我仔细打听服装厂职工的底细，都是一些街道闲散妇女自发组织的街道区办小厂，只有几名修理男工，一茬儿小脚老太太，与余然的妈妈一样整天算计过日子一把持家好手，做啥事都讲究上算不上算，赚了多少，只赚不赔，庄稼佬爱财，多多益善。我对建社哥哥说："找机会把余然调出来，跟这群家庭妇女在一起，没什么前途。"

## 三

过了十五还没有赏完月，我们辞别家人带着亲人的不舍与家乡的年味陆陆续续回到了大学。我是最后一个回到学校的，坐最晚的班车，我生海东方的气，气得义愤填膺。因为海东方食言了，他没有到保定与我汇合一起来大学，他放了我的鸽子，却与夏雨雪一起提前返校了。

我被气得起了满嘴大燎泡，疼得我喝口水都难以咽下，一天没有吃饭，连上课都没有心思。夏雨雪问我为什么上这多大的火，我说上了魔鬼的当。我恨海东方比恨楚建军还厉害，一个不送礼物给我，一个直接放我鸽子，天下男人除了建社哥哥没有一个好东西。

几天来，我靠麦乳精牛奶活着，海东方总想找机会与我说话，我始终视而不见，扭头便走。晚饭后，夏雨雪给我从校卫生室要了几片阿奇霉素片，说是消炎的，让我服下。我服下不到五分钟，便觉肚子里有个什么东西翻腾起来，浑身难受，随之心口疼，两只手痒，我使劲抓挠，延伸到背上奇痒无比，我让夏雨雪看看，她说背上也起了红疹，她扶我到床上，拥被而坐。我痛苦极了，一阵剧烈的恐惧扑面而来。夏雨雪眼看着我的两个眼皮瞬间肿胀起来，跟铜铃一样红肿合缝。我腹痛难忍，大口大口呕吐起来，我感觉到天旋地转，呼吸窒息。夏雨雪见我气色难看，面呈紫色，吓得直哭："姐姐，你怎么了。"她在屋中里走外转，两只手来回搓着，一个劲流泪，不知如何是好。我感觉自己要晕过去了，用劲全身的力气呼喊："夏雨雪，快去找海东方。"

夏雨雪疯了似的冲出屋去，不知过了多长时间，好像一个世纪般难捱，海东方闯进来，他见我的状况，大声说："你药物过敏了。"他二话没说抱起我，冲向医院。隐约间我看到他焦急的脸，一张给我生命支撑的脸，我感觉他的泪水滴在了我的脸上。他不住声地喊我："宁宁，一定要挺住。"我被海东方抱进附近一家医院，中年医生检查后说我的瞳仁都有些扩散了，紧急说："赶紧抢救，阿奇霉素药物过敏。"

那没有颜色的液体，慢慢地流进了我的血管里，渗进我浑身每一寸长满疼痛的肌肤里。海东方一直紧紧攥住我的手，通过我的手由热到凉，由凉到热，感触着我生命生死挣扎的奇迹。他见我睁开眼睛缓缓有些活动气，才故意唬着脸说："你吓死我了。"医生抢救我的过程是海东方事后告诉我的。

同病房患者告诉我，我在昏迷中，都是海东方像大哥哥一样照顾我。旁边病床的老太太对我夸他："你的男朋友把你照顾得太好了，如此细心的男人天下不好找。"海东方脸上忽然流露出一种不自然的、不常见的窘迫表情，他选择了沉默，沉默里也许包含着他的千言万语。我完全沉浸在泪水里，我怀着一种恐惧的心情，就像一头沉默的羔羊，想念着我的父母，后怕差点与他们永别。我瞪着大大的眼睛望着海东方的脸，希望他能告诉我些什么。但是他什么都没有说，只是把我的手攥得更紧，他把我抱在怀里，让我感触着他紧张而剧烈的心跳。他像一束阳光，在这阴霾笼罩的季节，在我生命里最低谷，出现在我面前给我生命的温暖和力量。

这时，夏雨雪局促不安地走进来，我知道她比我还难受，为了稳定她的情绪，我极力显出一副笑脸。海东方说："以后你们俩谁再吃药，一定先要问问我同意不同意。"

夏雨雪乖乖点点头，神情既愧疚万分，又闷闷不乐。我安慰夏雨雪，事情都过去了。海东方冲我心领神会地一笑，其中含有歉意的表情，是我第一次看到。他看我的眼神似乎面对整个永恒的世界一刹那，然后就凝注在我身上，给了我一种不可抗拒的力量，我有一个强烈的笃定，海东方注定在我生命中扮演一个保护伞的角色，毕业后也许远隔千里，也许近在咫尺，但不管怎样已住进我的灵魂里使我终生难忘。

输好液，时间已进午夜，我身体好多了，我要求出院。海东方不同意。我又问医生，医生说可以，叮嘱以后千万要注意，在医生指导下服药。

最会窥探心思的海东方事后告诉我，他没有到保定约我坐火车一起回北京的原因，是因为夏雨雪突然到恩施找他，打乱了他的计划，他陪夏雨雪在恩施玩了几天，一同回到了学校。他不想让夏雨雪知道我们之间的一些事情，考虑夏雨雪孩子气，怕引起她一些不必要的猜疑，招来不必要的麻烦。

我有些责怪他："你早说呀，我也不至于受这么大的罪。"海东方笑笑："你给我机会了吗？整天板着脸像我欠你八百吊钱。吓得我几天几夜没有合眼，生怕你做出啥傻事来。这可倒好，吃错药了。有个好歹，我怎么向你的家人交代。"我笑笑与他一语释怀说："我付的代价太大了，翻篇了，以后绝不再提此事。"他举起右手宣誓："我向你保证，今后再也不敢了，像个小屁孩时时刻刻围着你转，听你调遣。为你排忧解难，时刻做好英雄救美的准备。"

"没有下次了。"我笑道。

海东方要把余然那 50 元钱感谢费退给我,我跟他急了:"看不起我是不是。"他迟疑一下又揣进兜里,说早晚找机会再还给我。

海东方对我的关心,超出了同学间的友情,在与他相处的日子里,他让我在快乐中体会到了没有诺言、没有花言巧语的温存与心领神会的快意。

# 四

白驹过隙,仿佛昨日才见新生报到,转眼毕业临近。有些心焦的同学,拿到毕业证书,开完毕业大会开始陆陆续续回家了。夏雨雪把毕业当做一次生离的诀别,整日絮絮叨叨说一些极度伤感的话。我猜想她是舍不得离开海东方,可离开从某种意义讲又象征着她与海东方的长相守,有什么伤感的。我看见她几夜躲在被窝里写什么东西,就问她偷偷摸摸写啥。她说写毕业计划书。

那天,淡淡的夕阳在西沉时候,我回到宿舍,看到她坐在床上,把头依在床边的支架上,眼睛凝视窗口似在想心事,见到我,她一手扶住眼镜一手轻轻按摩着眼睛,一而无限地欣喜地对着我莞尔而笑:"我的计划书写好了,你不想给我参考参考。"一副心醉神迷的神态。我被她的真挚感动,有些受宠若惊地说:"巴不得呢。"她把那写了几天几夜的辛苦劳动成果递给我看:

近阶段,除了学习考试以外的课余生活。

1、我要对我最好的闺蜜宁宁说一声谢谢,谢谢你几年来对我的照顾、帮助与陪伴。

2、我要做一个最漂亮的书签给宁宁,作为永恒的纪念。

3、我要为宁宁洗一次衣服,打一次水,做为最后的补偿。

4、我要与宁宁留一张合影,用瞬间留住校园永恒的记忆。

5、我要海东方陪我去歌舞厅唱一支歌,跳一次舞,之后,我要向他表白。

> 夏雨雪
>
> 某年某月某日

我窃笑她无怪乎最重要的就是第 5 项,向海东方表白。我很奇怪直言不讳地说:"夏雨雪,这算什么计划书,你用了几天几夜的时间就写了这么几个字?"

她眼睛向窗外看着诡秘地笑笑:"少吗?做起来内容就多了。"

我不相信她的话,开着玩笑:"你是不是给海东方写情书了。"

她竖起右手大拇指冲我说:"算你聪明。"

她的笑容像被铲断似的戛然而止，脸颊泛起两朵红晕。

我结结巴巴装作心不在焉地说："我现在最希望的就是你能给我打一次水，因为暖壶正空着；扫一次地，因为地正脏着；洗一次衣服，因为衣服刚刚换下。"

四年的大学生活，她从未打过一次水，扫过一次地，她的衣服都是我洗的。

她把坐在床边大腿压二腿的二郎腿放下来，有些耍赖地说："我是倒数着做，先做第五项，今晚给海东方表白。"

"你要我告诉他，你向他表白的事吗？"

"不用，你只要求他去歌舞厅有要事相告。"

"他会同意？"

"你向他提出一个苛刻条件，咱俩一同去。"

"我不反对，可以去。"我想帮她，瞅着她笑，稍微眯起了眼睛没有寻根问底地打听。

"你不能去，必须找借口爽约。"她口气绝决。

"为啥？"我顿时惊讶得挺直身子，睁大双眼，脸涨红了。

"为了我。"她迫不及待，语气不容置喙。

那个诡秘而蹊跷的笑容又在她的脸上闪烁着，我感到一丝不舒服。她一边说着一边两眼紧盯住我，像掩藏着什么诡秘。我弄不明白她此话的含义，便皱起了眉头，在屋里踱起步来，怀疑她有啥隐瞒，要做什么鬼鬼祟祟的事情，便转过身来，停下脚步，苦笑着说："好，我不去了，祝你表白成功。"

落日将黄澄澄的余晖洒进屋来，一切变得那么模糊。她让我帮她装束一番，穿上那件新买来的小红点深蓝色长衫，镶花边的袖子和袖口全是玻璃纱做的。我给她轻轻地涂抹胭脂粉，用唇笔勾勒淡淡的唇线。妆毕，她对着镜子摆动着裙摆，转动着身子，左照照右瞧瞧，直到满意为止，向我做了一个神秘的告别手势高傲地出门去。我还她一个 V 字手势，意在祝福。

等她出门去许久，我才发觉还举着那个手势，坐在椅子上发愣。为什么发愣，我也说不清楚。

我用凉水冲洗脸时，夏雨雪回来了，我看了看手表，她刚刚出去不到一个小时。她怎么这么快回来了？看到她跟上坟似的哭丧着脸，一脑门的官司，我心里顿时惊慌，她与海东方发生了什么事？有点不大对劲。我猜想两人肯定发生了不愉快的冲撞，就想以共鸣的方式分担她的不愉快，故意讲了两句俏皮话，借此缓解她带来的沉闷："夏小姐，祝你表白成功。"

"你与海东方背着我做了什么事情！"夏雨雪语气冷淡，说了一些很奇怪很不可思议的话，脸上的表情可以用怒不可斥来形容。

"人都说，闺蜜就是害你最深的那一个，你想当第三者，你太过分了，你还要不要脸！"她边说边哭声音很冷淡，她的手在发抖，随后把水盆架上的洗脸盆狠狠掀在地上，水撒了一地。她一屁股坐在床边，掩脸抽抽噎噎大声哭泣，肩头一耸一耸的十分悲伤。

她突如其来的举动，让我一下子不知所措，不知道她与海东方发生了什么事情，怕她在气头说出啥过头话来。我懊丧地保持沉默，因为有时沉默比解释要强得多。我默不作声地老老实实地捡起脸盆放回盆架，拿起拖把擦着地上的水，没有想到我的沉默变成了一种默认。

"宁宁，你是不是爱着海东方，有本事爱，没本事承认，你这个缩头乌龟王八蛋！"她铁青着脸，眼睛像冰冷的余烬，用手指着我的鼻尖，就差狠狠扇我两个嘴巴。我犯了什么罪，让她如同狱警斥囚犯般对我愤愤不可饶恕的斥责。

"我只是喜欢与他来往，并没有爱他。"我带着被怀疑被侮辱的口吻很难接受地说。

"喜欢就是爱，爱就是喜欢，装什么假清高。我不允许你喜欢他，更不允许你爱他。他是我的，谁也甭想从我这里夺走他。"夏雨雪疯了似的摇着头挥着手，就差给我一个耳光。

"我与海东方是清清白白的，没有做一丝一毫对不起你的事情。"我争辩着，怒气冲破忍耐的底线一股一股往脑门上蹿，脸像燃烧般火热。

"你是我与海东方之间永远跨不过去的鸿沟。"夏雨雪凄怆的眼神是坚定的。

"你们俩之间的矛盾，与我何干。"我不堪误解。

"有你隔在我俩中间，他不可能选择我。"她盛气凌人。

"选不选择你，是他的问题，关我屁事。"我争辩。

"就是关系到你，有你，她不会选择我。我向他表白，他说已有心上人了。"她绝望的眼里泪眼汪汪。

"你怎么知道他说的心上人是我？"

"我说出了你的名字，他默认了。"

"你们俩的矛盾，不要牵扯进我。"

"你平时犯的小错，我都可以原谅你，忍。但是在大是大非面前，我绝不会再姑息迁就你。你给我滚，滚得越远越好。"夏雨雪愤怒得失去理智，跺着脚，挥着臂，歇斯底里吼叫着用手指着门外撵我。

我不知道平时犯了啥错误，用得着她来迁就我。我只知道我一贯迁就她，照顾她，宠她，帮她。我对她那么好，把对花小溪的愧疚全部反馈在她身上，反而落了浑身不是。"捂不热的白眼狼。"我愤愤地反驳她，选择了翻脸。我翻脸的目的，不是制造冲突，而是告诉她，我的底线在哪里。如果我不翻脸，她还会得寸进尺的闹腾下去。我无可奈何地心灰意冷地冲出宿舍。

"永远不要回来，不要再见到你！"她粗声粗气在我身后咆哮，由于怒愤变得粗哑。

夏雨雪这句话深深刺伤了我的心，此时此刻正适合骂人，我却没有顶撞她，拖着沉重的脚步走出宿舍楼，仿佛心头的重量全落在脚底。我对夏雨雪从没有怠慢，一贯迁就，造成她的无羁无束，刁悍野蛮。黑夜里，我独自徘徊到校园后面的小桥，小桥两边影影绰绰坐了几对谈情说爱的人。我想起海东方救我时把我的脸紧紧贴在他的脸上，焦急万分的样子，我眼眶湿润了。海东方，我还没有来得及感谢你，却被夏雨雪逼迫着要离我而去或永不相见。

我抱着一线希望去找海东方问问清楚，他们之间到底发生什么事情，为什么要用我的离开替海东方买单。我必须找海东方算账，我不想无缘无故受夏雨雪的冤枉。我步履蹒跚来到海东方的男生宿舍楼下，室内灯光已经全部熄灭。借着路灯光，我看看手表指针已经指向夜间12点钟，他们都睡下了。我不觉倒抽了口气，六神无主地踉踉跄跄地走回女生宿舍，突然，宿舍楼杨树下一个黑影焦急地来回踱步，走近却是海东方。他一把扯住我的胳膊，焦急地说："姑奶奶，你跑到哪里去了，让我等得好苦。"不用说，他在这里已经等待我多时了。他不等我追问，抢先诉说起与夏雨雪的不欢而散，他怕夏雨雪难为我，特意找到宿舍来探动静。夏雨雪不给他开门，也不告诉他，我去了哪里。他打听宿舍的王阿姨才知道，三个小时前我抹着眼泪匆匆跑出去了。他不知道到哪里去找我，怕错过我回宿舍的时间差，只好在宿舍门口"蹲坑守候"。

我听到他那不平常的焦躁的口吻，劈头盖脸地向他问道："你与夏雨雪说我什么了？把她气成那个样子，连带我受牵连倒大霉遭此侮辱。"他悄悄把我拉到树下长木条椅上坐下，要给我解释。我怕楼上夏雨雪听到，又把他约到后花园河边小桥下面，那里已经没有情人约会的影子，我俩在河边找一个石板坐下，我再次问起了刚才的问题。

海东方迫不及待地说："歌舞厅我见你没有来，就问她我约的你俩为什么你没有来，问你干什么去了，她说你不愿来，不想见到我。"

"没有的事情，是她不让我来的。"我急忙申辩。

"夏雨雪还说，你让她转告我，毕业后不想再与我联系，你打算与我彻底断交。"海东方耸了耸肩膀摊开双手："一会儿，她又笑了，说是与我开玩笑。"

我不明白夏雨雪为何与海东方开这样的玩笑，我想起了夏雨雪几天几夜给海东方写的情书是否同样带有玩笑性质。于是，我对海东方说："如不涉及个人私隐，你能告诉我夏雨雪给你写的情书的大致内容吗？"海东方迟疑了一会儿，点点头说："啥情书，是告御状。"海东方从衣兜里掏出夏雨雪的"情书"一面递给我一面说："有啥好保密的，不过是女孩子之间闹个小情绪罢了。"

我接过夏雨雪的"情书"，借着桥上灯光急剧拜读，夏雨雪给海东方派了我大一溜儿不是，婆婆妈妈的，今天给她洗衣服没有洗干净。明天只顾自己写作业，给她辅导作业敷衍塞责没有仔细认真。后天找女同学玩不带她，孤立她。列了我50多条大罪恶。我没有看完，觉得夏雨雪太幼稚可笑了，简直像学龄前儿童的学舌恶作剧。

"夏雨雪没有向你表白？"我问。

"表白啥。我见你没有来，只说了一句，歌舞厅没有宁宁的载歌载舞有什么劲儿，她一听就噘起了小嘴不再理我。"海东方说。

我的天，夏雨雪太神经过敏了，海东方才是真正的开玩笑。

"夏雨雪没有问起你，将来找女朋友的事情？"我说。

"有啊，我告诉她了，反正不是你夏雨雪，因为你是我的小妹妹。"海东方坦坦荡荡地回答。

也许海东方说者无心，夏雨雪听者有意。我告诉海东方："本来今晚，夏雨雪是准备向你表白的。"

海东方说："我听出了她的弦外音，所以，直接就拒绝了，告诉她，我早已有了心上人。"

"她问你是不是我。"我问，想起了刚才夏雨雪所说的话。

"是的，我故意没有做声，算作默认。"

"你闯了大祸了，夏雨雪把我当作第三者插足了。"

"没有的事，我与她没有恋爱，何来第三者。"

我觉得海东方说得有道理，没有再坚持。

"你多心了，她在耍小孩子脾气，明天哄哄就好了。"海东方劝我。于是，他又岔开话题，说了些班里涉及毕业其他同学的事情。

女孩子就是那么简单，想象得那么美好，我被海东方说动了心，也许我真的是多心了，微微感到一些轻松，海东方短短几句话把我刚才与夏雨雪的不愉快驱赶得烟消云散。海东方见我情绪稳定下来，劝我赶紧回宿舍，太晚了怕王阿姨与夏雨雪生疑。

我被海东方送回到宿舍门口，要他先回去。他执意要我回到宿舍里到窗前给他打个招呼才肯放心离去。

我蹑手蹑脚回到宿舍，轻轻打开房门，情不自禁向夏雨雪的床位偷眼瞄去。夏雨雪正在使一个破绽百出的坏心眼，我与海东方都被她套路了。夜色朦胧中惊悚一幕使我大吃一惊，心怦怦乱跳，急急忙忙拉亮灯光，证实了我的猜测，夏雨雪正在用力割腕。她要割腕自杀！这一惊非小，我战战兢兢、哆哆嗦嗦跑到窗口，惊慌失措向月光下举头望窗口的海东方比比划划示意：夏雨雪出大事了！

## 五

事态的发展远没有我与海东方想象的那么简单。夏雨雪的床位上，我看到她正用水果刀使劲割自己左手腕的脉搏，血瞬间涌出，顺着手腕一滴一滴流下来，把床单殷红着她的身子流在地上，暗红秾丽，似一副诡异而又血腥的西洋油彩画卷在地上缓缓展开来。

我从小怕血，吓坏了，晕晕乎乎本能地跑到窗口冲海东方呼救，立即找纱布给夏雨雪包扎伤口，很快纱布殷出血来，我继续厚厚地缠绕。在海东方跑进屋里来时，其他宿舍的女生听到我的叫喊也一窝蜂地跑过来看究竟。夏雨雪大声谴责我："宁宁，你这大骗子，抢我的初恋！"我死死扣住夏雨雪的左手腕控住着血的浸漫。海东方见状背起夏雨雪向楼下跑去，身后有人大声喊："快打120，救护车！"王阿姨焦急埋怨："这个宿舍两位女生怎么了，一个喝错药，一个闹自杀，净做玩命的事。"

海东方背着夏雨雪，我扣住夏雨雪的左手腕脉搏，在跑到校门口时120救护车一路"躲开、躲开！"警笛嘶鸣疾驰而来。海东方急忙拦住救护车，我俩一步跨上了车，车上医生急忙做刀口包扎处理，夏雨雪的血才算止住。其他跟过来的女生被急救车甩在车后，被校保卫挡在校内。救护车急速驶进附近医院，护士用活动病床推车把夏雨雪推进医院急诊室进行急救。海东方把夏雨雪护在病床上。夏雨雪却像着了魔犯了神经病，手脚踢腾拒绝治疗，声嘶力竭叫喊："宁宁，你这个大骗子，还我的初恋。"她一脚踢在海东方的胸口上，海东方倒憋一口气，捂住心口，半天没有动弹。急诊室医生护士几个人按捺不住夏雨雪，她大喊大叫："宁宁，你必须给我写保证书，不然我今晚死在你面前。"夏雨雪拒绝治疗，拼命反抗，力气之大，与瘦小身量根本不符。护士不得不像扳倒一头小牛似的逼她就范，却难以制止她的狂踢乱踹。医生护士无法忍受她呼天唤地叫喊，目瞪口呆地任凭她对我使用语言中最暴力最污秽的辱骂。

"谁是宁宁？"脸上刮得干干净净的年轻的主治医生，在我身后质问："她不要命了，你真想要延误病人的救治时间，活生生看着她死掉！"

我清楚当务之急医生不知道夏雨雪到底经历了怎样的事情，才绝望到要放弃自己的生命。但必须把我从情绪崩溃的边缘拉回来，以挽救夏雨雪的性命。我停止住跑到门口的脚步，第三者这个关系重大的细节必须要澄清。我竭力克制自己，但做不到声音缓和："我没有抢她的男朋友。"

"你就是抢我男朋友，我永远不会原谅你。"我身后，夏雨雪连珠炮疯了似的大喊大叫。我感觉夏雨雪用冰冷的目光盯视着我，因为我感到脊背发凉。

"夏雨雪，过头的话好说，过头的饭难吃，不要自寻烦恼。"我转过身来嗤之以鼻，声音也开始发抖，我感到受到极大侮辱，握紧拳头还要跟她理论。医生一把把我拉进他的医办室，严肃地说："我不关心你们的事情，只要抢救病人，你先写了保证书，糊弄她不再折腾保住性命再说。"

你帮助过的人，不一定感激你，当她觉得你触碰了她的私利，会立刻翻脸杀熟，手段比对陌生人还歹毒如斯。面对生死抉择，我掩饰住了我的寒心，不敢再有片刻犹豫，为了海东方，必须把自己交出去，任夏雨雪宰割。我闭上了眼睛，摇摇头，泪，顺着脸颊流向前襟，我感到憋屈、难过、窒息。我必须听从医生的劝告，承担千古罪人的虚名，来挽救她的性命。我慢慢睁开眼睛顺从地接过医生递给我的笔纸，写下保证：我与海东方永不相见，再见只等来生。然后签上我的名字。在这一瞬间我才醒悟，我傻瓜蛋一个，掏心掏肺对夏雨雪好，不过是被她利用的一枚棋子。我高估了自己在夏雨雪心中的位置，她才是在利用我想得到海东方，其实我什么都不是，只是她随玩随丢的一个玩偶而已。我把保证书交到医生手里，医生摆摆手，让我亲自交到夏雨雪手中。我极不情愿又无可奈何走进急救室，看都没有看夏雨雪一眼，扭着头把纸条塞给了夏雨雪。夏雨雪停止哭闹，把眼镜摘掉用那双带血丝的小眼睛凝聚着仇恨的目光死死盯视着我，冷酷的目光简直要把我生吞活剥。她只瞥了纸条一眼，面无表情的脸顷刻大变，喊道："海东方还没有签字。"狠劲把纸条扔在地上，越发叫得歇斯底里，直吓人令人毛骨悚然。愁眉苦脸的海东方默默从地上捡起纸条看了一眼。我俩都没有敢再互相看一眼，只能凭心灵感应，因为夏雨雪的仇视而狡黠的目光始终在我俩身上晃来晃去。也许海东方感应到了我的感应，在我的名字旁边写上了他的名字，他把保证书递到了夏雨雪手中。夏雨雪这才停止哭闹，瞅一眼保证书，好像伤口一下子不疼了，用右手把纸条塞进裤兜里，继续用不断的呻吟很成功地掩饰住内心的喜悦，像一个经验老到，技巧成熟的演员，显出筋疲力尽的样子，伸出那只血流呼啦的左手给医生，用肢体语言示意允许医生对她实施救助。

我清楚，从此以后，夏雨雪会把海东方拴在她的裤腰带上，一把牢拴，时时刻刻不分离，像个神探一样，侦查着我与海东方的一举一动。在药力的作用下夏雨雪睡去，医生告诉我们，夏雨雪的伤势不是很严重，用不着到手术室做血管缝合手术，她只是用水果刀的背面把手腕割破点皮，流了点血，没有伤及动脉血管。我余惊未退地说："我看见她流了许多血。"医生说："不可能，怕是你看花了眼睛。"我惊讶这一点我怎么没有想到，如若夏雨雪真有性命之忧，哪有这么大的力气折腾。我无言以对，因为当时我早已方寸大乱，心慌意乱只顾着急忙慌、糊里糊涂给夏雨雪包扎伤口，竟然忽视了流血这个问题要点。

我实感冤枉，一纸保证书如那生死契约，从此把我与海东方天各一方，友谊告一段落，到此结束。如那牛郎织女隔海相望，牛郎织女每年还有七月七日鹊桥会，而我与海东方只能"永不相见，再见只等来生"。

我对夏雨雪没有底线的付出，最初她是感激的，可时间长了，我的所有付出她会认为理所当然。我的好意，长久以往，这毫无底线的付出，她不会再感激，只会被说成是下贱活该，是我廉价付出的自讨苦吃。

"当时，她透过窗户看到我与你一同回来，醋意唆使她突发奇想，用自杀的方式来要挟我与你的交往。"我对海东方推测着夏雨雪自杀的动机。

我内心思忖：夏雨雪故弄玄虚吓唬我与海东方，用自杀的方式逼迫我与海东方断联。也许夏雨雪是爱海东方的，她爱海东方就想把海东方的灵魂全部占有，才会得到满足。一个有知识有文化有教养的大学生如此工于心计，拿着生命做赌注，是我们始料不及的。

夏雨雪的长相与花小溪有几分相似，可经过四年的磨合，我顿悟，她与花小溪形似神非，她娇生惯养，性情乖张。我如若不答应，她真的还会有第二次自杀，她会说到做到。她到底是为爱自杀还是为占有欲自杀，我不得而知。但不管哪种自杀，我都会成为千古罪人，永不得安生。我已无路可走，面前只有唯一的一条路横在眼前——离开海东方。海东方的目光垂向地面，抱着头痛苦着烦恼着，他被夏雨雪逼迫着要在短时间内做出我与夏雨雪二选一的决择，我十分清楚，我们俩不管他选择谁，都会给他带来一生的痛苦。失去我，他会痛苦一辈子，这是心灵上的痛苦。失去夏雨雪，他什么都失去了，这是事业上的损失、舰长对他的信任。

月亮冷冷地挂在天上，我将与海东方面临一场离别。我想向他诉说心中的悲与喜，可千言万语只能给他带来更大的伤害。我也不敢听海东方说话，因为我知道他的每一句话都会使我意志动摇，将那保证书化为一张废纸，子虚乌有。而这张废纸，将彻底毁掉海东方的一生。

海东方缓缓靠过身来把我紧紧抱住，吻着我的额头说："宁宁，为了你，什么委屈我都能忍受，什么苦都能吃，什么压力都愿意扛。"

我流着泪说："虽然你对我一句喜欢没有说过，一个爱字没有提过，但我知道你心里有我，为了我，你可以赴汤蹈火，在所不辞，用一切牺牲来呵护我。但我现在不是要你海誓山盟、自我牺牲的时候，而是要你在以后的日子心里有我就心满意足了。现在我需要你对我言听计从，才是真正的懂我。明智地放弃，好过盲目地执行。我不能太自私，你的家人需要你的照顾，祖国北海需要你们军人去守护，你的理想需要去实现。对于培养和寄予厚望的舰长需要你去面对，他要你照顾和保护好他的女儿，你却照顾保护得使他的女儿自杀，你怎能辜负舰长对你的信任。我失去夏雨雪没有什么，顶多失去一个朋友，而你失去夏雨雪等于失去你的事业与终身幸福，失去了一切。"这一次我终于醒悟，我已经情不自禁坠入情网。夏雨雪是聪明的，是敏锐的，她没有说错。

心细如丝、处事冷静的海东方此时心乱如麻，他好像怕顷刻失去我似的把我紧紧搂住不肯松手，恨不得把我融进他的骨血里，化进他的五脏六腑中，泪，再次顺着他的脸颊流下来。我要帮他，必须帮他，只能帮他，不能让他颠覆上大学的初衷，而帮他最好的办法就是离开他，必须离开他。

海东方在椅子上搂着我坐了很长时间陷入沉默，我把头靠在他的肩上，只要稍微动一下，好像我就要离开他似的，把我搂得更紧。他用无言的嘴唇拂过我的头发，用温柔的手搂住我的肩膀。我被强大的臂膀紧紧抱住的滋味，仿佛已经融化在他的怀抱里。我们从来没有这样亲密过，也从来没有像这样深刻地互通衷曲，我不知道这算不算初恋，但我把初吻给了海东方。激吻中一股无法克制的欲望和执念，一股破涛汹涌般的激情，促使我真想脱口而出："海东方，我喜欢你。"然而残酷的现实提醒我，必须谨慎的控制住自己的情绪。我推开他的热唇，找理由说："我回宿舍去给夏雨雪拿些换洗的衣服，顺便告诉其他宿舍的女生，请她们放心。"其实，我最担心我与夏雨雪的矛盾，像灌木林着火一般，迅速蔓延女生宿舍，带着这个多疑和焦虑我必须回去一趟。

因为医院离学校很近，海东方似乎理解到这层意思，顺从点点头说："好，越快越好，再找几个女生过来，帮助你。"

人生最遗憾的莫过于轻易放弃了不该放弃的，固执地坚持了不应该坚持的。爱情不是找一个最好的人，而是找一个对你好的人。然而对我最好的那个人，我却要忍痛割爱，拱手相让。我怀揣着一纸毕业证书，怀揣着对夏雨雪极度失望，怀揣着对海东方"成全别人，委屈自己"的敬意。绝决地顶着星辰与纷纷扬扬的大雪，噙着失败的泪花，心像灌了铅一样沉重，挥挥手，踏上了离别的火车，回到了我的故乡。

大学时期，我弄丢了两个人，不管哪个都给我造成了极大的心理伤害与情感打击。自此，我背上了沉重的情感包袱。

毕业后，海东方多次委托其他同学捎信给我，告诉我，夏雨雪出院后，他陪她回到北京，俩人毕业即成婚。婚后，海东方回到舰船甲板，夏雨雪留在北京，俩人开始了两地分居的生活。

信中海东方还说，完全按照我的意愿做了，希望我能与他继续保持联系，把我的一切情况告诉他，希望我过得比他好。我怕与海东方再次相聚那一刻，控制不住自己的情绪，一个拥抱，再次点燃心中的那份情感，最后依然改变不了没有结局的现实。所以，我履行着对夏雨雪的承诺，没有给海东方回信，也不准备与海东方再相见。

人生最重要的不是拥有的，而是想得到却不能得到，想拥你入怀却不得不扭身离你而去。回不去的曾经，留不住的过往，我带着遗憾怀念大学时光，怀念被我弄丢的两个人。

# 第八章

## 一

回到家乡，我第一时间就去找余然诉苦。当时余然在妇产科待产，她已经过了预产期一个月，还不见胎儿有动静。医生用听诊器听听胎心很好，又做了各种检查，各项指标均好，医生怕胎儿过大生产时受到影响，建议她住院催产，她刚刚吃了催产药。她婆婆寸步不离地守着她，余然怕婆婆的腰间盘突出的病又犯了，劝婆婆回去收拾一些胎儿及产后用品。婆婆见她神情很平静，千叮咛万嘱咐一番后，回家了。

挺着大肚子的余然听完我的诉苦，把笨拙的身子往床上被子靠了靠，看着我极度愤慨的样子说："你就是一个是非娄子，伤害男人感情的小妖精。"我心一惊，目瞪口呆，如果别人这样说我，我定会跟她急，可余然说我，我便不再做声。但我就不明白了她为什么这样说我，好像我真的做错事情。我对余然是言听计从的，不管她说什么我都觉得是对的。

余然接过我递给她的水杯，轻轻吹吹杯中水热气，喝一口道："你是不是对海东方动了真感情。"我老老实实地点头承认。

余然用温和的目光打量着我说："你有自身的优势，知识分子家庭，漂亮白净，细腰高挑大长腿，能歌善舞，对男孩子有极强的亲和力，对人感情外露，尤其在男孩子面前大大咧咧，不懂地掩饰，他们被你的热情感染着。这些你都不自觉，可正是你的优点从某个角度看同时也是弱点。知青中有多少男知青曾经对你想入非非，暗恋着你，不敢告诉你而直接求我，暗地里被我一一驳回，因你对他们不是爱是亲和，与其被你拒绝伤害他们，不如我劝他们早早退步抽身免受伤害。蒋叶就是最好的例子，他自知比你大十岁，得不到你却又放不下你，爱而不得。你知道吗，你给他带来多么大的痛苦，他并不爱他的妻子，只是为了安慰老人，报答老人的养育之恩。他多少次给我诉说对你的思恋，单相思使他如此郁郁寡欢地活着。"

看到我一脸窘迫地坐在陪床椅上，余然竭力想忍住不笑，却憋不住，喘口气又说："认识楚建军，你却因为一个小小的发卡对他翻脸不认人，再不理他。给他带来多大的伤害，你知道么。他是那么傲气的一个人，为你他放下尊严，至今仍在等待你。谁给他介绍对象都不见，朝思暮盼哪一天你能蓦然回首，他在灯火阑珊处等你。"

我万万没有想到楚建军会如此痴心，骨头里的高傲让他变得如此执着与卑贱。我的愧疚感更加强烈，便低下头羞红了脸不再言语。

"你离开海东方是对的。表面上夏雨雪得到了海东方，却是一个失败者。你不要再去找海东方，你只能给他带来更大的麻烦与苦恼，甚至失去。你必须忍痛割爱，退步抽身。如有任何差池，你是在破坏军婚，要负法律责任的。"余然用恐吓的口吻说。

"记住这个世界上不是所有的人都能爱护你。海东方是走进你生活入了心的人，今生与你无缘，该放下就放下，必须学会释怀。忘掉一段感情的最好办法，就是寻找新的一段感情。你去找楚建军吧，他在原地等你。"余然说。

我看到余然紧皱眉头，用双手捂住肚子，急忙问："是不是肚子开始疼了。"余然点点头。我急忙去医办室叫来医生。医生跑来用听诊器听听胎心，说胎儿很好，让护士量量血压很正常。问余然下面有没有什么东西流出。余然摇摇头。医生说宫缩开始了，并告诫余然宫缩间隔时间会一阵比一阵短，疼痛时间会一阵比一阵长，要余然做好充分的思想准备。医生要我时刻观察着动静，随时向医生汇报。医生见余然宫缩好些了就出去后。这时余然的婆婆送午饭来，包的饺子，说包的我们二人的。婆婆一面打开饭盒把热腾腾的饺子送到余然嘴里，一面让我赶紧吃，怕饺子凉了就不好吃了。我问余然住院有没有告诉郝建社。余然说早与郝建社说好，只要她住院立刻通知郝建社。他已做好一切准备，随时听信，休探亲假回来伺候月子。婆婆说已经让女儿给郝建社写信了。我囫囵着吃完饺子，向余然偷偷要了郝建社的联系方式，趁余然宫缩间歇疼得轻些了，对余然婆婆说去卫生间，跑到隔壁邮局，给郝建社打长途电话，添油加醋向他了描述了余然肚子特别疼的危情。那头，郝建社一听吓坏了，口气有些结结巴巴说即刻请假回来。最后，我让他代问楚建军好，达到了我小私心小狡猾的目的，让郝建社捎带脚替我向楚建军表示歉意。

# 二

　　余然生了个男孩，当护士把孩子抱出来，让我们欣赏时，郝建社把孩子抱在怀里，像抱着炸弹般拘谨沉重而又小心翼翼。我惊呼："儿子太像爸爸了，父子俩共用一张脸。"

　　余然被推出产房，湿透蓬乱的头发一缕一缕贴在惨白的脸上，极度疲惫虚弱，我突然发现她一下子瘦了许多，很是心疼，我劝余然："幸福藏在生产的痛苦里。"郝建社心疼地帮她把头发一缕一缕拢到耳后，轻轻地说："老婆大人，你辛苦了。"躺在产床上的余然苦笑到："郝建社，我饿了。"郝建社像个得令的士兵一声令下把早已准备好的红糖水，煮鸡蛋一个个剥好，用嘴吹吹凉热，一块一块剥好就着红糖水送进余然的嘴里。

　　第二天早上，是个星期天，天气很晴朗，我来到医院，余然的哥哥妹妹早已到了，我才注意到，余然一家人长得都那么好看，她的哥哥像王心刚，三个妹妹一个比一个好看，尤其小妹妹，长得像极了《英雄儿女》里唱《英雄赞歌》的王芳。怪不得余然妈妈矫情，原来有骄傲的资本。一家人围住余然问寒问暖，热热闹闹探论着给孩子起啥名字。最后，我给宝宝送的小红毯子上面写着"快乐"二字，预示着父母对孩子的期盼，见到他们一家人的热闹，悄悄放下就走了。

## 三

再见到赵杏楠是在余然儿子的满月喜宴上。当时，郝建社的年休假已满，回部队去了。余然婆婆接替了郝建社伺候月子的伟大任务。余然单位给了新房，二室一厅47平方米。余然在新房卧室里照顾孩子。我与石利张罗着买菜做饭。这次余然只请了七八个平时走得近的知青。一般这种场合袁自朝张罗最欢，可今天却没有来。石利说，他来不了了，住院了。我急问石利啥原因？他说以后再说。奇怪的是涂燕也没有来，我猜想是不是与涂燕有关，便不再询问。该来的没有来，不该来的却来了，赵杏楠带着她的男朋友，准确地说是她的爱人来了。我们责怪赵杏楠，结婚时为什么不通知我们。她小声说，未婚先孕，不好意思，等生下孩子过满月再补办。她向我们介绍，他的爱人姓史，上面三个姐姐，排行老小。妈妈生他时希望他能一生交好运，起名史运开。他的爸爸是某汽车公司的经理。史运开十八岁时，以工农兵大学生的名义保送到大学与赵杏楠在同一个班级读书。他学习没长进，却学会了如何追赵杏楠。

余然把婴儿哄睡着后走出卧室，我们自然把声音放得更低。赵杏楠的爱人有一绝活，会做饭，说是专门为了伺候赵杏楠跟着本市名厨学的。我与石利给他打下手，很快一桌饭菜上桌，香喷喷冒着热气。赵杏楠爱人那遗传变异而笨拙的形象，不管是后天养成还是先天造就，那矬粗短胖的身体，上哪儿去找有美的歇息之处。我们都惊叹不已，赵杏楠蒙上眼睛摸瞎瞎，也不会摸到这么一个丑男。他腰上系了条围裙，肩上搭着一块长方形网格状深色抹布，看起来像极了《水浒》里卖炊饼的武大郎。他边用围裙擦拭着油腻腻的双手，边端起酒杯高声说："我首先连干三杯，祝贺余然三喜临门。一杯为余然做妈妈，二杯为了宝宝满月，三杯为姐夫又高升一级，正团级了。"他连干三杯衡水老白干，面不改色心不跳，一下子把几个知青唬住了。要是涂燕在多好，准与他有一拼。我心里有些遗憾。

赵杏楠的爱人，几杯酒下肚话匣子便打开了，他很能讲，说话机智幽默，你说古代英雄吃酒豪爽，他立马回"饮酒不醉最为高，好色不乱乃英豪，不义之财君莫取，忍字饶人祸自消。"你说天文，他立马接地理，七大洲四大洋奇异无比，秘密深奥，人类探索不已。你说当今啥时尚，他立马告诉你玩的最时尚的就是打桥牌，而后说了一大堆桥牌技巧，我啥也听不懂。赵杏楠说他打得还不错，牌风也好，无论是在玩牌的时候还是喝酒的时候，他说话都特别清醒，合情合理。但从一个人的吃相，可看出他的扮相，他面对一盘菜，全不顾别人的感受，用筷子扒拉最底下的大虾仁，拣到自己碗里狼吞虎咽地吃着。尤其那盘鱼，他说爱吃鱼头泡饼，刚刚开饭他就把饼放进盘里，翻来翻去的沾满鱼汤大口满牙地吃起来，并滔滔不绝地嘟囔："这年头，没有吃过的要吃吃，没有玩过的要玩玩，没有看过的要看看，没有干过的要干干。"我最讨厌别人在菜盘里乱翻。所以，他翻过的菜，我一律不吃。

余然的宝宝睡了没有一个小时，便在里屋哭闹起来，像对人们发出示威，不管他这个孤独的美男子。她的婆婆赶紧抱起来，余然进屋把他抱出来，摆动着他的小手，向叔叔阿姨打招呼。我看见小家伙胸前带着麒麟送子金锁，金锁上面刻着他的生日时辰。几个人争先恐后要抢抱小家伙。赵杏楠两口子看着宝宝很是欢喜。当下就给他们的准儿子起了个响亮的名字——史进。赵杏楠爱人说，这是有讲究的，《水浒》里有个九纹龙史进，我们的孩子将来也是一条龙。

九纹龙史进身上刺配九条龙，只是一个花架子，真功夫并不咋样。看来赵杏楠两口子对《水浒》也是一知半解。

听史运开说，赵杏楠婆家住市里南头，怀着孕，依然不管刮风下雨，每天早早起来匆匆忙忙给公婆做好饭，自己来不及吃饭，带上饭菜，急急忙忙骑着自行车近一个小时到城西头上班，中午不回家吃饭，吃自己带的饭菜凑合一顿。晚饭回家一家人几双眼睛巴巴地等待赵杏楠回家做饭。我看不过去，偷偷问赵杏楠为何这么迁就婆家。赵杏楠快乐地说，自己喜欢做饭，看着婆家一家人吃自己做的饭，证明婆家对自己的认可，心里舒服。人都说女人结婚是一个转折点，当姑娘时在家不干家务的，到婆家一准做家务。我不明白赵杏楠如此转变为哪般，也许一个农村女孩嫁给了城市官二代家庭，满足了虚荣心。由于身份的悬殊，她怕婆家人看不起她，通过做饭，找到自己的价值。

吃过午饭，辞别了余然和赵杏楠夫妇，石利带我去省医院看望袁自朝。袁自朝住在骨科，我被石利带到 5 病室，那是个单间，床上躺着一个病人，满身缠绕着白纱布，看不清楚面目。石利直指着他说："这就是袁自朝。"我的天，我险些蹦起来，这哪里是袁自朝，简直像个木乃伊。

# 四

从袁自朝裹着白纱布的脑袋上部的眼的缝隙中，我看到了他的坏笑。石利说，这是他对袁自朝的特意包装，是他精致杰作的艺术品。石利的哥哥在骨科当主任，这是按照石利要求的"特色包装"。袁自朝央及石利把白纱布解开，说裹得太严实，憋得慌。石利阻止说，不能动，我已经报案了，一会儿派出所警察来调查你的被打事件，就不信打不动警察们的侧隐之心。

我十分困惑俩人如此折腾为哪般，袁自朝为啥挨打。要不是石利饶有兴趣地告诉我，我根本不会相信，涂燕有情人了，袁自朝就是被这个情敌打成这个乱蒜样子。

"是可忍孰不可忍。涂燕太过分了。"我摩拳擦掌要为袁自朝报一箭之仇。这是我听出袁自朝与石利把我叫来的意思，我答应要替袁自朝出出这口恶气之后信誓旦旦的保证。

第二天，涂燕被我连哄带骗地见到了袁自朝的情敌，当时他正坐在紧贴桌子旁边的椅子上聚精会神地看书，见到我的到来，友好地打个招呼，点头致意涂燕给我沏茶倒水。他长得也算英俊，乌黑的头发有些天然的卷曲，脸颊白里透红，满身阳刚之美中却有着小娘们的一脸媚气。他与我想象中的那个人迥然不同，我在一席客套话之后，我直言问起他与袁自朝的约架事件。他用手摸摸干净的下巴笑道："你知道俄国诗人普希金吗？我佩服他对爱情的舍生忘死，他在圣彼得堡涅瓦尔大道的咖啡馆。喝完人生最后一杯咖啡，毅然决然走向爱情决斗场，负伤而死。结束了年仅 38 岁的生命。"

"你也喜欢普希金的诗！"我对他的话产生了兴趣。他对我讲起了普希金的故事。他的话并不多，但说的话却很合情合理，他挺幽默，并不咋呼，他的人缘看起来不错，他的家里一会儿来了许多听客，听他讲述《傲慢与偏见》（英·奥斯丁著）的故事，他的家里聚着的这群朋友都能言善辩，与他一起讨论书中的人物情节。他给我的印象与石利、袁自朝说的牛头不对马嘴，大相径庭。从他温和、一副帅哥的面孔、说话语音轻松来看，这个男人吸引人的地方就是他对别人很友善。涂燕告诉我，他叫凌寒，能绘声绘色地给你讲《红与黑》《战争与和平》《钢铁是怎样炼成的》《青春之歌》《红旗谱》等中外名著，他会讲起我国每位作者的呕心力作。很难想象这样一位温文尔雅连蚂蚁都不忍伤害的人，会使用暴力把袁自朝打成"一级伤残"。也许他像普希金那样为爱情而战，理直气壮胆气豪，舍生取义无畏惧。

但从他与袁自朝的身体力行来看，远远弱与袁自朝，两人不成正比。一个人高马大，一个玉面书生；一个透着豪横，一个谨小慎微。袁自朝如此惨败，如此之丧，只有一种解释的可能，袁自朝心虚胆怯，底气不足，不敢出手。凌寒"冲冠一怒为红颜"。

回到涂燕家里，我把袁自朝的惨像给她描述一番，涂燕咯咯一笑说："那叫一个活该。"

我颇为惊讶，问道："此话怎讲？"

# 追忆如歌年华

　　从涂燕的嘴里，我知道了凌寒的一切。原来涂燕与凌寒是发小，隔条街，涂燕住在北一胡同，凌寒住在南一胡同，凌寒比涂燕长一个班级。在班里涂燕是学习委员，凌寒在班里也是学习委员，所以两人经常打交道，关系很好。凌寒的父亲是大学教授，妈妈是医生。特殊时期，凌寒的爸爸去世，妈妈改嫁，凌寒跟着奶奶相依为命。高中毕业，他十九岁，因为是独子，街道戴红袖箍的老太太们，没有动员他去上山下乡，给他在一个区办小厂找了一份工作。他从小爱看书，因为没有哪个孩子愿意与他这种家庭特殊的孩子交朋友，他便与书为友，很少出门，一头扎进父亲留下的书籍里寻找着安宁与慰藉，慢慢的，他变得知识渊博，侃侃而谈吸引了许多女孩子的倾慕。工作闲暇之余他的家里都会来许多年轻人听他讲故事。在他上初三的时候，他的同班同学一个女孩子一直暗恋他。女孩子是他的街坊，同住在一个胡同里。凌寒上班后女孩子才敢向他表露心迹。他俩先是偷偷往来，后被女孩子妈妈发现。女孩儿妈妈因为他的家庭状况，死活不同意。把女孩儿锁在家里，连学都不让上了。女孩昼夜哭啼，不吃不喝。凌寒由于他的特殊身份，束手无策，只能听命由天。女孩子铁了心，不吃不喝与妈妈对抗。妈妈气急败坏放出狠话：你与凌寒再继续交往下去，要么我死，要么你死，你自己挑。女孩为与妈妈赌气，喝了毒药，救治无效身亡。女孩子的妈妈后悔不已，哭天抹泪，把对女孩子愧疚归怨到凌寒身上，扬言让凌寒打一辈子光棍，为她的女儿守冥婚，并把凌寒告到派出所，说凌寒糟蹋、逼死了她的女儿。在那特殊年代，即使凌寒与女孩没有发生任何关系，人们也只愿意相信他们相信的事实。被打得遍体鳞伤的凌寒被逼无奈，签字画押承认了犯罪"事实"，以幼奸罪被判劳教三年。

　　凌寒一声不吭地把这一切灾难咽进肚里，他在街坊四邻嘴里成了魔鬼，大人们再也不让孩子们与他接触，甚至连与他说话都不能。大人们在哄孩子哭闹时都会说，别哭了，凌寒来了。

　　凌寒被冷落被孤独被妖魔化。涂燕就是在这时候走进凌寒的身边，因为相同的身世，使他们同病相怜、惺惺相惜。所以，下乡时，涂燕对于袁自朝的追求没有回应，就是凌寒的原因，袁自朝便成了剃头挑子一头热。

　　回城后，涂燕的爸爸平反，袁自朝的爸爸确实起了作用，但多大作用不知，知识分子被平反是大势所趋。可袁自朝对涂燕开始了"死缠烂打"的狂追。涂燕无奈，只好把与凌寒的事情告诉了袁自朝，袁自朝不但不收手，反而找到凌寒要与他单挑，胡诌白咧说早已与涂燕睡过了。言外之意，让凌寒知道，他与涂燕的关系比你更加油腻。那时，凌寒与涂燕的关系还没有公开，只是朦朦胧胧有些好感，凌寒对前女友自杀的惧怕，不敢再恣意造次。涂燕只是作为一个忠诚的听众，天天来凌寒处听他娓娓动听讲故事。袁自朝横插一杠，才使涂燕与凌寒的关系明朗化公开化。

凌寒几次追问涂燕与袁自朝睡觉之事，涂燕赌咒发誓是袁自朝造谣生事。最后凌寒答应与袁自朝单挑。时间，地点，随袁自朝挑选。在那以强凌弱的年代，凌寒因为出身问题，成了被欺负的对象，生命受到威胁。凌寒为求自保，偷偷学了些防身的功夫。袁自朝根本不知道自己不是凌寒的对手。那天在南河坡大桥底下，二人单挑。但结果不言而喻，袁自朝惨败，拍拍屁股掸掸灰跑路了。

袁自朝一瘸一拐找到石利，要石利出谋划策摆平凌寒。石利表面上给袁自朝打气，私下里嘬牙花子畏难，一宿没睡，后来想一妙招，把袁自朝弄到医院里裹严白纱布假装木乃伊卖惨，并到派出所报案。我对凌寒有一丝丝怜悯，把袁自朝、石利交给我的任务忘得一干二净，转身跑到凌寒战壕里，派了袁自朝一屁股不是。

听完涂燕的介绍，我也跟着哈哈大笑。没想到袁自朝"死缠烂打"地追涂燕，也包含了与凌寒单挑独斗之内容。

"你喜欢凌寒？"我问涂燕。

"是的。"涂燕点点头。

"你不怕他的前女友家里找麻烦？"

"我早已想好了，与凌寒一起面对。"

"你的命运就是这么坎坷，连找个对象都这么曲折。"

"我不信命。"

后来，派出所民警一直未找凌寒。警察是什么人，明察秋毫，人家忙着去接新的案子，哪有工夫给你当枪使，为你擦屁股，不罚款你扰乱公事就认便宜了。石利对袁自朝的精心包装心机白费，两人空欢喜一场。袁自朝挨打事件就这样不了了之。自此，袁自朝再也不敢找凌寒和涂燕的麻烦。

转眼间，夏日将尽，傍晚，只见太阳受朦胧云雾的温存，在一色恢弘天空中，只脱落剩下一盏红轮了。凌寒与涂燕来到我家，给我送喜糖，说他们很快成婚了，是秘密行事，是事后来通知我们的，借口是旅行结婚，不办婚宴。我理解这样做可能与凌寒的身世有关。

## 五

这几天忙忙碌碌的，先是随父母到哥哥服兵役的大同参加了他的婚礼，哥哥在当地找了嫂嫂，随嫂嫂在当地结婚了。父母亲帮我张罗工作分配的事宜，我忙着应聘顾不得想海东方，现在静下来又开始想起海东方，他回到甲板心情好吗？工作怎么样了，我不能见海东方，不等于不能联系海东方，我想给他去个电话又觉不妥，犹豫不决之时，楚建军给我来了电话，那头声音很嘈杂，很激动，说话断断续续，似说刚刚听郝建社把我的消息告诉他，他最近在参加什么任务，结束后马上回来见我，让我等他。那头立马又"嘟嘟嘟"的盲线了。

我还是憋不住告诉海东方，我已经与楚建军取得联系。他那头顿了一会儿说："好啊。他很欣赏你。"便不再吭声，我知道他心里不是滋味，因为他曾经对我说过，不要理楚建军，那小子看你的眼神不对。但我想把对海东方的"蠢蠢欲动"之心，打算用时间平息，用新的一段感情结束。

我被安排在市电视台做记者，主要是妇女问题的报道。我第一时间把这个消息告诉了海东方。他很高兴，说要我把第一个稿件寄给他审，替我把把关。因为他知道我马大哈，爱写错别字，"的、地、得"用得不规范。

余然休完了56天产假，回单位上班。那天，我听她说婆婆因为小女儿要考大学，她让婆婆回梵庄照顾小姑子去了。余然把孩子送到厂里幼儿园托管。

我有些不放心，一天晚饭后，特想余然的儿子郝雨，就蹬车来找余然。那天是郝雨的百天生日，人都说小孩子百天要留念，留住一辈子的萌萌哒模样。我想看看郝雨的百天照有多好看，一路上我想象着小家伙乖巧的样子，兴高采烈地来到余然的家。余然的家住在单位宿舍楼的四层，我敲敲门，没有回应。再敲敲门，还没有回应。我有些急了，难道余然这么早休息了，我抬起手腕看看手表，才晚上七点半，不可能，余然不是一个早睡的人。我由不得把敲门声用力放大，里面还是没有回应。我心骤然收紧，大声喊叫余然的名字，还是没有回声。我心焦地把耳朵贴住门板侧耳细听，里面断断续续传来婴儿的哭声，是郝雨的啼哭声。我骤然惊吓加紧呼叫余然的名字。余然还是没有回应。一种不祥之感袭来，我胆战心惊，余然出事了！我越使劲敲门，里面的婴儿啼哭声越大，我害怕极了，惊慌失措，不知如何是好。敲门声一声紧似一声，把我的害怕声恐惧声声声放大。邻居们被我的叫喊声打开门关心过来。有的说白天上班时看见余然与孩子好好的，下班不会出啥事吧。有的说难道余然晕倒了，她也太累了。屋里郝雨的哭声越来越大，我焦急的隔门哄郝雨："宝宝，别害怕，阿姨来了。"一个百天大的孩子怎会听懂我话，我当时急蒙了，啥也不顾了。一会儿邻居们打110把派出所民警叫来，二个年轻的民警冲开熙熙攘攘的人群，来到门口，帖耳门板听听里面孩子揪心的哭声，又拍门喊叫几声，未见动静，征得邻居们同意毅然果断掏出万能钥匙，把门撬开。我第一个冲进屋去，看到郝雨躺在床上脚踢手拨拉"哇哇"大哭，好像诉说着什么不幸。我抱起郝雨,见他的屁股湿透了,我赶紧找卫生纸给他擦屁股,找干净的尿布给他换上。这时民警已经把屋里找遍,没有余然的影子。邻居说,余然说最近要参加自学考试,是不是上夜课去了。一语提醒蒙圈中的我,我好像也听余然说过,这是最后一次参加自学考试,她一气报了四门功课,说这次四门功课再过了,就可以用十七门单科结业证书,换一张国家承认的大学毕业证书。邻居们帮我给郝雨沏好奶,我把奶嘴放进他的嘴里,他大口大口吸吮,不再哭了。我猜想余然一定是上夜课去了,放下心来,对二位民警说:"孩子没事了,你们忙去吧,我来照顾。"警察询问了我的身份,我与余然的关系。我向他们介绍了我的身份,我与余然的关系,并拿出工作证让他们看。他们叮咛几句才放心地离开,邻居们也各自回家了。郝雨吃了奶不哭了一会儿又睡着了。我抱着他睡,不敢放下,怕惊醒他又哭,搅动邻居怀疑我虐待孩子。

长时间一个姿势抱着郝雨,我手有些发麻,突然余然开门进来,她看见我,大吃一惊说:"我的天,你怎么来了。"我没有好气地说:"你还是郝雨的亲妈吗?"余然脸红了,表情不自然起来。

"我也是没有办法的办法。"余然说:"眼看又要期末考试了。我想四门功课一起过了就毕业了,每个星期一三五晚上七点至九点半有辅导课,我必须参加,不然怕不能及格。我只好让郝雨吃饱奶睡着了,才敢去上夜课。"

"你就不怕郝雨掉下床来。"我说。

"孩子还不会翻身,不会的。"

我看到家里只剩下郝雨一人,孩子睡醒了哭,哭累了睡,尿了拉了全糊着,小屁股腌得红红的。我特别心疼,就对余然说:"你难道不能放弃自学考试。"

余然流着泪神态严肃地说:"上大学是我的梦想,我没有机会考大学,已经很遗憾了,现在既然给了我这个机会,我就要紧紧抓住。"

我被不甘寂寞、不愿沉沦的余然深深感动,我要帮助她成就事业,实现理想。我答应她,每个星期的一三五的晚上我来帮助她照看郝雨。

在照看郝雨的过程中,我发现余然不同寻常的毅力,她三班倒,自己照看孩子,自己生活,一个军嫂要比别人付出十倍的努力与辛苦,怪不得有句歌词里唱到"军功章里有我的一半,也有你一半。"她向郝建社从来都是报喜不报忧,让郝建社安心守边疆。

一次,郝雨发烧,她给郝雨看了医生,医生给了药,郝雨吃了,好些了,慢慢睡去。她守在郝雨身边要我替她上课,回来把课的内容讲给她听。她学的财务管理,我学的中文,隔行如隔山,我所学知识不能教她,财务知识我不懂,只能替她上课把课时内容认认真真做好笔记记下来，然后像牛吃草那样一点点反刍给她。那天我顶着大风，骑车40分钟才到达了她上课的地方——市委大礼堂，当我气喘吁吁坐在礼堂座位时，来自各行各业、各个年龄段的学生们，如饥似渴地学习着，我深深被触动。我找余然妈妈寻帮忙，余然阻止道，她的妈妈照看着哥哥的孩子，根本不支持她参加自学考试，几次谴责她不该不管孩子图虚名，是她自讨苦吃。我对余然妈妈的不理解又增加了一层怨恨。之后，每到余然上课的时间，我便去她家照看郝雨。

当余然拿到十七门功课结业证书、换回来一张毕业证书时，她神色凝重地说："世界上唯一可以不劳而获的就是贫穷。唯一可以无中生有的就是梦想。没有哪件事是不动手可以实现的。当别人想玩什么，我却在想学什么。当千千万万自学考试者面对艰辛决定放弃的时候，我却笃定坚持就有希望，今天，我的愿望终于实现了。"

# 第九章

## 一

我参加工作处理的第一件事就让我义愤填膺，怒不可遏。那是我上班的头一个星期，我被中年女人办公室姚主任安排在二楼最东头大办公室的最外首，那个地界可能因为挨着门口，风大，人来人往擦身而过，位置不是很受欢迎。尽管姚主任放了一张崭新的办公桌椅招摇撞骗，整日里绞尽脑汁琢磨事儿的七位编辑旗帜鲜明的立场坚定的清醒，宁可伏在破旧桌椅上码字也不选择贵族座位，态度决定了他们的位置，一茬儿做到了里面最佳位置，安静清静。新桌椅诱惑无效、被无情抛弃在那里，无声无息遭冷落，饱受风的洗礼，过往人与物的刮碰，但没有流泪因为它们没有泪，泪腺已被厚厚尘土积垢堵塞。这是我喜滋滋坐下来庆幸新桌椅惟我独享时才悟出的秘密。我工龄最短，这个位置非我莫属。

那是个刮风的日子，随着呼呼的风啸声，一个女孩子跌跌撞撞到了编辑室门口。她倚门而立，一脚在内一脚在外，仿佛风力不足以把她刮进门来，把她送到门口便完成任务呼呼转身而去。女孩儿瘦弱纤细，十六七岁，梳着短发，穿一身破旧的洗的发白的蓝布衫。她看到我泪眼莹莹地说："编辑老师，你能帮帮我姐姐吗？"她操着一口浓厚的家乡口音，把那宽大的衣襟裹了裹，单薄的衣服难敌岁月的风寒，风刮的她紧缩着身子，抱紧了双臂。

我起身把她让进门来把门关紧，把风声挡在外面，问道："你有什么事吗？"

"我是保定女子中专的学生，刚刚上一年级。"她说着掏出学生证给我看。在我看学生证的时候，知道她叫安逸。她继续说："我的姐姐被那个王八蛋关了半个月多了，不许我姐出门，留家里专门伺候他。"她有几分羞涩，声音低得似蚊子哼哼，只有我勉强听得见。

那个王八蛋。女孩儿可能指的是她的姐夫。我把学生证还给她，示意她坐下，倒了一杯热水端到她的面前。她接过来并没有喝，而是握在手上，局促不安地摩擦。

"到底怎么回事，慢慢讲，不要害怕。"我说，语气带有极强的安慰性。

"他给我姐上了锁。"女孩弱弱地说。

他，可能指的是那个王八蛋。"上锁？"我有些听不明白，继续问道："上啥锁？"

"他给我姐穿上铁裤衩，裤衩上着一把锁，钥匙他拿着。"女孩声音更低。

"什么！"我惊讶地张大了嘴巴。

"他说给我姐穿的贞洁裤，大小便除外，其他时间都是他的，供他使用，想什么时候开锁就什么时候开锁。"

"这是惨无人性的家暴，骇人听闻！"我瞪大眼睛声音抬高了八度。

"这个畜生！"我开口大骂，我的骂声引起办公室里其他编辑的注意，都向我转过头来，吃惊而疑惑地看着我俩。这时，电话铃响，守电话最近的老李接听，随后大声冲我说："宁宁，你的电话。"我起身去接听电话，是楚建军打来的。电话那头楚建军急促地说："我已经快到保定火车站，现在定州车站给你打电话。"他说坐的昆明至北京的31次列车12.10到站。"我抬头看看墙上的挂钟，已经11时40分，离12点下班时间还有20分钟，我对楚建军说："我马上到火车站接你。"回头我对女孩说："你先回去，明天是星期天，上午九点半你到这里来找我。咱们再细谈。"女孩点点头悻悻地走了。我向姚主任请假，说提前走一会儿。

当我坐公交车到达火车站的时候，那火车已经进站，我刚刚在出站口站定，手搭凉棚四下张望，熙熙攘攘下车旅客人流中一个高高的个子，戴军帽着军装的军人向我招手，他快步向我奔过来，但脚步有些凌乱："宁宁，我在这。"是楚建军。他向我愉快的挥着手，他比以前更加清瘦，脸也黑了，但精神状态很好，喜气洋洋，精神焕发。我挤过人流紧走几步赶到他跟前，伸手去接他的包。他阻止说："不敢劳驾美女，谢谢你来接我。"我的手被他紧紧攥住，我感到他那双手有些颤抖，他的心脏跳动得很厉害，风掀起他衣袂一角，把缕缕清风送给他，使他情绪冷静下来，心旷神怡地说："听说你在电视台工作了，梦想达成，祝贺你。"我抽开他的手，扭头四下张望，奇怪问道："没有家人来接站吗？"他笑笑："有你就足够了。"

我俩边说边来到车站广场，候车室顶端高高在上的时点钟漫不经心地、不紧不慢地敲了十二下，火车提前到站了。我对楚建军说："吃个午饭吧，我为你接风。"他有些受宠若惊地说："巴不得呢，你带我到哪里吃，我就到那里吃。"我说："车站广场南边新开了一个西餐店，口味很好，咱们去吃西餐吧。"他愉快答应。

在服务员端上西餐的时候，我们边吃边聊到了各自工作及家庭情况。而后，我自然而然又提到了那个中专女孩儿的事，楚建军见我气不打一处来，受我的影响也恼怒了，"朗朗乾坤怎会有这种事情发生。"我说出了自己的想法，想到那个女孩的家乡去看看她的姐姐。可山路遥远，坎坷难行，下了长途车还要走二十公里山路，很不方便。楚建军当下拍板，明早开着爸爸的专车来接我，我答应了。

在安逸引导下我们来到她姐姐的家，那是一座风雨剥蚀的二间石板平房，透着凄凉。院子很大，没有阑珊，破烂不堪好像有几百年的历史，它的建筑令人惊叹不已，那些棱角分明的石头并不是完全相同的颜色，它们颜色多样，形态各异，很不协调，各自为战，勉强称作为石墙。但没有院门，大敞四开着，似在告诉贼，这里穷途四壁，随便偷。楚建军把车开进院子里，一条狗有气无力地叫唤几声，但没有起身，听叫唤的声音判断那是一只心不在焉的老狗。安逸跳下车，那狗才把尾巴从一块石头后面伸出来晃了几晃，"神龙见首不见尾"，算是对安逸的认可。安逸冲石房喊了几声"姐姐"，没有人答应。我与楚建军下车，心里顿生不安的感觉。我俩跟着安逸的哭声走进屋里，屋里很暗，等我们的眼睛适应了里面昏弱的光线后，却戛然止步，吓得不敢动弹，注意到里屋土炕上龟缩着一个人，瘦弱单薄的身体，褴褛破旧的衣衫，蔓延全身的血红伤口。那人神情呆滞，面露恐惧。安逸扶住墙不再动弹，可能有些头晕。那人用干巴巴的、有气无力地声音说："是妹妹回来了吗？"安逸爬到炕上抱住姐姐痛哭起来。那女人把呆滞的视线从安逸身上挪到我与楚建军这里，"他们是来救我的吗？"

"姐姐你还活着。是的，他们来救你了。"安逸退到房子中间，受到惊吓的她哆哆嗦嗦，也许并非姐姐的表情，也许并非由于屋里的寂静和死气沉沉，而是姐姐盖住被子的下身没有穿裤子下身系着一把铁锁，安逸说有寸半大小。她用手摸摸，姐姐便撕心裂肺地尖叫起来。我与楚建军打了几个寒噤，发现安逸姐姐整个身子都在发抖，这颤抖带动了整个房子的震动，欲房倒屋塌。

"我要找王八蛋开锁。"安逸冲出房间，跑到街上，不一会把那个王八蛋从赌场拉回家来，那个王八蛋二十岁上年纪，骨瘦如柴弓腰，曲背，一脸胡子拉碴，流里流气。猥琐地扫了一眼我和楚建军。安逸情绪失控、咬牙切齿地对那个王八蛋说："给我姐把锁打开！"

"小姨子，你管不着，你的学费是你姐的身子换的。我想咋地就咋地，想玩了就开锁，不想玩了就上锁。你姐那一亩三分地是我的私有财产，谁也甭想动。"他语言却粗暴刺耳，透着嚣张且不知羞辱。

"你欺负我家没人。"安逸痛哭流涕。

"你情我愿，我有你姐的保证书。"王八蛋的愚昧嚣张扩大到了整个身躯，他的目光扫过搁板架子上的灰土，拿过凳子登上去，从里面取下一个小罐子，下得身来将靠墙桌面上的尘土用袖子拂开，从罐子里面掏出一个看不出啥颜色的小布包一层层打开，里面藏着一张破破烂烂的黑草纸。我与楚建军莫名其妙地看他完成上述动作，他把黑纸摊在楚建军面前说："我有法律保护。"

楚建军并没有接，可能嫌脏，而是斜眼一看，是一张脏兮兮的结婚证书。

王八蛋那流里流气的面孔后面隐藏着一颗罪恶的心："我的媳妇，想打就打，想骂就骂，谁也管不着，受法律保护。"

越愚昧无知的男人，越野蛮无人性，与畜生无异，甚至不如。他不知道世界上有法律二字，以为他爹是村支书，代表着法律。

"我要离婚。"安逸姐姐的声音听起来软塌塌的，但已经使足了力气。

"你把3块5毛的学费还我，我就与你解除婚约。"王八蛋理直气壮。

这时，我与楚建军才听明白，安逸姐姐之所以嫁给这个王八蛋是为了给安逸凑学费。楚建军从兜里掏出五块钱摔到地上，对王八蛋说："把安逸姐姐的锁打开，我们要带她离开这里。"随后，转过身躯出门去背向我们。

王八蛋追出去一把揪住楚建军衣领，抖着满脸横肉说："村里一枝花，非我莫属，难道你看上了不成。"

气急败坏的楚建军已经到了忍无可忍的地步，一个大背跨把王八蛋放倒在地："无耻臭流氓，信不信我弄死你。"

"说不开就不开。"王八蛋死鸭子嘴硬，赖在地上不起。

"再不开，我们报警了，连你爹一块带走。"我用极度粗暴的语气喊到，压不住愤怒真想上去咬他一口，像藏獒那样，咬住脖颈不松嘴，直至猎物气绝身亡。

王八蛋用奇怪的表情看着我们，一时间他还不能理解，他的媳妇为何上不得锁。突然,他似乎明白了什么,军人发怒使他如狼看到乌黑枪口对着他一样胆寒心怯,他跪倒在地,把手中的婚姻证书撕得粉碎,收敛狂妄,伴随着更加奇怪的举动,给我们连连磕头:"把我的媳妇给我留下。"

楚建军揪住王八蛋的衣领,像提溜死狗似的怒气冲天呵斥他打开了那把铁锁。可能王八蛋惧于楚建军的威力乖乖认怂,不再挣扎,哆哆嗦嗦打开了那把禁锢的铁锁。楚建军怒斥王八蛋把安逸的姐姐抱上吉普车。安逸随即上车坐在后座位搂紧了姐姐。我蹿上副驾驶,安全带还没有系好。楚建军"蹭"的上车脚踩油门,开出院子,在逼窄的石巷里拉响警报器,把全村人嘶叫出来。安逸指着街边满脸惊慌却疑惑的人群中那个干巴老头说:"他就是村支书,王八蛋的爹,我们这里的土皇上。"王八蛋的爹一脸残疾像,如此不堪一击的老骨柴,怎么能有这么大的能力,把全村人治理得服服帖帖。村支书不知道发生了什么事情,夹在瞧稀罕的人群里看见儿媳被带上车,被军人开军车带走。那愚昧残暴的王八蛋挥动着两只骨瘦嶙峋的肮脏的胳膊,不敢靠前,嘴里嘟嘟囔囔,不知是诅咒媳妇的妹妹,还是对楚建军这个"钢铁长城"敢怒不敢言。人群中有议论纷纷、有交头接耳、有不明事由,有暗露喜色,皆统一用锁定的目光盯着吉普车风驰电掣驶下山去。

## 二

下山来,楚建军把车开进保定妇科医院,我与安逸用急救床把安逸姐姐推进急救室,医生检查后说必须赶紧做手术。我刚刚上班还没有发薪水,我欲打电话向妈妈求助。楚建军阻止了我,用军衔津贴垫付了一切医药费。

安逸姐姐很快被医生护士推进手术室。我与楚建军这才听明白安逸姐妹俩的一切事情。

安逸今年十六岁,姐姐十八岁,叫安然。爹娘五年前因病无钱医治先后离去。姐姐担起一切家务,那年姐姐小学毕业,便出工挣工分养活安逸,姐妹俩相依为命,姐姐越长越好看,村里几个年轻人都喜欢姐姐,有几户人家还给姐姐说媒。姐姐始终没有答应,因为她喜欢村东头的欢子,俩人私下里交往。欢子只有一个年老的爹爹,家里很穷,经常受王八蛋的欺负。王八蛋他爸是村支书,溺爱受宠的王八蛋从小就不学好,仗着他爸的权势做尽坏事。校长无奈,允许他提前毕业,只求不再祸害其他学生。王八蛋初中没上,继续在家惹是生非。

村里人恨透了王八蛋,可都敢怒不敢言。王八蛋看上了安逸的姐姐,让村支书给姐姐做思想工作。姐姐死活不同意。王八蛋知道姐姐与欢子相好,便满条街追赶砍欢子，与欢子玩命。他爹不给欢子爹记工分，说啥时答应了条件啥时才记工分。欢子一气之下当兵走了，临走给王八蛋撂下话："等我回来当村支书，第一个打倒你这个村霸。"

欢子当兵一走，王八蛋整日赖在安逸家里不走，欺负没爹没娘的姐俩。安逸为摆脱家里困境，拼命读书想考出来，走出大山，与姐姐脱离王八蛋，到城里过好日子。谁知安逸考上了中专到城里念书，却没有学费。姐妹俩满村借不到一块钱，因为谁也不敢得罪村支书，谁也不敢惹王八蛋。万般无奈姐姐为了安逸能上学，私下里答应了王八蛋的条件，以3.5元的学费作为聘礼，嫁给了王八蛋。

谁知王八蛋把姐姐娶过来，并不好好待她，说娶了只破鞋回家。王八蛋为惩罚安逸姐姐恶狠狠地说："让你把不住门，给你锁起来，看谁敢动。"威逼利诱村里的赤脚医生在姐姐身上加了锁，扔给姐姐几片消炎药完事。姐姐的痛苦可想而知。王八蛋把对欢子的嫉恨全报复在姐姐身上。

我的文章《一个畜生的家暴》见报，引起极大反响，激起强烈公愤，安逸家乡当地的报纸电视台纷纷转载。安逸高兴告诉我，那个王八蛋被刑拘了。

安逸姐姐出院，办公室主任找到我，报社先前扫卫生的老袁不干了，要重新找一个保洁员，问安逸的姐姐干不干。一个月二十元，有职工食堂，人可以住在仓库间。我当下替安逸姐姐答应，把这个消息告诉她，安逸姐妹对我感恩戴德。

这时，楚建军的年休假已满，与我商量，对他有哪些不满意。我摇头否认。他说如你没有意见，回部队我就要求转业，回来就结婚，咱俩已经老大不小的，我已经三十岁了。我问他为什么不与建社哥哥一起当兵了。他说看到安逸姐姐的悲惨情况，转业回来要干公安，专门打击那些不法分子，保护弱势群体。我点头答应了。

楚建军回部队后，我这才想起，海东方要我把第一篇稿子寄给他审，我被那个王八蛋气晕了，早已忘记了。

年底，楚建军打报告申请转业回来，分配进了站前派出所做民警，主抓站前刑事案件。他紧锣密鼓地张罗筹备我俩的婚事，双方父母见面后，日期定好，春节前我们举行了婚礼，我住进了将军楼。

一天，安逸一蹦三跳找我，说那个王八蛋被判了无期。安逸的姐姐也要回到家乡，年底欢子复员，要与欢子完婚。我与主任商量好给安逸的姐姐多发一个月的薪水，算作酬劳。

在辞别时，安逸的姐姐说与欢子结婚后一定要好好过日子，不再受人欺负。她是一个勤劳善良的女人，终于盼来出头的日子，她少有的快乐像春天成熟的桃子甜蜜醉人。

主编把我调到妇女感情专栏节目，主要报道妇女问题。办公室姚主任问我有啥要求。我只要一个办公间，哪怕只能放下一张办公桌。姚主任几经请示后真给我腾出一个单间。办公室是由六平方米的储藏室改的，没有窗户，有些憋闷，但我想，有总比没有强，努力工作争取换间更大的。

欢子回村后，被选举为村支书。王八蛋的爹也被气死，安然被欢子邀请，那时已是温暖的季节，是一个太阳初上的早晨，她在那条小溪边等待欢子，气色很好，还稍微打扮了一下，穿了一件红花衬衫。她为自己即将做欢子夫人幸福着，甚至有些不切实际的想象着帮助欢子把家乡改变成城里的模样。

当安然见到欢子，欢子首先问起安逸，安然回答一切安好。欢子仔仔细细问了安逸许多话，安然回答完毕，才微微提起自己的事情。欢子很情深意切对她说："可怜的安然，你受苦了，我真替你难受。也许我不当兵，你可能不会受这么大的委屈。"

这句话勾起了安然伤心往事，便抽抽凄凄地哭起来。欢子并没有像她想象的那样，把她搂在怀里安抚她，而是在她对面石头上坐下说："我十分同情你的遭遇，我一定要为你伸张正义。可你与王八蛋结婚为什么不告诉我，其中肯定大有蹊跷。"

安然立刻反应出欢子好像是在对自己的忠告，才老老实实把前因后果讲了出来，然后又接下去说："我不会让你失望，会与你建立一个美满的家庭。"

"你不要再想入非非，面对现实吧。一个从没有与任何女人有过任何接触的男人，娶一个结过婚上过锁的女人得需要多大勇气，顶多大压力，目前我还没有做好思想准备。"欢子说。

安然顿然明白，欢子已经改变了初心，嫌弃自己脏了身子，配不上他了。安然看着对面这个判若两人的欢子直截了当地说："我绝不愿意叫任何人为了我而不快活。"她见欢子没有吭声，又说，"今天来，我就是要告诉你，咱俩差距太大，已经不合适了。"

欢子好像并不把安然的话放在心上，委婉地敷衍了一句："祝你找到新的幸福。"

安然顿时情绪一落千丈，看到河边远远的有个中年男人的影子向他们走来，指着他说："他就是要与我结婚的男人。"

欢子站起身来，勉强做出一副笑脸说："我还是不要见他得好。"说着贼也似的躲避逃走了。

安然望着欢子的背影，好久好久，然后缓缓走到河中心躺下来，一动不动，听着阳光下清澈的溪水流过鹅卵石的声音，任溪水洗涮着自己身上所有的污垢。

那个影子走近来，见到河水里鹅卵石上躺着一个自杀的女人，安详地闭着眼睛。他奋力地把女人救上岸，跪下来给她做人工呼吸。这个中年男人把安然救活，问她："为什么放着好好的日子不过，偏偏要自杀。"安然对这个看上去老实本分的男人诉说了自己的遭遇。男人十分同情地问她："我在县招待所工作，是厨师，刚刚死了老婆，留下一个五岁的儿子，如不嫌弃，可到我家安身。"

有人收留自己，安然还有什么不愿意，无路可走的她走进了厨师家里。

可当夜安然便大叫起来，她不能让厨师靠近她，当厨师接近她时，那曾经上锁的地方便剧烈颤抖，揪心扯肺的疼痛。

厨师试图帮她疗伤。可她的心理创伤无法愈合，那灰色的记忆不会褪色，时时刻刻都侵蚀着她的心灵。她不允许任何一个男人动她曾经上锁的地方，那生理性自动保护，那一声声惨叫，一阵阵痛彻心扉的鬼号。把厨师的儿子一次次吓惊哭醒，指着安然大叫，鬼呀，鬼，把鬼打跑。

一个月后，无法疗伤的安然无可奈何地走出厨师家门回到家乡。

这时，安逸中专毕业与姐姐团聚，在欢子帮助下成为村里小学教员，姐俩相依为命。

在一次散步时，一直没有结婚的欢子问了安逸许多问题。安逸知道他话里有话，对自己有意思，在她还没有想好如何回答时，欢子向她表露心迹："你是第一个走出山村有文化有知识的人，我相信你一定能帮助我改变村里的落后面貌。"欢子坦言一直爱慕她，等待她，希望给他机会，娶安逸进门，并答应照顾好姐姐一辈子。

安逸吓了一大跳，感到命运好像跟她们姐俩开玩笑，不仅脸红，可立刻恢复了常态，用一种很轻松的声调说道："我不能答应你，不能给姐姐的伤口撒盐。"

欢子稍愣片刻用同样的口吻回答了她，表示这事不再提。可快到三十的欢子对任何人的提亲一概拒绝。安逸怕这样僵持下去，她与姐姐、欢子难以相处下去，便与姐姐商量搬出小山村。姐姐反而劝她答应欢子的求婚，她不会计较，诚恳地祝他俩幸福。安逸总觉得与欢子之间有一层隔膜，世界上绝不能出现妹妹接替姐姐位置的荒唐与不幸。安逸关心姐姐的幸福一天比一天迫切，认为姐姐着实可怜，希望姐姐成为世界上最幸福的人。

安逸思来想去，觉得这些伤心事只能讲给我听。那天，她又找到我，她坐下来仍然像当初与我初识时那样拘谨不安。那天也是刮着风，是秋风，但还下着雨，自然是秋雨。寒意侵蚀她单薄的身子使她不断打着寒噤。她没有打雨伞，淋湿了头发，任头发一缕一缕滴着雨水，落在地上，像一道道伤痕扩散着悲伤。她接过我递给她的毛巾，没有擦拭，握在手中不安地摩擦，又是两年前一副逼真的写照。她没有像先前一样地诉苦诉下去，反而倔强地问我，能不能让她的姐姐再回到报社做保洁员。我问她喜欢不喜欢欢子。她思虑重重冷冷地说："没有喜欢，也没有恨，只是抱怨。欢子对姐姐的态度，他在我心中大打折扣。"安逸流着泪说："我终究没有彻底挽救姐姐的命运。"

我的心情与阴沉的雨天一样也跟着沉重起来，我说："哪里的黄土不埋人，你们姐妹俩不要再回到大山去了。"我向主编反映了安逸姐妹俩的情况。主编立马拍板说："暂时让安然继续当保洁员，安逸留下来协助你处理一些事务性工作，跑跑腿打打下手。"我再一次把安逸姐妹俩留在城市。

三年后，安逸在郊区找了一个农民安家，我参加了她的婚礼，并送去祝福。她与姐姐辞了工作，办起了自家的山味小吃馆，红红火火有了自家特色，生意很兴旺。姐姐一直跟着她生活，姐妹俩幸福地生活着。

## 三

一天，办公室主任姚蓝找到我，突然对我嘘寒问暖，但从她欲言又止的神态中，我猜想她一定有事找我，就开门见山地说："姚主任，有啥事，大胆讲，尽管我的能力有限，但我一定会尽最大努力帮助你。"

姚主任未曾开言泪先流说："这是她的家事，从未对任何人讲过，怕被人笑话。"

知识分子就是这样，死要面子活受罪。我主要报道妇女问题，姚主任找我一定与妇女问题有关，就语气坚定说："我一定为你保密，为你伸张正义。"

姚主任有些难为情地说："她与丈夫已经一年多不同床了。"女人的直觉告诉她，丈夫外面肯定有女人了。

老公不与你同床，有两个方面的原因，一是冷暴力，一是身体有毛病，但我相信后者。于是，我故作漫不经心地说："他是不是有啥毛病了？"

"他总是推辞，说自己疲软。"姚主任说。

"也许是呢，你应该陪他去看医生。"我问了一句。

"我一说去医院，他就跟我急眼，说我嫌弃他。但除此以外别的方面始终对我很好。"姚主任的脸一下子变得很苍白。

我很无语，毕竟我刚新婚，对于男女之间的私密不是很了解。姚主任的丈夫叫曲昆，两年前升为化工二厂的厂长，是市先进企业家，市里小有名气。但丈夫从不让她去单位找他，说是对工作有影响，她也找不到更好的借口反驳老公。姚主任求我能不能替她到丈夫的单位侦查一番。

# 追忆如歌年华

　　回家后，我把姚主任的疑惑告诉了楚建军。楚建军坦然一笑："曲厂长外面有女人了，曲厂长伺候外人再伺候内人，已经力不从心。有的男人还能勉勉强强糊弄妻子，曲厂长连糊弄都不能了，看来不止一个女人。"楚建军为了证实判断的正确性，给我举例说明了男人爱妻子的几大特性，一是抱你入睡，给你安全感。二是放下手头工作陪你聊聊天。三是爱你的男人，都有护你一生的欲望。而姚主任的老公三条一项都不沾，说明她们的婚姻是一种无性婚姻、从某种角度来看是一种冷暴力。楚建军见我洗耳恭听越发得意，语气中颇有风趣："常言道，男人三十如狼，四十如虎，五十赛过金钱豹。曲厂长四十多岁，正是鼎盛时期，性欲正旺。如真若疲软，不用姚主任劝，自己早已主动到医院看医生了。"

　　我相信楚建军的话，问："我怎样帮助姚主任。"

　　"太简单了，曲厂长不是先进企业家吗，找个借口你去采访他，趁他还没有准备好的时候突然杀过去，打他个措手不及。"楚建军用诙谐的语气回答道。

　　"我帮姚主任捉奸，这合适吗？"我把沾了黑椒汁的牛排，用叉子在餐盘中胡乱地搅动着，疑惑地问道。

　　"有啥不合适，这是你妇女主编保护妇女儿童的合法权益。"他把一口面包送进嘴里，坦然道。

　　我听从了楚建军的馊主意，第二天上早班，我给曲厂长去电话介绍了自己，先客套地赞扬他一番，最后说出要去采访他的意思。果然他兴高采烈答应了，我约了明天上午10点，让他提前做好准备。

　　中餐时，我给楚建军汇报，楚建军给我开玩笑说："捉贼捉脏，捉奸捉双，下午扑过去打他个措手不及。祝你首战告捷，旗开得胜。"

　　下午一点半钟，还没有到上班时间，也就是说午休时间我敲响了曲厂长办公室油光瓦亮的豪华木门。门卫没有阻拦我，因为我的邻居小赵在厂财务科当出纳，我理直气壮地撒谎说找她办事。

　　"砰砰砰"我连敲了几下门板，门是里面上锁的。里面传出来一个男人的声音："大晌午的，敲什么敲，不知道在午睡吗！"声音有些气急败坏。我答应着介绍自己是陈编辑。我听见里面传出哆哆嗦嗦的声音，十分慌乱，像穿衣又像是下床，很着急忙慌。一会儿门开了一个缝隙，一个女人从里面挤出来，门缝内我看见里面一个男人在系裤扣，不用说准是曲厂长。这女人三十岁左右，她看了我一眼，神态故作优雅难掩睡意惺忪，扭圆的屁股蛋上下抖动着。见此，那些荷尔蒙暴涨的男人们都会经不住多看几眼或想上去爱抚一掌。她看我时没有一丝羞涩，反而翘首弄姿昂着下巴离开了。

# 追忆如歌年华
*ZHUI YI RU GE NIAN HUA*

　　我被曲厂长迎进办公室，我速速偷瞄了几眼，办公室分里外两间，可能刚才那女人与曲厂长在里间午睡，从虚掩的门缝里钻出来的劣质香水刺鼻的味道，与大街上 KTV 卖骚的女人身上的味道一样，闻着很难受。外面大大的办公室南墙竖着一整面书橱，里面装满马恩列斯毛经典著作和企业管理著书，西墙柜子里摆满了荣誉证书。我不觉哑然失笑，一墙之隔，外屋道貌岸然，里屋男盗女娼。这绝妙的讽刺使我对曲厂长刮目相看，想起现实流传的那句话，男人有权易变坏，女人变坏易谋权。

　　我进门来，对余惊未退的曲厂长抱歉地说："本来约好的时间，因明天上午有紧急会议要开，所以提前冒昧打扰你了。"

　　曲厂长显得很吃惊，但很快恢复平静，让我在沙发上坐下。我装出欲走辞行的样子。他谦和地挽留，正合我意。我与他寒暄过后，开始正式采访。我首先向他问起了厂里生产情况、盈利情况。曲厂长谈话很冷静，措辞也颇简洁。我问一句他答一句，答过之后就没有别的话再回答我，继续沉默着。好像我与他有芥蒂似的双方都不愿多说话，大有陷于僵局的危险。因此，非得想点儿什么说说不可，隔了一会儿，我便起了一阵好奇心，无话找话问起他一对儿女的情况。于是，他便回答道："儿子去年考的大学，目前在北京读书，一切都很好。女儿今年备考大学。"我思忖，子女老大不小的，你还拈花惹草，如果儿女知道你的丑事有何脸面让他们管你叫爹。不知道为什么他没有提起他的爱人姚主任在电视台工作与我共事，我也装作浑然不知。我实在找不出其他可谈的话题，就把双腿变换了一种位置，缓解一下尴尬局面。他领会了我的用意，情不自禁打了一个哈欠，便把椅子拖后一点，从桌子上拿起一张报表看了一眼，以示他工作很忙，站起身来用一种比较客气的声音说："知道你很忙，就不太多占用你的宝贵时间。"他做出了一种送客的姿态。我便顺坡骑驴结束了这次采访。

　　晚饭时，我把今天的事告诉楚建军。楚建军没有马上回答，只是笑了笑，一会儿才说："一切在意料之中，天欲其亡，必让其狂。"说完继续低头扒饭。他见我闷声不响，觉得有些奇怪，说道："是不是无法对姚主任坦诚相告。"我老实点点头。

　　"不能说，就别说。"楚建军咽下一口饭说。

　　"受人之托，忠人之事，我总得给姚主任一个交代，怎能知情不举。"我犯难。

　　"很简单，家庭内部矛盾，外人不得干涉。"楚建军一边给我碗里夹肉一边说。

　　"可我是奉姚主任之命去的。"

　　"你就说没有发现。"楚建军给我想好了一个主意。我立感绝妙，这句话很巧妙，没有发现不是没有发生。即使将来有一天东窗事发，姚主任也不能埋怨我知情不举。上班后，姚主任急不可耐地来我办公室。我对姚主任违心地说了没发现，见她松口气一笑而去，我倒心情越发沉重起来，她的心理矛盾问题没有解决，我的心理矛盾倒由此产生。说瞎话的滋味也不好受，因为你说一句瞎话，得用一百句瞎话去圆。可有时候善意说瞎话，总比实话实说冒傻气强。必要的时间与场合，谎言必须说时还得说。

几天后，曲厂长的先进事迹见报，作者署名陈宁宁。我违心奉承一个人头回做，亏不亏心。我愧对姚主任的一片信任，像欠了姚主任什么债似的，见面倒客套起来，躲避着她走。唉，打不着狐狸惹一身骚，真是倒霉催的。我心里自忖，姚主任这种事再别找我，我绝不会再发生第二次。

## 四

余然把我与涂燕叫到她家，对我俩说："你俩敢不敢跟我去打场架？"大姐大说的话必定是有理在先，正义之战在后。

"万死不辞。"我与涂燕立刻撸袖子跃跃欲试。

余然告诉我俩："赵杏楠生了，是个丫头。她的婆婆嫌她生的是女孩儿，说现在一对夫妇只要一个孩子，赵杏楠切了史家的龙泉，断了史家的根，不好好伺候月子，整天不给赵杏楠好脸色，连洗尿布都嘟嘟囔囔，伺候个小丫头片子真没劲。更可气的是孩子过满月，赵杏楠娘俩回娘家躲骚气窝，时间已经过去半个多月，婆婆不去接，以死要挟也不让儿子去接，并怂恿儿子与赵杏楠离婚，再娶个媳妇给她生个带把的孙子。"

"赵杏楠娘家人没有闹吗？"涂燕问。

"闹啥？赵杏楠父亲已死，母亲在三个儿子家吃轮流饭，赵杏楠回娘家，母亲便暂停吃轮流饭，专门伺候赵杏楠娘俩，那三个儿媳巴不得省去麻烦，反而劝赵杏楠多住些日子。"

涂燕拉着余然气恼恼地要找赵杏楠婆婆理论，但欲行又止说："余然，你不要去，在家好好看着郝雨。我与宁宁找老婆子算账去，看我怎么打她个落花流水。"

余然千叮咛万嘱咐："有啥事就往我身上赖。"

一路上，我与涂燕商量着，各自扮演好自己的角色。她唱红脸，我唱白脸。我负责观察和说教，她负责恐吓。

我与涂燕到了赵杏楠婆婆家，一进门看到一个中年女人在家，只能是赵杏楠的婆婆了，心便松弛一大半。赵杏楠婆婆见我俩虎着脸，便猜出来意，显出不那么友好地接待了我们，甚至连杯水也没有倒，扭捏作态，尖声尖气地说道："说客，来兴师问罪了。"她倒先发制人。

我与涂燕一听便气不打一处来，一股一股往上蹿。火冒三丈的涂燕没好气地说："说客你个大头鬼，我们来通知你赶紧到法院拿传票，赵杏楠正在法院门口等着你，要与你儿子办离婚手续。"

"法院要把你儿子扣起来，审审你家是不是重男轻女，虐待女人。"我顺势胡诌。

那老婆子一听要扣儿子倒先乱了阵脚，吓坏了。法院是判坏人的地方，那罪名都是法院判决的。她立马跟做了坏事似的结结巴巴说："逼儿子与儿媳离婚是我的主意，儿子是极力反对的，儿子反对得已经几天几夜没有回家。我刚刚到汽车公司找老公，被老公臭骂了一顿，才回来，正在生闷气。"

我与涂燕暗喜，这是个法盲，好糊弄。因为她根本不知道法院判离婚，一是要婴儿必须过了哺乳期。二是夫妻双方分居必须半年以上。三是法院传人是要有法院传票的，我俩怎能当传话人。

"她是电视台记者，要跟踪报道赵杏楠离婚案是否存在重男轻女现象，要上电视台，上报纸的。"涂燕指着我说。

"说说你逼儿子离婚的理由吧。"我装模作样拿出笔和纸说。

"那、那离婚的事以后再说，先把赵杏楠接回来吧。"老婆子先软了，态度变得也快。

"我们凭什么接，让你儿子八抬大轿去接，赵杏楠在法院办离婚手续，早已等不及了。"

老婆子赶紧抓起家里电话，要老公找到儿子，把赵杏楠娘俩接回家来。那头可能爽快答应了，老婆子手忙脚乱给娘俩收拾屋子，铺床叠被。

"孙女知道这事后，恐怕长大了不认你这个奶奶。"涂燕继续吓唬老婆子。

"虐待妇女儿童要负法律责任，会被判刑的，那牢里的滋味可不好受，不信你去尝尝。"我跟着涂燕唬老婆子。

"我呀，算是怕了你们俩了。"老婆子败下阵来，唯唯诺诺答应着以后绝对不敢再对赵杏楠有丝毫怠慢，并保证好好伺候对待赵杏楠娘俩。

见老婆子服软了，我俩找个借口离开了她家，涂燕赶紧给史运开联系，不要去法院，到赵杏楠娘家去接娘俩。那头史运开兴高采烈地答应着，我们替他解决了这么大的问题，事后他真得请我们撮一顿。

我们怕赵杏楠有啥思想顾虑，鼓励她说："女人如果遇到欺负你的婆家，别怂，不要怕，你就跟他们干，干赢了你就当家。干不赢了，你调理调理接着再干，直到干赢为止。别怕老太婆，正义在我方，生育一胎是响应国家号召，理直气壮，越挫越勇。"

智慧与愚昧之战顺利告捷，赵杏楠娘俩被接回婆家，继续享受贵宾级待遇。那老婆子气得住院输了半个多月的液，出院后再也没有"诈尸"。她逢人便说："我不怕儿媳妇，就怕儿媳妇那两个母夜叉似的朋友，把我告到法院，在电视台寒碜我。我可丢死人了，没脸在世上活了。"我知道，老婆子是担心丈夫与儿子被开除公职，失去铁饭碗。

后来，我与余然、涂燕都有些后怕，万一把老婆子气出个好歹来，我们仨还不得吃不了兜着走。

# 五

曲厂长的事迹在电视后播出后，我的报道无形中助曲厂长获得了省"五一劳动奖章"光荣称号，得到的优惠是曲厂长如果身体力行可以干到70岁不下岗，继续在岗位上发光发热为人民服务。曲厂长一举成为全市各行各业学习榜样，掀起了一个学曲赶曲的高潮，沸沸扬扬如那春天的杨絮一团团一丛丛迷目障眼满天飞，大有赶上当年学王铁人之势头。

事态发展往往都是瞬息万变。曲厂长没有想到的是，他填补了市政府化工局缺一个懂行的副局长的空缺。当楚建军听到这个消息竟然大胆出狂言，"但凡人大红大紫之日，也就是完蛋之时。"我抱怨他这张乌鸦嘴。

但我担心自己有些颠倒黑白的嫌疑，想尽快把这件事遗忘掉。谁知曲厂长竟被楚建军一语成谶，那日，楚建军午饭没有回来吃，说处理一个案件，是铁路公安派出所移交给他们站前派出所的，连市领导都去了，并做了重要批示。我问，出啥事了？他说，生死之外无大事。

晚上，楚建军回家说有一个地方干部卧轨自杀了，那个自杀者极像姚主任的老公曲厂长。"什么！"我大吃一惊吓一大跳，眼镜险些掉地上。我觉得这事十分蹊跷，曲厂长正是春风得意马蹄驰之时，怎么会自杀？楚建军说，听说市领导刚刚找他谈完话，他就卧轨自杀了。并还留有遗书，上面字迹潦草像匆忙而书，大意是：对不起领导的信任，对不起上级的栽培，对不起父母，对不起家人……

"肯定有猫腻。"我想。楚建军让我保密，因为确切消息还没有公布。并开玩笑说，"毁掉一个人最好的办法就是捧煞他，曲厂长是被你捧死的，俗话说捧得高，摔得碎。"这也太冤枉人了，我很难接受这个以开玩笑的方式假设的事实。

晚饭后，我心烦意乱地走出房间，到隔壁楼找邻居小赵了解详情，她在化工厂当出纳员，是一个开朗健谈的女人。敲开小赵的家门，见餐桌上摆放着整齐的碗筷，但只有一副。我猜想她一人在家刚刚吃过晚饭，剩下的给老公留着。她把我迎到客厅，客厅的墙壁上，装饰着名人字画，那龙飞凤舞的字画，透支一股高深莫测，仿佛是一首古诗。那字那名人签字神神秘秘，我也看不出来出自哪位大师手笔。我坐在客厅沙发上，那沙发覆盖着绒绣做面、玫瑰红色沙发罩，和墙上的字画相映生辉。她从厨房托着一个托盘过来，上面放着几个苹果，请我吃水果。她把一个削好的苹果递到我的手上，一边拿着牙签剔牙一边看电视，黑白十二英寸，在当时是很奢侈的，她说是公公从香港搞回来的，说是德律风根牌子。电视上摆着她儿子的照片，有四五岁，长得像极了她，是对她美貌的延续。我问她儿子，她把嘴朝向卧室，示意已经睡去了。我赶紧把声音放低。可能没啥好看的电视剧或许等丈夫回来等得心焦，她胡乱按动着遥控器，见到我的到来，并不觉得十分吃惊却表现出极大的兴奋，仿佛猜出我的来意，很热情的招呼我坐下后，又起身倒了一杯茶水，把冒着热气腾腾的水杯递给我，显出很愿意我来她家一起打发无聊时光的样子，露出我给她来解闷闲聊的笑逐颜开，不用我的暗示与刻意提起，她开门见山直奔主题，拿曲厂长的自杀作为开场白，"你是为曲厂长的事来吧？"见我点头一笑又说，"你可要保密呀。"为促使她兴致勃勃地说下去，我信誓旦旦赌咒发誓，"我是保密局的保密员，嘴比那保险柜还安全。"

小赵思索了一会儿说："曲厂长快完蛋了，他的贴身四大名旦联名给市纪委写信告发了他。"听此话我知道她还不知道曲厂长自杀的消息。

"四大名旦？"我很蹊跷又新鲜。

"四大名旦就是曲厂长的一正三副。"小赵说，她连撒谎都不愿意，直截了当把曲厂长的被举报归结为自作自受、报应不爽。她说："那些以讹传讹的话，都不是捕风捉影，那一个个人名，那一件件事情，都说的有根有据，有鼻子有眼。"

我告诉她曲厂长自杀的消息。她没有表现出极大的震惊，仿佛早已意料到结局。她呷口茶水，用肯定的语气说："倘若事实并非如此，那么曲厂长为什么不辩解，非要以死证明自己的清白与无辜。听说他还留有遗书，留言了一大堆'对不起'，这是不打自招。而他这样做，只能给他的父母儿女带来更大的伤害。"

异性之间关系密切，以身相许是最高的境界。我突然想起那天我在曲厂长办公室遇到的那个骚艳女人，就形象描述了一番，吃惊道："这个女人是不是四大名旦之一？"

"的确如此。"小赵回答道，"那是第二大名旦，财务科萧科长。"

"那第一大名旦是谁?"我问。

"自然是曲厂长的老婆,正统夫人,就是你们电视台的姚主任。其他三大名旦都是他的靠脚儿。第三大名旦是卫生室的董大夫。第四大名旦是车间主任柳娟。曲厂长除夫人四十开外,其她三人均在三十岁下二十岁上,却已婚。曲厂长有一条潜规则——处女不动。他说处女一旦破了处女膜,就会肆无忌惮地要他,他伺候不动。并振振有词,到时说不清楚到底谁破了女人的处女膜,又没有处女膜修补术,罪加一等。那结过婚了,没有明显标志,只要女人愿意,不显山不露水。

小赵为了证明她说的准确性还向我披露了许多不为人知的细节。

她像说评书一般津津有味地诉说着曲厂长的绯闻秘事:"曲厂长就是靠这四大名旦起家的。先前他不过是一个小小的技术员,这两年对知识分子的看好,他才矬子里面拔将军做了副厂长,可他仗着自己老婆在电视台当办公室主任,认识市里的领导,请了几回客才扶正。人一旦上了位,在得意时总有人对你阿谀奉承,精神贿赂,面对前呼后拥的奉承男、少女嫩妇的献媚便失去了平衡,把持不住。先后发展了三大美女,为他所用。首先发展的是医务室董大夫,先前她只是车间的一名工人,曲厂长抽调她到卫校学习了一年医务知识,回来便成立了卫生所,言之凿凿给职工谋福利,治个头疼脑热感冒发烧简单的毛病,实际上曲厂长有糖尿病,每顿饭前打胰岛素,设立卫生室就是给他行方便。别的职工打针拿药交钱,曲厂长专买进口胰岛素,天天让董大夫伺候给他打肚皮针。慢慢绯闻传多了,我还不信。有一天临中午下班,我去给孩子拿治喉炎药,董大夫正给曲厂长打肚皮针,我亲眼看见曲厂长的手慢慢向董大夫的裙子里面摸去。董大夫没有丝毫拒绝的反应,任曲厂长大手肆意游荡。曲厂长的大手摸来摸去,给董大夫摸了一个医师行医证。她有资格自己办诊所有处方权,即使下岗也饿不着。董大夫的男人是个集体小厂的司机,傻不愣登的啥也不知道。有一次,曲厂长故意给司机找了一个出远门的活,半个月才能回来。曲厂长天天晚上跑到董大夫家里鬼混。司机回来,从儿子嘴里知道曲厂长天天来董大夫家睡觉,跑到厂里大吵大闹。曲厂长令保卫科韩科长把司机弄到小黑屋连哄带吓唬未果,最后把黑社会老大脏六儿弄来与司机谈判。最后司机认怂,拿了二万块钱忍气吞声。那二万块钱是用公款出的,萧科长做账,应收款——运输收入。这笔账在应收款一直趴着,直到曲厂长调任前夕,他不知从哪里弄来一张山西煤矿的破收据,让萧科长把账面抹平。"

"难道工人们不反对?"我有些不理解职工们的麻木与无动于衷。

"谁敢呀,现在实行厂长经理负责制,一把手说了算,找个理由开除你,啥脾气没有。从小组长到中层干部哪个不是他的人,言听计从,跟哈巴狗似得整天跟在曲厂长屁股后面摇头摆尾、屁颠颠地跑来跑去。再说又没有少给工人们开支，多一事不如少一事，何苦自寻烦恼。"

小赵像竹筒倒豆子给我讲了厂里不为人知的秘闻。财务科萧科长最难鼓捣，曲厂长真是下了大功夫，财务科长主管企业的命脉，哪个单位一把手不是财务一支笔，放啥也不放手财务。因为财务科长最会玩数字化游戏，就拿银行贷款来说，别人去了银行不贷，只有萧科长能贷出来。最后萧科长话里有话弦外音暗示给曲厂长，自己想当公司二把手副经理。那天，曲厂长说是去局里开财务会议，必须带上财务科长，曲厂长不用私车司机，与萧科长各骑一辆自行车而去。有好事者悄悄跟随二人，看着他们进了旅馆开房，一上午在房间不知鼓捣什么，下午萧科长上班来，眼圈红红的，看样子哭得梨花带雪。第二天，曲厂长召开全厂职工大会，宣布萧科长晋升为副厂长，主抓财务。从那以后，萧科长进曲厂长办公室，门不敲招呼不打径直而入，比姚主任还有气势。

第四大名旦，车间副主任柳娟，完全是靠上去的，没姿没色，天天给曲厂长送饭送了一个车间副主任，刚刚上任还没有得手，曲厂长便调市里工作，那饺子、驴肉火烧、小云吞入狗肚子里消化去了。

"这些细节你是怎么知道的？"我问。

"这有什么好隐瞒的，她们与厂长靠着，丝毫不觉得有什么不好意思，反而当成一种炫耀，好像与厂长靠着是一种本事和资本。"

我与小赵谈得正起劲，她的丈夫回来，见我在此打个招呼，迈开大长腿心急火燎跑到厨房找饭吃，拿起一张烙饼圈鸡蛋，一边吃一边说，饿急了，晚饭要把中午耽误的那顿吃回来。我只好寒暄几句告辞出来。

通过与小赵的谈话，我认为曲厂长的自杀动机，是知道有人举报他，领导找他谈话，他预感到了什么，虽然是小小的风吹草动，但他深知问题严重性，便草木皆兵，惶惶不可终日，选择了自杀，一了百了，隐藏了更大更深层次的问题。

# 第十章

## 一

后来小赵再次与我闲聊，证明我的初步猜测是错误的，真正促使曲厂长自杀的原因另有隐情。姚主任没过多久自动要求下县到报社当了一名后勤。几年后赶上内退,她便写了申请,提前内退。她的一双儿女,双双考入北京大学,毕业后留在京城做了北漂。一个圆满的家庭就这样四分五裂、家破人亡。姚主任至今孑然一身,孤独终老。一个家庭不管男人出轨也好,女人出轨也好,大都以家破人亡为结局。

二

秋寒那天,涂燕的弟弟涂志,在一个瑟瑟发抖的上午,被警察莫名其妙从课堂上抓走,理由是流氓杀人。

那天晚上,余然把我与涂燕叫到她的家里,她已经把郝雨哄睡着在床。我看见早已在那里等候的涂燕哭得双眼红肿合缝,那时涂燕已经怀孕。涂燕告诉我们,有心脏病的哥哥已经住院,爸爸还不知道消息。涂燕不知道如何通知爸爸。爸爸刚刚从狱中出来,已经风烛残年,遍体鳞伤,如何经受得住如此重创。

我与余然极力安慰涂燕:"法律是公平的,相信法律。为了孩子,不要太悲伤,动了胎气会出人命。"

隔了一两天,涂燕打听到了实情,她的弟弟因与人打架,才被警察逮起来。余然禁不住说道:"涂燕弟弟的同班同学,与涂燕弟弟同时看上了同班的一个女同学大芹,两个情敌约架,涂燕的弟弟在校园外小河桥上一刀把情敌捅死了。"

涂燕焦虑万分,心急如焚,我们陪她在无可奈何地等待中,朝思暮盼的结果是大大出人意料。涂志被拘押百天后,涂志在法律面前被神圣而坚定地宣布了死刑。涂燕在弟弟被执行枪决那刻,法场外涂燕远远地影影绰绰看到弟弟倒下去的身体,晕倒在执行现场。

涂燕的哥哥在医院看到报纸上弟弟死讯的报道后,瞬间病情加重抢救无效离世而去,年仅29岁。涂燕的父亲更是经受不住噩耗,已经心力交瘁拼命支撑的老人得到致命一击,那条奄奄一息、苟延残喘的生命曲线,骤然呈一条直线呜呼哀哉,年仅55岁。一年内,涂燕先后离去了3位亲人,涂家只剩下了她一人,她怎么能经受住如此打击,何况她还有腹中胎儿。

窗外下起鹅毛大雪,纷纷杂杂,铺天盖地,悄无声息地把一切掩埋,赤橙黄绿青蓝紫皆成一色,落了片白茫茫大地真干净。怀孕7个月的涂燕连悲痛带伤害早产住进了医院。我们为涂燕母子俩担忧着,焦躁着,一颗颗心在嗓子眼吊着快要蹦出口来。凌寒有劲使不上双手合十放在胸前,面对窗外的黑暗,一脸惊慌嘴里不停地叨念:"母子平安,母子平安……"

深夜,万籁俱寂,死一般寂静,产房里探出一个年轻护士的头,那一头汗水两眼惊喜,冲手术室外焦急等待的人群喊道:"涂燕家属听好了,涂燕产下了一个七个月大的男婴。母子平安。"老人们说,七活八不活。涂燕的早产儿活了,4斤2两,当下被送进婴儿保温箱。当凌寒听到儿子安全降生,一向孤寂冷漠的他,竟然脚步轻盈,一蹦三尺高,挥臂高呼:"我媳妇挺过来了,我有儿子了"。这位刚强坚韧的男子汉号啕大哭:"我又闯过一关,祸兮福所倚,福兮祸所伏,老天是公平的,大灾过后必有大福,老天馈赠我们了,儿子就是我们的福星。"那勾曲的背突然挺直,不停地挥动着双臂,冒冒失失冲出医院大门,瞬间消失在雪夜里,不知去向。

寒风刺骨,雪已经积了厚厚一层,那两行脚印渐行渐远淹没在风雪交加的黑暗之中。我们骤然担心起来,他是不是成了"范进中举"疯癫了。但是,我们这种担心是妇人之仁,是多余的。一会儿,凌寒回来,怀里抱着一整箱苹果,判若两人,笑逐颜开,逢人就给,口口声声说:"我有儿子了,请客,请客。"那烧包劲儿跟谁家没有生过儿子似的,那嘚瑟样儿咋咋呼呼似在气人:"我有儿子了!"别说对他而言真是开天辟地头一回。

"看看你老公,另类的范进中举。"我对涂燕说。

"这男人们生儿生女就是不一样,瞧凌寒那乐劲跟得了神经病似的都崩溃了。"赵杏楠有些嫉妒,倘若当初她生的也是儿子,就不会有我与涂燕大闹她婆家。

乐乐满月宴席上,我们几个要好的知青都去坐席了。显然,涂燕已经从失去亲人的痛苦与溃中走出来,她体态丰腴,个性的发展,都没有被时事打击在她身上引起变化。她仍是个性爽朗,大大咧咧地说:"今儿这顿宴请,把三年前那顿迟到的婚宴一并补了,多吃多喝,吃好喝好。"赵杏楠逗她:"你不是说好,姐姐们一桌,姐夫们一桌,外甥们一桌,怎么现在一桌就打发了。"涂燕狡辩:"外甥们还小,长大再说。姐夫们是男性,与小姨子多有不便,还是不见得好。"

## 三

余然是最会过日子的,结婚没几年,竟然三响一转置备齐了。自行车是上海凤凰牌的,手表上海宝石花的,半导体是上海熊猫的,缝纫机是上海标准的,她全给上海干上了。把我与涂燕羡慕得不得了,我俩有个缝缝补补的活儿全找她,那时，我跟着余然学会了踏缝纫机。

三个月后，我与楚建军有了自己的女儿，足月生下，八斤多重，胖乎乎的招人喜爱。奶奶无限欢心，给她起名楚若男，说要让孩子像个男子汉一样勇敢坚强。奶奶对孙女爱不释手，把我这个"功臣"像个稀世宝贝似的保护起来，生怕有丝毫闪失落下病根。

余然来找我，好像有几件不顺心的事，一直闷闷不乐。余然是个性子温和，稳重公正的人，我感到有些蹊跷，问："又遇到啥难题了，我给你参谋参谋。"

余然老老实实把心事讲出来："也不知道现在人心怎么想的，我厂先前的那个团支部书记因年过 28 岁退团了。经团员们选举与党支部研究决定，我当选为团支部书记。我新官上任，心气很高，带领团员们做了许多有益的事情，并根据团员们一致要求，带领团员们到北京故宫、八达岭等地旅游，接受红色教育。年底被市团委评为市优秀团支部和先进团支部书记。给了一些物质奖励，优秀团支部书记给了一支英雄牌钢笔，优秀团支部给了一面山水画大镜子，特别漂亮。市团委通知我去拿，可老团支部书记接的电话，他不声不响偷偷去市团委把奖品领了，全部拿到自己家里。昨天市团委打电话来找我核实情况，我才知道这已是半个月前的事情。我找先前的团支部书记询问。他供认不讳，说他当了七年团支部书记，一无所获，就连一个铅笔头也没有得到过，也曾经努力过，奢望过，可都无济于事。"余然竟然刚刚上任就集体个人双丰收，那颗嫉妒之心让他心里扭曲。余然得了奖，等于把他以前的工作全部否定了。余然问他奖品放在哪里，他说，奖品就在他家里，让余然自己去拿。

余然一口气说了这么多话，有些喘不过气来。我倒杯温水递给她，她接过水杯喝口水，喘口气接下去又说，余然让他把奖品拿到厂里来。他不服气地，谁愿拿谁去拿，反正他不拿。你说气人不气人。

"木秀于林风必摧之，有些人就是见不得别人好。他当了这么多年团支部书记啥也没有得到，证明他工作没有成绩。心里不平衡，是私心与虚荣心作祟，心里如此扭曲。"我心猛然蹦了一下愤愤地说。

"他是玻璃心，这么脆弱。我去他家拿。"我说。

"算了吧，我要真拿回来，在厂荣誉室墙上一挂，全厂人都知道，必定夸奖备至。他会猜疑我是故意寒碜他，还不得臊死。"余然阻拦。

"那钢笔是市团委给你的，为什么他私吞了。"

"他早就看上了那样一支笔，舍不得花钱买。这次就送给他吧。"

"这是什么素质，财迷吗？"

"他要我保密不要对任何人说出去。我准备把这件事隐瞒下来，不想让他因此而觉得难受。"余然极力安慰自己。

"可你的荣誉、厂里的荣誉，他怎么不考虑。"

"他已经把厂里团支部的荣誉、我的荣誉当作他的耻辱。"

"这么心胸狭窄的人，往往过不好自己的人生。"

"如果这样能安慰一个残疾男人的心，我愿意。"余然轻描淡写地说。

我没有再感到惊愕，采取了默许的态度。

事出反常必有邪，却也怪了，几个月后，那个残疾男人在彻夜难眠熬煎中，吃了许多安眠药在睡梦中永远没有再醒来。

"他是一个可怜的人，应该理解他，体谅他，我替他有些难过。代表厂青年团组织给他送去了一个大花圈。"余然说。

"唉……"我不知说什么好，只能长吁短叹。

# 四

一晃几年过去，郝雨已经上小学，若男进了幼儿园。余然又一件烦心事来自她的妈妈。自计划经济转入市场经济后，我国取消了福利分房。楚建军家的将军楼，因是国家照顾开国功勋，没有受到多大冲击。可余然工厂里的职工宿舍属于福利分房，上级要求单位的福利分房由职工一次性买断变为私有。在住房买断过程中，余然的家里却横生枝节。

余然单位里47平方米四层职工宿舍楼，算下来共计要交七千元。当时她只攒了五千块，钱不够，急得焦头烂额。郝建社弄来二千元，紧紧巴巴把房款凑齐。余然拿了房屋产权本，兴高采烈请我们吃饺子。

随后，余然陷入烦恼中，余然妈妈先前有三间房，三个姑娘先后出嫁，余然哥哥的女儿长大了，需要自己单住，妈妈就把先前女儿们住的那间房腾出来给了孙女。可房子还是紧巴，儿媳嫌弃儿子没有出息，经常与他吵架。余然妈妈心疼儿子，怕儿子受气，就事事迁就儿媳。正是因为这样余然嫂子越来越肆无忌惮。儿媳攻一攻，婆婆松一松，没有底线的儿媳，把这个家闹腾得乌烟瘴气。这时，余然三妹妹有了孩子没有人照看，余然的妈妈为了给儿子腾房子，也为了躲避儿媳，就到余然三妹妹家里照看外孙女，把家搬到了余然三妹妹的家里，房子全部腾给了儿子住。那时余然的哥哥嫂嫂在一个单位工作，夫妻双双下岗，生活紧迫哪里有钱买房。只能一直住着父母亲的房子。余然的三妹妹、妹夫都在事业单位上班，都有福利房。也就是余然的三妹妹面临着要买两套房。可两个人工资不高，又带着一个孩子，根本没有多少存款，买一套房还凑合，第二套房无力购买。余然的三妹妹与妈妈商量，一是二老能否出钱把那套房子买下，老人一直住着，直到二老去世，房子再收回。二是余然妹妹给二老打借条，二老出钱先帮助把房买下来，余然三妹妹以后攒钱再还钱给老人，老人仍是住在余然妹妹这里。二老当时没有说啥，答应回去与儿子商量（实则与儿媳商量）。不几天，二老回来后说，老俩的棺材本钱，可以把房子买下来，但房主必须写上儿子的名字，也就是余然哥哥的名字，方便将来儿子继承。福利分房本是单位的事，房主不可能写外人的名子。余然三妹妹当然不能答应。余然三妹妹的爱人觉得，反正孩子已被二老看大，以后用不着老人了，找理由过河拆桥就撵余然妈妈搬回自己家去住。余然妈妈想继续住在余然三妹妹家里不走。于是，妈妈找到余然，要余然借钱给三妹妹，帮助三妹妹把房子买下。余然刚刚借了一屁股账，亲朋好友们都在买房，都把家底掏空了，余然根本无法满足妈妈的条件，只能拒绝。妈妈遭拒绝，大发雷霆，在余然家大哭大闹，说女儿们没有一个孝顺的，哭哭啼啼走了。

余然急得语无伦次，整宿得向我诉烦恼事，说有些后悔，想把那台标准牌缝纫机卖掉，把那辆红旗牌自行车卖掉。以后自己走着上班，再把结婚时郝建社送她的那块上海牌手表卖掉，倾家荡产也要帮妈妈把三妹妹那套房买下来让妈妈长期住下去。我有些看不惯余然妈妈的做法，自己有钱不出，惯着儿子，抠搜女儿。太不合乎情理。我阻止道："余然，你不要再愚孝，这都是你的结婚用品，你怎么跟郝建社交代。你看不出来，你娘家就是填不满的无底洞。"余然便听从我的劝阻。之后与妈妈闹掰，余然妈妈扬言一辈子不搭理余然。余然三妹妹同时失掉了那套房子，余然妈妈为儿子买房的目的也成空。余然嫂嫂恼羞成怒，要跟余然哥哥离婚。那娘们儿到法院门口又后悔了，自己找了个台阶蔫蔫地走回家。"慈母多败儿"，余然妈妈如此偏袒儿子，"杀敌一千，自损八百。"何苦呢。

余然娘俩一向是臭嘴臭不了心的，没有几天余然妈妈烧了排骨给余然送去，借口是给外孙吃的，不是给女儿吃的，娘俩和好如初。

# 五

余然说，她那嫂嫂说话办事一向尖酸刻薄。余然妈妈搬回原本的家，余然嫂嫂经常挤压余然爸妈。余然很苦恼，一时找不到万全的解决办法。我给余然出主意，找机会收拾那悍妇。我心里有个小算盘，余然的家庭住址，正好归楚建军的派出所管辖。我要用正义的力量使悍妇"归顺"余家。

有一次，余然回家，看到嫂子与哥哥吵架，嫂嫂说自己比王晓棠漂亮，嫁给哥哥这个武大郎，亏大发了。余然妈妈不在家，余然爸爸在隔壁屋里听见小两口吵架气得头晕。那小两口理都不理。很小的时候，余然心里的感情天平是偏向爸爸的，余然见爸爸如此，赶紧拨打120救护车，把爸爸送进部队医院，一经检查是急性青光眼，医生说再晚来一刻钟，双眼就会失明。

这一下把余然气坏了，爸爸被他们气得险些眼瞎了，两口子连医院都不来，让妈妈与妹妹在医院守护爸爸，晚饭后把郝雨放在赵杏楠家，约我一起找到哥哥家里理论。

到了娘家，见两口子还在吵架。那悍妇正在撒泼，"你是你爸生的，我是我爸生的，你爸病了你伺候，我爸病了我伺候。我凭什么伺候你爸。"

"你是我家儿媳妇，为什么伺候不得公公。"余然哥哥据理相争。

"公公与儿媳要避讳，这个道理你不懂得么？"

"你这是强词夺理，混蛋逻辑。"

"混蛋说谁呢？你才混蛋，你们一家子全是混蛋。"

这时，余然听不下去了，闯进哥哥屋去，指着悍妇鼻尖说："你们两口子吵架我不管，但不能伤我父母，我父母整天伺候你们，怎么就落了个混蛋骂名？"

那悍妇更来劲了，也指着余然鼻尖骂道："我们两口子吵架，关你屁事。你嫁出去的姑娘，回娘家掺和什么。我就是骂了，你混蛋，你们全家混蛋，你们祖宗八辈混蛋，你们从根上就混蛋……"

那悍妇一口气还没有把"混蛋"数落完，余然早已按捺不住，怒火中烧，趁悍妇不注意，上去狠狠给了她一个大嘴巴，那新怨旧恨全用在巴掌上，那悍妇嘴角立刻出血，可见一巴掌之力道。那悍妇从小到大娇生惯养，刁蛮无理，整条街闻名，哪里受过如此奇耻大辱，她一改平时撒泼打滚坐地玩命哭号之惯性，而是饿虎扑食般扑向余然。我第一反应是期待着余然哥哥对泼妇的阻拦，然万万没有想到，余然哥哥这个窝囊废竟然护着自己的媳妇，拉便宜手，让自己的媳妇打自己的亲妹妹。人都说，娶了媳妇忘了娘，这个窝囊废连同自己的亲妹妹也连带忘了。我怀疑这小两口吵架是不是周瑜打黄盖，一个愿打一个愿挨，他们是在做戏给人看。我甚至突然发现悍妇嚣张不可一世的秘密——被余然哥哥宠坏了。两口子欺负余然一人，我实在看不下去，从门口捡起一块砖头趁两口子不注意故意向窗户砸去，"咔嚓嚓"突然窗玻璃一震，玻璃碎片抖落一地，房间也显得比先前更亮一些。玻璃破碎声似警察一声叱喝制止了双方的斗骂。我把余然从屋里拉到院里，院里看热闹的人早已围了一层，没人说话。当时我不知道，但余然心里清楚，悍妇上面有几个哥哥十分了得，谁敢来管事？街坊四邻一个个像锯了嘴的葫芦，干张着不发声，只是一旁看热闹，没有人上前劝架。人们惧怕的不是悍妇，而是悍妇的四个哥哥。那悍妇的娘家与余然同住一条街，余然家住街东头，悍妇家住街西头。当初是悍妇先看上的余然哥哥，说余然哥哥长得像王心刚，帅气。她娘家妈托街坊四邻屡屡说媒，倒追的余然哥哥。余然妈妈当初不同意，说他们家有四个儿子，个个混蛋如球，称霸整条街，惹不起。那悍妇以死相逼，哭哭啼啼说如若嫌弃她的四个哥哥，就与他们划清界限，登报申明脱离哥妹关系。余然哥哥心软，以为家有丑妻自平安，方才同意。谁知那悍妇嫁过门来，翻脸不认账，她并不是诸葛亮之妻，余然哥哥也没有诸葛亮控妻之术，许下的诺言成空气，被大风刮跑，无影无踪。她怕人们嫌她丑，自诩为王晓堂。其实长得狗屁不是，一双小母狗眼，白眼球多黑眼球少，眼球向上一番，只剩下白眼球，像吃人的女魔"格格巫"。猴尖的下巴颏，两对扇风耳，整天用头发遮盖着，活脱一个母夜叉。但人高马大倒也壮门面，壮门面的后果是她成了河东狮吼。在别人眼里，那悍妇与余然一家人比起来长得根本微不足道，跟余然姐仨站一块连凑合都说不上。她生怕人家说她难看，自个儿端着屁股上城墙，自己抬高自己，说自己是街花。买臭豆腐的从不说自己的豆腐臭，就是有人说臭，她也会说，闻着臭吃着香。她怕余然家看不起她，怕自己的长相与余然一家人不匹配，跌了份子，街坊四邻替余然哥哥叫屈，白瞎了一副俊俏模样，搭在一个丑妇身上，就想方设法"将勤补拙"，在气势上压过余然一家人。自作聪明想出的最佳方式是先发质人，仗着上面有四个哥哥，扬言要当武则天，罩服余然一家子。最拙劣而可笑的表演是整天介端着个架子，耷拉着那张驴脸，像谁欠她八百吊钱似的，没个笑模样，似得了面瘫。久而久之，有时笑起来那面部似笑非笑，像是被老中医扎针，使绝了劲也没扎不过来，得了神经痉挛，是哭是笑分辨不出。余然姐仨暗地里偷偷讥笑，余然哥哥为这张病态脸给了一个牵强的解释，她是从娘胎里带来的怪不得的她。余然撇嘴反驳，这是故意拿捏，是一种心虚与自卑作祟的女鬼画皮脸。

此时，那悍妇气得气都喘不过来，只会寒碜呼啦骂街。余然回道："你个丑八怪，也不拿镜子照照那德性，我哥娶你是心太软，照顾困难户。我哥不要你，你就是个一辈子嫁不出去的家蹲佬。"

那悍妇与余然怼骂："你哥好，让你哥娶了你。"

这是什么混账话，我把余然的事当成自己的事，气急了，气疯了，气得失去理智，悄悄把一块砖头递到余然手里，顺嘴说："拍死她，天塌下来，我替你顶着。"

余然对于我的怂恿烧火，更加怒不可遏，顺势把仇恨的砖头拍向悍妇。余然哥哥见状急忙用身体把砖头挡住，砖头正砸在他的头上，余然哥哥一声惨叫，血立刻顺着脑门流下来，余然哥哥赶紧用手捂住，血仍在流淌。余然吓坏了，赶紧找纱布给哥哥包扎伤口。悍妇一把拦住余然哥哥道："不要包扎，流着血，让人们看看，你是怎样被你妹妹打死的，让余然来偿命。"

"谁不想活了，自己找死。"一声叫骂，怕谁谁到，我眼前立马出现了一个镜头：一个矬粗短胖男人，三十岁上下，一只手揣在怀里，一只手胡乱挥动着，大喊大叫："谁欺负我妹妹，我就宰了谁。"从邻居们的悄声议论中，我知道他是悍妇的四哥，先前在运输队做装卸工，时下已下岗，在街头摆地摊修理自行车。那矬粗短胖男人后面跟着三个个头儿稍高一些的三条汉子，像小说里形容的那样，"一个个像电影里的刽子手，横肩晃膀，凶神恶煞，满脸横肉，如狼似虎，不可一世。"抖擞着怒气盛旺的戾气。不消说，悍妇的四个哥哥到齐了。悍妇见到娘家的四个哥哥快步如飞赶过来，娘家有人气自豪，有了仗势一屁股坐在地上撒泼打滚，拍着屁股蛋子号叫："我不活了，我活不成了。"一把鼻涕一把泪哭得甚惨，好像她受了多大委屈似的。我从悍妇四哥的动作，怀疑他怀里揣着凶器，感觉要出人命了，急忙叫人到管辖区派出所报案，并告诉报案小姑娘，说是一个叫宁宁的让她报的案。我瞧着小姑娘点点头云也似的跑了，挺身向前闪开双臂护住余然，对那四条汉子说："君子动口不动手，有话好商量。"看似那只最大老虎说："我不懂什么君子不君子，就知道谁欺负我妹妹，我就灭谁。"余然哥哥可怜巴巴一手捂住伤口一边顺着我的话茬儿说："大舅哥，有事好商量，有事好商量。"那只二老虎说："还有什么好商量的，连自己媳妇都护不住，窝囊废一个。"那第三只老虎一把把余然的哥哥脖领拎起，像提溜小鸡子似的，"也不看看我们是谁，敢在老虎嘴上拔牙。"余然大喊一声："放开我哥哥。"一口咬住那第三只老虎提溜哥哥的手腕。第四只虎见状高举拳头砸向余然。我大叫起来："杀人啦，杀人啦。"瞅那拳头停在空中，我用手指着他的怀里，对看热闹的人群说："他怀里有刀。"

我的心提到了嗓子眼，心怦怦直跳，伸开双臂，把余然挡在我的时候，一场惨案即将发生。

"谁在持刀杀人。"是楚建军的声音，五分钟不到，楚建军带着三个警察，个个腰里别着手枪，赶到余然家里。救星来了，我与余然为之一振，大松一口气，就差欢呼跳跃。楚建军铁青着脸，额头紧成一个大疙瘩，就差包公在世那疙瘩上灵光闪现出第三只眼吓死他们。警察的出现，事情大反转，四只虎顿然像小偷见了警察收起嚣张跋扈，吓得丧魂失魄，站立一旁箴言闭息，一声不响察言观色。

我这才敢把照相机掏出来，装模作样左拍拍右照照，其实忘记了打开镜头盖，事后自我解脱，就算是糊弄吓唬悍妇一家人，让他们知道一张张丑恶嘴脸即将在全城曝光。

楚建军厉声喝道："有谁光天化日之下持刀入宅？"我指着第四只老虎说："就是他，他怀里有刀。""把凶器交上来。"楚建军义正辞严。那第四只老虎，不言声不言语乖乖从怀里掏出一把菜刀，交到楚建军手里。楚建军接过来，转身递给身边的年轻警察，冲四只老虎怒斥道："你们持刀闯入民宅，触犯了法律，跟我们走一趟。"

瞬间，纸老虎一戳就穿，老老实实乖乖听令楚建军，容不得他们辩解被警察押解到派出所，继续审问。

一场恶势力表演顺间收场。那悍妇见警察把她的四个哥哥全部带走，倒不是默不作声，而是出言吐语更加高调，"我要让你们余家断子绝孙。"说着冲进屋里爬到写字台上，从上面猛地跳下来，肚子故意撞击椅子靠背。立刻，她坐在地上捂着肚子呻吟，裤裆里逐渐殷红一片。我们谁也没有料到，她已经怀孕三个月。见状，刚刚把头部包扎好、吓坏了的余然哥哥赶紧把她送到医院保胎。医生护士一阵忙活后，沉脸告知余然哥哥，为时已晚，胎儿没有保住。这样，余然哥哥第一个孩子就这样没了，医生说是男婴。

我这才明白余然哥哥为什么如此软弱，无原则地袒护媳妇。为此事，余然妈妈并没有让余然买单，而是说，悍妇太狂妄了。余然妹妹拍手称快，佩服姐姐的勇敢果断。随后，余然接爸爸出院，由于余然抢救及时，余然爸爸做手术保住了一双眼睛。

被刑拘的悍妇哥哥们认错态度较好，写了保证书，签字画押，从拘留所被释放出来。四哥因持有凶器强入民宅，只能等待法律制裁。三个月后，刁妇的四哥被判劳教三年。

再说，那悍妇的四个嫂子也不是什么善茬儿省油的灯，岂能善罢甘休。为了一个小姑子哥几个全吃了官司，岂能饶了她，整天骂骂咧咧，闹得鸡飞狗跳，乌烟瘴气。老实巴交的父母，不知怎么生了这么一窝子狂妄之徒，只能继续保持沉默。然而这种沉默从某个角度却是一种纵容，被纵容的四个嫂嫂打破了往日勾心斗角、互不服气的前嫌，达成共识，一致对外，对付小姑子。先是找到她，不依不饶大骂，决不放过，与她断绝一切来往。后是大闹四个哥哥，个个要离婚，把家搞得老少不宁，整条街搅了个混天黑地。街道干部整天忙着调解，头疼死了，每天办公室的门槛都被她们踢破了。那四嫂折腾最欢，非要把悍妇也弄进牢里方休。那悍妇只要回到娘家，四条母大虫互通信息，立刻到婆婆家聚齐，指桑骂槐，追狗骂鸡。悍妇四哥十五岁的儿子不依不饶追打着悍妇破口大骂："你这个祸害精，再回来弄死你。"悍妇吓得"忙忙似丧家之犬，急急如漏网之鱼。"灰头土脸从娘家跑回来，再也没敢回去过。只是有时候她的妈妈偷偷给她送过来一些好吃的，看望她。

当余然问起我，那把秘密钥匙是啥。我对她说，这把钥匙就是尊老爱幼的道德准绳，法律约束的正义之剑。再多么猖狂的野蛮，也只能在这把钥匙面前变得不堪一击。

那悍妇自此失去势力，没了仗势，老实多了，娘家回不去了，打破了与余然哥哥离婚回家娘常住的初衷，一反常态，换了一副面孔，管余然的妈妈叫妈了，管余然的爸爸叫爸了，低声下气给余然姐妹仨说好话请求原谅，殷勤地做起家务，说要改头换面，重新做人。

余然对她仍是不屑一顾，认为性格是改不了的。悍妇旧性未改，只是换了花招。余然对爸妈和哥哥说："对她姑息迁就的以后，你们得到的是什么，是四畜生大闹咱家，是哥哥丢了孩子，是孕育着更大的灾难。"劝哥哥与她离婚。余然哥哥没有听从妹妹的劝告，说："她可以不仁，但我不可以不义。"继续留悍妇在家中。这是善举吗？余然不认同，我也不认同。余然说哥哥是一种委曲求全。我说是犯傻。"一日夫妻百日恩。"夫妻之间有一种说不清的缘由，有多少夫妻不是在 100 次后悔没有离婚，50 次想拿刀子捅死对方的情况下，晚上又钻一个被窝去了。

余然郁郁寡欢对我说："她留在我家总有一种不祥之感。也许我哥上辈子欠她的，今生今世向我哥讨债来了。"余然对那悍妇那句发狠和歹毒如斯的话仍耿耿于怀，"我要让你哥成为余家最后一个男丁，不给余家留一支香火，到他这代绝后，让余家彻底断子绝孙。"

女人在家里不能太强势了，否则妨男人和孩子。我忘记了这句话是谁说的，但余然却认为泼妇是余家以后埋下的最大隐患。

我欲言又止："宁拆一座庙，不毁一桩婚。"那些有挑拨离间扩大余然家庭矛盾嫌疑的话我还是不说得好。我为余然担忧，但愿余然娘家矛盾千万不要再殃及其他。

两年后，悍妇给余然的哥哥生了一个女儿。余然妈妈欣喜之余，托人想再要一个生育指标，一心想抱孙子。她找到街道计生干部的理由是，余然的父亲和哥哥都是千顷地里一根苗两代单传。街道计生干部更会说："三代单传才能给一个生育指标，你们正好卡在第三代，还不够条件，只好等下一代吧。"余家男性还能有下一代吗？余然妈妈流泪道："余家这支一脉单传绝户了。"女儿也是余家的后代，生男生女都一样，余然妈妈说："站着说话不腰疼，怎么能一样，孙女长大后嫁人了，生了孩子姓人家姓。不姓余了。"余然爸爸说："管好自己，儿孙自有儿孙福，操那份闲心有什么用，过好你这一辈子，下辈子还不知怎么样呢。"

我认为余然妈妈有些话能说，有些话不能说。"绝户"这两个字眼，余然妈妈就不应该说。

余然妈妈自嘲道："咒一咒，十年寿，有些事说出来了，就飞走了，憋在心里怕以后真的灵验了。"

事实证明，余然的担心不是没有道理，悍妇那句"我让你们余家断子绝孙"果然成真，余然哥哥的女儿长大后因病不能生育。

亲人之间各有各的命。父母有父母的命，兄弟姐妹有兄弟姐妹的命。任何善良都代替不了因果，尽亲人的责任，一切听从因果命运的安排。


# 第十一章

## 一

那天，晚饭刚刚吃过，赵杏楠来找我，她是第一次到我家来，在沙发上刚刚坐定，便发牢骚："大门口警卫像审贼似的审了我半天，若不是你到门口来接我，还进不来呢。"

我把水果拼盘放在她面前，跟她解释这是这里的规矩，是为了保护那些老红军的安全。她改变话题说，想要调动工作，不想在原单位干了。一是赵杏楠因为是工农兵大学生，在学校被人看不起，一气之下跑到工艺美术厂做了画师。现在那个工艺美术厂因生意萧条快要解散了，她想提前找好退路。二是她发现老公最近行迹有些可疑，经常喝酒到很晚，醉醺醺地回来，倒头便睡，显得一副极度疲劳的样子。一个多月没有与她同床了。有一天晚上老公梦呓，竟然"宝贝、宝贝"地叫着……她怀疑老公有外遇，想到老公身边监督他。

赵杏楠的老公，最近升了副经理，是他公公举荐的，因他的公公是汽车公司的总经理，即将退休，想把职务留给自己的儿子，接自己的班。有些工人们私下里议论纷纷，说亲亲相护有牵连，给上级单位写检举信。上级单位收到信后又把检举信打回到原单位，他公公自然而然了解了检举信的全部内容，给上级领导解释说，自己是举亲不避嫌，如果单位里有一个人比自己儿子接班更合适，绝不祖护。

上级领导派人来考察了几天，真没有找到更合适的人选。最后挑了几个候选人，让工人们无记名投票选举，唱票结果，赵杏楠老公高票得选。上级领导让那几个写匿名信的人，到局里见面，私下里想了解一些情况，给了一个星期的期限。一个星期后，也没有谁自告奋勇找领导反映情况公开亮相。被局领导一句"集体单位，自负盈亏，自生自灭"。而宣告不了了之。

赵杏楠的老公名正言顺跻身为公司"二把手"。而赵杏楠发现老公的变化就是从上任开始的。

现在，赵杏楠向我讨教良方，我思忖良久，感觉有些不妥，赵杏楠到老公身边工作，岂不是明目张胆搞家族企业，对老公表示不信任，必然引起老公的反感与警觉，引起夫妻之间矛盾不断升级，何况她还有一个爱搬弄是非、重男轻女的婆婆，定会借机生事，站在儿子一边，成一个壕的盟军，对付赵杏楠。

我给赵杏楠出主意，余然现在已经下岗了，在家闲着正在四处找工作，不如你把余然弄进厂去。余然是一个很正派正直的人，绝不会允许你老公胡作非为。何况只有余然能震慑住你老公。

赵杏楠破涕为笑，连喊"妙哉、妙哉"。

## 二

余然这几年也不知得罪谁了，工作一直不顺利。常言道，一步错，步步错。她到底哪步走错了？

余然的团支部书记已被免职了，一是年龄过了28岁。因为有规定，团员年龄超过28岁不再为青年团员。二是余然的学课是会计，所学非所用，新上来的厂长就把她弄到厂外面的一个小小门市部当会计。那个门市部只有五个人，卖鞋子，是本地生产的布鞋。鞋子样式老套，质量一般，所以生意萧条，买卖不景气，开了二年因管理不善，亏损欠债倒闭了。余然也就没有调回单位，被下岗了，在家待业。

但这一切起因，都要从厂里老厂长退休开始。

老厂长是一个老太太，走路不是特别稳，明显带有旧社会裹脚又放脚的痕迹，走路蹒跚裹挟着脚的畸形。她原本是一个小业主的女儿，因为1948年解放军攻保定那会儿，她为解放军带路立了功，解放后政府就让她做了街道妇女主任。63年发大水，整个城市大部分房倒屋塌，一片萧条，百废待兴。为了生存，为了重整家业，她响应政府号召，带领街道妇女们把一间废弃临街的青砖包皮土坯房收拾出来，动员人们有钱出钱，没钱出力，最好有缝纫机地搬来，成立了服装社。那时，正好有一个随军进城的上海女人雪姨会些裁缝，就开始营业做起服装裁剪生意，简单说就是一个街道小作坊，开始不足十人，由于雪姨把上海衣服样式搬来，时髦又适体，后来越做越大，被国家纳入集体企业，自负盈亏，现在已是区办企业，有百十号人，鸟枪换炮，在城市东头买了新厂房，置购了新设备，崭新宽敞的厂房，一茬儿气派的几排溜机动化机器让人眼馋。可老厂长却面临退休，老厂长打下的江山谁来守护，老厂长煞费了苦心思来想去，想到了余然。当老厂长把余然叫到办公室，向余然摊牌。余然却犹豫了，觉得于公于私都觉不妥。于私余然怕郝建社不在家，自己又当爹又当妈，工作是三班倒，郝雨没有人照顾，娘家妈妈说了，除了儿子的孩子带，女儿家的孩子一个不照看。郝雨正读六年级，明年中考，怕耽误郝雨的学习，一旦考不上，影响郝雨的一生。余然思前想后不得已只好拒绝了老厂长的要求。

老厂长欲让余然接班的消息不胫而走。人们议论纷纷，说啥的都有。有一个人最着急，这个人就是冯云。冯云三十岁年纪，女，有人"恭维"她1米45，送外号大个儿。但五官端正有人又送爱称大俊儿。她不能生养，结婚八年还没有尝到做妈妈的滋味。在人们私传"寡妇年"的那年，她的丈夫死掉了，她说是得了心梗。但人们到她家为她丈夫烧纸祭拜送行时，她一滴泪没有掉，用人们都能看出来的装出来的悲泣，说与丈夫是恩爱夫妻不到头。可百天没有过，又找了新夫，四处宣扬终于找到了真爱。

余然真正与冯云打交道，是三年前的一次意外事件。那天，余然临下班去厕所，厕所是一条大深沟的通厕，中间用几个半人高的水泥墙隔着上厕人的隐私。余然在最里侧蹲着，听见来人，窸窸窣窣解裤带，总不见蹲坑，余然就侧耳细听，来人呼哧呼哧呼吸紧促，很快向厕所外跑去。余然很奇怪，来人未上厕来这里干什么？于是，赶紧清理完毕提裤向厕外望去，却是冯云慌慌张张跑走了，但腰鼓鼓的，像怀孕六七个月了。余然很纳闷，刚刚结婚就怀孕大腹便便的，始怀疑是不是与现婚丈夫同谋害死了前夫。

余然回到车间，见雪姨正在工作台底下破布头堆里翻箱倒柜找东西，汗水顺着额头流下来，一滴一滴落在地上。余然清楚雪姨找的东西一定很珍贵，就疑疑惑惑问雪姨找啥。雪姨头也不抬继续焦急地翻腾，双手更加快了速度，说我刚刚放这一块布料不见了，我只是出去倒垃圾的空儿布料就长翅膀飞走了。余然问，什么布料？雪姨说是一块毛料，是邻居从北京买来，托她给裁身西服。因这几天活紧，一直没空，今天拿厂里来，打算晚走会儿，给人家裁了，可转眼不翼而飞，真是邪门了。余然问什么颜色。雪姨说是深蓝色。余然立刻想起刚才冯云往裤腰里揣的布料就是深蓝色，就对薛姨说起了适才冯云的反常行为。薛姨若有所思回忆道，我刚才到车间外面倒垃圾，冯云确实在车间，那块毛料就放在工作台上，回来后人与布料都没了。雪姨犹犹豫豫对冯云确实起了怀疑，可现在人已经走了怎么追，就是追上有什么理由去搜冯云的身。雪姨急得不知所措原地搓手转圈，火烧火燎的脸变得通红。余然说，可以找保卫科。一语提醒梦中人，薛姨一拍脑门，对余然留下一句，在这里等我。飞快向保卫科跑去。余然看到雪姨与保卫科长，骑上自行车飞快向厂大门外奔去。

不大一会儿，雪姨等三人回来进了保卫科室。时间不长，冯云低着头，摸着泪，弓着蔫蔫的肚皮走出保卫科，离厂而去。

雪姨兴高采烈抱着那块毛料回来，对余然说，若不是你发现，我可倒了大霉了，若丢了，我到哪里买块毛料赔人家。

从此，雪姨更加喜欢余然，把自己十八般武艺全传授给了余然。余然仗着聪颖伶俐、灵犀一点通的天赋灵性，很快成了学员中的佼佼者。

出徒不几年，余然升为车间主任，冯云在余然手下干活，母亲与雪姨先后退休。

年初，老厂长把余然叫到办公室，说明自己想让余然接班的意图。被余然拒绝，当时余然担心怕自己带不好厂子，在企业转型由计划经济转为市场经济的大潮冲击下，许多工厂发不出工资，大批个人失业，自谋生路，余然怕企业难以维持，开不出工资，愧对全体职工。

可万万没有想到，冯云却主动找到区企业局，自告奋勇要承包厂子。而承包最有力优势是，她是销售科科员，这几个月工人们开支都是她跑来的业务，用她的话说，是她养活了全厂职工。

在企业局领导宣布冯云承包厂子那刻起，冯云新官上任三把火，踢的第一脚就是让余然到厂外小小门市部报到。门市部是多年亏损单位，余然去了不到三个月，被冯云解散，也就是全部下岗，轰回家去自谋生路。

## 三

余然下岗在家，但心系工厂，天天打听工厂的消息。有一次被通知到厂里领那二千元的工龄买断费，意味着从此以后就与厂子彻底拜拜了。余然来到单位见到厂里人议论纷纷，骂声不绝。原来冯云上岗后人们背后没有一人称她厂长，而是偷偷把她的称呼改为"大个儿"，她是个小筋豆子，走路一蹿一蹿的，老想长高，老长不高。上任后踹得第一脚把余然撵走到厂外门市部，第二脚踹得就是把新老公弄到厂里来，做她的副手。那老公肥胖大耳，夏天耐不住热，总爱把背心撂过肚皮，露着白斩鸡似的大肚腩，像个拔毛未断气待下锅的大公鸡，见谁不顺眼就声嘶力竭地叫唤，把人们看得个个都像阶级敌人。冯云整天把自己打扮得花枝招展，说是迎接人生第二春。

冯云踹得第三脚就是召开全体职工大会，振振有词地说："一朝君子一朝臣，这朝不用那朝臣。"工厂重新改组，像割韭菜一样，从小组长开始一茬儿全撸，谁敢有一点冒头，连根拔掉，开除出厂，不留任何后患，让她的心腹上位把持"朝政"。她叫喊着要响应国家号召"减负"，把她看着不顺眼的职工，寻找各种借口与理由全部下岗，发放二千元安置费，说是买断工龄，扫地出门，自谋生路，推向社会。

余然就是领那二千元安置费与大个儿彻底闹翻的。当余然到财务室领钱，财务会计是冯云刚刚调厂里来的亲侄子，拒绝发放并对余然说："冯厂长发话，没有你的安置费，有意见找冯厂长说理去。"

余然无可奈何地找大个儿问问清楚。余然敲门进了大个儿办公室，屋内像一座黄色宫殿耀眼夺目，仿照清朝黄宫把一切涂上黄色，好像她就是女皇，穿着一身黄色中山服，梳着男人似的短发，余然见到她这不伦不类的样子只想笑，但使劲憋住在肚里，把眼睛转向窗外。

见到余然的到来，大个儿并没有发声，而是坐在宽大的办公桌后面的办公椅上，只露着半个脑袋，用一双耗子眼贼溜溜地盯着余然。想必，她已经接到财务室的电话，特意等着余然。她见余然把脸转向窗外并没有说话，而是走向窗前，把那紫色窗帘拉开，重新坐回到办公桌旁。窗外那斑斑驳驳细细碎碎的阳光射进来，像一把刺人的匕首射向余然。余然感到一股杀气扑面而来，便迷离起双眼，迎着大个儿似乌黑的枪口一般的眼睛，用一种宁静的眼神直射大个人的眼光，余然要以静制动。大个儿终于坐不住，被逼得从办公桌内闪出来，把手抱在胸前，显出一副傲慢的姿势等待余然叫她一声"厂长"。余然直视着她纹丝不动，人与人但凡对视不过二十秒，总有一人败下阵来，冯云终于耐不住劲说："不发你安置费是我的主意，因为你欠我一个道歉。"

余然一头雾水，问她："我欠你啥了？"大个儿说："欠我一个人情。"余然更迷茫说："我从不欠任何人的人情。"大个儿把嘴一撇说："欠郝建社的人情。"余然更加糊涂问道："郝建社碍你啥事？"大个儿说："当年有人跟我向郝建社提亲，我看上了他，仪表堂堂，威风凛凛的军人是我的菜。他却没有看上我这个工人，反而看上了你，今天你终于犯在我的手下，我为了压你，我才竞争这个厂长。人在矮檐下，不能不低头，你如果把郝建社还给我，我便饶恕了你，发你十倍安家费，滚出工厂自谋生路。"

余然终于明白这么多年她仇恨自己的真正原因，余然绝不会是在大个儿下巴颏底下说软话的人，余然觉得再与她说下去会忍不住扑过去给她一顿胖揍，就想寒碜她，转身留下一句："你是什么下三滥玩意，也配与我一个层次说话。当初不是我看你个小够不到铺布台面，被人瞧不起天天哭鼻子，才向老厂长求情，把你调进销售科。现在小人得志，恩将仇报。"余然厌恶地面色不惊地走出了大个儿办公室。

大门外，早有许多工友在门外等候，他们领了安置费等待着余然消息与余然一同回家，听到了余然与大个儿的对话，早已气愤至极。但凡女工们聚集的地方，一般骂人损人的语句都是特露骨特寒碜。女工友们一边与余然向大门外走去，一边七嘴八舌议论。

就这样，余然一分没有得到，被大个儿撵出厂门，只好在家待业照顾郝雨，但没有把此事告知郝建社，她怕郝建社找大个儿算账。

赵杏楠跟爱人史运开提了让余然调进汽车公司的想法，还没有说完，史运开头摇得像拨浪鼓，立即回绝。理由是大批工人下岗，我怎么能往公司里填人，岂不是营私舞弊。堵得赵杏楠哑口无言，明明知道爱人是啥用意，却找不出理由反驳。

然而余然运气不错，没几天，史运开公司的司机违反交规，被楚建军的部下交警大队长抓个正着，史运开为了避开处罚，主动提出要给余然安排工作。楚建军知晓此事后，通知交警大队长表面答应，但实际还是按正常罚款处理。史运开以为捡了便宜，不几天，就安排余然到汽车公司上班，要余然担任公司出纳。万万没有料到，来了个"你有政策，我有对策"的"金蝉脱壳"之计，以一套更绝妙的更正当的对策，把原来跟他有一腿的现金出纳，调到销售科。因为销售科为了业务需要，有时候可以私设小金库。销售科出纳有理由跟着公司经理外出要账，给他们提供了更加有力的正当的在一起苟合的方便条件。把二人暗地里厮混隐蔽化，变得公开化、正当化、合理化。而在那个时代，大小带点纱帽翅的官，不找个女人勾搭勾搭好像没有本事似的，被人看不起，总觉得在男人堆里抬不起头来。赵杏楠爱人就是这么想的。

# 四

那天下午，我在骑自行车下班的路上，被迎面跑过来的涂燕喊住，她发出一片表示强烈抗议和愤慨大声叫喊着："我下岗了！"她不顾路上行人惊奇的目光射向她，急忙忙踉跄着冲过人群一路上挥着胳膊，不顾周围人群的嘲笑，大骂："他奶奶的，谁也不开，单单把我们这群没知识没文化的职工开了。"她绯红着脸，显然沉浸在气愤之中。我急刹车赶忙下了自行车，把她拉到马路牙子旁一棵梧桐树下，询问详细情况。

"大活人让尿憋死，老天爷为你关上一扇门，必定给你开启一扇窗，说不定因祸得福，时来运转。"我违心地劝她，但并不知道老天爷会为她敞开哪扇窗。

"好吧，我听你的，你说咋办？"涂燕停止了骂骂咧咧，露出一丝勉强。

"不用再自寻烦恼，后天是星期天，孩子们都放暑假了。叫上余然、赵杏楠，咱们四家到北京去开心，到名胜古迹都转转，散散心。"我注视着她的脸，流露出一丝微笑，想拖延时间让楚建军给他们俩口子想想办法。

"别忘了带上你的全自动照相机。"涂燕就是这样，把什么都看得开，那张愤怒的脸像小孩子的脸瞬间挂满欢笑。

四家人在北京游得即兴，天安门、故宫、毛主席纪念堂，颐和园，八达岭等，全参观了一个遍，把北京小吃也尝了个遍。孩子都玩疯了，累拐了腿也不喊累，一个个在回来的火车上全睡着了。大人才有在一起谈论的机会。

一路上，我与余然商量着如何帮住涂燕渡过难关。然而，到家后，还没有等到我们想出妥办法，涂燕却发生了一件让人啼笑皆非的事情。

星期一，楚建军刚刚上早班，就给我单位来电话，那头着急忙慌让我到赶紧车站广场赶紧去看看，说是涂燕以一对三十跟一群大老爷们骂起来了。我怕涂燕伤着欲问详细，楚建军说："她伤着？她不伤别人就算烧高香了，电话里说不清楚，你赶紧过来。"

骄阳当头，当我赶到楚建军的站前派出所，已经大汗淋漓，我一边用手擦着汗水，一边大步流星来到楚建军办公室，里面空无一人，哪去了？楼道过道我碰到楚建军的同事，同事诡秘笑笑，向窗外努努嘴，告诉我，楚建军在车站广场看热闹呢。下得楼来在办公楼大门口，顺着同事手指的方向，我看到广场上一群人聚集在那里，围着啥东西吵吵嚷嚷。

我来到人群近前，发现楚建军穿一身便装，戴一顶工人鸭舌帽，用口罩捂住嘴脸，饶有兴趣在一旁观望看热闹，像欣赏一幅画。见到我用手掌堵住我欲张的嘴，悄声说："别吱声，快看涂燕，毒舌妇力战群狼。"

我把眼光透过人群缝隙向里望去，我的妈呀，涂燕不知从哪儿弄来一辆半新不旧的三轮车。她手扶住车把，穿一身藏青色布褂，登一双懒汉鞋，裤腿用铁卡子卡着，透着干净利索，高高的个儿，均匀身段，细皮嫩肉的脸蛋透着倔强与泼辣，与围住她的那群老爷们舌枪利剑对口词，领头的是一个黑不溜秋、秃头秃脑、横肩晃膀三十多岁的男人。楚建军告诉我，这群人是车站三轮车车帮，那秃头便是帮主。

"靠，谁的裤裆破了，露出这么一个大老娘们，狼群里杀进一匹黑马，还是骒马。"那秃头道。那群老爷们像饿绿了眼的公狼向涂燕围拢过来，欲把涂燕一口吞掉。我捏一把汗想冲进去打圆场。楚建军一把攥住我的胳膊小声说："再等等看。"楚建军告诉我，这黑不溜秋的秃顶外号叫秃三，是这一片的老大，整天无所事事霸占一方，以收保护费为生。平日里油腔滑脑，哄抬车价，专宰外地来客。对三轮车夫怒则骂，恨则打，稍有不慎便轰出车行，断了饭碗。这里的车夫对他又恨又怕，怨声载道，无人敢惹，坑苦了多少车夫。我们综合治理几经整顿，收效甚微。

于是，涂燕与秃三两人骂街，天上飞的，地下跑的，水里游的，一通海骂，比那满汉全席味道还全。涂燕嘴里蹦出的花里胡哨、俏皮骂词、拐弯抹角带转圈，新鲜极了。人群中竟有人拍手叫好，拍案惊奇。

恼羞成怒的秃三恨不得找个地缝钻进去，他赤裸着上身，两只手像笨拙的黑熊在胸前胡乱划拉，酷似《西游记》里的黑熊怪，早以忘记了君子骂，清口骂，张牙舞爪、饿虎扑食般再次扑向涂燕。

我再次极力挣脱楚建军的手冲过去。楚建军的手像钳子般把我死死摁住，动弹不得。

涂燕并不惧怕，巧妙躲闪，把身体稍微向旁边一挪，头偏向一边，身一弯，就势向下蹲去，涂燕用凌寒教的防身功夫力战秃三，并大获全胜。

楚建军松开紧紧攥住我的手笑道："金庸的武侠小说刚刚传到大陆，涂燕啥时拜读了《神雕侠侣》，把梅超风的九阴白骨爪搬到这里来活学活用。"他见我欣然一笑，又说："这里没有咱们什么事了，抓紧时间闪吧，你没有必要过去添乱，我们的目的已经达到。"说着拉住我的胳膊离开了涂燕斗熊场。

涂燕降伏了秃三。临危极限闪现，生存环境造就了极限生存，涂燕打进了三轮车帮，养活了全家。自此以后，涂燕成了三轮车帮副帮主，使社会治安综合管理大见成效。

被涂燕制服的秃三逢人便讲，自己与涂燕是打出来的铁哥们，现在不是我罩着涂燕，是涂燕罩着我。涂燕全市女汉子一举成名，公安局曾一度把她打入黑社会名单挂到站前派出所。楚建军汇报说："涂燕是战斗在敌人心脏的优秀特工。"

## 五

暑假期间，我的女儿楚若男，参加了学校组织的小学数学奥林匹克竞赛。这是为全市选拔人才，前十名可以到北京参加全国数学奥林匹克竞赛。女儿的学校通过模拟考试选拔赛，选出了若男一个学生代表，来市里参赛。

夏日的风，吹燥了每一个角落。星期日的早上我和女儿早早来到考场，熙熙攘攘的人群中都是陪孩子参加竞赛的家长们，有的喋喋不休一再叮嘱，有的使劲给孩子口袋里塞零食，生怕饿着。若男故作轻松地说不让我陪伴，把我挡在学校铁栅栏外。女儿刚走几步又回过身来咧咧嘴冲我笑笑。我知道是在安慰我只好回报一个微笑，不想再给女儿加压。女儿转身去了，蹦蹦跳跳的样子很可爱。当我揪心地看着女儿的背影渐行渐远时，身后传来车子扎着石子道的嘎嘎响声，回头一看却是涂燕拉着三轮车过来，一面对我嘲笑地说："应该高兴，哭什么鼻子。"一面将披肩毛巾从肩头取下，顺手在脸颊上抹抹。涂燕停住脚步，车把放低，像施了魔术，座位里面余然与儿子郝雨钻出来。只见余然与郝雨一脸容光焕发、心有朝阳跳下车来。我朝三人望着，流露出满脸惊疑的神色："你们仨怎么凑到一起了？"余然说："早晨自行车坏了，叫了涂燕过来。"郝雨下车来急忙忙叫声"阿姨"冲我与涂燕摆摆手匆匆跑进考场。从郝雨的焦急状态来看，相必余然车坏时间紧无奈才叫的涂燕。那时的车很少，经常打不到，倒是三轮车穿胡同抄近道灵活方便。

"你家若男也来参加奥林匹克竞赛？"余然问我。我点点头，就迫不及待地问起涂燕："拉三轮车可好？"涂燕也用点头回复了我。

"郝雨、若男学习好，能来参赛。我家乐乐就另当别论，就知道玩，整天对跆拳道感兴趣，瞎比划。"涂燕说。

"乐乐还小。"余然说。

"小？郝雨读六年级，面临小学毕业，若男四年级就来参赛，乐乐比若男还高一年级。怎么小了。"

"好家伙，那天我真怕秃三吃了你。"我想起涂燕与秃三干仗还心有余悸。

"那是为生活所迫，人没有活路，啥事都能干出来，兔子急了还咬人。"涂燕说："谁让咱文化水平低失去了工作。"

# 追忆如歌年华

ZHUI YI RU GE NIAN HUA

"一个人活着就是不停的失去，在不停的失去中，便会不停的得到，三轮车副帮主地位不就是你在失去中得到的么。"余然说。

"噢，对了，刚才楚建军找我，下午有一个群众演员的活儿，问我接不接？"涂燕向余然我俩征求意见。

"扮演什么角色？"我问。

"演死人，还和真死尸面对面手拉手。"涂燕说。

"我的天，你绝对不能去。楚建军怎么能把这种活给你揽下来。"我埋怨着楚建军连招呼都不给我打一声，就私下与涂燕联系。也许楚建军明白，告诉我，我会极力反对。

"怕啥，大活人能让死人吓死。这活儿给的钱多，五百元，顶我半年多的工资。活儿十几分钟就解决了"。涂燕用脚尖麻溜勾起车把放在手上，把汗巾往肩上一搭，说一声"装死人挣大钱去了。"乐颠颠跑了。

"下午等我，我到现场找你。"我在涂燕身后喊到。随之，一丝凉意掠过心头，泪水涌出眼眶随即流进心里。自从花小溪事件后，涂燕落下心理阴影，最怕死人，最见不得死人，谁家有白事从不参加，而今却为了一家人的生活，要去假扮死人，与死人打交道。为了生存，再懦弱的人也会变得坚强起来。

考场的铃声响起，郝雨和若男进入了紧张的答题时间。我与余然的心也跟着提起来，为缓解这种紧张局面，我故意无话找话与余然攀谈起来。我问起余然，郝建社部队情况和家里的情况。余然说郝建社已经提升至正团级，还有半年就满四年了。余然的哥嫂也下岗了，哥哥打算开一个修自行车行。余然妈妈心疼哥哥身体不好极力反对，余然说，哥哥正直壮年，为啥不找个活儿干，在家无所事事闲着。余然妈妈一本正经说，那可不行，你哥有脂肪肝，怕累着。余然说，我也有脂肪肝，整天忙忙碌碌的也没啥不好。余然妈妈立刻沉下脸来变脸说，你那是吃好的吃的。妈妈又说，有他们老两口的退休工资补贴哥哥就足够了。现在余然哥哥整天在街边柳树下与人下象棋。他才四十多岁，过着如此混吃等死的日子何时是个头。余然嫂子在街道居委会找了一个活干，打杂，清洁工。侄女已上五年级，与乐乐同一年级。

我的父母亲也已经退休，为了给哥哥看孩子双双去了大同与哥哥同居一个屋檐下。父母亲时常给我来短信，说二老很幸福，哥哥、嫂嫂很孝顺。我有些坏心眼，有一次故意不打招呼，说是采访路过，去查实真假，果不其然，父母亲没有说错，与哥嫂处得很融洽，我也就放心了。逢年过节，过完初一，我们一家人去到哥哥那里过年，父母亲喜笑颜开，哥哥嫂嫂忙上忙下招待殷勤，孩子们热热闹闹嬉笑打闹玩得不亦乐乎。

空气中有点湿润的味道，这是下雨前的迹象，树上的鸟儿叽叽喳喳的叫声显得有些沉闷。我问起余然在运输公司混的如何。她微略叹口气说，近阶段十分苦恼，在公司赵杏楠爱人与销售科出纳绯闻已经传得沸沸扬扬，只是瞒着赵杏楠不知道。余然踌躇着如何告诉赵杏楠，又犹豫着若告诉赵杏楠，必将使夫妻二人大吵大闹，甚至离婚，余然必定是千古罪人。余然若不告诉赵杏楠，克制自己感情，麻木不仁，见怪不怪，等于姑息迁就赵杏楠爱人的妄做非为，使他变本加厉。但事情迟早会暴露，赵杏楠必定迁怒余然，那时的余然如何面对，必定遭赵杏楠埋怨，余然又做如何解释。赵杏楠之所以把余然安插在爱人身边，就是要余然做自己的摄像头，监督爱人的一举一动。余然一旦失去监督作用，赵杏楠把余然费苦巴力调到公司来岂不辜负了她的一番心意。

"常言道，抓贼抓脏，捉奸捉双，你与赵杏楠约好去抓奸，捉他们个现在进行时。"我说。

"那又怎样？赵杏楠娘家没人，父母都已经去世，三个嫂嫂平时都不待见她，哥哥也没有办法过多干涉。"余然说。

"娘家没人就应该被人欺负吗！"我震惊地表示异议："那去法院告他们。"

"法院讲究证据，赵杏楠怎样拿到证据？"

根据余然的性格，没有把握的事情绝不会去做，更不会干抓奸这种荒唐事。她一贯的作风是，出现矛盾不会把矛盾扩大化，会千方百计的压事，把大事化小，小事化了，息事宁人。

我开始明白，赵杏楠爱人把余然弄进公司来的用意，他掌握准了余然的脾气，从来压事不挑事。这一招够绝的，将了余然一军。余然成了赵杏楠爱人的遮羞布，注定逃脱不了一个结局，猪八戒照镜子——里外不是人，后果是赵杏楠必然与余然断了往来，反目成仇。

余然告诉我，赵杏楠的婆婆一直贼心不死，千方百计想要孙子，她甚至怂恿儿子找小三，偷偷给他生个孙子传宗接代。

"赵杏楠现在跟她的师傅学画画，准备当一个画家，下岗后以卖画为生，混口饭吃。"余然又说出来自己的打算："我要想方设法调出离开那个是非之地，不管赵杏楠爱人给我多高的工资，我都不会再干。"

也许余然说的有些道理吧，一定有些道理，余然肯定还有自己不能说出口的难处。我没有坦白交代自己的意见，因为我觉得余然在公司的高工资，是赵杏楠爱人封余然的嘴，但暂时可以维持母俩的生活现状。母子俩的平安，才能使郝建社安心在部队服兵役。

我换了话题,问起余然婆婆家情况。余然告诉我,郝建社的四个妹妹皆已成婚,有了孩子。村里富裕了,盖了女儿楼,大队决定凡是办了独生子女的女村民,皆可分到一套二居室的住宅,四个小姑子找的都是当年抵知青指标来城里上班的大队干部的孩子,一般都是集体小厂,单位大都生产经营情况不是太好,没有职工宿舍也没有住房。她们又不愿回到农村男方家里居住,村里正好盖了女儿楼,四个小姑全部搬进女儿楼。

说到这里,余然若有所思地支吾着。我没有搭腔,知她在思索着。

一会儿,余然又毫无忌讳地说,四个小姑子一个比一个难斗。前一阵郝建社大妹妹带着部分村民大闹市政府,原因是她们想要二胎,说国家出了新规定,农村女人一胎是女孩儿的,可以要二胎。但大队规定,本村男村民要二胎一切待遇不变,女儿要二胎,必须把女儿楼住宅退回来,因为女儿楼那是奖励要一胎,却办理了独生子女证的。怎么那么巧,四个女儿一茬儿头胎全是女孩儿,这个千载难逢的好机会,四个女儿当然不会放过,大队出了这个损招,一石激起千层浪,那些想要二胎又不想退房的女儿们,被郝建社大妹妹怂恿纠集在一起,到市政府吵吵闹闹,堵住大门口,不让工作人员进出入。郝建社大妹妹还故意把肚子搞大,说自己已有五个月身孕,要求市政府一视同仁,男女平等。折腾了一个星期,市领导怕搞出人命,责令大队干部修改成令妥协让步,村里女儿们以胜利告终。

随后,村里掀起一个生育二胎的高潮。一年后,大姑娘、三姑娘和四姑娘生的都是男孩儿,只有二姑娘生的仍是女孩儿。

余然又说,前一阵,郝建社的二妹妹找到我,想搬到我结婚的那间房去住,说考虑到母亲年纪大了,需要人照顾,哥哥不在家,我又要照顾郝雨又上班特累特辛苦,想要为我分担压力,搬到妈妈身边来以利方便照顾。我细想了一下,征求婆婆同意,已经把我结婚的那两间房腾出来,让给了二姑娘。因我的那间房临街,二姑娘开了小卖部,卖些烟酒茶糖,生意还可以。现在村里土地已经卖完,他们也都办理了市民户口。那四个姑娘没有工作,也没有找工作,整天无所事事,都跑到家里来言之凿凿说陪伴母亲,正好四人凑成一桌,一天到晚打麻将。四个娘娘结了婚,一个都不离开娘家,先把各自召一个人回娘家(姑爷),后是各自召二个回娘家(孩子),现在又各自召二个孩子回娘家,(每人要了二胎),一大家子十几口人,一到饭口,齐齐二桌好不热闹。等到上班的上班,上学的上学,姐四把牌桌一支又打上了。到了晚上,晚饭后姑爷们一桌,外甥外甥女们一桌,姑娘们一桌,热热闹闹打麻将。我时常给婆婆打电话问寒问暖。都是二姑娘接的电话，总是客客气气地说："妈很好，放心吧，不用回来。"说实在的，那么一大家子，我也有些发怵，加之郝雨考学紧张，工作繁忙，郝建社没有回来，去的就少些了。慢慢的郝雨与她们就有些生分。有一次，老太太八月十五过生日，我与郝雨拎了生日蛋糕回家。他们的孩子却说郝雨是外人，不让郝雨在奶奶家待，轰郝雨走。郝雨与他们的孩子打起来，郝雨恼怒地让他们一个个滚蛋，说这是奶奶的家，奶奶的家就是我的家。她们自然不会滚，还说是我怂恿的，郝雨说这话是我教的，是多嫌她们，骂骂咧咧地说，她们就是不走了，一辈子扎根在娘家。我是猪八戒照镜子，里外不是人，只好连哄带吓制止了郝雨。现在我一是工作忙，二是郝雨不喜欢四个姑姑一家人，我也很少回去。郝雨想奶奶了，我就接过来在我这里住几天。

我把我的担忧说出来："二姑娘的女儿楼那间房谁住着？"

"她租出去，每月吃房租费。"余然说。

"她住着你的房子，又收着房租费，你也应该收她的房租费。"我说。

"她只要好好照顾婆婆，就当替郝建社尽孝了。"

"你现在还与她们联系吗？"

"当然联系了，隔三岔五我都会给她们打电话，问候一下婆婆身体可好。她们都会连声说我工作忙，不用惦记母亲，由她们照顾即可。"

"听市里小道消息说，城中村改造要拆了你们村。那时补贴款或分配返迁房，她们会不会做文章，到时小心她们讹你。我没有听说过哪个小姑子和嫂子搞好关系的。"

"不会的，她们不是那种人，早已向我表明，她们村里都有房，拆迁办会给她们分房，她们不会再回娘家与儿子抢房的。"

"人心隔肚皮，哪能看得清。现在她们极力阻碍你回去，是不是有什么阴谋？"

"她们没有这点心智，只是关心婆婆而已，我会努力做一个好嫂子。"

余然心地就是这样善良，把什么都想得这么美好、这种善良会得到好报吗？也许吧，但愿吧。我再也没有没话找话可说的，为自己的小肚鸡肠、脏心眼子保持缄默。

考场铃声再次响起，考生们陆陆续续走出考场。若男和郝雨一脸轻松的先后来到我们身边。脸是心灵的窗户，看来两个孩子考得都不错。我俩暗暗高兴，没有追问孩子考试过程和估分结果。我约母子俩去旁边小饭馆共进午餐。余然断然拒绝，也许她有心事，我不再坚持。

# 第十二章

## 一

　　下午，我准时来到涂燕的排练现场，火车站站台上。那里早已有许多人围拢过来，有导演，有其他工作人员，各自忙碌着自己的分内之事。但我一眼辨出，他们都是警察，心便跟着紧张起来，朦朦胧胧意识到事态发展的严重性。我在火车站站长办公室找到了涂燕，她正在化妆，被年轻的化妆师弄得满脸涂满了重重的色彩，两只眼睛涂得像电影里的鬼魅黑黑的眼圈，像个诈尸的僵尸。我细极思恐莫名其妙想笑，又笑不起来，只吐了吐舌头，情绪被刚才那么多警察给破坏了。涂燕见到我，吃惊问道，他们怎么放你进来的？我开着玩笑，我说是你的经纪人。当我说出心中疑问，那么警察有何贵干。涂燕告诉我，前天夜里，有一对中年夫妇刚下火车就被人捅死在站台，男的当场死亡，女的可能还活着，在医院抢救。凶手杀人后便去警察局投案自首，现已被刑拘。原来夫妇俩是房产商，因久欠工人工资不发，还雇佣打手恐吓要账农民工，要账农民工逼急了才动了杀念，拼个你死我活，这是一起明显的报复仇杀。此事惊动了电视台"法治在线"节目组，要进行专题报道，为了还原真实暗杀场景，摄像组要求把被害者尸体摆回凶杀现场，而死者老婆现在医院抢救，无法到场，所以，找了替身。可找了几个替身都不太理想。没有合适的人选，剧组找到了车站铁路警察帮忙。铁警又找到楚建军替他们色一个替身，因楚建军在站前派出所正好分工主抓刑事案件，楚建军就想到涂燕与死者家属有些相似，就想让涂燕来试试，便向摄制组推荐了涂燕。对于穷途末路的涂燕，重赏之下必有勇夫，涂燕被那几个演出费诱惑着，为了几个臭钱想都没有多想便一口答应。涂燕经过与导演见面沟通，导演一眼认定就是涂燕了。就这样涂燕糊里糊涂当上了死者的婆娘。

　　涂燕化妆完毕，现场早已布置好，死者脸冲铁轨直挺挺的躺着，工作人员把一只死命挣扎玩命嘶叫的大公鸡一拧脖颈抹了脖子，喷着血从死者身后溅了一地，两名警察使劲抻着一只大狼狗走过来，狼狗闻见血腥味吐着红舌头呼哧呼哧玩命向死者身边窜。布置现场工作人员让涂燕躺在死者身边，与死者面对面手拉手。涂燕当场十条魂吓没了九条，剩下一条魂只负责出气。涂燕吓尿了裤子，战战兢兢一边跑路一边大叫，这死人的钱我不挣了。

　　导演一把扯住涂燕胳膊微有愠色说道："你临阵脱逃，把我们晾在这里，一干人怎么办，你已经答应了，我们也没有找替身，如何是好。"

涂燕哀求道："饶了我吧，导演大人，长这么大，我从未见过死人，怎么敢和死人躺在一起，血流呼啦还手拉手面对面，真成了与'魔鬼打交道的人'。录像没拍成，我又搭上一条命，是被吓死的。"涂燕两腿筛糠，牙齿打喋，双手使劲拒绝。

她也许把花小溪死在她怀里的事吓得忘掉了，不然怎会说从没有见过死人，或者也许感情不一样，没到那种份上。

楚建军走过去，悄悄对涂燕说："那死人是假的，糊弄人的。造型师鼓捣的橡胶人，只是比较真实而已。"

涂燕这才松口气信以为真，楚建军继续开导说："你这是帮助公安工作，帮助电视台工作，意义重大，那些破案警察整天和死人打交道，有的还亲口尝腐尸味道，有的为了工作牺牲了。你这也是同样做贡献。同志们布置现场不容易，导演刚才说了，演出费给你加一倍。你闭上眼睛，心里想着那钞票不要白不要，为什么让煮熟的鸭子又给飞了。"

我胡思乱想着怎样说动导演另找他人，没承想涂燕却被楚建军说动了心再次乖乖就范，重赏之下必有勇夫。我站在一旁始终没有说话，被一种莫名其妙的情感作祟，在一片懊恼和恐慌中眼睁睁看着涂燕活受罪任人摆布。漫长的十分钟在等待导演一声 OK 中过去，我跑过去心疼的扶起涂燕，二话不说陪她一起到铁路浴池把浑身血流呼啦洗干净。从浴室出来，涂燕一面用毛巾擦着湿润的头发，一边散发着那股天生无忧无虑的直率劲儿开着玩笑："生死边缘走一遭，下次再也不敢了。"我才大胆说出花小溪的名字。涂燕说："当时我不敢去想花小溪，我怕我真的挺不住，彻底崩溃了。"我的眼泪才敢流出来。涂燕装作什么都没看见，像突然想起什么，拽着我找到楚建军，要楚建军把那只大公鸡找回来，拿回家去给凌寒和乐乐炖着吃了开开浑，并说半年没有打牙祭了。

回到家，我向楚建军问起死尸的事情，楚建军笑笑，剧组人员哪有时间再鼓捣出一个假的，当然是真的。

我尖叫一声，身体也跟着抖动起来。楚建军很内疚地说："事实上涂燕早已看破，说要我等着秋后算账。"我佩服涂燕的坚强，她虽说已经遍体鳞伤，但在不得不假装坚强中，也许就会真得坚强起来。

事后，我把涂燕的事情告诉余然。余然感慨地说道，社会不会因为你的眼泪，为你提供任何方便条件，为你降低标准。生活不会为了你的脆弱，给你想要的一切。别人只会关系你有没有本事，会不会成功。没有人会体惜怜悯你受了多大苦，受了多大罪，为你擦干眼泪，为你端杯热水，有时甚至是因为你的弱小而鄙视你。学会坚强，就是自己救自己。

是啊，涂燕说得对，先跪着把钱挣了，才能站着做选择，把钱挣到手再说。涂燕的苦没有人知道，心中的痛没有人明白，心中的无奈没有人理解，父母已不在，哥弟不能语，累了无人扶，流泪自己擦，别无选择。只有不停奔跑，才能看到奇迹。也许，我们现在吃得苦，就是为了将来的甜。为了生存的小人物，会把"天下熙熙皆为利来，天下攘攘皆为利往。"当作生存手段。世上万物，大到一头白象，小到一只蝼蚁，都在积极的求生。这就是生存法则。因为，民以食为天，只有吃饱了撑的，才会去想那精神境界的问题。

## 二

常言道，福无双至，祸不单行。涂燕冬日里把对她胡思乱想的秃三摆平，春日里却遇到了一个最不应该、最不想遇见的人，他就是涂艳的同班同学王德猛。王德猛与涂燕小学、中学都是同学，上高中时他一直追涂燕，追得死去活来、轰轰烈烈。涂燕特别讨厌他，因为他出身官二代，自恃清高，整天牛逼哄哄，谁也看不起，一副桀骜不驯的样子，却偏偏喜欢涂燕，说涂燕长得漂亮。在一次晚自习回家的路上，他把涂燕堵在胡同口无人处向涂燕要绝句，从怀里掏出一把菜刀威胁涂燕，要涂燕选择要死要活。要活跟他走，要死再不答应，白刀子进去红刀子出来，当然是捅自己了。涂燕又不是被吓大的，什么阵仗没有见过，把胸脯一挺，你要自杀要自刮随你便，关我屁事，我绝不会答应。两人僵持着正好凌寒路过，以为他要捅涂燕，因凌寒早已听说过王德猛的事情，街坊四邻纷纷传言王德猛如何飞扬跋扈惹不起，平时都躲避他三分，不让孩子招惹他。凌寒早已对他怀恨在心，毫不畏惧地冲上去一把揪住王德猛的衣领，怒道，欺负一个女孩儿算什么男子汉，有本事冲我来。王德猛转身冲凌寒砍去，凌寒三下五除二把王德猛打翻在地倒剪了双手，把他扭送进派出所。随后，王德猛被判三年劳教，出狱后不知了去向。

在这个很暖的春天的夜晚，天下着淅淅沥沥的小雨，带来了一丝凉意。当王德猛再次出现在涂燕面前，是十年后的今天，他假扮成旅客要坐涂燕的三轮车要涂燕拉他到那曾经的老地方——被凌寒打趴下的胡同口，扬言要从哪里趴下的再从那里站起来，一雪前耻。他小时候长得还算清秀，现在出现在余然面前，那五官长得太神奇了，像散养的随心所欲，自由发展，谁也不认识谁，谁也不服谁。尤其两只眼睛一个立正一个稍息，一副痛改前非的样子。涂燕早已视他为陌生面孔,听声音极力飞快在记忆储存库搜索,模糊的记忆逐渐清晰——王德猛。他西装革履的,留着溜光水滑的大背头,大腹便便腆着啤酒肚的啤酒桶,脸上表情俗不可耐,正洋洋得意,忘乎所以,一副活灵活现的暴发户。涂燕听说他做了啥公司的老板,腰缠万贯,不可一世。身边还有一个十七八岁的傻小子,怀里死死抱着一块黑色大砖头。涂燕现在已经不能说见多识广,但比以前长了许多见识,知道这是王德猛的保镖,那大板砖便相当于防身设备,随时引燃爆炸的啥武器。涂燕努力按住自己的脾气,如若先前早已对他的打招呼根本不预理睬,上去抽几个嘴巴,拒客。此时,她用以合礼与冷淡的态度与他寒暄,对他眼中轻蔑自信的神情根本不加理会。王德猛扭头左顾右盼,瞅东瞅西,最后把眼睛盯在车站广场南边街头烧烤摊前,请涂燕到那里边吃边谈。

涂燕为了照顾面子随他来到烧烤摊前,知他为了迁就自己才自降身价来到地摊。三人找个角落坐下。王德猛要了一盘烤羊筋,一盘烤羊鞭,一箍啤酒,六瓶。他拿起一瓶啤酒呲牙咧嘴咬开瓶盖,递给涂燕。涂燕摆手拒绝。他制止了旁边保镖进酒,怕耽误大事。他没有再三谦让,而是拿起一串羊腰子,就着啤酒一口撸得干干净净,吧唧吧唧嘴用手抹抹嘴角沫液,一副假惺惺的样子说:"老相好,你可是当年的校花,现在流落得这般落魄模样,真是十年河东十年河西,今非昔比,往事不堪回首。"

王德猛攻击性不大但侮辱性极强的嘲讽,让涂燕很难堪。今天一个客人都没有拉到,刚刚开张却遇到这么一个倒霉玩意,他是这一片的黑社会老大,秃三罩着三轮车夫们。他统领着这一片"社会治安",戾气爆棚,好打不平,小兄弟谁有个"不平事",他定会带领人搅你个地覆天翻。秃三见到王德猛如小巫见大巫,会双手抱拳跪拜在王德猛面前,一声"大哥"叫得脆生响亮。涂燕知他不怀好意,又不得不应付,时不时把头扭向前面那片泥泞的土路,看看有没有打三轮车的旅客,好借机逃之夭夭,空旷的街道好像故意与涂燕捣乱无一行人。涂燕努力克制住情绪,尽量装出一副心不在焉地样子,来掩盖内心对他的反感。

王德猛几口一瓶啤酒进肚,流露出踌躇满志自顾自打开了话匣子,十分高兴地自我介绍说,在安国开了皮货公司,把安国的皮箱倒腾到南方做生意,发了,现有存款十来万,鸟枪换炮了。语气中带出一种优越感。还大谈特谈自己的生意经。人,一旦失去信仰,就会把胡作非为当作一种本事来炫耀。王德猛说:"这年头不坑人不叫买卖,婊子无情,戏子无义,买卖人六亲不认只认钱。钱是万能的,钱是爹是爷是祖宗,有钱就有幸福。现在有钱了日子好过了,没有吃过的吃上了,没有见过的见过了,没有玩过的玩上了,没有说过的话说过了。"

# 追忆如歌年华

那时，一个万元户都让人羡慕，王德猛想用自己的飞黄腾达来粉饰自己换取涂燕对他的高看一眼，见涂燕眼睛抢也没有抢自己一眼，只是冷眼旁观，但也没有露出腻歪的表情，王德猛加剧炫耀自己的玩世不恭："我胡汉三又回来了，今非昔比，鸟枪换炮了。我有钱了，有钱人云里雾里，呼风唤雨。没钱人风里雨里，暴风骤雨。我站在最高处看风景，没钱人在泥潭里仰望着我就是一道羡慕的风景。"说着故意从保镖手里要过那块大砖头。涂燕这才细看那砖头，从未见过，那玩意与王德猛的肤色一样黑不溜秋，却是塑料的，肯定是个银样蜡枪头中看不中用，但上面有许多按钮，不知干啥的。王德猛故意拨弄几下按钮，嘟嘟的像电话铃声，里面有了声音，他故意大声与里面说话，唯恐别人听不见，把旁人的目光都揪向他这边，注目着他，侧耳细听他与大砖头说话。涂燕这才明白，那大块砖头不过是把家的电话拆到这里来了，移动了。王德猛煞有介事与砖头说了几句话，关闭了那个黑不溜秋的按钮。涂燕听得莫名其妙。王德猛向涂燕炫耀："知道这是什么？大哥大，移动电话，两万多块钱呢，一般人买不起，是富豪的代名词、专属品，代表着身价过万。"他指指旁边那个傻小子又说："这是专门雇来帮我拿大哥大的跟班小随从。咱们这个城市，我说这大哥大是第二部，没人敢说有第一部。现在我穷得只剩下钱了。"王德猛仍然没有改掉吹牛皮的毛病，而且有过之而没有不及，牛皮经常吹多了，猪都认为自己无敌了。王德猛扣扣搜搜、窸窸窣窣从皮包里又掏出一个小盒子，嘚嘚瑟瑟把小盒子打开，从盒子里掏出一个小家伙，有一寸宽，二寸长，跟那块黑不溜秋的大砖头相比，像重孙子辈的。王德猛洋洋得意显摆，"这叫BB机，是呼叫转移，这是当今最时髦的电子设备，只要你在它的服务区内，呼叫你随叫随到，天涯海角跑不掉。"对于他的精思巧辩涂燕心里不觉一震，她太需要这个玩意了，自己出车整天不着家担惊受怕着凌寒和儿子的吃喝冷暖，禁不住问道："多少钱？"王德猛说："不贵，一千五百多呢，摩托罗拉牌子，中国最好的BB机，南方早已时兴了，咱们这里还是新鲜物。"说着把BB机装进盒子里塞到涂燕手上说："这是专门买来送给你的，特意给你买的。"一副怜穷济贫居高临下的傲慢相。涂燕想不到他会这样做，知他是来报当初凌寒揍他的一箭之仇。本想拒绝，但转念一想，没有用最难听的字眼，压抑住血液里强力的躁动，而是用一种优雅而伤感的缓慢曲调，望着那浮雕般臃肿而傲慢的面孔说："算你小子识货，我正缺个这玩意。"顺手把盒子接过来，还有些不相信地说："这就是我的了，使用权所有权都属于我的了？"王德猛第一次看到涂燕对他和颜悦色，有点受宠若惊，忘乎所以说道："当然是你的，要摔要扔随你便，与我无关，彻底属于你了。"涂燕眼里一直都有嘲讽，但始终是冷静的，她装作欣喜若狂的翻看使用说明书，一面按照使用说明书胡乱鼓捣嘟囔，这玩意不知经摔不经摔。说着故意做了一个扬手欲扔的动作。王德猛急忙摆手护住说："使不得，摔不得。"

有钱的王德猛几瓶啤酒下肚，脸红脖子粗有了几分醉意，借着酒性诉说自己婚姻的不幸。说到激动处留着泪又怀着满腔妒火说："凌寒有什么好，不是照样下岗了，靠乞讨要饭，凌寒现在活得就像一条虫，一条可怜的虫。而今我蜕变成一条龙，一条呼风唤雨、叱咤风云的龙。"见涂燕一声不响，王德猛以为默认了他的高谈阔论，更加猖狂，说当初涂燕没有选他是最大败笔，实属荒唐。涂燕觉出在他挖苦讽刺凌寒的每一句话里都在向自己暗示什么。从心底里厌恶他，压迫着一种无法忍受的剧痛感没有回答他，只觉得有某种刺激性的东西在心口隐隐作痛，这种疼痛慢慢升向喉咙，并在那里集结，如鲠在喉难以咽下，好像不把这个男人的锐气打下去就会被憋出内伤，甚至憋出病来。

涂燕对于王德猛乌鸦燥舌般喋喋不休的长篇大论和对凌寒的极大侮辱，怒火和内在的仇恨在狠狠噬啄着涂燕的肺腑。是细节不够伤人，还是敷衍不够明显，王德孟非要涂燕在玻璃渣子里找糖吃，伤嘴又伤胃，扎心又崩溃。对于王德猛的喋喋不休，涂燕一阵阵头晕恶心，本来对王德猛还有一丝怜悯之叹，谁知他竟然是一个肆无忌惮疯了似的口吐狂言，把内心最龌龊的一面，拜金主义者丑恶面目赤裸裸地暴露出来，简直是一个彻头彻尾的混世魔王。

涂燕明白，王德猛执意要自己出轨于他。因为出轨后，涂燕不用拉洋车风餐露宿街头揽生意，不用整天为生计绞尽脑汁考虑柴米油盐酱醋茶焦虑，不用再为乐乐挣大学费用而发愁东拼西凑，不再整天守着凌寒那个牛逼像清朝皇家什么旗的后代生闲气。

涂燕眼角向上微扬着，带着一丝不屑的轻蔑，那双坚硬的手有力地抓住车把，低着头，弯着腰，脚步稳稳向前跑去，耳后飞扬着王德猛鼓惑她出轨的好处，可以给她幸福的描述，使她飞黄腾达的耀武扬威。凉凉的雨丝液体滋润着她的神经线，她的内心激烈挣扎着，在这个世界上，自己为什么如那西天取经的唐僧，步步有难，处处该灾。涂燕清楚，从古至今，男女出轨从没有停息过，有人出轨丢命，有人出轨染病，有人出轨万事不顺，有人出轨家破人亡。即便如此，还是有人前仆后继，因为出轨能够给人带来莫大的好处，走此捷径屡试不爽，收效甚丰，卓有成效。涂燕浅尝一口雨水润润嘴，在挣扎中慢慢恢复了清晰的意识，这是一个生死攸关的问题，非常重要，她把手紧紧攥住车把，心中燎起一阵震痛。她把牙齿咬住嘴唇，咬出了血痕，她给出了自己一个答案——王德猛在欺负自己穷，欺负一个下岗职工，奚落凌寒无能，不能给自己想要的生活。涂燕想到这里，不想再躲避，一忍再忍，无需再忍，一股激情的寒冷浸透脊髓，恨不得立刻想把王德猛掐死。但转念一想，自己与王德猛已是殊途陌路，世界上最愚蠢的行为，就是执着于他人的不停炫富，自己与王德猛位置不同少言为贵，认知不同不必争论，三观不合浪费口舌。在一道顽强的恼火防线指使下，涂燕若无其事地把车子行驶一程之后放慢脚步，让车子战战兢兢撑过垫脚石横过滑溜的石子路面，踏进越来越逼窄的、形成一个锐角的胡同，这就是当年王德猛被凌寒打倒的地方。这时，天下起的零零星星的小雨已经歇息，凌乱不堪的灰砖瓦墙像一个幽灵延伸在黑暗里，虽然经过日久年深，风吹雨淋，颜色颓化，不过仍然似乎仍很坚固。神秘变化莫测的巷子里，愈来愈少的行人在踯躅，几乎分辨不出是男是女。涂燕顿足停步在无人处，把车子在泥泞中停下来，但没有放下手把，转过身来，皱起眉头，脸色比老天还阴沉，一手扶住车把，一手从怀里掏出那部 BB 机，严峻地盯着王德猛，眼睛冷漠的像个苦行僧，两片嘴唇矜持地紧闭，脸上那双炽热如火的黑眼睛放射着灼人的光芒。她愤怒的脸色变得苍白，没有一点血色，开口道："我们之间相差甚远，隔着道德，责任，规矩。你无怪乎是想占我便宜，七年前你占不得，今天你仍然占不得。我拉你到这里一是还你当年凌寒打你的那声迟来的道歉。你说你要从哪里跌倒的从那里爬起来，现在我让你爬起来，再次与我决斗。你我之间的事情与凌寒无关，自己的事情自己解决。今儿我要与你做一个彻底了断，给你一个最好的结论。二是让你清醒清醒，金钱不是万能的，它买不来人情、真情。"说着把 BB 机高高举起，"这个东西既然属于我，我想怎么处置就怎么处置，我不要了。"说着高扬起手，把 BB 机狠狠摔在地上，泥泞中没有听见落地声响，涂燕又狠狠踏上几脚，BB 机似有遁身术在泥泞中消失的无影无踪。涂燕不再忍耐嫉恶如仇和充满敌意的暴戾脾气，以睚眦必报不吐不快的性格，痛痛快快怒斥王德猛，"要我做你的情人，做梦去吧。不要以为有俩钱就有了吹嘘的资本。羞辱别人的人格，往往最后都是自寻其辱，羞人者人衡羞之。"她不屑一顾瞅了王德猛一眼，把三轮车把高高举起，猛得往后一扬，掀得王德猛从后面座位翻滚摔落在地，闹个仰八叉，浮肿肥胖的身子陷在泥泞中如翻盖王八四肢抽动扭曲翻身不得。涂燕振振有词厌恶地对王德猛鄙视道："现在我打你，就是再次打倒你，让你一辈子活在羞辱中爬不起来。我是穷，穷得不丢人，我不需要你的接济，我有骨气，我干得苦力活，挣得良心钱，吃得干净饭，活得趾高气扬，踏踏实实。是我的，寸金不让分毫必争。不是我的，万两黄金嫌脏，视如粪土，鄙如草芥。我明明白白告诉你，狗就是狗，多少钱无法复制成人，而人变成狗只在一瞬间，现在你在我眼里连条狗都不如，因为你骨头里流的是卑贱的血。刚变蝎子就蜇人，谁稀罕你俩臭钱，我就是要饭不小心到你家门口，就是饿死，也不会向你伸手。让我做你的小三，呸！你永远死了这份心吧，士可杀不可辱，绝不吃嗟来之食。"这些话本来涂燕是打算笑着说的，可对一路上王德猛絮絮叨叨骚扰烦透了，她连假笑也做不到了，情绪到了崩溃的边缘，变成泼妇骂街般发泄出来。

对于涂燕猝不及防的奚落，王德猛遭如此羞辱，始料不及，瞠目结舌，目瞪口呆，像条死猪瘫软在泥泞中，背陷泥泞面朝天，嘴巴衔泥像拱屎的猪，没有丝毫挣扎，连一丝呻吟的迹象都没有一动不动，犹如一个全身瘫痪和体内失调的软体动物。那个护大哥大为使命、总是用傻笑来掩盖嘴巴笨拙的傻小子，忠实地匍匐在泥泞中不停地摇晃着王德猛的身体，一声声呼叫着他的名字，"老板，老板，你没有死吧"。像个号丧的孙子哭哭啼啼，惊慌失措。涂燕把头高傲地扬起，眼睛向下蔑视着他们，一丝明朗的惬意从她脸上的泪珠里显露出来，"不要以为我下岗了，就卑贱了，会对有钱人卑躬屈膝。我没有上过大学，甚至连高中都没有读完，没有文人禀赋，但我有女人的自尊。不要以为你有俩臭钱就富显摆，故作假清高对我指手画脚，还想揩老娘的油。老娘不自卑，不喊痛，不稀罕你施舍我那二斗红高粱。别说什么用一生爱我，幸福归来，我不稀罕。人穷不可怕，怕得是人穷志短。这就是我做人的底线。你的富人谬论，反而更激发我的自我保护意识和向命运抗争的斗志。跟我玩什么富人游戏，想奚落我，整蛊我。你嫩点，我先整死你再说。富人看不起穷人，我更看不起你们，你们的钱是好来的么，干净么。我挣得钱干干净净，活得踏踏实实。我是蝼蚁，但有鸿鹄之志。命如纸薄，但有不屈之心。"涂燕等到王德猛还没有反应过来，把二人撂在胡同口黑暗泥泞中，用脚尖勾起三轮车把，收紧揽入怀中，轻心快意地抬头望一眼头顶天空乌云飞速掠过，刚刚露出笑容的璀璨星星和皎洁月光，像刚刚完成一场拳击格斗，头也不回，迅速逃离。

当涂燕把这段经历当笑话讲给我们听时，我与余然拍手称快，我想起了那句禅语：别贪心，你可能什么都拥有。别灰心，你可能什么都没有。所愿，所不愿，不如心甘情愿。所得，所不得，不如心安理得。你以为错过的是遗憾，其实有可能是躲过一劫。我对涂燕说："假如你沦陷，凌寒发现后，依他的性格必定是一场大劫难，几条人命瞬间消失。"

余然说："若将岁月开成花，人生何处不芳华。涂燕是干一行爱一行，行行都是状元。"

仅这一次交锋，王德猛彻底断了对涂燕的念想，死了那份非分之想，再也没有来骚扰涂燕。后来，听说王德猛勾引其他女人，被女人丈夫联系黑社会，打折了他一条腿，统统进了局子。

业障，是人要走运的前兆，失业，分手，迷茫无助，穷困潦倒，被他人所伤害，涂燕全部经历了。正是物极必反，涂燕所受的苦与罪，也许是她人生巅峰即将到来之前的百炼成钢。

余然说："涂燕具备了我们谁也不能具备的气质。因为女性的气质源于魅力；女性的魅力源于自信；女性的自信源于高贵；女性的高贵源于人格独立，独立才是人生的真谛。"

## 三

涂燕杀进了三轮车帮，做了二把手，配合车站综合治理整顿了三轮车漫天要价、欺客载客胡乱收费等现象，自己生意一直也很好，用赚来的辛苦钱养活了全家。谁知丈夫凌寒却满怀凌云志、言之凿凿下岗了有时间了，可以完成终身梦想，写出好小说，写出名堂来，用稿费这等高级工薪养活全家，不要涂燕再去蹬三轮给自己掉价。他废寝忘食，点灯熬油，写了半年连一个豆腐块都没有发表，凌云壮志摔落在地，成了愤世妒俗的人，凌寒成了宅男又恢复了先前的模样，整天和一群自命不凡的发小聚集在街头巷尾，树荫底下，马路牙子边，看着过往的行人，见谁撩谁，抒怀泄愤。尤其看到打扮花枝招展的女人，一窝蜂连奚落带嘲笑进入激烈的挖苦损之中，把要写进小说的语音用这种方式倾泄出来，像坐井观天的蛤蟆，夸夸其谈，极力捍卫自己观点的正确性，自持清高，牛逼轰轰说什么天妒英才、怀才不遇，看不起这个人胡作非为，看不上那个不守规矩发家致富，投机钻营，谴责声声一片，骨头里散发着一股穷酸气，大事做不来，小事又不做，牢骚满腹。涂燕并不看好他，也不支持他，但也不与他争吵抬杠，赌气冷落他。涂燕用辛辛苦苦蹬三轮车赚来的钱养家糊口。

我从楚建军那里得到一个消息，车站综合治理要开始整顿车站拉客载客混乱情况。一是取消三轮车；二是地市客车运输公司合并成运输总公司，市运输公司合并到地运公司。三是成立出租车客运公司。

碰见涂燕的时候，我就把这个消息告诉了她。

"那我们三轮车夫完蛋了，"涂燕立刻紧张起来，"那不行，我们吃什么！"

"前几天，个体出租车霸车拒载，在市政府门前排了几里地，把道全堵死了，交通都瘫痪了。"我说。

　　她倚在三轮车旁，昂着头用低音吼道："出租车司机到衙门闹事，三轮车夫也到衙门闹事。"她把三轮车把使劲往怀里搂了搂说，"明天我们也到衙门口唱挽歌。"

　　听她的大胆提议，我吓得张口结舌思忖着怎么样说服阻止她之时，她却一声"拜拜"抄起三轮车便跑了。"你们不能这么干。"我在她车后大声阻止。"你就瞧好吧，谁砸了我的饭碗，我就砸了谁的饭碗。"她用气愤的口气回答，跑速比音速还快，听到这句话时她已消失得无影无踪。我紧张的有些双手发抖，深感歉疚地想到，三轮车真的到市政府门前闹事怎么办！

　　我战战兢兢回到家，夜晚一宿胡思乱想不成眠，怕楚建军知道后埋怨我嘴快，半侧着身子一个睡姿不敢动，早起把半边身子都压麻了，懊悔不已，自己骂自己自找罪受。

　　我不得不承担冒失地泄露给涂燕秘密的后果。第二天一大早刚刚上班，就被主编叫去，让我兑现承担嘴快后果的最初方式，是被主编派去查看、关注三轮车大闹市政府恶性事件，言外之意市公安局逮住领头闹事者予以刑拘。

　　我骑着自行车着急忙慌赶到市政府办公楼大院门口。市政府办公大楼伫立处在市中心，堂堂衙门朝南开的市政府办公大楼，坐落在最繁华的主要交通要道，张牙舞爪，威风凛凛，被三轮车夫们围得水泄不通。人群中我焦急找到涂燕，只见她与秃三带领约有八九十名三轮车夫，把道路堵得死死的，密密麻麻的三轮车排列整齐，像布阵的兵严阵以待。许多警察手拿着警棍被人们包围着，没有采取任何行动。给人一种两军对垒面面相觑的阵仗，一触即发，只欠谁先动手，谁先死一样。还有一些人穿着制服，像城管大队的，与警察一起维护着秩序。涂燕与秃三扯一块长方形大块白布横幅，白布上面用红墨水斑斑驳驳像滴着血迹，上面写着，"下岗职工要吃饭，要活路，我们不当杨白劳，不当喜儿。"黑压压的人群高喊着口号，"取消对三轮车不公正待遇。"

　　在熙熙攘攘的人群中，我找到涂燕。

　　把她拉到一边，对她说："你们想要干吗？"

　　涂燕理直气壮："小鸡不尿尿，各有各的道，不用你管。"

　　我气愤地说："你们不要命了，妨碍市领导办公，堵塞交通，想坐班房不成？"

　　涂燕把这场示威当作一个愉快而兴奋的事情。

　　有些心满意足地对我说："这次阻塞政府办公室，有亮点，有看点，更有闪光点，让当官的们看看老百姓团结的力量。我不怕刑拘，怕没有饭吃，怕失业，怕耽误孩子学习，甚至死亡。大浪淘沙，不进则退。只有拼搏才能有饭吃，自己给自己找一条活路。"

秃三挤过来说："我们永远回不到原来那个时代，这年头，大闹大官管，小闹小官管，不闹没人管。我们就是要闹起来，闹翻天，闹到北京去。"

涂燕接过话说："不赚钱怎么生活。大雨来了，没有人会给我们撑伞，只有自己救自己。"

"一个女人抛头露面，瞎遭什么？"我有些急恼。

"我脸皮厚，扎一锥子不冒血。"涂燕说。

"我脸皮更厚，城墙拐弯加快砖。"秃三说。

"吃不上饭了，哪还管顾屁股不顾脑袋。"二人异口同声。

这时，政府机关大门内，一个四十岁上下，戴眼睛、梳短发的中年妇女走过来。身后跟着三个年龄不一的男女年轻人。

秃三指着她说："这女人就是信访办主任，姓毛。"

毛主任见到秃三走过来，一脸严肃，质问涂三："怎么又是你。都闹成老兵痞了。"

秃三把胸挺一挺说："是你们逼的，下岗职工要吃饭，要活。"

"吃饭？好大的口气，吃的我头都大了，饭碗都要弄丢了。"

"你们闲着也是闲着，给你们找点事干，不白拿公务员薪水。"

"你们一次次闹事，我们一次次迁就，都把你们惯坏了。"毛主任身后一个年轻小伙子说道。

"对你们一次次迁就，当作我们一次次软弱可欺，给你们点颜色就想开染坊房了。"年轻人身边一个女工作人员随声附和。

"你们把我们推到外三环以外，我们没有客源，怎么挣钱养家。"涂燕说。

"你们跟撵狗似的，把我们一股脑一棍子赶跑没事了，我们吃不上饭，总得有个说词吧。"秃三听着有些不顺耳说道。

"市政府已经出台了善后措施，对你们都有妥善安排。"毛主任说着把一沓文件递给涂燕他们。

涂燕把手在身上擦擦，从毛主任手里接过递过来的文件，仔细一看条条框框写得很详细，很具体，便有些犹豫，想与秃三一起撤兵。

"放屁，听她们瞎掰呼，还不跟上次一样，糊弄走了咱们完事，黑不提白不提了。"秃三并不买账。

"你们有什么要求提出来，我们先记下，给领导汇报后，再给你们答复。"毛主任说。

"不行，立马答复。"秃三要绝句。

人群里不知谁高声喊："我们要兑现以前的承诺，我们要求给口饭吃，必须取消解散三轮的规定，不然，我们就饿死在市政府门前。"

一个身穿警服的警官走过来，对涂燕一群人说："我们要对全市交通负责，要对全市治安情况负责，你们用这种极端的方式反映问题，向市政府领导施压，你们的过激行为，已经严重影响了交通，影响公共秩序。我们有权制止。"

随着警笛声响，大批警察包抄过来。

"我们没有犯法，你们凭什么抓我们。"秃三大喊。

三轮车夫们不知是谁，与要抢走没收他三轮车的城管人员推搡起来，最后变成大打出手。人们围住城管人员又喊又叫，把城管人员打翻在地。黑压压人群顿时骚乱起来，那个毛主任勃然大怒，控制不了的脾气发泄出来，对维持秩序的警察喊到："我们不管了，管不了了，你们酌情处理吧。"带着那几个年轻人抽身回到了市政府大院内，可能汇报工作去了。

警察一声令下，有用警棍的，有用盾牌的，有用铐子的缉拿闹事者。秃三站在人群最高最显眼处，高声叫喊，指挥着三轮车夫统一行动，把自己当作水浒里逼上梁山的头领。

涂燕见状也要跟着秃三咋咋呼呼。我拉了她一把，她挣脱了我的手臂，不知那根弦儿搭错了，傻乎乎硬往上冲，"别管我，我跟他们拼了。"

"糊涂，这样有什么好处。"我气得给了涂燕一巴掌，死拉活拽把她扯到墙角处。

她挣脱着跃跃欲试："身上若无千斤担，谁愿拿命赌明天。解散三轮车断了生活来源，我们一家三口靠什么活，乐乐拿什么交学费？"

我气急了当场把她的三轮车以六百元价格，贱卖给了她的跟过来的一名三轮车夫。那三轮车夫得了大便宜，二话不说跟沾了什么大光似的，也不争取涂燕的同意，丢下六百元，屁颠屁颠拉着涂燕的三轮车消失得无影无踪，连闹事也顾不上参加，溜号了。

涂燕气急败坏跟我理论："那辆三轮车是花三千元买的，还没有给我出过多大力，只辛苦了二年，你自作主张，这么便宜就卖了。"

我理直气壮："我给你找了一条活路，取消三轮车是大势所趋，那辆破三轮车已是废物，压在手上等于白费，不如变换成现钱，钱生钱干点别的。"

涂燕根本不听，与我大吵大闹，还要往人群里闯。

我警告她说："必须离开现场。再闹，我让老大姐余然出面收拾你。"

我拦了一辆的车，涂燕仿佛与的车有仇似的，不坐。我便强拉硬拽把她弄上我的自行车，撅着屁股用力蹬车跑路，驶离开了闹事区域。

这场骚动很快被平息，三轮车夫们闹事，秃三等几个带头闹事者被行政拘留。车站综合治理，清除三轮车，三轮车行业解散，车夫们各自自谋生路去了。高压之下自有一片生息，三轮车彻底销声匿迹，车站恢复了平静。

就这样，涂燕开始了摆地摊、卖杂货、摊煎饼、卖包子，卖猪头脸等被城管追着跑、赶着藏，逮住要赖皮，啥挣钱倒腾啥的奔波生活。在当时赶时髦的年代，涂燕承受着无法计算的生活压力，却越挫越勇，总是表现出一副嘻嘻哈哈、满不在乎的样子。她经常挂嘴边那句话："知青磨难都挺过来了，这点苦算个屁呀，俺老娘练过不怕吃苦受罪。我享受着折磨。"

很快，我给涂燕在徐水县城租了一个三十平方的临街门脸，年租金二百元。

涂燕愉快答应："市里租这样的门脸一年至少一二千块，这不等于白给，不要白不要。"

涂燕把门脸简单装修后，把本市最热卖的面包，弄到徐水去卖。她守护门脸，凌寒送货。本市北国商城的面包最出名最抢手。她几天就把租金赚回来了，并喜气洋洋庆幸我有远见之明，高瞻远瞩，又帮了她一次，说以后有机会要答谢我。

她也许是随口一说，却被我记住了。到现在她也没有兑现承诺。有一次我提醒她，欠我一顿请客。她把嘴巴一撇，振振有词："请你客，咱们就见外了，君子之交淡如水。"

时间不长，那个买三轮车的车夫老婆找到我，说那辆三轮车放在家里等于废铁，想退货。我笑着哄她半天，吃进去的东西哪有退出来的道理，连哄带骗最后以退还给她五十元了事。

## 四

一个月后，余然告诉我，郝雨参加的数学奥林匹克竞赛得了全市一等奖，被全市最好的学校第一重点中学点名要了去，直接升入中学。"这是做梦想不到的事情。"空气中洋溢着余然的笑声。她那平淡的脸上仿佛被一支火炬照耀着容光焕发，如果只要一颗爱儿的心能够在脸上显示，那么现在余然脸上显示的就是这样一颗爱儿心切的心。若男得了二等奖，当若男把奖状拿回家爷爷奶奶乐得一脸灿烂桃花开，当下拍给若男二百元作为奖励。我默默祝福余然，没有把若男的消息告诉她，因她沉浸在郝雨升学的兴奋之中，一股滚烫的激流荡漾着她的情绪，使她得意洋洋，忘乎所以。我不想打断她的兴致勃勃，听她一个劲儿说下去："好事成双，我不准备调走了。"因为局长和局财务科长找她谈话，有人反映赵杏楠爱人私设小金库和生活作风问题，局里还没有抓到真凭实据。局领导说余然是共产党员又是财务出纳，一定要把好公司财务这一关，并交给余然一个任务，悄悄监视赵杏楠爱人的一举一动，有啥异常随时汇报。当余然告诉我这个消息时，那乌黑的睫毛在大大的眼睛上轻快地飞舞着，两个小酒窝显得更妩媚，脸上泛着薄薄的红晕，快乐和骄傲之情涌遍全身。对于局领导的这种做法我有些不屑一顾，局里有看法有怀疑可以派人调查，为什么让余然充当"奸细"，跟战斗在敌人心脏里潜伏的特务似的。我把这个想法告诉余然，余然的脸上显出了难堪，用那双炽热的眼睛看了我一会儿说："服从上级领导总是没有错的。"

我觉得她有些愚忠，就用客气又略带嘲笑的眼光瞧着她，没有再反驳。

夏天，燥热的风吹得人心烦躁，做什么都没有情绪。我懒洋洋的没有兴致，啥事不想干，预感到好像来点什么刺激。上早班刚到办公室，正在打扫卫生打发时间，余然来电话给我，那头神秘兮兮地说："我让司机给你捎的山西老陈醋买来了，我没有空给你送过去，你现在立刻马上到公司来取，越快越好，我有要紧事要办。"

我一个激灵立刻一颗警惕的心燃烧起来，我从来没有让余然帮我买过醋，她有什么紧急事情要说？公司的电话一般都设在办公室，打电话的人通话全过程都会被办公室工作人员监听。尽管余然的口气平板而慢悠悠，但我听出了战火燃烧的气味，余然的弦外之音是要我赶紧过去救场。我必须马上见她，为救场我义不容辞。我请了假骑上自行车赶到汽车公司，门卫一位慈眉善目的老头，因与我多次打交道已成熟人，向我挥挥手表示友好放我进入公司大门，我放眼望去院内情景使我大吃一惊，早没有了昔日模样，那大生产热火朝天的场面已不复存在，"今夜黎明静悄悄"，公司偌大的院子，一辆车没有，一片孤寂冷漠，满目疮痍，透着凄凉与惨淡，像一个奄奄一息的老人上着呼吸机，苟延残喘，仿佛有今天没了明天。我记得第一次来公司时，是晚上接余然加班，公司已经收工各种车辆返回公司，灯火辉煌中院西墙停放着二十辆解放牌大货车，绿色成荫，像一排溜儿站岗的卫兵气宇轩昂，威风凛凛。院东墙停放着十辆蓝色的大拉巴货车，高大威武，一茬儿进口车，透着时尚与高大上。紧挨大拉巴货车是十辆卡玛斯翻斗车，也是进口车，与大阿巴车并驾齐驱，兄弟比肩，遥相呼应，让人瞠目结舌，赞叹不已。而今却像曹操溃军狼狈逃窜不知去向，给人一股十分狼狈的彻骨寒，往日辉煌一去不复返。我狐疑地来到余然的会计室，里面有四五名中年女人，把

# 追忆如歌年华

算盘珠子拨弄的霹雳噼啪响，想必都是会计了。我不明白公司已经成乞为丐，她们那算盘珠子还有什么拨拉的，倒像丧钟敲响的倒计时。她们见我推门进来，那算盘珠子像休止符立马停止了跳动，她们把眼珠子齐刷刷投向我，像射杀过来的子弹，令我心惊肉跳，肝颤胆寒。余然显露出异常的兴奋与愉快的神色，立刻从办公椅子上站起身来，与同室的几个女同事打声招呼，说是与我去拿醋便拉我出门。我跟在她身后随她来到一个没有人的墙角落，她小心翼翼回头看看确信四周没人，才把眉头皱起来，流露出紧张神情，压低声音说："完了，完了，公司彻底完蛋了，我何去何从！"

听余然如此说，我来时不祥的预感凑到一起，一股寒意涌上心头，难道公司要败在赵杏楠爱人手中。我故意脸上挂着一缕深思而快乐微笑地说道："余然，这不符合你平时的作风，有多少羊赶不到山上，天又没有塌下来，就是塌下来有高个顶着，干嘛你皇上不急太监急。"

"真是死到临头了。"余然没有改变焦急的模样。

一向矜持的余然从没有这样紧张过，一股莫名其妙的意识引导我，预感要有大事发生。

"我马上要去开职工代表大会，赵杏楠的爱人、也就是公司一把手史经理，逼职工代表们举手通过卖车的事情，把责任推给职代会。因为职代会通过的决议，上边就不好干预。"余然说。

"卖车！都卖了吗？"我很吃惊。

"是的，他说一辆车不剩全部卖掉。"余然回答。

"汽车公司没有车，拿什么经营，工人们吃什么？靠什么维持生存？"

"史经理召开职工代表大会就是因为这个原因，他说货运不赚钱，养不活公司一百多口子。公司要改制，要改为股份制，要改为客运，客运很红火。史经理昨晚已经把全部货车拉走，卖掉了。"

"卖给谁了？"我问。

"刚刚赵杏楠来电话，说是史经理的舅舅，也就是赵杏楠婆婆的弟弟。他们昨晚忙碌了一宿，雇了十几名司机把公司的货车全部开走了。"

"开到哪里？"

"史经理的舅舅，他是一个清苑县的农民，在县城租了一个停车点，说准备开一个物流公司。"

一种怀疑与愤慨在我心里激烈的斗争着，脱口而出："这是胡闹，简直是胡闹。"

"公司几千万固定资产就这样没有了，富豪一夜成乞丐。"余然脸上流露出扫兴与难过的表情。

"固定资产上千万在全市已算中型企业，全市也是榜上有名的，以往经济效益比较不错的运输公司，怎么说破产就破产了。"我狐疑。

"其实，史经理早已走关系以各种理由与借口把几十辆汽车打了报废处理。刚刚赵杏楠告诉我，那几十辆货车全部以废铁的价格售出，国内车每辆500元，进口车每辆800元。而且卖车钱并没有入公司的账上，全部入到销售科小金库账上。"

"这简直是白白送给了史经理的舅舅。"我说。

"听说，那物流公司的经理就是史经理的舅舅，史经理用车抵价算是入了股份。他这是把公司财产变相窃为私家财产。"余然那惨白的脸上有一种绝望，她垂下了眼皮，低头拨弄着手指，似乎实在按捺不住满腔怨恨，要冲出以往大家闺秀矜持的忍让范围，她向着史经理办公室方向怒目而视，竟然把史经理三字说得咬牙切齿，好像史经理那副讨厌像让她忍无可忍。

"我该怎么办？"余然叫我来的就是这个目的，让我帮她拿主意。她收敛起那副倔强与焦躁，显露出平时的老成与庄严。

"也许我们是错的。"我藏起那股不成熟的鲁莽。虽然我不喜欢史经理的做法，但我感觉时代正跨入一个新时期，可能我们把一些不能理解的困惑扩大化了。

一阵尖利的铃声响起，余然慌张地说："开会时间到了，我要去开会了，中午可能回不去了，史经理说职工代表们中午不许回家，一起吃个散伙饭。中午，你到我家去照看一下郝雨。下午史经理说放假半天，我再去接郝雨放学。"

余然与我黯然流泪话别，对赵杏楠爱人的鲁莽行为仍是愤愤不平。我是一名记者，我有责任为职工鸣不公，为公司伸张正义。可我没有真凭实据和实际法律依据，我只是听余然道听途说。我犹豫着，绝不能打无把握之仗，不能把余然陷进去，更不能把自己置于尴尬境地，那将万劫不复。

我把郝雨从学校接出来，在我家吃了午饭，下午又送郝雨去学校。

晚饭，我仍然不放心郝雨，下了班直接奔向余然家里。到了余然家里，余然已经与郝雨吃过晚饭。她重新热了饭，陪我吃晚饭。郝雨到里屋写作业去。余然边陪我吃饭边说："公司下午早早放假了，大部分职工下岗做了诀别。"她的情绪显然还沉浸在悲痛中，失败感压抑着使她浑身战栗起来。她郁郁寡欢地告诉我，职工代表大会一致通过几十辆货车被卖掉，职代会通过的草案，具有法律效应，没有人撼得动。她把筷子狠狠摔在桌上，又告诉我，"职代会通过只是走个过场，除我之外，他们已经提前私下做好了准备工作，给每位职代会代表用封官许愿金钱贿赂疏通了思想，自然全票通过，没有一人反对。我也跟着举手表决，投了赞成票。"

"这太过分了，"我说，"我知道你是无奈之举。"

"是的，职代会成员 98% 都是他的亲信，不是他的亲戚就是死党，旁人也进不了职代会。史经理那种果断的气势，不容置喙的威严，在他身上通通如同与生俱来，仿佛他有什么仗势。即使我使出洪荒之力孤掌难鸣也难以成气候，随他们去吧。"

余然很清楚职代会通过的决议具有法律效应。以自己之力排众议，只能是螳臂挡车，自不量力，结果会死得很惨。

"下午，公司两辆崭新的客车、十辆出租车，浩浩汤汤开进公司。公司把固定基金、流动资金全部家当抵押在车上，史经理说：'这是背水一战，不成功便成仁。新车披红戴花试运行，在锣鼓喧天，鞭炮齐鸣中，局领导前来剪彩祝贺，说这是改制后的重大举措，新气象。"

"美其名曰。"我想起了这样一个成语，也许形容不恰当。

"那老局长和财务科长没有察觉吗？"我问。

余然说："局机关机制改革后，先前的局长和财务科长都下台了，现在的局长是赵杏楠爱人用资金扶持上位的，机关工作人员个个都泥菩萨过河，自危难保，哪有心思管我们这些集体亏损企业，那许许多多的国营大厂不都是在一夜之间轰然倒塌，职工卷铺盖回家。主管企业副局长说了，把集体企业推向市场，自负盈亏，自生自灭，局里只起个督导作用。"

我一声不吭，在失意彷徨中隐约感觉，也许我们思想观念陈旧，跟不上时代发展与变迁，思想感情还徘徊在计划经济上。打破铁饭碗，改变经营模式，这是一种大势所趋，是市场经济的需求。改制，像风驰电掣般滚滚向前，往昔那种吃大锅饭缓慢模式必将土崩瓦解，风吹云散。

我心里像针刺样难受，一夜之间，企业一败涂地。每个职工签订合同，男女职工 42 岁一刀切，成分水岭，自愿下岗。42 岁以上职工不管男女拿得 3000 元股份回家自谋生路，一夜成乞丐。42 岁以下职工持份额入股留用，先前的司机去开客车、出租车，科室人员和部分女修工轮流做售票员。

物尽其用，人尽其才。我不清楚赵杏楠爱人这样做对不对，但我隐约觉得，也许大胆改革会有些道理，面对公司一直衰落走下去，面对死亡，不如拐个弯试运行，也许能杀出一条活路。我对自己滞后的感情色彩感到一丝难为情。

"公司用卖货车的资金与全部家底购买了新车，谁人能知道，集体企业上千万固定资产折旧抵价贱卖给私营，解放牌汽车 500 元一辆，大拉巴、卡玛斯 800 元一辆，连折旧费都不够。史经理舅舅在当地农行贷款，白手起家，空手套白狼，廉价赚的四十辆大货车，大张旗鼓，挂牌营业，做起了无本生意。史经理巧妙利用资金大挪移，用于扶持舅舅的物流公司，其实是为自己留条后路，可谓一举多得。"余然仍在悲恸之中，脸孔是板着的，紧绷的，眼里浸着泪花。

"他们这是钻改革的空子，别人知道吗？"我问。

"不知道，只有财务科长我俩知道，财务科长是前一段时间我给你说的那个调到销售科的出纳员，她是史经理的死党，一条绳上拴的蚂蚱，一损俱损、一荣俱荣的关系，这些账目都是她鼓捣的，从公司财务报表上一丝一毫都查不出来。史经理刚刚宣布她升为公司主管财务副经理。"余然说。

"不要再纠缠了，不要再愁苦不堪，顺势而行，我们已经落伍了，奋起直追吧。"我这样挖苦自己。我无能为力帮助余然找到消愁解忧的办法，放下筷子快快不乐地吃完了这顿晚餐。

汽车货运公司改头换面客运公司。史经理舅舅利用外甥先前生意上的人脉关系使物流公司生意做得风生水起红红火火，乞丐一夜变富豪。个体户经营负担小利润大屡屡盈利，史经理舅舅很快成为首期发家致富带头人，获县先进荣誉称号——优秀个体企业家。上报纸上市电视台参加表彰大会，不亦乐乎。公有财产就这样名正言顺成为私有财产。贪得无厌使史经理舅舅没日没夜地工作，穷抠细算，想要把物流公司做大做强，多项开发，多种经营，多地联营，发展成为上市公司，成为当地首屈一指的土豪。他言之凿凿要让往日里那些看不起他打他骂他的那些家伙们看看自己实力有多强，统统拜倒在他的脚下磕头叫爹。

极度自私的史经理舅舅得了爬高想翘脚，越多越不嫌多，直至后来与外甥史经理发起内讧，打起官司，各自杀敌一千自损八百，二败俱伤，失去了原有的一切，债台高筑，被捕入狱。此是后话。

## 五

分久必合，合久必分。自地市运输公司分开以来，过去若干年后，根据市场经济的需要，地市运输公司再次合并，全市统一实行了"地吃市"。市客运公司被地区客运吃掉，公司全体人员被地区几个客运公司拆分的大卸八块。赵杏楠的爱人被分配在一公司弄了个副经理当当。他从一把手降到最后一个副手，当然不服气。大吵大闹与局领导要一把手的位置。局领导没有答应，闹得身败名裂。他又找到舅舅想要回物流公司财产，想自己单干开汽车公司。那贫抠小店吝啬鬼的舅舅哪里容忍外甥回来瓜分成果。对于当年外甥的帮助只字不提，并拿出早已更改的营业执照上的法定代表人来证明自己的权力，把赵杏楠的爱人拒之门外。赵杏楠的爱人大骂舅舅是中山狼，得志便猖狂，忘恩负义，与舅舅大打出手，把舅舅打进了医院。舅舅出院后，不得不与他到法院分庭抗争，法院按比例分得公司财产，各自杀敌一千自损八百。舅舅失去了姐姐、外甥，老死不相往来。常言道，家事不和万事衰。史经理处理完与舅舅的官司，局领导把他分配到一个局下属单位工程处当一把手，史经理勉强答应是，自我安慰，宁当鸡头不当凤尾。一切工作就绪，史经理与那个一路跟随的财务科长更加如漆似胶，昼夜鬼混，以慰藉失落。与赵杏楠又闹起了离婚。赵杏楠当然不同意，闹得纷纷嚷嚷之时，一日，公事私事内外交困的史经理开车到风景区散心，因下雨山路滑，连人带车栽倒进山沟里，车毁人亡。警察现场勘察，发现车里还有他的父母亲，使赵杏楠更感到意外的是同时发现那位财务科长的遗体。尸检后财务科长已经怀孕三月，一尸两命。

当赵杏楠得到这个消息时，看到那几具血肉模糊的尸体，像一声晴天霹雳炸开，整个世界充满了爆炸声、火焰声，像掉入地狱般浑身颤抖着。之后又像被汇成一股股激流蹿入天空，然后缓缓地、懒懒地穿过血红的云烟降落下来。她有气无力地呻吟着，挣扎着，绝望着。

"妈妈，我们以后怎么办呀。"赵杏楠听到女儿上气不接下气的一声声嘶凄、呼唤，女儿抓住她的肩膀使劲晃悠。她醒来看到这一切，惊心动魄恐慌地一把紧紧抓住女儿胳膊，像要把骨头捏碎似的。

"我要为女儿活着，我要让女儿好好活着，我要给女儿想要的一切幸福。"赵杏楠忍住不哭了。女儿是她最后的希望，她把散了的全身力气重整起来，她把差点憋死她的那口气长长地舒出来，挣脱开女儿的手摇摇晃晃站起身来，她把悲痛化作又爱又恨，掩饰着触动心脏的绝望，挥舞着拳头撞击着胸口，大声叫喊，"我一定要坚强，一定要独立，一定要把女儿抚养长大。我要！我要！哪怕一步步荆棘，也要，也要……"恐惧和歇斯底里的眼泪从她脸上淌下来，她突然把女儿抱在怀里，把女儿湿淋淋的脸颊紧紧贴在胸前，轻揉着，安慰着，抚摩着。

她作为死者直系亲属，处理完丧事，接管了物流公司一切事务。

以上事情，是赵杏楠在极度悲伤中告诉了我们的，我们的安慰语言自不必多说，事已至此，只能节哀顺变，顺其自然。

真正强大的女人，她需要失去四样东西：失去男人的依靠，失去过往的纠缠，失去曾经的付出，失去一切美好的幻想。从单纯走向成熟，都是一个失去的过程。听起来很悲凉，但只有这样，才能经得起痛苦，才会独立，自由，自强，成为更好的自己。自此，赵杏楠母女俩守着史家那些家产，那份产业，相依为命。三年后，赵杏楠把一个濒临破产的企业，带领走进全市三十强企业，赵杏楠走入女强人行列。

# 第十三章

## 一

余然病倒了，她是被一连串的打击击倒的，这是余然生下郝雨后第一次住院。那天，我送她去医院，她竟然连急诊室在哪里都不知道。她是被家事累倒的。她最小的妹妹被人残酷杀害了。杀害的原因十分简单，她的妹夫，是中央司法警官学院的教师，只因批评一个应届新生在上课时穿拖鞋，衣着不整赤裸上身，把背心搭在肩头，横肩晃膀，嘴里吹着"啊，朋友再见"的口哨走进课室。那个学生心里不服，并没有回宿舍而是跑到宿舍妹夫家，趁家里只有小妹一人，便残酷杀害。那个学生是官场中的子女，他的父亲是某省司法厅副厅长，想千方百计保孩子一条性命。但法律无情，被判死刑。在临行刑前，凶手坦言，扬言父母亲会保他一条性命，但希望落空。

余然小妹妹才三十多岁就离开人世，留下只有六岁的儿子，而没过几年小妹妹的丈夫就再婚了。人这一生最大的伤害就是来源于自己的家人，外人的伤害对她只是擦伤，而家人给她都是致命伤。余然妹妹的离世，给余然造成了一生的巨大创伤，那种撕心裂肺的悲痛，只有经历过的人才懂得。每逢给小妹妹烧季节纸的时候，余然从没有敢去过，让其他家人代烧。余然接受了别离却低估了想念，痛苦，不只是失去亲人的那刻，而是想念她的每一刻。昼思夜想无法发泄的愤怒给余然带来巨大伤害，猝然而至的打击使余然得了癫痫病，每每发作，口吐白沫，浑身抽搐，昏迷不醒。这可吓坏了郝建社，他带余然到癫痫病医院住院吃药打针救治。郝雨又面临高考，余然心力交瘁又一病不起。那年，正赶上百万大裁军，郝建社立刻向上级打报告申请转业。余然有些不同意，因为郝建社正团级差三个月就满四年，转业到地方可以按正县级安置，相当于余然局里的正局级。

郝建社毅然抛去了继续升迁的机会，申请转业。在他等待批复期间，向部队领导申请批准他先回家照顾老婆孩子。部队领导欣然同意，并答应帮助郝建社办理一切手续。不到一个月时间，郝建社手续办清，部队首长派人送过来，表示慰问。积极帮助郝建社联系地方退伍军人安置办公室，协商办理郝建社转业安排工作事宜。半年后，郝建社被分配安排进了市公安局刑警大队，任副队长，副县级待遇正科级职位。

余然在郝建社精心照料下，吃了几年治癫痫的药，才慢慢恢复清醒，继续投入到忙碌的工作中。

## 二

赵杏楠四十二岁被单位强行办理了早退手续，她还乐了，说少了许多麻烦，可以把全部精力放在物流公司上。她用五十万把女儿送到澳大利亚读书，之后为负担女儿高额的学费，更加拼命地工作。我们的孩子先后都考上了大学，等待厚积薄发。

涂燕把徐水县城的门脸辞了，在本市市中心地带买了一家店铺，做起了蛋糕生意，起名御膳房，说是凌寒爷爷的爷爷曾经是皇宫里的御厨。招牌响亮，慕名而来者趋之若鹜，唬人的招牌给她带来可观的经济效益。到底凌寒的祖宗是不是清朝御厨无从考证，但凌寒整一个穷酸相，拿捏着皇亲国戚的范儿像模像样，倒也有些纨绔子弟的吊儿郎当，他从不来店里打工说是怕丢了份儿，不知悔改地继续写豆腐块，都是些小杂文，今儿挑剔这个不守规矩，明儿嫌弃那个不懂章法，后天嘲讽那个捧高踩低。整天论证着自己观点的正确性，愤世嫉俗，牢骚满腹，整个一个愤青。凌寒继续整天聚集在街头巷尾，一边吞云吐雾抽便宜烟，一边围一群人，听他天南地北地给别人讲大道理。凌寒经常上报纸给报社编辑混个脸熟，被报社聘为小小社会监督员。他骑一辆破旧黑色二八横梁自行车，除了铃铛不响哪都响。戴一顶黑色鸭舌帽，穿一身黑色中山服，一副黑色宽边墨镜眼上挂，漫不经心四处游荡，端着那副没落贵族出身的架子，整天走街串巷，发现不顺眼的就写一豆腐块投稿，语言犀利，谈锋之健，揭露现实社会不正之风，讽刺挖苦攻击不良倾向，往往命中率挺高，屡屡发表。平时喝得小酒抽得小烟都是稿费得来的，从不向涂燕要一分零花钱，倒也逍遥自在。

涂燕面包坊扩大经营招工来了几个先前本市稻香村的退休人员，把蛋糕品质做得嘎嘎响，每天顾客盈门络绎不绝，收益很好。蛋糕店好像早已把凌寒拒之门外，他去了几次倒像个顾客无人理睬，他碰了一鼻子灰反而乐不可支，打心眼里喜欢，像个领导视察一番走了。涂燕与凌寒夫妻间"战争"不断，见面就吵，不见面又相互惦记。婚姻是世界上最温柔的战争，既使要打仗了，还要和"敌人"睡在一起。这就是老百姓大多数婚姻的现状。

那天，是个下雪的日子，清早开始时，我刚刚起床还没有洗漱，涂燕来电话，让我与余然赶紧到她那里有要事相商。我二话不说朋友有难理当尽心竭力。约好余然踏着三寸厚的积雪匆匆忙忙赶到涂燕御膳房。涂燕早已在门口等候多时，她看上去有些消瘦，好像有满腹的心事，她把我与余然让到贵宾座位上，端来热气腾腾的咖啡，才告诉我们，原来一个小时之前，今儿一大早凌寒在自家门口发现一个襁褓，抱进屋来打开一看，是个刚刚出生的女婴儿，身边还放着半袋奶粉和一张纸条记载着女孩儿的生日时辰。涂燕把坐椅向我俩身边拉了拉，听声音像在虚心讨教，"现在凌寒已经把孩子抱到医院检查，临走丢下话，儿子已经长大，一心想要个女孩给儿子做伴，给咱们养老。"涂燕有些长吁短叹，默默地伤心，说不想要这个女孩儿，想送到孤儿院去。借口是生意太忙，顾不上照顾孩子。可凌寒言之凿凿说与这女孩儿有缘，特别喜欢这个女孩子。文能提笔安天下，武能上马定乾坤。要把这个女孩子培养成能文能武的国家栋梁之才。就是花钱雇保姆，也得要了这个孩子，正好与乐乐一儿一女一枝花，不似咱们这代人多儿多女多冤家。涂燕忧心忡忡地说，看着孩子与凌寒哪些地方长得相似，不知为什么，不喜欢这个孩子，担心孩子隐藏着什么秘密，在潜意识里有种抵抗与不安的抵触，所以很拒绝。涂燕现在把我们叫来，就是想让我们帮她拿拿主意，这孩子到底要不要，如不要怎样说服凌寒。

"孩子是无辜的，也是不幸的，可要了能不能上户口？"余然担心地说，"如果视同黑孩儿，罚款怎么办？开除公职怎么办？"

"就算孩子上不了户口，是黑户，不要公职，凌寒也要收留这个孩子。"涂燕说完这句话，气呼呼地闷声把头低下。

我拿不出啥好主意，因为我想支持涂燕，但又不想得罪凌寒，因为我知道平时涂燕啥事都听凌寒的，一向胳膊拧不过大腿，最终以涂燕必定妥协告终。我装出若无其事的样子，开着玩笑，"有个女儿不是莫大的乐趣么？当我们还是贫穷夫妻百事哀的时候，哪有心思再养一张嘴。现在生活富裕了，怎么夫妻就不能领养个孩子了。"

我略带狡黠看了看余然。余然把嘴角扬了扬，好像在控制自己的欲言又止，咧嘴冷笑。我感觉到她是不得不忍痛把已到嘴边的话憋了回去，我看得出她对我的敷衍塞责不屑一顾。

我不想让涂燕为了孩子与凌寒闹得不可开交影响夫妻感情，我劝涂燕先稳住凌寒，以后找机会再说，直率地说："你捡了一个闺女，还不认便宜，还嘚瑟啥。"我故作生气地去弹涂燕的脑门，"留下孩子吧，机不可失，失不再来。"余然就坡骑驴说："要了孩子吧，可怜兮兮的，救人一命胜造七级浮屠。"

涂燕殷勤地把糖果使劲塞进我俩手中，这个意外之举，意思已经很明显，她发生了戏剧性的变化，看来我俩驱赶了她的犹豫不决，说中了她的意图。她一反常态高兴地笑起来，眼里放射出一种无法理解的兴奋，那双黑眼睛流露出如释重负的光芒，看得出她不再排斥这个女孩儿。

余然说，孩子是在雪中拾的，就叫雪诗吧。涂燕与我同声赞同。我与余然怕凌寒抱着孩子突然闯进来，面对面有些话不好讲，处于十分尴尬的境地，在余然眼色的怂恿下我俩匆匆告辞了涂燕。

路上，余然依然顾虑重重，说有种不好的感觉，这孩子来得太突然，太不是时候，恐怕是涂燕与凌寒的业障。我很惊讶，问她凭什么这样说。余然摇摇头，固执地坚持，说是女人的直觉。这真是叫人迷惑不解呀！

涂燕给雪诗找的一个保姆，是街坊邻居的发小同学，涂燕每天早早把雪诗送到保姆家去，晚上接回来，保姆费每月300元，在那时保姆费都是每月150元，高兴得保姆对雪诗视如己出。

不几年，正赶上人口普查，凌寒一语成谶，在孩子过四岁生日那天，楚建军通知我，雪诗的户口问题解决了。我把这个消息作为雪诗生日礼物送给了涂燕。涂燕与凌寒作为爸爸妈妈最好的生日礼物送给了雪诗。雪诗由黑孩儿升级为国家正式人口，身份发生了质的飞跃，

## 三

那是个星期六的半夜三更，我被一阵急促的电话铃声惊醒，心猛然抽搐，一股莫名其妙的不良感觉袭来，拥被接听床头电话，原来却是余然打过来的，电话那头余然着急忙慌、语无伦次地说："郝建社在外省办案子没有回来，扣他呼机也不回，真是急死人了。"余然喘口气又说，"郝建社家里出了大事，今天下午在运输六队工作的大妹夫的腿，在搬运货物的时候，被滑下来的货物压折了，送到市一医院，医生说伤腿必须锯掉方可保住另外一条腿。"我抬头看表，已是深夜二点三刻，可见余然的焦急程度。她问我认识不认识省职工医学院骨科王主任，他是全市的权威，能不能求助王主任，想方设法保住伤腿。不然，落下一条腿，成

了拐子，不管生活起居，还是工作条件等等都会后患无穷。

说也奇了，王主任正是隔壁小赵的丈夫，这时楚建军也被我与余然的谈话吵醒，我求楚建军去找王主任。楚建军很是犹豫，推辞说，天亮再说。我焦急地说，天亮病人就被推进手术室截肢了。楚建军叹了口气，"好吧，我去求求人家，看能不能保住这条腿。"

一会儿，楚建军回来，着急忙慌地说："快告诉余然到医院把大妹夫从第一医院偷出来，送到省职工医学院骨科，王主任要连夜做手术，否则天亮就错过了最佳手术期就晚了，今夜王主任正在医院值夜班。"我立刻给余然把电话打过去，让她把此事速速办妥。那头，余然连声感谢。

我再也没有困意，有些内心不安，右眼不停地跳动。我与楚建军等待着余然的消息，黑着灯说话，各怀心事。我两只眼睛瞪得圆圆的瞅着房顶。

"余然把大妹夫偷出来了吗？如果被第一医院发现咋办？"我说。

"如果发现就说到北京治疗，医院不会不放人吧。"楚建军说。

"王主任手术能成功吗？"我仍是不放心。

"凭我对王主任的了解，他若不成功，市里找不出第二人能成功。"楚建军说。

天微亮，余然电话再次把我惊醒，急切传来消息，大妹夫已经从手术室推出，王主任手术成功，一切良好。我的担心顿时消了，余然告诉我，大小姑子流着眼泪说她这样的好嫂子全市打着灯笼都难找，会永远感激不尽。

热心的余然对婆婆家的四个小姑子真是一片热情，四姑娘的对象也是她介绍的。对几个小姑子都有恩，这一切就是为了要她们替自己好好照顾婆婆，让郝建社安心工作。我开玩笑说，小姑子与嫂子关系搞得其乐融融，我还是开天辟地第一回听说。余然坦言，人心都是肉长的，她们不会恩将仇报吧。

常言道，福不双至祸不单行。郝建社大妹夫的腿伤刚刚出院，二妹妹又出事了，因为她开的小卖部临街，买卖更加红火，有人嫉妒到城管大队告状，说影响了村里的交通。城管大队长不由分说，带着一帮人三下五除二把小卖部的货物，强行扔上城管 130 小型客货二用车拉走，东西全部没收不算，还威胁说，立刻到局里交罚款二千元，否则明天来人拆除小卖部，他们在小卖部墙上写了一个大大的拆字。二小姑子哭哭啼啼找到余然，求余然帮助解决此问题。余然不得已拨通了郝建社的电话。

第二天一大早，余然告诉我说："二小姑子来电话，早八点刚刚上班，家里来了一群人，是城管大队昨日气势汹汹抄家伙那帮人，把昨天没收的那些东西如数送回来，还一个劲道歉，解释说他们不知道小卖部是建在郝建社自己家的宅基地上，又把昨天撞倒的墙一砖一瓦的给砌好。信誓旦旦说，以后这小卖部由他们罩着，谁再敢欺负你们，找他们解决。"

不几天，余然的四小姑子，来到电视台给我送来了请柬，请我参加他们的婚礼。因为四小姑的对象，是我牵头与余然介绍的余然运输公司的汽车司机。

婚礼上，四个小姑子一起给余然敬酒说："嫂嫂对我们帮助最大，没有嫂嫂就没有我们的今天，你是全市最好的嫂嫂，我们敬你如母。"余然与她们一一碰杯，把酒一饮而尽，说，"应该的，应该的。"四个小姑子异口同声："嫂嫂是我们家的顶梁柱，大哥啥事都听你的，以后你要多多照应我们呀。"

我与余然开玩笑，"长嫂如母，你可是郝建社四个妹妹的大恩人。连最小的小姑子的对象都是你介绍的。他们走的每一步都离不开你的帮扶，责任重大啊！"

# 四

时光遇见冬，便把大雪封门早早给你送来。涂燕怕雪诗冻着特意从商场花二百元买了一件好看的儿童防寒服给雪诗穿上，戴着一顶精致的红色羽绒帽，像一个傲娇的小公主。保姆一见便惊叫起来，"啊，这宝贝儿！"雪诗飞快地跑到保姆的怀里，同时把小脑袋晃动着不停，那白绒绒的羽绒球跳个不停。

"我也想给悦悦买一身。"保姆眼睛露着馋气，悦悦是她的外甥女，当她听说这身衣服需要二百元，那眼里的馋气换成了遗憾，随即笑容也渐渐消失了。

外甥女每天也放到保姆这里，保姆两口子二人同时看俩孩子。那天是腊月二十三过小年，保姆女儿要带着悦悦参加单位庆祝成立二十周年演出大会，埋怨说在这么露脸的地方，自己作为办公室主任，女儿连件像样的衣服都没有，真丢份，一点不像上等人的孩子。保姆立刻推荐了雪诗的衣服，女儿一见眉开眼笑，要扒了雪诗的衣服给悦悦换上，雪诗当然不愿意，又哭又闹，死活不答应，用两只小手死死护住衣服不让保姆脱下。保姆勉强笑笑，用好东西极力引诱雪诗，想把雪诗的戾气磨掉。雪诗就是不答应。保姆急了，与女儿一起先是把雪诗的绒帽摘下来，拿给悦悦。再把雪诗的衣服脱下来，让悦悦换上。悦悦收拾停当，保姆女儿一声单位等着她布置会场，急急地抱起女儿走了。留下雪诗不依不饶仍然拒绝着。保姆气急败坏把雪诗扔在门外，大声喊道："找你妈去吧，阿姨不要你了。"

门外，雪诗的哭声一声比一声小，大约半个时辰，哭声没有了，保姆这才打开房门看，雪诗撅着嘴已经依在门口睡着了。保姆赶紧把雪诗抱回床上，给她盖了厚厚的棉被，怕雪诗冻着。一会儿雪诗梦中再次哭醒。保姆一摸雪诗的头滚烫滚烫的，赶紧抱起雪诗到社区卫生所看医生。卫生所的医生是一位从社区旁边妇幼保健院刚刚退休的妇科医生，她用看妇科的经验看婴幼儿病痛。给雪诗打了一针退烧药，说明天不好再来看。保姆把雪诗抱回家，已经下午时分，女儿也把雪诗的新衣服换回来，给雪诗换上，雪诗高高兴兴也许药物起了作用慢慢的烧退了。保姆怕涂燕发现雪诗病情，就自作聪明地给涂燕打电话说雪诗不愿回家，今夜想与保姆睡，让涂燕不用来接。保姆自作聪明以为明天雪诗烧退了，神不知鬼不觉把雪诗再完璧归赵，一切做得无声无息，天衣无缝。涂燕正赶上年底派活忙，想也没有多想立刻答应，还对保姆有几分感激之情。凌寒不放心到保姆家看了看，见雪诗睡得正香，没有再打扰便退了出来。

　　入夜，保姆守护着雪诗，前半夜烧退了，保姆迷迷糊糊睡着了，后半夜醒来一摸雪诗身子烧得厉害，摸着雪诗的额头滚烫滚烫的，着实吓了一跳，战战兢兢地好不容易挨到天亮，保姆抱起雪诗再次去社区卫生所看医生，老女医生拿着听诊器煞有介事地在雪诗的胸口听来听去，半晌，脸色一变说，赶紧通知家长，到大医院检查，孩子可能转移至急性肺炎。立刻，保姆脸色骤变，那把又密又顽固的头发努力向上炸立，额头冒出许多汗珠。保姆先把雪诗抱回家，让老公把女儿叫来，三人凑到一起，商量对策，一致决定把责任推到涂燕身上，因为近几年涂燕夫妻二人不和睦，经常吵架。随后，女儿躲避出去，保姆首先把凌寒叫来，结结巴巴向凌寒诉说着涂燕的不是，什么不管孩子，整天把孩子弄得脏兮兮的，不给孩子买营养品，导致孩子营养不足病了，昨晚睡觉好好的，早起雪诗闹嚷嚷非要出去一趟就感冒了。征求凌寒的意见怎么办。凌寒一见二话不说抱起雪诗往医院就跑，进了急诊室。医生检查后说，孩子感冒了，耽误了，得了急性肺炎，呼吸困难，立刻上了呼吸器，打滴消炎药。这时，涂燕也赶到了。雪诗睁开燕，用力拔着呼吸器，哭着说，憋得慌，不吸了。凌寒又给雪诗戴上呼吸器，劝孩子继续戴着。雪诗又昏迷过去，断断续续说，我要穿我的新衣裳，谁也不给。慢慢地，慢慢地，雪诗的心电图成了一条平行线。雪诗离改成城市户口只过了一年时间。秋季，即将上学读书，新书包已经买好，就这样依依不舍地走了。

　　雪诗走了，痛心疾首的凌寒大声斥责涂燕，昨晚为什么不接雪诗回家。涂燕辩解，是保姆不让接的。气急败坏的凌寒质问保姆，保姆说涂燕从没有这样说过这种话，还借机说了涂燕一大堆坏话，埋怨涂燕眼里只有钱，没有雪诗，把挣钱放在第一位，把雪诗放在次要位置。捡来的孩子不怕摔，就是不如亲生的。言外之意，雪诗是被涂燕虐待死的。一语惊醒梦中人，凌寒顿时想起来，当初要这个孩子涂燕就不同意，百般刁难，是自己坚持才收留的这个孩子。捡来的孩子真的是不怕摔，涂燕从来没有把雪诗当作自己家孩子来养，不然为什么把孩子雇给保姆，自己上班。凌寒思念孩子，可惜孩子，对不起孩子，把一腔怨恨全部怪在涂燕身上，把最难听的字眼像大粪一样全泼在涂燕身上。悲愤的涂燕气顶撞了几句。肾上腺狂飙的凌寒对涂燕大打出手，一气扇了涂燕十几个嘴巴，大骂涂燕一个市井小民配不上他这皇亲国戚。

深夜，凌寒前思后想舍不得雪诗，拿着手电筒跑到是火化场附近的南河坡，把雪诗的尸体挖出来抱在怀里痛哭，当他发现雪诗闭着眼满脸泥土七窍出血时，吓得扔下雪诗慌慌张张跑回家，把睡得迷迷糊糊的涂燕喊醒，斥责道："你到气定神闲睡得踏实，雪诗还抛尸荒野，怕是已被野狗吃了。"扯起涂燕到雪诗坟前把雪诗重新掩埋。涂燕糊里糊涂不知凌寒为何如此歇斯底里，只好壮起鼠胆出门去，不知哪里的野猫"嗖"地从她身边窜过，吓得一声惨叫瘫软在地，涂燕这时又气又恼怒，又怕又愧疚，觉得对不起雪诗，怕雪诗一人孤单，就去给雪诗收尸。当她把雪诗找到后，雪诗直挺挺的冻在冰天雪地里，她把雪诗紧紧抱在怀里，用手帕把雪诗的脸擦干净，把雪诗那件新衣服换上，她把雪诗冰冷的脸紧紧贴在自己泪脸上，哭诉："妈妈对不起你，妈妈不放心你，妈妈与你做伴，妈妈永远守护着你……"那颗向凌寒抗议的自尊心，促使她把用来防身的随身携带的水果刀，毅然决然割向左手腕的主动脉。

五

当我知道这一切的时候，仅仅与涂燕只有三天没有联系。入夜，三更时分，我赶到医院急诊室看望涂燕。余然已经守在涂燕身边，正用愤怒地恶毒地语言数落凌寒。凌寒垂目奄眼，一脸懊丧，脸上那五个鲜红的手印，可能是余然留下来的。余然身后站着郝建社，他一言不发，像一尊威严的守护神，任凭着余然谴责凌寒。凌寒俯首帖耳，唯唯诺诺。原来，昨夜凌寒把涂燕骂走，又觉不妥，惊慌失措地又追了涂燕去，猜疑涂燕可能到坟前找雪诗，就追了过来，果真涂燕倒在坟前，手电筒光束还亮着，像一道鬼魅灵光闪着诡异的光芒，凌寒吓了一跳，即刻浑身一万三千根汗毛眼贲张，根根诈立直冒冷汗。他见到涂燕抱着雪诗倒在土坟旁，血顺着涂燕手腕殷红了身边的土地，月光下像一副诡异的图画，散发着骇人的光芒。凌寒瞬间险些吓尿，涂燕是自己所害，他顾不得把雪诗重新埋进坟坑，抱起涂燕拼命往医院跑，进了医院急诊室，平时那副装模作样皇亲国戚的德行一扫而光，像一头发疯的土狗，大喊大叫，"救不活她，你们谁也别想活！"急诊科医生见此，让保卫科人员把他轰了出去。救急如救命，医生当机立断给涂燕做抢救手术。凌寒像负罪的犯人不知所措，昏头昏脑向余然发出了求救信号。他像抓住一根救命稻草，电话里对着余然怜求，"救救涂燕，救救涂燕。我有罪，罪不可赦。"他放下手机，眼睛一刻不离的看紧手表指针，盼着余然快快赶来。

余然在郝建社陪同下来到医院。涂燕还没有从手术室出来，余然气急败坏数落着凌寒，立刻拨通了我家电话。我和楚建军心急如焚地赶到医院，涂燕已经从手术室出来。医生说，涂燕手术成功，没有生命危险。郝建社、楚建军才把凌寒叫出去，我想凌寒一定会挨一顿臭骂。

我们安慰着躺在单间病床上的涂燕，你平时嘴尖牙利怎做这种傻事。余然替涂燕理了理粘满脏土而蓬乱的头发，用刚才凌寒塞给涂燕肮脏而带有强烈男人气味的手帕给涂燕擦着额头上的汗。涂燕麻药劲刚刚过去，有气无力夺过来揉成一团，让我丢进墙角垃圾桶点燃烧毁。涂燕憋着一肚子无可奈何的怒气望着手帕燃烧。涂燕满怀愤怒道："一定要与凌寒离婚，关键时刻见到了一个另类的凌寒，他是一个低劣而粗俗的男人，对他已经心灰意冷，彻底寒心，不值得自己再托付终身。"

凌寒在二位军人面前，那颗自尊心摔在地上粉身碎骨，一地鸡毛，凝聚成唯唯诺诺的卑微，不敢说话，默默地低着头，随时准备一场说来就来的训斥。然而，二位军人并没有搭理他，把他晾在一边谈论着部队战友情，使他更加卑微到了极点，连给二位军人说话的资格都没有，他哭丧着脸背过身去，认识到素质高的男人都把女人宠上天，那些野蛮的凡夫俗子才在自己女人面前耍大刀。他仰望天空任悔恨的泪水流下来，他顾不得擦拭泪水灰溜溜地慢慢地走进病室，跪在涂燕面前，请求涂燕的原谅。

我与余然知趣地退出病房，他如何取得涂燕原谅我们不得而知。

然而，凌寒的一切补救措施都是徒劳的。涂燕出院，她与凌寒走进民政局，办理了离婚手续。办完手续走出民政局第一步，她把这个消息第一时间告诉了我。

"凌寒没有迟疑或者挽留这段婚姻。"这来得太快，我分外吃惊问涂燕。

"没有。他说，已经有一个女人为他自杀，不想再看到另一个女人为他自杀。"涂燕闷闷不乐地说。

这使我想起那个可怜兮兮为凌寒殉情的初中生女孩儿，也许那时已经给凌寒造成了无法弥补、无法磨平的心理伤害。凌寒惧怕了，胆怯了，不敢再次把没有彻底愈合的疤痕再揭开盖子瞅一瞅，捅一捅。离开涂燕，也许对凌寒来说也算是一种心灵解脱，或是一种责任逃避。

涂燕说："人的一生只有三次机会。一个是学历，一个是婚姻，一个是自我觉醒。第一项我失去了，第二项我没有了，只剩下自我觉醒，自我救赎，自己靠自己。"涂燕给自己起了个微信名字叫"做自己"，以示坚强的活着。那年，正是乐乐大学毕业留在北京找了房地产的工作，做了"北漂"。当乐乐生育了孩子后，涂燕去了北京看孙子。她给我们来微信说："看孩子太累了，吃不好休息不好，累得跟三孙子似的，连得病的时间都没有了，但累并快乐着。一分钟不见孙子就想，想得更加吃不好睡不着。你们说，我们做父母的贱不贱，有了儿子当儿子，有了孙子当孙子，还屁颠屁颠的心甘情愿，父母就是老贱货一枚。"

现在的老人哪个不是这样。

凌寒为了掩饰失去女儿幻想的破灭，又再次醉心于自己贵族出身而与众不同，端起那副皇族没落户玩世不恭傲慢的架子，骑着那辆古董破二八横梁自行车，穿身中山服，头戴鸭舌帽，眼睛上挂一副墨镜，悠闲自得在满大街晃悠寻找素材，以发表豆腐块为荣，来掩盖卑微的自卑，满足他是上等人的优越感，炫耀他是文化人。

# 第十四章

## 一

那天，我刚刚吃过晚饭，与楚建军正在楼下散步消食。赵杏楠来电话，让我与余然到他家去，有要事相商量。

见到赵杏楠，她郁郁寡欢告诉我俩，说："一个月前，她得到女儿来信，说在澳大利亚留学处了男朋友，我得到这个消息，简直高兴得要疯了。我让她把男朋友的学习情况、家庭情况清清楚楚、明明白白告诉我，并以书面汇报的形式。昨天，女儿把对方的详细情况写成材料，以发文件的形式给我发来，足足有一万字，像一篇毕业论文。我着急地慢慢地细读，不到一半，我吓得揪心的焦急。"

赵杏楠说着这里，不知哪来的一股情绪激励着她，像犯了心脏病似的跑到卧室躺到床上，一副很虚弱、很心痛的样子说："你们听到这个消息，一定会为我羞死的。"余然坐到床边，拍着赵杏楠的手背安慰着她。赵杏楠灰心丧气地说："女儿的男朋友竟然是袁自朝的儿子。"

我与余然一怔,特别诧异,片刻,哈哈大笑,像发现新大陆似的拍案惊奇,世界竟然有这么凑巧的事情,难到赵杏楠与袁自朝上辈子的冤孽,全反馈到各自子女身上,真是报应不爽呀!

我掩嘴笑道:"赵杏楠,你欠的伟大的爱情债,让你女儿来替你偿还吧。"

"多么高尚的字眼,到了你嘴里就成了讥诮和轻蔑。"余然批评我说。

赵杏楠不好意思地说:"今天,把你俩找来就是帮我出出主意,如何解决这个棘手的问题。"

"你们上一辈的恩爱情仇,不应该继续让下一代来背。"余然说道。现在的赵杏楠对当初袁自朝的倒追已成知青话柄。

"你是想成全女儿还是想拆散女儿?"我直截了当问赵杏楠。

赵杏楠依在黑影里,没有回答我,那长灰色的脸孔上毫无表情,谁也不知道她在想什么。

知青返城后,赵杏楠与袁自朝基本就断了往来。赵杏楠以顶替知青、占用知青指标上大学而被知青们骂所不耻。每次知青聚会一般说来,都是袁自朝与石利组织,自然而然赵杏楠不在他们组织人员名单之列。赵杏楠从不敢打听袁自朝消息,我们都知道,她一直关心着袁自朝的一举一动。我们有时故意当着她的面说起袁自朝,故意把袁自朝的情况说给她听。那时,她的表情都会随着袁自朝的情况好坏而随着好坏,她还惦记着袁自朝,仿佛袁自朝的命运与她有着千丝万缕的联系。前几年袁自朝的老婆患肝癌,看病、吃药、打针、做手术,花光了他所有积蓄,最后一次手续需要十几万,袁自朝借遍亲朋好友还没有凑足。在石利的发动下,我们知青给他捐款。赵杏楠大包大揽,一力承担。让我与余然送过去,说是知青的捐款,不要提到她。前几天,袁自朝的老婆刚刚去世,袁自朝还没有从丧妻悲痛中拔出来,怎么会接受这个事实。

"过去的事情,我已经放下了,可袁自朝放下了吗?"赵杏楠刚刚恢复到脸上的郁郁寡欢,在逐渐的暮色中轻轻摇动着,那满怀沉重的心事、情绪也跟着昏暗下来,表情十分的沮丧。

我内心思忖着她十分同意儿女的婚事,可犹豫袁自朝的阻扰,想请我与余然去做说客。

"我联系袁自朝,就说今天晚饭我与余然到他家去吃。"我拿起手机拨号。我看见赵杏楠漂亮的眼神燃起了兴奋的希望。

"你发什么神经。"余然一把把我的手机夺过来,让我容她再想想其他更好的办法。

对于余然的阻拦，我发现赵杏楠又一次迎着恐惧的激流再次在内心搏击着，她颤抖着双手，透露着失望，没有言语。

我不能让袁自朝的儿子与赵杏楠的女儿因父母问题分道扬镳，痛苦一生。我坚定不移地说："赵杏楠，你给我等着，我要坚决促成这段婚事，这也是我在积德行善。"

我没有听从余然的劝告，再次拨打袁自朝的手机。赵杏楠与余然瞬间变成听客。那头袁自朝听说我与余然要到他家吃晚饭，巴不得呢，爽快答应："好呀，欢迎，我给你们小鸡炖蘑菇。"

赵杏楠听后，舒展开眉头，用轻松的脚步立即开车把我们送到袁自朝家门口，然后把车折回去了。我明白她是努力回避着与袁自朝的撞面。

# 二

因为袁自朝的妻子一直有病，家里的一切活计都由他来做，买菜做饭，洗衣收拾家务，他一揽包收。他仍是先前的那副模样，一副桀骜不驯，万事不愁的德行。袁自朝说："老母鸡本来是给老婆买来滋补身子的，她没有命喝，走了。鸡就便宜你们俩了。"他是在告诉我们，这鸡不是特意为我俩准备的，但我们心里仍是热乎乎的。他没有我们想象的那种悲哀与痛苦，也没有一蹶不振的颓废，仍是一副自命不凡的样子。尽管他提到了妻子，我们还是不敢随声附和，怕他那根刚刚结痂的丧妻神经线，被我们再揭开疤痕瞧一瞧，有些揭人痛楚、落井下石不道德之嫌疑。

趁他离开去里屋拿酒，余然对我小声咬耳朵说："涂燕和袁自朝这么两个志同道合的人，没有走到一块实在可惜了。"

我与她窃窃私语："也许走到一起，涂燕就不会与凌寒离婚，怀揣着离婚之痛苦。"

"他俩属于强强联合，也许硬碰硬，互不服气，更尿不到一块。和赵杏楠倒是互补型，赵杏楠会宽容、容忍袁自朝的骄横无理。"余然说。

袁自朝从里屋出来把酒放在饭桌上，抄家伙就去院子里炒菜。余然要去帮厨，我拉住了她，对她附耳私语："袁自朝必须为他的缺口德承担责任。"把余然的屁股又按回椅子上。

一会儿，袁自朝大厨把自己的得意之作，摆在餐桌上，一盘油炸花生米，一盘小葱蘸酱，一小盆白菜豆腐粉条炖肉，还有就是那一小锅子热腾腾的小鸡炖蘑菇。袁自朝一边摆放碗筷一边高兴地说："尝尝袁大厨的手艺，先要堵住你俩无事不进宅的夜猫子的嘴。"喘口气又说,"但允许你俩有话快说,有屁快放,我悉听尊便。"

我问袁自朝:"你怎么知道我与余然要来,提前小鸡炖伺候的伺候?"

"你刚才打电话说要来呀。"袁自朝揭发,我忽地想起这事,怎么自己给忘了。

袁自朝露出一副无可奈何地样子说:"你们是不是为赵杏楠作说客来了。"

"唔,你已经知道了。"余然说。

"儿子早已给我提起,我不同意跟那个赵大骗子做亲家,我丢不起这份人。"袁自朝撇了我俩一眼,气得胸鼓鼓地说。

"吃人家嘴短,拿人家手软,你欠没有欠赵杏楠的东西?"余然提醒。

"我一辈子饿死困死,不会向她要帮助,就是要饭也不会要到她家门口。"袁自朝把一块鸡肉放到嘴里,狠狠的咀嚼,仿佛赵杏楠就是那块鸡肉,他嚼巴嚼巴碎骨,一口吞掉,方才解恨。

"你真得不欠赵杏楠什么?"余然问。

"我欠她什么了?"袁自朝苦思冥想了半天:"你俩啥意思?"

"啥意思,欠债还钱,天经地义。"余然笑着说。

我发现袁自朝的情绪愈来愈紧张和激烈,他好像在余然的眼里看出了什么故事。他放下筷子走进里屋,拿出一台录音机,放在桌子上打开录音键盘说:"今天,以录音为证,你们俩把话说清楚,我欠赵杏楠什么了,我当即、现在、马上、立刻还她,概不赊账。"

"你知道,你为妻子做手术借的20万元哪里来的,是赵杏楠的,她不让我们告诉你。你知道吗?你让我为你儿子办理出国留学手续费50万哪来的,你知道吗?也都是赵杏楠的。她不让我告诉你,怕你犟劲上来,不让儿子出国留学,耽误儿子一生。"余然数落袁自朝,理直气壮,义愤填膺。

"是你儿子狂轰滥炸追求的赵杏楠的女儿,儿子什么事都瞒着你,怕徒增你的烦恼。"我在一旁添油加醋。

袁自朝听了大为吃惊,也很尴尬,起身摁了一下录音键盘,那破录音词带磁啦磁啦声戛然而止,他顿时感到茫然不知如何是好,他又沉默起来,也许又想起老婆病逝那生离死别的悲伤。

## 三

天气很热,袁自朝浑身是汗,那件刚刚浆洗过的汗衫都湿透了,他走到墙角把电扇打开，站在电扇跟前吹风。我看到袁自朝那张潮红的脸自己心里涌起一股怜悯，这多年他又当爹又当妈，又当工人又当保姆，那滋味真够受的。十多年来，袁自朝为了给妻子治病，借了许多外债，他的父母亲身体不好，都是妻子里里外外照顾，哥哥姐姐都在外地当官或做生意，腰缠万贯的哥姐没有一人回来帮助妻子。等妻子把父母亲伺候走了，那哥哥姐姐全都回来分家产，一丝一毫不饶，说就是一根柴火棍也要掰成三份平均分配，把账算得清清楚楚，一点不考虑妻子多年的辛苦与奉献，并还怀疑袁自朝私下里偷偷得到父母亲许多好处。袁自朝没有与哥哥姐姐撕破脸，谁伺候是谁的，自己内心无愧。哥哥姐姐与袁自朝算清账目，让袁自朝出款 50 万买走父母房子，否则法庭上见。这才有了后来 50 万的故事。

袁自朝的妻子一气之下病了，这些年来，下岗职工袁自朝为给妻子治病，又借了不少外债，大约有 20 多万，都是余然张罗着借的。而这些借款又都是赵杏楠主动送上门来给的，余然以知青的名义筹款借款，里里外外袁自朝负债 70 万，皆为赵杏楠所出。袁自朝自始至终蒙在鼓里，赵杏楠的一片良苦用心袁自朝一无所知。

余然觉得有必要让袁自朝知情了。当余然把这一切告诉袁自朝，刚开始他以为余然在开玩笑，余然严肃地告诉他，"没有赵杏楠的支持你就没有今天。"他确信了，他隐隐约约参透了什么，他开始反思儿子给他说的每一句话，在我与余然冷漠而锐利的注视下，他突然蹲在地上，捂住眼睛痛哭起来，多年来，积压在心头愤懑、无助、憋屈爆发出来。

我俩喝着小酒，吃着小鸡炖蘑菇，时不时地碰杯，故意不去理他。

"你们怎么也不劝劝我？"袁自朝满肚子委屈发泄完了，抬起头来，一脸不解地问。

"这么大人了，啥事不明白，用着劝吗？我劝你，你能听吗？"余然冷冷道。

"保证听从命令。"袁自朝说。

"那你怀揣 70 万到赵杏楠家，把钱甩她脸上，理直气壮扭头便走。屁股后面的事我们替你收拾。"余然说。

袁自朝自知自己一万元根本拿不出来，说道："看来我只有拿儿子抵了。"

"两个孩子自由恋爱，两厢情愿，老公公就不要横加阻碍乱掺和，做那没屁眼的事。"我说。

"背水之战，投降吧。"余然笑道。

我与余然都清楚，袁自朝和涂燕一样，表面上看起来无所谓，大大咧咧，用装出来的笑，掩饰心底早已破碎的百孔千疮，心力交瘁的心伤。

# 四

夜色慢慢摊开星光点点，橘黄色的日落吞没了海平线。袁自朝不得不在石利陪同下，在我与余然押缚下，来到赵杏楠的家里。赵杏楠物流公司做得风生水起，在本市是数得着的盈利企业，纳税大户，得了许多个荣誉。她的二层小楼彰显着她的气派与身份，袁自朝与石利的到来，就像刘姥姥进大观园，啥都新鲜，目不暇接，但嘴巴仍是不饶人。

石利指着客厅墙上那副漂亮的山水画说："赵杏楠，这是受贿的吧。"

赵杏楠微笑着没有搭话。袁自朝对石利呵呵地笑道："你喜欢吗？喜欢拿走，我做主了。"还是那副桀骜不驯的来样子。

余然抓住时机说："还别说，袁自朝还真能做主，已经是准亲家了。"

我趁火打劫说："儿子婚事，别忘了请我们喝喜酒呀。"

袁自朝自知话欠妥红了脸有些难为情，不再言语。石利感到喉咙里堵了东西，不好意思再开玩笑。

赵杏楠把我们请到餐厅，她今天亲自下厨。看到琳琅满目丰盛的一桌冒着香气喷喷的菜肴，我把眼睛盯向袁自朝，想通过他的眼睛发现他的情绪。袁自朝惊喜地凝望着那瓶茅台，慢慢地走过去，打开瓶盖，给我们每人斟满酒杯。余然让石利按照惯例来两句开场白，石利推辞几下，道："过去已成往事，今生不再计较，而今迈步从头越，一切向前看。"

大家齐声举杯，谢谢赵杏楠的款待，共同干了第一杯酒。

席间，赵杏楠说了许多往事，很多我和余然都知晓。袁自朝和石利听到这些坎坷的经历，对赵杏楠的魄力、胆识与拼搏精神佩服不已。

袁自朝不再躲避，老老实实认可了自己儿子与赵杏楠女儿的恋爱关系，并接受了自己与赵杏楠去澳大利亚为孩子们办理婚事的担当与责任。他坦率地向赵杏楠道歉，自己身无分文，一切由赵杏楠一任担当。我们分别给了袁自朝喜事份子钱每人一万元。他红着脸拒绝接受，赵杏楠替他一把接过来。他用犀利的眼光盯着她，好像是说，你替我做主，太早了些吧。我明白，赵杏楠这是替他接收的生活费和路途费。依袁自朝的个性，他不会再让赵杏楠为自己出一分钱。而这三万元其中有赵杏楠的一半在里面。

赵杏楠把身边的事情处理妥了，我们三人把二人送到飞机场，他们要去澳大利亚张罗孩子们的婚事和为孩子们照顾孩子。当那飞机徐徐起飞，渐行渐远时，石利说道："当初，赵杏楠与袁自朝不是各自结婚，而是走到一起。也许现在，他们要过得很幸福。"

我与余然异口同声:"现在,为时不晚,往后余生就看袁自朝的造化了。"

## 五

那日,我的同事小伪找到我,我请她坐在我的办公室沙发上。她欲言又止,吞吞吐吐,可怜兮兮。我知道她是一个爱好面子的女人。她的父亲原是一个省级文职干部,小说作家,现在已经去世。她的性格继承了文人的酸气,傲气,神经过敏质,却没有继承父亲的才华。四十多岁了,还没有写出一篇像样的小说,发表过一篇小豆腐块。她很失意地找到我,头一回用谦恭的姿态与我说话:"我最近写了一个短篇小说,投了几家刊物,都没有通过,被退稿了。听说你与几家小说杂志社编辑认识,能不能帮我发篇稿子。"

对于她的这个要求,如若是别人,我会毫不犹豫答应,我也是一贯如此。但对她有些犹豫,她是一个索取性人格的人物,在她的内心世界里,因为从小到大在父亲光环的荫庇下,始终一副高高在上的样子。不管你怎样做,她都会认为你对她的好,都是应当的。

因为她是我的高中同学,何况还是同桌,我没有勇气拒绝她。

我看了稿件,为难地说:"你必须要重写。"她面露窘色,说自己已经竭尽全力了,要求我帮她修改。我清楚她做了最大的努力,拉下最脆弱的脸皮,用最卑微的卑躬屈膝来求我。我没有理由再拒绝,因我顾虑到,拒绝后以她的性格,她会认为我是看不起她,在羞辱她,会哭鼻子,甚至会寻死觅活的自卑到闹抑郁症。

我说:"你想要发表小说,必须接受我对此篇小说的修改意见。"

她点头如捣蒜般满口答应。我把修改意见说给她听,征求她的同意。她满心欢喜连声不住地表示赞同。

我熬了两个整夜,把她的小说重写了一遍,交到她手中。她眼噙泪花地叫了我一声,"陈姐,谢谢你。"并告诉我,她父亲的同事在某杂志社做编辑,自己可以去试投稿子。

我没有多想而是心地善良而诚实地祈祷:但愿能发表。诚实是人生的命脉,是一切价值的根基,但付错了人,就是一场灾难。

春天的风是暖和的,是醉人的,也是随心所欲的。我的"但愿能发表"实现了。她没有去投稿,而是拿去参赛,获得了省短篇小说大赛一等奖。这件事情起初我并不知道,直到她因为这个殊荣要调到市委宣传部工作,是中年和蔼可亲的组干处处长告诉我的。我连考虑都没有，就把我为她改稿，她才能获奖的事情说了出去。

第二天，小伪在单位的微信群里骂糊涂街，说有人嫉妒她，贪天功为己功，把她得奖的功劳私自揽在自己身上。洋洋千字，迂回曲折、不点名不道姓把我骂得狗血喷头、一文不值，险些成了现行反革命分子。恰巧我那一阵因为工作特忙，很少爬楼格查看微信群聊，对于她的攻击浑然不觉，自然没有说话。一般每晚我清理群聊信息，此事就这样被我的粗心大意地删除。但令我不解的是组干处处长突然冷落了我，把我踢出他组建的组干处小群，却还把小伪留在群里。

我很奇怪小伪调走连个招呼都不给我打，后来在一次酒会上，组干处处长又提起此事，开我的玩笑，说我不应该"贪天功为己功"，把小伪得奖的荣耀往自己身上揽。

我追问此事，组干处长告诉我，市委宣传部准备向咱们单位要一名有写作经验的文职干部上调到市委宣传部工作。局领导本来打算调我去市委宣传部。可这时小伪得奖了，比我的资质更好，宣传部就把她上调了。

我仍然坚持我的观点，说那篇小说确实是我帮助小伪修改的，没有我的点灯熬油，小伪根本不可能获奖。

组干处长想了想又说："为这事我调查过小伪。小伪气急败坏揭发说，我写小说都是她教给我的，她是我的老师，天天给我上小说写作课，并给我规定了六条纪律。就是这六条铁律成就了我这个小说家。现在，她的无私奉献成就我加入了中国作家协会，可她还在省作协会员的边缘徘徊。"

我哑然失笑："她的省作协会员提名，还不是这次得奖之后才有的。我加入中国作协会员那是前几年的事情。那时她还狗屁不是。"

我突然明白，为什么小伪得奖对我连声谢谢都没有，她得奖四处嘚瑟，连老天爷都知道了，而对我这个伯乐提都不提，先前有恩必报的承诺都打了水漂。也明白了组干处长无缘无故冷落我，是在捂热小伪。

我故作轻松核实，以回馈组干处长开玩笑的方式，说出心里话："你说这些话，是不是在造谣，挑拨我与小伪的关系？"

组干处长立刻声色俱厉举起右手发誓："绝对属实！"

我顿悟了，因为我刚刚升职副局，所以他调转风头巴结我。我不想知道小伪在背后说了我什么，因为已经时过境迁。我轻描淡写对组干处长说："别人在我背后说了我什么，我不关心，我想知道的是，你听到了，你替我说了什么。"

组干处长顿时支支吾吾、尴尬无语，为了掩盖他的困境，拉近与我的距离，他还告诉一个令我十分震惊的消息："小伪，初调宣传部，还极力怂恿局长把你弄到下属单位当编辑，但被局长拒绝了。"

这场酒会，我无心参加。你永远不知道，那些生活中看似对你亲密的人，会在背后对你抱有多大的恶意。对于小伪的过河拆桥、卸磨杀驴，我寒心如冰。"盲人一旦恢复了视力，第一件事就是扔掉他手上的拐杖。"帮人也要看人，千万不要去帮那些没有良心、不懂感恩的人。因为你对她帮助再多，她以后对你的伤害也就越大。你帮这样的人起来，她起来之后第一个想要干掉的人，就是你。永远不要相信你的同事，不管她表现的多么友善。因为朋友也做着和敌人一样的事情。你一旦对她没有了利用价值，掌握着她的底细，你的善良与诚实就是一把伤害你自己的尖刀，因为她只有"杀人灭口"，才能保住她的龌蹉隐私。有些人，看清了就好，不必翻脸。有些事心里明白即可，不必深究。世界这么大，人心太假，太复杂。当一个人不尊重你的时候，收起你的大方，不要去找她追究质问，不要去沟通，不要去交流，也不要愤怒和难过，纠缠在懊悔中。旧事不提，介意的永远介意，只需无视、远离。我与小伪不再往来，一辈子。我不是睚眦必报小肚鸡肠之人，但不能触碰我处事的底线和尺度。人的友谊就是这样，十年八年维不下一个人，三言两语得罪一个人。

# 第十五章

## 一

余然调到局党委办公室后遇到了这样一个人。党办室主要工作内容是做好全局三万多名党员的党费收缴管理工作（因为那时余然报名参加全国统一会计考试，拿到了注册会计师的资格）。其次配合党办室主任的工作，做好助理与辅助工作。党办室主任姓贾，是上面派来挂职锻炼的空降兵，有些背景。听说是省厅哪位副厅长的亲戚。党办室归主抓党务工作的副局长尹副局长主抓。党办室主要工作内容是对党的政策宣传、布置党政工作、组织局中心组成员和全局党员学习等系列工作。尤其七一表彰优秀党务工作者、优秀党员，组织庆党的生日，歌颂党歌颂祖国，组织文艺汇演是每年必不可少的。

余然与贾主任相处一直平安无事。然而，在今年局党委组织"庆七一党的生日"文艺汇演中，余然与贾主任发生了极大的矛盾。贾主任是一个极度自负自满的男人，五十岁上，长得烟熏火燎，张嘴露齿惨白，像个非洲骷髅镶着一副白烤瓷牙，两腮没肉，一脸凶相。但他的观察能力很强，他曾经对余然吐槽过，有些人说他脸上没肉神仙难斗，并告到局一把手那里说是对他极大的侮辱，是可忍孰不可忍。

第一个矛盾是贾主任提出利用这次搞活动，给每人买一部上万元的高档手机，让余然弄一张收据报销即可。余然拒绝了，说收据不能报销，必须发票，可发票现在都是有据可查，必须由贾主任签字。贾主任说，只有你我知道就可以了。余然还是严词拒绝了贾主任的要求。第二个矛盾是因为一位年轻漂亮的女报幕员。那个报幕员是一个小姑娘，二十岁，很漂亮的，梳着短发，说话声音嗲声嗲气，甜得很。她说自己是部队刚刚复原到局属事业单位的女兵，名羔圈。

贾主任让余然用党费借给羔圈五万元，说是羔圈新买了房，没有钱装修，先借贾主任的，贾主任没钱，有钱也从老婆那里拿不出来，贾主任就让余然用党费垫付，有钱了再还上。余然让贾主任在羔圈借条上签字，贾主任翻脸不签字，说自己说了就承认。余然说市直工委刚刚开会，要求党费专款专用，不得私自挪用，善动党费者，罪加一等。贾主任不再坚持，也没有对余然有什么不好的脸色。正赶上七一党的生日，上级要求各大局组织"庆七一颂党日"文艺汇演。贾主任就把羔圈借调到党公室帮助贾主任工作，做报幕员。贾主任让余然坚守工作岗位，自己则与报幕员羔圈每天在办公楼旁边的小型会议室布置演出会场。

一心想打入机关的羔圈，把此次机会当作改变命运的契机，对贾主任只顾奉承，每天上班来的唯一任务就是给贾主任打扫办公室卫生。她穿着大开领低胸半露乳沟的透明衫，用魅惑的眼光挑逗贾主任。余然几次善意提醒她，机关工作人员不适合这种穿着。她回绝道："贾主任喜欢。"节目演出中，羔圈自报了一个节目，敲击架子鼓。本想得个一等奖，这是贾主任向她保证的。谁知羔圈演出水平太差，打的鼓跟小孩子玩玩具胡乱敲击，众评委连个安慰奖都没有给她，贾主任也是哑巴吃黄连有苦说不出。

第二天，羔圈拿着一张发票让余然用党费报销，说是租架子鼓的钱，这是贾主任让她租的。余然一看发票贾主任连签字都没有，就让羔圈找贾主任去签字。羔圈出去一会儿又回来，说贾主任就是不签字。余然自然拒绝了。羔圈哭哭啼啼说自己白白丢掉了380元，还没有得到奖，没逮着狐狸惹了一身臊。

晚饭，尽管郝建社回来很晚，余然还是把饭菜凉了热，热了等与郝建社共进晚餐。

# 追忆如歌年华

"郝雨有消息了吗？"郝建社大嘴满牙的把一根黄瓜塞进嘴里，看来是饿坏了。这时的郝建社与部队时的英俊军人判若二人，眼角纹过早怕上眉梢，挺拔的身躯有些驼了。多年来，由于刑侦工作的繁忙，他从没有歇过节假日，没有星期礼拜，没有白天黑夜，几乎一天二十四小时全扑在岗位上。有一日，一位在一起居住十年的邻居见到二人在一起，竟然惊讶呼出，"原来你们俩是两口子。"可见人们对郝建社的陌生。

"郝雨大学毕业，找了北京的对象，准岳父推荐他在东城区某派出所做协警。"余然把一大碗面条放在郝建社面前的饭桌上说。郝雨的准岳父与郝建社一样也是警察，在北京刑警大队工作。

"今天听你说话有气无力，有什么烦心的事吗？"细心的郝建社问道。

余然这才把贾主任与羔圈的事告诉郝建社，担心以后贾主任会打击报复自己。

"有我呢，我给你出谋划策。"郝建社几句话把余然说得心里热乎乎的。"贾主任就是小人做派。不管小人当面说你什么，背后损你什么，你都不要理会，宁可和君子辩论不要和小人争辩。"听郝建社一说，余然情绪也平静了许多。

一日，余然从市里培训回来给贾主任汇报培训情况，贾主任仿佛心不在焉地听都没有听完，急不可待地说："尹副局长找你。"尹副局长是主管党办室的副局长。余然这次发现他眼光闪烁，满眼都是故事。

余然揣着莫名其妙之心，来到尹副局长办公室，说明来意，并表决心说："坚决服从党组织安排，党叫干啥就干啥，我是革命一块砖，哪里需要那里搬。"

尹副局长严肃地说："对于你的工作失误，我可以理解，不再追究。考虑你平时表现尚好，经党委会研究决定，分配你到下属单位材料处报到，继续做财务会计。"

余然一听脉搏加快，心快要蹦出来，同时感到脸发热了，有一股强大的电流刺激着她的周身。她醒悟过来，这是贾主任在报复自己。余然问尹副局长："我犯了啥错误，受这样的处罚。"

尹副局长说："你私自动用党费，为自己装修买房。"

余然把手紧紧地攥了一下，说道："贾主任是猪八戒扛钉耙，倒打一耙。"

余然用力咬着下嘴唇，向尹副局长汇报了培训情况。并把羔圈借款，贾主任不签字的事情告诉了尹副局长。

尹副局长沉吟道："看来这就是所谓的不服从领导，不听从领导指挥，顶撞领导了。"

"局长，我还有哪些错误，能告诉我吗？我有则改之，无则加勉。"余然问。

"你有一次因工作粗心大意，错收了五张百元假票，被银行没收了，你用党费偷偷垫付了。这件事情已经在全局传得沸沸扬扬，满城风雨。"尹副局长说。

"又是贾主任告的状，又是他传播的谣言。"余然问。

尹副局长点点头。这一次余然感到自己受了极大侮辱，气得连气都喘不过来。余然心里高声叫骂着，心头产生一阵怒火，破口而出："这个混蛋王八蛋，想拉拢身边人，孤立我，排挤我，还假惺惺对我好。这是我刚来党办室接替他工作时，他收的假币，说是在以后搞活动时抵消了。每次他都说，等待下一次吧，几年过去了，始终没有处理了这几张假币，一直锁在我保险柜里。"余然嘴上这样说着，心里却想，贾主任那颗丑陋的心，一天到晚算计别人，净想些乱七八糟的事，净想些别人的不好，这次告状，就是因为那次羔圈借款遭拒绝。原来他这里等着我。

这时，尹副局长目瞪口呆，从一旁窥探余然。只见余然坐在那里，用手绢紧紧捂住嘴，像个气急败坏的斗士，浑身的血管都要破裂了。

尹副局长不再说话，他相信余然说的话是真的，假币，又是贾主任给余然挖得坑。于是，对余然说："你回去告诉贾主任，就说我说的，以后党费每花一分钱，必须由我同意签字。你继续在党办室工作。你的去留问题我跟局长商量。"还有一句话没有说出口，党委会决定的事有时也许能推翻，具体问题具体分析。

余然走后，尹副局长拿起电话，通知贾主任余然工作暂时不动，羔圈接替余然工作的通知作废，让羔圈从哪里来的回到那里去。

余然气愤愤回到办公室，坐在椅子上，越想越气，越想越窝囊，丘吉尔说过一句话，"凡是人怕人、人整人的地方，就是野蛮部落。"贾主任居然这么做，比野蛮部落还无耻下流。现在，全局上下都知道自己错收党费，怀疑她把假币私下报销，逼她为贾主任的失误买单。她一分钟也待不下去，来到贾主任办公室，"砰"的一声把门关上，气喘吁吁道："你为什么到局长那里，无中生有告我黑状。"贾主任也许刚刚挨了尹副局长的批评，也许谎言被揭穿恼羞成怒，或是精心安排羔圈来身边工作的如意算盘瞬间破灭，他坐在办公椅子上不慌不忙地说："没做亏心事，你急什么。"

"那几张假币是你给我的，为什么说是我错收的？"余然怒道。

"错币就是你工作的失误，我没有追究你，你却反倒打一把诬陷我。党费是你管理的，我又没有接触，假币不是你收的是谁收的。我从来没有收过党费。"贾主任那污黄的两排牙齿间流露出一丝奸笑，他一点也不害臊，仿佛觉得余然是在找他的茬儿，并且幸灾乐祸地看着暴跳如雷的余然。

余然把门打开，她要让全楼道的人都听见，都知道，大声说："那五百元假币就是你给我的。假币就是你的，不信咱们到公安局做指纹鉴定，上面有没有你的指纹。现在假币还在保险柜锁着。"余然如此说，就是让办公大楼的人们都能听见，假币她没有私下公款报销："贾主任，请你不要让我说出别的事情来。"

楼道内，立刻静悄悄的，连掉下一根针都能听得清清楚楚。余然明白，人们都在各自的办公室里侧耳细听，等待着她说出其他事来。

"有话好好说。"贾主任急忙把门关上，随后，把尹副局长的通知告诉了余然。余然岗位不动了。但贾主任并没有把羔圈替代她位置的消息告诉她。

回到家，余然把今天的事情告诉郝建社。郝建社语重心长地劝余然："什么样的人才是最坏的，天底下有句话说得非常清楚，冤枉你的人比你还清楚，你到底有多冤枉，这种人是最坏的。那些喜欢给别人泼脏水的人，内心都极其肮脏，因为他受不了别人的光芒，别人的光芒照亮了他内心的黑暗和龌龊，他承受不了。贾主任故意在背后到处造你的谣，想方设法攻击你，排挤你，诋毁你，并不是因为你不好，是因为他见不得你好。这也提醒我们，如果你足够优秀，那么一定要远离这些嫉妒心强的人。"

余然顿开茅塞地笑道："谢谢在背后说我坏话的人，我想告诉你，我既不是你爹，也不是你妈，却还让你这样惦记，实在是费心了。"

职场的浮沉，过于较真，只会让恶人洋洋得意，让自己痛不欲生。平淡处之，锋芒有时候需要短暂地藏一藏，遵循一条人不犯我我不犯人的铁律，才会生存得更舒心。多年后，贾主任作为体制蛀虫的代表，被纪委查处后，离开单位，因多年来无节制的性生活透支了健康，最后以肾衰竭的一纸诊断书，给自己肮脏的一生画上句号。人打着聪明的算盘，天打着因果的算盘。世道有轮回，苍天饶过谁。

# 第十六章

## 一

梵庄村一边连着城市，一边系着农村，处在"夹缝地带"，是制约大环境面貌换新、发展格局提级的重要因素。市城市建设规划要对梵庄进行推进有机改造更新、破解脏乱差的难题。这个消息市里最先知道的是村干部。村干部知道了就等于全村都知道了，瞬间传得纷纷扬扬。有些人就蠢蠢欲动盖房扩院，想多分几套房。市里领导明察秋毫，提出了农村以宅基地本为基准，有多少平方米宅基地，就分多平方米的返遣房。这招稳定了村民的情绪，安定了乱建的骚动。这也引起郝建社的家庭矛盾。

忽一日，郝建社父母家的房子，也就是二小姑住的郝建社那间房子，临街墙外的墙上画了一个大大的蓝色圆圈，圆圈内豪横地写一个凶神恶煞的"拆"字，这个"拆"像一颗定时炸弹，爆发了一场激烈的兄妹大战。余然万万没有想到，二小姑子住进自己房子，是几个妹妹勾结起来，居心叵测、精心策划的一场抢夺父母财产的阴谋诡计。这时，郝建社这才明白几个姑爷连同妹妹合谋抢夺哥哥房产，意图霸占老人的房产。这里不得不重新介绍郝建社的家庭情况。

当年余然回到城市后，郝建社的妈妈又生了一个女儿，也就是说郝建社家里有六个孩子，老大老二是儿子，其余是四个女儿。爸爸在临去世前要把房产分配清楚，房子哥俩平均分配，存款由妈妈保管，预防有病有灾急用。

郝建社结婚时的东屋，自从余然搬到公安局宿舍，一直闲置着。父亲去世前把哥妹几个叫到身前，嘱咐家里的五间砖瓦房，由儿子继承。把中间那间大客厅一分为二，两个儿子一人一半，各自分到东西各两间半的房子。几个妹妹口头承诺，结婚后绝不会回到娘家抢占房子。父亲去世后，妈妈住在挨着郝建社的东厢旁。中间大房子为客房。西厢房四个丫头住着。先后结婚出嫁，那间西厢房始终空着。四妹妹均没有离村，因为村里盖起了女儿楼，四个小姑子均住在女儿楼，结婚离家不离村，白天来妈妈家里吃饭，都不交餐费，晚上在各自家里睡觉。四个小姑子都结婚了，家里就多了四个小姑丈，后来又生孩子，又多了小孩子。再后来女方是女儿的可以生育二胎。四个小姑子头胎一茬女儿，后又一茬生育二胎，其他小姑子二胎均生育了儿子，唯独二小姑子二胎仍然是女孩。郝建社的弟弟、余然的小叔子，当兵复员分配进了烟酒公司，住在最西边。弟弟结婚生子后，嫌一间房逼仄，就把妹妹先前住的那间房打通，改成了二居室。再后来，郝建社二小姑子与余然商量："你们已经搬出去，照顾妈妈有些不方便，我搬到你们的东厢房照顾妈妈方便些，你们工作十分繁忙，尤其哥哥整天办案，更是没有时间。我搬过来帮忙照顾妈妈，不是很好嘛。"

余然立刻答应，二小姑子要给租房费。余然一口拒绝，说你们照顾妈妈，我就很高兴了，还要什么租赁费。就这样二小姑子搬进了余然的东厢房，因为余然的东厢房临街，二小姑子就开了一个小卖部，买些烟酒茶糖等生活用品。因生意很好，妈妈就把自己的开支、生活费、存折全部交给了二小姑子管理。每天二十几口人像赶集赴宴的人乱哄哄一片，那时，郊区农民户口都改成了市民户口，四个小姑子没有一人上班，每天的伟大任务就是陪着妈妈打麻将。

余然小叔子结婚生子后，与小姑子的孩子们必然不和睦，时常发生矛盾。有一次小叔子的儿子与二小姑子的女儿打架，不依不饶定要她们四家人滚蛋，说这是奶奶的家是我的家，让四个小姑子滚回各自家去。小叔子要把二姑丈赶走。二姑丈使劲保住余然房前的石柱，死也不走，大叫，我住的大哥的房子，又不是你的房子，大哥没有轰我，我就是不走。

小叔子找到郝建社，要大哥把她们一个个全部撵走。郝建社与余然商量，现在小叔子已经下岗，每个月几十块钱的下岗生活费，整天无所事事，一天到晚喝得醉醺醺的。喝跑了老婆，喝丢了工作。天下老的向着小的，殊不知惯子如杀子。妈妈心疼小叔子，让他在妹妹这里蹭饭吃。郝建社妈妈就是没有考虑到，小叔子如此白吃百喝，假如小姑子们搬走了，小叔子如何安排饭食。郝建社征求了妈妈的意见后，就扮起了和事佬的角色，两头劝和，才平静了这场闹剧。一次就是百次，开了头，就刹不住车了。小叔子小姑子一次次吵架，郝建社就一次次劝和，已经成了家常便饭。

# 二

一清早，是个星期日，从头顶的树枝中间透过的灿烂阳光射进屋来把余然晒醒，太阳照得她睁不开眼，她抬起头来，发现郝建社已经不在身边，他又加班去了。周围一切显得很清净很肃穆，她醒来第一件事就是开手机，刚刚开机，手机里显示出二十多个未接电话。但电话号码是一个人的，是二小姑子打的。她预感家里有急事，急忙打过去。那头二小姑子说："嫂子，你快来，今一大早，城管来人，说小卖部是占道经营，要拆了小卖部。现在他们的铲车堵在路边，我躺在车前僵持着，说这是我大哥的房子，要拆等我大哥来了再拆。"余然本想即刻给郝建社打过去，一想郝建社有两部手机，一部是单位的，二十四小时不关机，准时待命。一部是对亲朋好友的，在局里有了大事或开会，都会调成静音或关机。二小姑子肯定先打的哥哥的手机，没有联系上，才打自己的手机。余然让二小姑子等一下，自己马上就到。

余然开车到了梵庄，只见离自己家不远处围满了人，都在围观二小姑子与城管对峙。议论纷纷，指指点点。余然一阵心跳，怕出人命，赶紧把银灰色小轿车停在不远处，挤过人群来到家门口。看到小卖部墙上粉刷着一个大大的拆字，门口一辆大铲车威风凛凛赫然嗡嗡轰鸣着，一个中年男人坐在驾驶座位上手搬着闸，眼瞅着躺在车底的二小姑子，好像在等待命令，只要一声令下大有压过去之势。余然张开双臂，挡在车前，大叫："我是房主，谁敢压我，有胆量来试试。"二小姑子见状，站起身来，拉住余然的手臂哭道："嫂子救我。"这时人群最前头的一个三十岁上下的男人走向前来，余然斜眼一看，想必他就是头儿，他穿着制服，眼睛里流露出庄重的神色，带着前所未有的高傲，俯视着每一个人。衣服胸前紧绷，阻挡不住胸膛长得包裹不住的饱满、强壮，像个打手。好像他要通过这次执法行动，让他脆弱的蛹壳有过一次剧烈的爆裂，脱胎换骨，振翅高飞。余然还没有开口，他先对余然训斥道："我们是在执法，闪开。中华人民共和国第……"

"滚一边去，少给我拽，我就是管公路的。不要关公面前耍大刀，我只问你。为什么要拆房。"余然气不打一处来。

"占道经营，违章拆迁。"那头儿煞有介事说。

"占哪家道，违哪家章，拿出文件来，凭什么要砸东西。"余然义正言辞。

"别不知好歹，敬酒不吃吃罚酒。"那头儿两个眼珠子骨碌碌乱转，仿佛在故意找茬儿。

"这是我家宅基地，你城管管得也太宽了。"余然说着，掏出手机拨号，给城管大队队长王建平打过去。那头接了，余然说道："王队长，是你派手下人来郝建社家里拆房吗？我家宅基地本你也见过，过了许多年，什么时候宅基地变成你城管大队的了。"

"谁干的，让他接听电话。"王大队长嗓门很大。

"队长，误会了，误会了。我们只是没收些货物，让他们到所里拿货时，罚点款而已。因为我们也要完成任务。"这头儿从王队长的语气中听出了不好的味道，点头哈腰急忙解释。

"给我撤了！"王队长急了，嗓门很大，快把手机震裂了。

是！一声令下，城管撤了。看热闹的老乡也撤了。一切风平浪静了。二小姑子浑身还打着哆嗦，最后的担心消除了，一种感激涌上心头，她声音颤抖着说："嫂子，没有你这次就完了，我们全指着小卖部卖些货担负着十几口子生活费，嫂子，你是这个家的顶梁柱。"

余然这才进屋来看婆婆，婆婆腿脚已经不再那么灵活，坐在沙发上热泪盈眶说："余然，你要多为家着想，他们还指不定又出啥幺蛾子。"

余然拉住婆婆的手，温和地回答："我与建社因为工作繁忙，不能时常来看你。请老人家多多体谅。"

"嫂子每个星期都来电话询问你的身体健康。"站在一旁的二小姑子说:"是我不让她来的。"

"也不知道郝建社近来又忙些什么,有半年不回家了。"婆婆道。

"郝建社搞案子,时常不回家,尤其逢年过节更不着家。我与他结婚这么多年,没有一个大年三十或初一是在家过的。越逢年过节越加班加点。这您也是知道的呀。"余然为郝建社解围说。

"唉,谁让咱儿子是警察,警察就得先为大家再想小家。"婆婆很是通情达理。

"嫂子一句话提醒了我。我写个招牌,警察之家,挂小卖部门口,让那些城管来了看看。先在心里掂量掂量是警察,再罚款。"

"是猫就避鼠。不过,城管也是在执法呀。"余然笑道。

"此执法能与彼执法相提并论吗?"二小姑子道。

余然打开视频让儿子与奶奶见面说话。郝雨一声奶奶叫得老人家心花怒放。四世同堂的快乐是世上无与伦比的幸福。余然心想,郝建社因为工作的原因,不能常回家看看,自己要担负起郝建社的这份责任。

# 三

小叔子父子俩找到余然家来,父子俩吞吞吐吐理由是找郝建社,要与郝建社商量一件大事。余然知他有事不愿与自己说,但郝建社嘱咐自己不能把自己搞案件的事情告诉家里人。于是,就留父子俩在家吃午饭。余然知道小叔子爱喝酒,就特意把五粮液拿出来请他喝,几杯酒下肚,小叔子便打开了话匣子,要与郝建社商量城中村拆迁事宜。父子俩告诉余然,村里人直嚷嚷,村子快要拆了,按照宅基地平方米给安置返迁房,也就是按照宅基地本平方米数,分配住房的面积。婆婆家宅基地有六百平方米,也就是婆婆能分到好几套房。因为几个妹妹结婚后都把户口迁走,在村里另立户口留在村里,都住在村里女儿楼,而且孩子们户口也上在村里,享受村里的待遇。所以这次分房女儿们也同样是按平方米安置新房,也就是说几个妹妹都能在村里分到相当女儿楼平方米的新房。可她们私下里蠢蠢欲动也要把家里的房子分走。用父子俩的话说,几个小姑子要来娘家分家产抢房。小叔子要郝建社出面把几个妹妹全部轰走,收回来大哥的东厢房,并把小卖部也收回来,以绝后患。

按照农村的习惯,财产儿子分,老人儿子养。余然不相信几个平时和善的小姑子们会这样。于是告诉父子俩，你先回去，我再去找她们谈谈。

可是在这个节骨眼上，婆婆住院了。是几个小姑丈把老人送到医院去的。之后，才给余然打电话通知。余然急忙忙赶到医院找到医生了解情况，医生说是婆婆糖尿病血糖有些高，需住院降血糖治疗。余然把弟弟妹妹召集在一起与大家商量怎么办，几个小姑子异口同声说，按照老规矩，轮流伺候陪床一人一昼夜。余然遵照妹妹的意见办理了住院手续。但每天晚上下班来都会到医院看看婆婆有什么要求，医院有什么事情，没有事了再回家。婆婆始终不吭气，听从孩子们的安排。

那天，轮到余然值班，余然请了假，来医院接替小叔子。小叔子给她交代几句就要走，临走，把余然叫到外面走廊，对余然说："我给妈妈做了一天一宿的工作，让她立遗嘱，把房产给咱哥俩分了，她都没有开口。今晚，你再劝劝她，看看老人什么意思。"

"如果老人把房产给了咱哥俩，我们怎么办？"余然问小叔子。

"咱哥俩把老人养起来。"小叔子说。

"如果老人把房产给了女儿呢？"余然又问。

"那就对老人说，活不养死不葬，谁继承财产谁赡养老人。"小叔子说。

"如果老人把财产均分给儿女平分，怎么办？"余然又问。

"现在只有我没有住房，六等份分了房子，那我就得搬出去租房住。你是知道的，我一个下岗职工，又离婚了，连饭费都没有，经常到你那里蹭饭，哪里还有钱租房，看来我只能露宿街头了。"小叔子说。

余然清楚，小叔子下岗，单位把一个临街门脸给了他，他把门脸租了出去，几次找工作看大门都因他喝酒误事被人家辞了。记得一年前，有一次小叔子向郝建社要钱，说兜里只有1块7毛钱，如果吃了早饭就没有烟抽，抽烟就没有早饭吃，他只好省了早饭钱，饿着肚子买了一盒烟，中午找郝建社家来要饭吃。

小叔子说着停顿下来，好像是太累了，说不下去了，他那满是胡茬儿的下颚沉重而松弛地垂在胸前，接着又吃力地说道："自己还没有吃晚饭。"余然明白了小叔子的意思，立刻从提包里拿出五百元给了小叔子。小叔子接了钱，脚步轻松地走了。

余然回到病房，看到输液的婆婆闭眼休息，替她把被头掩了掩。

婆婆睁开眼睛看到余然说："弟弟又向你要钱了。"

余然点点头笑笑没有说话。接着又是一阵沉默。

婆婆再次睁开眼，让余然从病床被子底下掏出一个东西，是一个红布包裹着的红本本，有 A4 纸那样大小。余然打开看是家里的宅基地本。

婆婆对余然说："也许这次我挺不过去。我知道郝建社忙，整日不着家，为了工作我不挑剔他。你是家里的顶梁柱，现在我把宅基地本给你，你要好好保存起来。哪日我不在了，你与郝建社作为长子，长子如父，你们要把家里的事情处理好。房子归你们哥俩继承，存款归几个妹妹均分。存折我藏在家里柜子最底下夹缝里，有十六万元。"

余然知道，婆婆的十六万块钱，是与公公平时省吃俭用存下的。她没有说话，心里不是滋味。婆婆沉默了一会儿，然后开始摩挲余然的手，说："你再最后给我揉揉腿吧。平时你来家的时间很少，你每次来都给我揉腿，你揉的腿最舒服。我让她们给我揉腿，谁也不给我揉，还说我事多。"婆婆的声音可怜兮兮的。

余然学着郝建社的样子给婆婆揉腿，她看到婆婆在注视她，眼睛里隐约流露出忧伤的神色。

婆婆断断续续又向余然交代了许多问题。半夜，婆婆输完了液，余然叫护士拔了针头，已是下夜两点，余然给婆婆热了一杯奶，她端着碗闻了闻，不冷不热，给婆婆嘴边一勺一勺喂过去。一股缓慢的热流进入了婆婆的胃里，渗透了婆婆的全身，婆婆有些激动，连指尖都有些感到激动，这种温和的兴奋使婆婆感到了幸福。婆婆喝完奶，余然给她洗漱完毕，伺候婆婆睡觉。婆婆顺从地依照余然的嘱咐躺下睡了。

第二天晚上，二小姑子来接余然的班。余然叮嘱几句，疲劳的余然赶紧回家休息，但刚刚到家还没有来得及洗漱做晚饭，二小姑子着急忙慌来电话，说妈妈在你走了之后，一直面冲墙躺着不吃不喝也不动。我叫了医生来看，医生说妈呼吸脉搏缓慢，让咱们准备后事。

余然有些不相信，刚刚回来时，婆婆有说有笑，还吃了一大碗馄饨，怎么这么快就不行了。余然急忙开车赶到医院，闯进病房，见婆婆真的在病床上，面对墙躺着一动不动。二小姑子扶在婆婆身后哭哭啼啼，好像婆婆真的死了一样。婆婆听见余然说话，把头扭过来痴呆呆瞧着她。余然发现自己走了没有多大会儿，婆婆竟然形容消瘦，面色苍白，就吩咐二小姑子再去叫医生，自己把手摸在婆婆脉搏上，婆婆脉搏确实有些微弱缓慢，但不至于像二小姑子说得那样邪乎。医生来过，给了输液，慢慢地婆婆的脉搏有些平稳下来，余然猜想婆婆可能受了什么刺激与惊吓，就对她说："别害怕，没有什么大问题，真有问题我会把郝建社叫回来处理。"婆婆有气无力地说道："关键时刻见人心呀。"婆婆刚说到这里，医生又推门进来，后面跟着二小姑子，婆婆便闭口了。医生煞有介事拿着听诊器，在婆婆胸口听来听去，听了好一会儿才说："没有多大问题，让病人好好休息吧。"医生嘱咐余然几句，又开了些药，要二小姑子去拿，就抬腿走了。

"今夜，你回去吧，我来守护妈妈。"余然对二小姑子说。

"妈是看上你了，你一走她就乱了方寸。"二小姑子说着，就去医药室取药。

余然把婆婆搀扶起来，坐在病床依被而拥。婆婆吃力地把屁股挪了挪，直起身来，拉起衣襟擦着满脸的泪水说："她们盼着我早死。"

"她们平时那么孝顺，怎么会盼你死呢？"余然不相信，以为婆婆糊涂了。

"她们跟我翻脸了。"婆婆说。

"女儿是妈的小棉袄，怎么能说翻脸就翻脸呢。"余然问。

"她们要我把宅基地本给她们。我没有同意。"

"如果她们养你老，我不在乎那点宅基地。"

"那你弟弟怎么办，他住哪里。"

余然没有吭声，因为她没有考虑过这个问题。

"我走了，你要多帮助弟弟。"婆婆恳求余然说。

余然清楚，若房子拆迁，小叔子父子俩没有安全的地方或遮风避雨的去处，那微薄的拆迁费也不会到了小叔子的手里。等于置小叔子父子俩于死地。

"现在，我要你替郝建社答应我，对弟弟不能不理不管，抛弃他。"婆婆口气有些祈求。

余然明白自己没有推卸的责任，必须把婆婆的那份责任担当起来。于是说："我替郝建社答应你，不但要管弟弟，还要赡养你，为您养老送终。这次您出院，就搬到我家去住。"

婆婆高兴地答应着。这时，二小姑子取药回来，把药放在桌上说："嫂子，你多费心，我回去了。"

"回去以后，你把我们的东厢房收拾一下，给我们腾出来，我准备搬回家去住。"余然说。

二小姑子一愣，随后说："给我几天时间，不好搬，尤其小卖部太乱，有些货物不好处理。"

"好的，五天时间可以吗？"余然妥协道。

"好的，我抓紧时间去办。"二小姑子答应着，拎起余然让她拿回家去的一箱苹果一大把香蕉，匆匆走了。

余然等二小姑子走后，把婆婆安顿睡后，突然想起来，刚才让小二姑子把单位朋友看望婆婆送来的礼物，有一样东西塞在里面。因为余然内退后，返聘到老干部处工作，那是局里明日要上报的材料。她见婆婆睡觉安稳，不想麻烦二小姑子再跑一趟送回来，就给护士打个招呼，急急忙忙开车回到婆婆家里去取。

进得村里，余然把车子停在大院旁边黑暗的空地，只见院内乱轰轰忙得不亦乐乎。余然感觉有些不对劲，就躲在一边没有说话，冷眼旁观。原来四个小姑子的全家人都在忙活着给婆婆搭灵棚。灵棚最顶上白布黑字赫然写着婆婆的名字，XXX驾鹤西游。正屋门口内，摆放着一块门板，门板上面铺着一块白布单，白布单上放着早已为婆婆准备好的装裹衣裳。余然骤然惊诧，婆婆还没有死，她们怎么就认定今晚婆婆必死无疑。

更可气的是，小叔子竟然跟二姑丈坐在灵棚里喝酒，谈笑风生，没有一丝悲切。

余然沉着地看着一群人的表演，那威严的脸上纹丝不动，不明白她们为什么会心急如焚地盼望婆婆死去。尤其那几个小姑子平时对婆婆照顾有加，怎么会盼着亲妈死去。这时候，小卖部灯光阴影下，藏在灯影下的大姑丈与大小姑子悄悄对话，引起余然的注意。大姑丈说："老太太现在死了，还没有来得及留遗言或立遗嘱，这五间大瓦房就是咱们的了。那哥俩谁也没有想到，这次拆迁政策，不是本村农村户口，没有资格分房，到时候安置返遣房，只给本村村民，那哥俩做梦也不会想到返遣房没有他们的份儿，到时着急上火尿黄泡，干瞪眼喝西北风去吧。我与村主任已经说好了，同意只给咱们女儿。到时咱们每家还不得闹他几套房。呵呵。"大小姑子指着小叔子背影说："这个酒鬼好糊弄，几杯酒下去就醉生梦死上当了，到时后悔都来不及。就怕老大，刑警大队长的火眼金睛，把咱们一眼识破。"

"反正他整天办案不着家，给他打个时间差，也许会糊弄过去。尤其这个老大媳妇，忒不好弄。哄得老妈团团转，什么事都听她的，她才是大当家的，一人说了算。"大姑丈阴阴地说。

"怕啥，你不是早跟你妹夫说好了，你们若真打起来必定要找村委会，他们会一屁股坐咱们这边，没哥俩什么事。"大小姑子说。

大姑丈一阵冷笑："实在不行，真要打起来，咱们就把老太太往老大家一扔，余然那么爱干净，老太太尿失禁，随便尿得满屋子骚气味，看老大媳妇咋办，这是老大媳妇的短板，咱们的绝活。"

余然清楚，村书记管大小姑丈叫大舅哥，大小姑丈还是村书记媳妇的介绍人，大小姑丈就是当年北齐村大队干部的外甥，当年顶替知青指标招进了市里集体企业五零织染厂。当初大小姑丈就是奔着郝建社的地位与名声娶了大小姑子。而今天她们为了一点私利，全不念当年的根由好处，刚刚保住那条腿，吃了劳保，就翻脸不认人。真是农夫与蛇，子系中山狼，得志便猖狂。

有一种人，你把她们当亲人，她们把你当外人。你把她们当家人，她们把你当傻瓜。你对她们实心实意，她们却对你充满算计。余然骤然间感到脊背发凉，脑袋里在轰响和震撼，而耀眼的灯光又刺痛着她的双眼，她凭借最大的努力勉强站在那里，迫切希望有个支撑，尽量使自己不倒下。她万万没有想到，这一路走来，自己用善良喂饱了一群不懂感恩的人，却被几个小姑子当成傻子耍了。婆婆住院事件使自己看清了几个小姑子的狼子野心，她顿然明白，为什么婆婆把宅基地本给了她。原来，村里拆迁闹得沸沸扬扬，自己与郝建社毫无所知，几个小姑子一直瞒着哥哥暗行其事。怪不得小叔子前一阵找自己，劝老人赶紧立遗嘱。当时以为小叔子酒喝多了瞎说，自己竟然没有注意起来。

余然不想与她们打照面，步履恍惚，目光迷糊，踉踉跄跄转身回到轿车内，也不打算取那材料，因为材料存在微机里，明天准备再重新打印一份给局老干部处报去。余然慢慢地开车回到了医院。

"明天，我要出院。"婆婆的语气坚定，不容置喙。

余然用力点点头。她没有提起家里女儿们闹哄哄为她搭建灵棚的事。余然心想，也许现在她们一个个正在翘首以盼，等待着自己给她们报婆婆死讯的消息。余然不想让婆婆知道这事，怕婆婆触景伤情，一气之下背过气去，真得缓不过气来去找公公做伴，那会出现大麻烦。

余然打算接婆婆出院先在自己家里待几天，等二小姑子把房子腾出来，自己与婆婆一起搬回老家去住。

# 四

余然接婆婆出院第四天，也就是让二小姑子搬家的最后一天。小叔子打着看妈的借口来余然家里蹭晚饭。小叔子酒足饭饱后，一边用牙签剔着牙一边打着饱嗝，趁婆婆在楼下与人说话，小叔子对余然说："那几个妹妹明天就要搬走了，你说准备搬回家去住，我与儿子商量了一下，你们也不用搬回去占房了，我们把老人接回去，你把房子与小卖部让给我们。儿子准备把你的房子和小卖部还有后面的宽胡同连在一起，约有百平方米，儿子准备开个游戏厅。"

余然抬起疲惫的眼睛，用惊疑的目光看和他，这突如其来的问题，余然万万没有想到，小叔子也在打自己房子的主意，她撩起围裙擦了擦洗碗的手，说："这事我做不了主，等你哥哥回来再说吧。"

小叔子没有想到，平时做事果断、雷厉风行的嫂子，会说出这等话来，本以为轻而易举水到渠成，嫂子会立马拍板他把房子拿下，但被嫂子推辞了，感到脸上有些挂不住，心里不高兴脸上却没有表现出来，只是客套几句，下楼来与妈妈打了一声招呼，把"挟天子以令诸侯"的锦囊妙计，暂放一边，骑车子走人了。

晚上，余然与婆婆刚刚吃过晚饭，余然手机铃声急切响起，余然拿起一看，是二姑丈的手机号，余然接听，手机里二姑丈大呼小叫："你快来看看，家里打死人了！"

余然吓坏了，又重复问了几遍，二姑丈回答如初。她给婆婆解释几句要赶紧赶回老家去，婆婆一把抓住她的胳膊说："我也要去，你弟弟一个人对付不了她们几大家子。"看来婆婆从余然手机听出了一切。

余然答应着，开车带着婆婆赶到老家，老远就听见狗叫声吠得厉害，她知道那是小叔家的藏獒在狂吠。余然看见二小姑丈，站在街唾液横飞的对围了满胡同口人群控诉着，郝建社怂恿弟弟打妹妹，郝建社不管家，不管老人。她们如何孝敬老人，照顾老人。郝建社听说拆迁回来抢房子。人群中沸沸扬扬，议论纷纷，有几个老太太还唯恐看热闹不嫌事大，讥笑纷纷，"这下子够老大喝几壶的，断了别人的案子断不了自己家的案子。姐妹四家对抗哥俩，何况老二还是个酒鬼，有两杯酒下肚就没有脉了，就得把老大给卖了，等于一个废人。那村主任是大姑丈的妹夫，还不是一句话的事。天时地利人和，老大全不占，四比一，够老大喝一壶的。打官司也得输。"

余然把车窗关了停在隐蔽处，把婆婆从车上扶出来，余然听人群中有人给婆婆打招呼，"老佘太君回来了。"婆婆没有心思理她们，显然婆婆也听到了人们的胡言乱语，她被余然扶着脚步踉跄急忙往家里走去。余然推开人群把婆婆让进家门，见二姑子已被小叔子的儿子小魔头打得满脸是血，躺在地下一动不动，像死人一样。其他人仍站在门口声泪俱下的血泪控诉小叔子的打人，有的人声色俱厉斥责余然唆使打人。躺在地上的二小姑子，见到余然的到来仿佛那口断了气给缓过来，长长出口气呻吟几声，那呻吟的声音仿佛告诉人们她被打得奄奄一息，连呼吸的力气都没有了。那哼哼唧唧声像老娘们生孩子般痛苦又像有几分小孩子撒娇故意夸大惺惺作态，以博得人们同情。

余然让人给婆婆搬来一个板凳，扶婆婆坐下，婆婆看到黑压压四个女儿的家人二十多口子围在小叔子院子的围墙骂骂咧咧，几个外甥跃跃欲试要冲进去杀个你死我活，那狗吠声、谩骂声和哭声，使余然的脑子跟着震荡，她觉得从头盖骨到脊梁都好像要碎裂似的。余然没有耐心听四个小姑子一家人围住她，控诉小叔子父子俩的暴行，而是要找肇事者小叔子的儿子这个小魔头，落实二姑夫"打死人"的打人动机。人们隔墙叫喊小叔子的名字，那藏獒隔着大铁门叫喊得更加恐惧，大有挣脱铁链冲出来把人生吞活剥之势。余然想，藏獒，这也许是四个小姑子们不敢造次的主要原因。二小姑丈嘴巴冲着墙内大喊，"是不是你说的，是嫂子让你打人的，要把我们全部打出家门。"

"是嫂子说的。我实话实说，好汉做事好汉当。"小叔子在里面叫喊，他不知道余然的到来，继续叫嚣，"嫂子就是这么说的，让我把你们一个个打出家去。我听嫂子的，再不走，我就要放狗咬人了。"

"我啥时说让你打人了。"余然隔墙问道。里面显然听到了余然的声音，不再说话，余然说："你把大门开开，把狗拴上，我要进去与你谈谈。"里面立刻寂静起来，甚至连狗吠声也停止了。

以后，不管余然怎么叫门，里面一声不吭。像刚刚炮火连天后人都死绝了的恐怖。

婆婆呼喊余然，让余然与女儿们把自己扶进自己住的屋里，直奔那墙角的大板柜子，之后，从上衣兜里哆哆嗦嗦掏出钥匙，颤颤巍巍打开锁，发现锁已经被打开，婆婆更加焦急，让余然掀开沉重的木板盖子，她把身子探过去，在里面翻找什么东西。余然看到里面好像已经被人翻过了乱七八糟的。婆婆从柜子最底下，找到了她给余然所说的那块红布包。急急忙忙打开，里面空无一物。婆婆扭身问女儿们，谁动了我的包。大姑子说："你问二丫头去，我们不知道。"

婆婆来到院内，质问二女儿："我让你好好看管好我的包，你把里面的东西弄那里去。"

"你是不是又想给你的两个儿子，我们撬锁了。"二女儿坐起身来，振振有词道，那脑袋也不疼了。

"我的存折呢？"

"在我手里。你一分钱也别想要，再住医院让你儿子给你掏钱去吧。"

"你们要干什么？"

"宅基地本你不给我们，想把房子分给儿子。你的存款就是我们几个女儿的，里面有十六万存款，我们四个丫头分了。"

"那长孙子郝雨给我买的玉手镯哪里去了？"

"在我们手里。"

"我的金戒指呢。"

"在我们手里。"

"你爸爸死时留下的金戒指。"

"也在我们手里。"

"还给我。"

"不还，现在东西在谁手里，就是谁的。"

"你们怎么能这样，趁我不在家，偷偷把我洗劫一空。"

"是你逼的。我问你，那宅基地本怎么没有了。"

"在医院，妈妈给我了。"余然答道。

几个小姑子立刻冲上来，对着妈妈怒目圆视，二姑子竟然能站起来，弹弹屁股上的土，指着亲妈的鼻尖骂道："你这个老不死的，怎么没在医院嗝屁了。我们连灵棚都给你准备好了。现在我巴不得你立即死掉，那样就不用你立遗嘱把家产给哥俩留下。"

"你们把房子给我腾出来，我要收回。"余然急了。

"没门，谁住着就是谁的。房子现在是我的了。"二小姑子说。

"当初你搬进我的房子，是怎么答应我的。你哭着求我，说我啥时让你搬，你立刻就搬走。"

"那会儿是那会儿，现在是现在。老黄历翻不得了。现在我住着就是我的。"

"人要讲良心，要讲信用。"余然寒心至极，抱柴者即将冻毙殁雪地之中，万万没有想到，捅自己最深最厉害的竟然是自己帮助最大的用心对待的二小姑子。

"良心多少钱一斤，早被狗吃了。现在这个社会讲究钱，为了钱，亲娘老子算个屁。"二小姑子无理搅三分。

"我终于明白你的二哥为什么打你了。"

"原来你怂恿老二打我们，让我们搬家，就是为了回家抢财产，把宅基地本给我们，不然，今晚你出不了这个院。实话告诉你，我们根本就没有打算搬家。宅基地本拿来！"十几个人像十几条饿急的狼，绿眼冒绿光，把余然围住，推推搡搡，仿佛要把余然一口吃掉。

"胡说八道，造谣要负法律责任。"余然眼看雄虎难抵恶群狼。

婆婆顿时眼泪汪汪，忍不住要哭了，嘴唇与脸甚至抽搐起来。婆婆泪眼哀号，"你们的大哥平常对你们那么好，现在却翻脸不认人，你们的良心给狗吃了。"余然潜意识里认识到，这不是一次平日里的打打闹闹，而是一次不寻常的有预谋，有准备的财产抢夺大战。小叔子觊觎郝建社的房子，几个女儿觊觎郝建社的房子。余然多么希望此时此刻郝建社能出现，为她力挽狂澜。可现在郝建社根本不知道在哪里。余然不敢打郝建社手机，怕影响他的工作，也许郝建社现在正在潜伏抓捕犯人，手机一响暴露敌情，功亏一篑。

余然喊到："妈还没有死呢，你们一个个急不可待抢家产，良心何在。"

四个小姑子异口同声："我们能等娘死，拆迁办等不了。到那时，黄花菜都凉了，一切全泡汤了。"

在重重包围中，在一虎难抵群狼中，在一张嘴抵不过群口之下，余然打响了我的手机。当时，我与楚建军已经睡下。我被急促的手机铃声惊醒，一看是余然的手机号码，心里立刻警觉起来，三更半夜余然来电，不是婆婆病危就是她有危难。保护余然是我心之使命。听余然简略说明情况，我急忙把楚建军叫醒给他说明情况。他也跟着害怕起来。我俩穿好衣服，上了轿车，他脚踩油门引擎一响，车风驰电掣驶向余然婆家。

当我与楚建军赶到余然家里，几个小姑子丈看到楚建军，顿时老实了许多，像几只挨训的小鸡崽蔫头耷脑龟缩一边，不敢再言语。只见二小姑子仍然躺在地上继续装死，嘴里一声声呻吟，"死了呀，死了呀"地叫唤。"她们一个个已经老实多了，派出所两个年轻民警，先到小叔子父子俩院子里了解情况，又把几个小姑子叫到一边了解情况，之后又把婆婆叫到一边了解情况，最后向余然单独了解情况。我与楚建军就是这时候赶到的。民警一见楚建军即认识又熟悉，握手寒暄后，楚建军指着余然告诉他们，"这就是刑警大队郝队长的老婆。"其中一个民警惊奇道："原来如此，早说呀。郝队长搞案子，还从我们这里临时抽掉人，我争取半天没有实现目的，现在想起来还很遗憾。"

我指着满脸愁容的余然，给他们大致介绍了郝建社家里的情况。听我说完后，一个民警说，这帮小姑子真不是东西，当着我们的面还胡说八道，编排余然平时不管老人，一年到头也不回家一次，是她们十几年如一日含辛茹苦照顾老人的生活起居。现在不知余然给老人灌了啥迷糊汤，老人已经糊涂了，一个心思偏向老大，帮助老大要抢回她们的房子。一把鼻涕一把泪，要我们主持正义。那小叔子整个一个酒鬼，说话颠三倒四，不着边际，现在躺床上正呼呼大睡。

民警要让二姑子到医院检查伤情。几个小姑子强烈要求余然掏钱付医药费，理由是余然纵容小叔子打人行凶。她们清楚小叔子一个蹦子掏不出来，才讹诈余然。并还要求余然付精神损失费。

民警教训她们几句，制止了她们的一味胡闹，征求她们的意见，是到派出所说清楚，追根细查。还是去医院检查二小姑子伤情，你们自选，后果自负。她们这才不敢再提增加额外赔钱的要求。她们要求去医院。等她们上了 120 救护车，民警才敢撤警。我与楚建军陪同余然婆媳俩回到她的家里，临走我背着婆婆给了余然几句："想当全市最好的嫂子，给几个小姑子办了多少事，怎么样她们领你的情吗？都露馅了吧。别为了给别人撑伞，而淋湿了自己，良心给错了人，就是灾难。"我与楚建军回到自己家时天已大亮。小叔子被扔在一边没有人理睬。

## 五

余然与婆婆回到家，安顿婆婆洗漱躺下后，来到自己与郝建社的卧室。漫漫长夜，她躺在床上因过度寒心和疲劳睡不着，刚才与几个小姑子的争吵始终打扰着她，她回想起来，既不害怕也不懊悔，只是纳闷，自己平时对她们那样好，感动得她们给自己作揖连连，只差磕头了。而现在她们为了一点利益六亲不认反目成仇，把先前对她们的好忘得一干二净。她万万没有想到几个小姑子平时对自己恭恭敬敬竟然是为了稳住自己、霸占自己的房子。余然左思右想一宿未睡，索性起床打开微机，敲击键盘，心急火燎连夜给郝建社写了一份汇报材料。之所以叫材料，是因为余然一气呵成竟有上万字，把家里最近发生的事情详详细细原原本本写个清楚，以文件的形式给郝建社发到手机微信里。

余然焦急地等待着郝建社的回信。她拿不定主意，自己如何对付四个小姑子早有预谋的行为。把握不住小叔子醉酒必误事、二面三刀、两头传瞎话的龌龊行径。

余然心烦意乱地走到窗下打开窗户，让进来的一缕清风吹拂着脸颊，她用手拢了拢头发别到耳后，几盏街灯早已熄灭，在这一片漆黑中余然首次注意到，天空竟如此近，天空闪烁的星星比她记忆中的任何时候都更加明亮。其中一颗星星看起来几乎唾手可得。她把双手扶住窗沿，一只手盖在另一只手上，柔声细语自言自语，"如果低了头他们就会得寸进尺，那就抬起头挺起胸，不择手段撂倒她们，无论是谁，你待我如何，我便待你如何，这是礼貌，更是规矩。人要善良有度，一味妥协，必会后患无穷。"

时间不长，郝建社微信回复，寥寥几字，给余然指点迷津：如果善良得不到尊重，那就翻脸。妈妈咱们来养老。你去寻求法律帮助。

余然如登上泰山之巅豁然开朗，人一旦不害怕失去，态度就会变得强硬。余然清楚，郝建社不再顾及亲情，不想再给妈妈添麻烦。只有经过法庭判决，村大队干部才无法参与干涉，姐妹几个才不敢继续无理取闹。

　　郝建社告诉余然，以你一个人的力量斗不过她们的，必须到法院起诉四个妹妹，借助法律的力量。现在我不在家，你去找我的战友王法官，请她帮助你运作，并把在法院工作的女法官战友的名字和手机号发给余然，让余然天亮去找她，取得王法官的帮助与指导。

　　天蒙蒙亮，余然伺候婆婆吃好早饭，让她坐在沙发上看电视，自己就急急忙忙找到法院旁的临街面小店，找到郝建社的战友。那战友是个女同志，自我介绍说姓王，五十岁上下，梳着齐耳短发，面目和蔼，接待了余然。并告诉余然，自己已经内退，现在开着律师事务所，专门解答有关打官司的疑惑事宜。当她认真听完余然急不可待的叙述之后，告诉余然首先要写一份起诉书，起诉郝建社四个妹妹，这份起诉书可以由她代写，但是要收费的。余然立刻答应，当即给她转过去五千元律师事务费。余然叫她王姐。

　　王姐给余然指点迷津，她们认为你的房子居住久了，就是她们的了。你第一步抓紧时间，把婆婆的存款取出来，那几个小姑子拿着婆婆的存折，很有可能会全部支取被瓜分掉。

　　余然说："婆婆的存折密码二小姑子知道，平时婆婆都是让她给存的。可存款都是长期的，她们怎么能提前支出，那利息得损失很大的。"

　　"她们只要拿到存款，哪管什么利息。"王姐说，"第二步，你带着你的婆婆赶紧到报社挂失。三天后没有人问，你再带着婆婆到存款储蓄所把全部存款支出，到其他储蓄所另存。不然婆婆存款被她们取走，你们会特别被动。"

　　余然一股感激涌上心头，她继续向王姐请示："婆婆的身份证、户口本都在她们手里，咋办？"

　　"第三步，你带着婆婆马上到当地派出所挂失，让派出所补办户口本和身份证。"王姐说。

　　"我的公公已经去世，临去世时要把房子给哥俩分割清楚，几个小姑子吵吵嚷嚷这是对她们的极度不信任，委屈了她们。让老爷子放心，她们绝不会回娘家抢家产，并赌咒发誓如果回娘家抢家产，都不得好死。当时，郝建社就是看到几个妹妹的表现，才没有再坚持。"

　　"唉，兄弟姐妹平时一团和气，但一涉及到分家产就会翻脸不认人。我办过许多这样的案子，但都是母女一条心告儿媳。像你们婆媳一条心告女儿，还是头一次。"

　　"当时，郝建社见几个妹妹对母亲很好，有打算与她们平分家产的意思，可母亲考虑如果家产平分，那几个女儿各自有村里的女儿楼住着，我们也有公安局宿舍可以住。只有小儿子分不到多少平方米，就得搬出去住，一个下岗职工没有工资，没有住处，就得要饭吃，她心疼老儿子，才耽误到至今。"

"是呀，天下老人向着小的。一般是慈母多败儿，正因为如此才造成下岗的老儿子，没有再找份工作，而是在家啃老。"

"老儿子也曾经三番五次给母亲做工作把房产分了，老人一直没有吐口。这次那个与老儿子打架的二姑丈，一气之下跑到美国干了五年橱子回来了，挣了些钱，自以为自己有钱了，腰杆子硬了，连大舅哥二舅弟也不叫了，整天老大老六的叫着，我这嫂子就老大媳妇直呼其名。"

"以前，婆婆对家产的分割是有犹豫的，老大儿子由于工作性质关系整天不着家，不想给大儿子再添麻烦。老儿子一个醉枣儿，根本挺不起个儿来，怎能伺候老人。几个女儿整天吓唬婆婆，如果把家产给了儿子，我们就断了与娘的任何来往，不认这儿娘了。"

"这次怎么使老太太下定决心了。"王姐问道。

"一是大姑爷依仗自己妹夫是村支书，答应返遣房只给户口在村里的女儿，二个儿子没有份。这次在美国打工的二姑爷回来了，见村书记如此说，以为房子到手十拿九稳，直截了当对婆婆开诚布公：房子是我们的，养老，找你的儿子去，闺女们管不着。婆婆这才彻底绝望了，来找郝建社求安身立命之处。"余然答。

"第四步，你回去后，在你公公生前所在的街道居委会，开一个你公公已经去世的街道证明信。"王姐进一步安排，"法院需要你公公的证明信。第五步，带着你的婆婆到公证处去立遗嘱，把财产留给二个儿子，由儿子来养老。第六步，你带着婆婆登报声明存折丢失，三天后你与婆婆到银行把存款取出另存。另设密码。等这万事俱备，再来法院起诉。"

余然点点头。看王姐工作十分繁忙，便辞别了王姐。余然来到大街上，她极力让情绪缓慢下来，她来时没有开私家车而是坐公交车来的。她慢慢地在人行道上走着，她根本没有想到，自己要去做这么多项弥补措施。每一项步骤用王姐的话说，越快越好。而恰这时，郝建社像一个神秘人东躲西藏，神龙见首不见尾。她心中像万花筒般闪映着一副副杂乱的图景，几个小姑子那夜与她翻脸争吵的场面历历在目，一张张半恭维半讨好的嘴脸，瞬间化作一个个凶相毕露、露出牙齿咬人的白眼狼。她依靠在路边一棵梧桐树下，头靠住树干，心内翻腾，仿佛有把刀子插进胸口，血脉在耳朵里轰轰地跳。她万万没有想到自己曾经想要做一个全市最好嫂子的想法，是那么幼稚可笑，不切实际。王姐一席话使她醍醐灌顶，这会儿被气得浑身哆嗦，她竭力镇静不想让自己走向刀姐相刃、法庭相见的道路。她意识到，当初为了让二小姑子更方便照顾婆婆，才让她们搬进自己房里住，反而正中二小姑子的圈套，没有向二姑子要房费，就不能证明房子是自己的。简直是引狼入室，慈悲生祸害。但从不服输的余然，总觉得一派光辉的未来在她眼前闪现，她凝视着远方，坚信，郝建社总有一剂良方化解兄弟姐妹之间的矛盾。

亲戚间希望你好，但不希望你比她们好。富养仁义，穷生奸诈。还有余然没有想到的，四个小姑子见不得大哥比她们生活好，有房有钱有车，丰衣足食，儿子考上了公安大学，与爸爸一样又当上了警察。尤其四个下岗的小姑丈总觉得在大舅哥面前抬不起头来，没有尊严，没有底气，连给大舅哥说话的资格都没有，他们甚至自卑到大舅哥从来没有用正眼瞧过他们，没有用好脾气对待过他们。抢家产要房子是他们反抗大舅哥最厉害、最解气的行动。他们从来没有把小舅子放在眼里，因为小舅子是一个喝酒不问度数、酒后不问去处、整天醉醺醺的醉枣儿，小舅子就是一条狗，一条向他们乞讨的狗，一瓶酒就打发了跪舔他们的癞皮狗。

# 第十七章

## 一

秋是慢入的，但冷却是突然的，昨晚一场秋雨方知已是深秋，带来冬天般的寒冷。余然给婆婆添了毛衣毛裤，陪着婆婆来到当地派出所重新办理身份证和户口本。因为没有这两样东西打官司办遗产一切将寸步难行。她唯恐婆婆身体受不了，有些犹豫。婆婆爽快答应，拼了老命也要把身份证、户口本要回来。婆婆对四个女儿已经彻底寒心，不再对她们抱有任何幻想。她们抢走了婆婆的一切，欲置婆婆死地而后快。婆婆说："先前我以为她们那么孝顺，真有着儿女平分家产的念想，可万万没有想到几个丫头却被几个姑爷教唆坏了，只要家产不养娘。我知道她们一个个白眼狼，早盼着我死。我死了，姑爷们多年卧薪尝胆的计划就告成了。我要活着，等到我的大儿子回来。有了大儿子给我出谋划策，给我撑腰，我啥都不怕。"

当余然与婆婆来到当地派出所，还是那夜余然报警来处理现场的二位年轻民警接待了她们。二位民警笑盈盈地把余然让到接待室，让座后，听余然说明来意，其中一个民警说，我让你们见一个人。说着出去了。不一会儿，他请进来一个民警，年龄与余然不相上下，中等身材，中等个头，面善心和，肩上扛着二扛三星，是一极警督。余然顿觉面熟，站起身来瞅着他发愣。那年轻民警介绍说，这是我们马所长。余然顿觉疑惑。那马所长微笑着请余然坐下，回过头来嘱咐二个年轻民警上茶，上好茶。

马所长坐下开着玩笑："老班长，你真把我忘了。"

余然顿觉脸上不好意思，怔怔发愣，在记忆库里极力搜索马所长陌生而熟悉的面孔。

马所长又说道："你忘了我，我可忘不了你。上学时你几次跑到我家里告状，说我欺负女同学，让我爸揍我。"

"呀！马福。"余然终于想起来了，又惊又喜道。

原来马所长是余然的小学同学。那时他爸是派出所所长，他十三岁便长成了成年人的个头，一米七二，坐最后一排。那时他经常开女同学的玩笑，不是揪小辫，就是往书包里塞毛毛虫。余然为替女生出气，还几次扇过他嘴巴子，扇完就去找老师告状。老师就让他叫家长。马所长从小对余然是又敬又怕，又恨又无奈。

"你还记得吗，你多次让我背靠着墙一动不动罚我站立。有一次，你让我背靠墙把我忘了，让我站到半夜，我爸找到我又揍了我一顿。我不但没哭还特别高兴，终于让我逮住你一回，我到老师那里告状，到你家给你父母告状，能告的地方我都告了。终于出了那口恶气。君子报仇，十年不晚。"

"你真是馋猫头，揪住这事不放。还要求免了我的班长。"余然对这事早已忘记了，听马所长一说，才想起来。她坐在那里，笑个不停。那二位民警和婆婆也在一旁跟着笑。

马所长说："我知道你们今天会来找我，我早就给你们准备好了。"说着扭身对另一个民警说道："小李，把那几样东西全部归还给老人。"

另一位年轻民警听从着，从抽屉里拿出一个文件袋，打开文件袋从里面掏出一个封闭式小文件夹，打开，把几样东西递给余然说："检查一下，少东西了没有？"

余然接过打开一看，是婆婆丢失的户口本、身份证等。余然拿给婆婆看，让她数数少了一样没有。婆婆看都没有看，说少了孙子给她的手镯，少了老伴和她的金戒指，少了存折。

马所长说："她们赌咒发誓说就这几样东西，其他的没有了。我们再给你要去。"

余然阻止道:"算了吧。"赶紧问起这是怎么一回事。

马所长皱着眉头说道:"你摊上这么几个小姑子,真是找了麻烦。我不怕当着你婆婆面也要说。"

马所长告诉余然,那天他也在处理现场,在余然到达现场时他早已到了,看到余然的到来,认出了余然后就立马躲了,怕引起小姑子们的议论和猜忌,给工作招来不必要的麻烦。

其实,那天在余然与婆婆没有到来之前,马所长已经到了,是看热闹的不知谁报的案,马所长与小叔子已经谈过话,小叔子一口咬定就是余然让他打人。几个小姑丈与各自的孩子都虎视眈眈,义愤填膺欲冲进院子给小叔子父子俩一顿揍,可都惧怕那头藏獒。那藏獒一声吠叫,整个院子和屋子都震得抖三抖。

马所长喝口水继续说道:"那几个小姑丈也不是善茬儿,纷纷诉说你的不是,最后他们表示,也不怕你,正义在他们那边。还说你有多大门子他们也不怕,郝建社有背景他们也有背景。大小姑丈说村支书是他的家人,管他叫姐夫。戏子出身的二小姑丈说市长看过他的戏,握过他的手,现在他又是海归。澡堂子搓澡的三小姑丈说他给公安局长搓个澡按摩过腿剪过脚指尖。只有那四小姑丈老实,站在一旁没有吭气。"

余然说:"那四小姑丈就是我给四姑娘介绍的对象。"

"当时我差点没有笑岔气,这群人真是端着屁股上城墙,自己抬高自己。"

"她们这是拉大旗做虎皮,是极度的内心空虚。"余然笑说。

"他们这是骨子里缺乏自信,他们想因此来证明自己多有仗势,不惧怕大舅哥。今儿,我先把身份证、户口本给你要回来,不管以后走哪一步,这二样东西是少不了要派上用场的。"马所长说。

余然心里感到又温暖又喜悦,就毫不隐瞒地把要起诉四个小姑子想法告诉了马所长,并把多年来郝建社对几个小姑子的帮助,一股脑地说来出。

"以你一己之力,根本斗不过四个小姑子二十多口子,郝建社又不便露面,你必须借助法律的力量。"马所长鼓励余然道,"人不能惯,你越是让步,别人越是得寸进尺。不管是做人还是待人,都要记住,有些人不能惯,越惯越混蛋。有些人不能让,让多了就是祸端。别惯坏得寸进尺的人,别帮助忘恩负义的人。善良的同时要保护好自己,而不是盲目地做好人,让自己活活受罪。你向法院起诉,不是不顾及亲情,只是为了以后可以安稳过日子。"

"我这是逼上梁山,也是解决家庭矛盾最妥善的办法。我已经无路可走,先前我曾经试图温暖她们,改变她们,发现自己失败了。她们到处用贬低郝建社的不实之词造谣污蔑郝建社，无奈何我只能选择放弃这群喂不饱的白眼狼。"余然面露愠色。

"先前她们对你好，只是需要一个为她们办事的人，一旦你危及到她们的利益，不管是谁，对她们有多大的恩，都会翻脸不认人。因为一个人的自私与没有良心是天生的，千万不要试图去改变她们。当你没有利用价值的时候，你连陌生人都不如。自私的人自有一套歪理邪说，要符合她们所有的利益点，要符合她们所有的心情，但凡有一点不对，都是你的不对。你的几个小姑子没有工作，无事可做，没有文化，愚蠢的人一旦在百般无聊的时候总是喜欢搬弄是非，郝建社的优越使几个妹夫子羡慕嫉妒恨，他们必将挑唆各自的妻子与郝建社的关系，以达到抢占岳母家产的目的。"马所长对几个小姑子的分析，余然感到很稀奇。郝建社就是家里的一道光，往日几个小姑子借着这道光沾了许多光，然当这道光闪了她们眼睛时，她们必将要掐灭这道光。

因为余然婆婆家是个半市半农的家庭，为稳当起见，马所长又把婆婆单独叫到自己办公室，向她寻问与落实了一些具体情况和事情。余然隐隐约约听得婆婆泪流满面，反反复复地说了事情的来龙去脉，"我没有想到四个丫头拿房子与赡养问题要挟我，当初二丫头住进老大的房子，满口答应是为了替哥哥照顾我，老大才答应让她搬进来的。多少年来，她把自己的房子租出去每月吃房租，老大从没有向她们要过一分钱房租，只要求她好好对待我。十几年白白让她住了。现在房子要拆了，她们仗着村主任是大姑爷的亲戚，就以为房子没有二个儿子的份，房子理所当然是她们的了。几个丫头听从二姑爷的怂恿不管我了，把我推给两个儿子。大儿媳妇说不管老人就把他们房子收回。几个姑娘不但不退房子，还口口声声说，谁住就是谁的。把房子扣下，把我扔进医院，连停尸板都准备好了。出院后我被大儿媳接进家中。这里最数二姑爷最没良心，当初开小卖部时是老大一手帮扶起来的，帮他对抗城管大队等多部门的干涉与罚款，才使小卖部存活到现在，养活了几个女儿家。当年老二儿子要轰二姑爷滚蛋时，他死死抱住院子里的水泥柱不走，口口声声说我住大哥的房子，大哥没有轰我，谁撵我也不走，我只听大哥的。大哥让我啥时搬我就啥时搬。后来与小儿子打架一气之下去了美国打工，这几年全是老大保护二丫头至今，她才没有受欺负。现在二姑爷回来了，以为自己有钱了，就钱壮怂人胆，连余然嫂子也不叫了，甚至连姓名都不叫，直呼那个老大家的。有了俩钱不知道自己姓什么，见到我整天连个妈都不叫了，老太太的称呼。忘记了当年不叫妈不开口说话的时候。现在四个连襟一致统一口径，不赡养老人，只要分得家产。老二儿子整天一个醉枣，连自己都养不活，根本指望不上。无奈何我才投奔老大儿子来了。"

余然垂下眼皮看着地上，等着婆婆说话，可接下来的是一段沉默，以致余然怀疑婆婆是否绝望而昏厥过去。没有马所长的指示，她不敢擅自闯入，静静而又焦急地守在门口。

最后，婆婆才开了口，口气中带有若有所思地成分："现在谁管我，家产就是谁的。"

马所长说："现在几个姑娘好像已经胸有成竹，因为两个儿子不是农村户口，可能分房没有资格。我必须把这个问题给余然说清楚。假如分不到房子对老人还讲不讲赡养问题。"

马所长把婆婆送出他的办公室，对余然说明情况。余然表示："赡养老人与家产无关，长子如父，长嫂如母，只要老人愿意，我们必须为老人养老送终，这是无可推卸的责任和义务。"

马所长点点头给余然出主意："现在你们当务之急，是赶紧到报社登报声明婆婆的存折丢失。保住了存款就保住了婆婆的主动权。"

余然听从马所长建议，在去报社的路上，婆婆对余然说："你对她们一百次的好，有一次不好，就全部抹杀，一百减一就等于零。几个姑爷真让我寒心透了，就是他们不同意我跟着丫头们过，让我找儿子去。尤其那个矬子二姑爷，像小日本倭寇坏透了。"

余然先陪着婆婆到报社做登报声明，存折已经丢失。婆婆头脑清晰地把几张折子的存款日期，存款数额记得一清二楚。

之后，余然带着婆婆来到一个名声不错的饭馆吃了午餐。饭后，又遵照马所长的电话通知，来到公公生前所管辖的街道办事处，请办事处主任，开了公公系是当地居民的证明信，又马不停蹄地交到王姐手中。

## 二

晚饭时节，四小姑丈给余然来电话，万分亲切地叫着，他向余然说明了事情的起因，原来老人考虑郝建社工作特别忙，因为余然也多次说过，谁赡养老人，家产就是谁的。老人考虑二姑娘一直守在自己身边，照顾得也很好，加之二姑丈整天一口一个亲妈伺候着，说要伺候老妈一辈子，给老妈养老送终。老人有心跟了二姑娘生活。老人的一切准备也是这样做的。谁知二姑丈与二舅哥闹掰后，赌气去了美国打工。五年回来，财大气粗，判若两人，把谁也不放在眼里。二姑丈

# 追忆如歌年华

回来第一件事就是和二舅哥冰释前嫌，搞好关系。请二舅哥一顿喝酒就把二舅哥搞得晕头转向，答应把二舅哥也养老送终，让二舅哥答应把自己那份份额过户给二姑丈。二舅哥几杯酒下肚爽快答应，并还许诺这事不能告诉老大，等到生米煮成熟饭再告诉老大不迟。二姑丈搞定二舅哥又与老岳母商量。谁知与老岳母一说。老人立马表示不同意，坚持必须给大儿子商量。二姑丈一听就恼了说："你若让老大知道这件事，四个丫头没人管你了，你跟老大去过吧。"二丫头也劝妈妈，你有糖尿病，尿失禁，老大媳妇那么干净，一天也不会容你。老大工作忙得天天不着家，根本没有时间顾及你。你是跟着我们养老，还是到老大家里受罪，何去何从你自己定夺。

几个姑丈在窃窃私语中万万没有想的，老人竟然会选择了老大儿子，说宁可到老大家里受罪，也不会把家产送给外人。因为老人一直固执地认为姑爷就是外人。老人住院是老人使的一计，就是要看看老大和老大媳妇如何对待自己。老人住院后看到余然是这么孝顺，那么温和，才下定了决心，投奔老大而来。

四姑丈手机里那头喘口气，接着对余然说，她们对老人的折磨和翻脸不认人，自己是看不惯的，并劝老婆不要掺和此事，可自己做不了主。还被老婆骂了一顿，说傻逼才放着娘家家产不争，谁说嫁出去的姑娘泼出去的水，时代不同了，儿女都一样，都有继承权。爹妈儿子养，家产儿女分，天经地义。

四姑长一个劲地给余然道歉，说自己绝不会做忘恩负义之事。余然咧嘴一笑："你不要道歉，我不会计较的，也不会说你忘恩负义。她们没有说错，儿女都是平等的，都有继承权，女儿们可以争取自己那份家产，如果你与老四丫头商量妥后愿意赡养老人，我因郝建社工作繁忙，没有时间照顾老人，我们愿意把我的那份家产给你。"

四姑丈立即否定说："现在谁也不会赡养老人了，因为村里已经答应返遣房只给四个丫头，因为她们的户口在村里，不是村里户口的不予考虑。现在她们一个个都在等待着看你的笑话。"

余然告诉四姑丈说："那就拭目以待，谁看谁的笑话还说不定。"

余然放下四姑丈的电话，回过头来吃惊地发现，婆婆正盯着自己担心地问道："你不管我了吗？"

"妈，你把心放肚子里，六个孩子谁不管你，郝建社也得管你。这是必须的。"余然说。

第二天，余然带着婆婆来到公证处，见里面做公证的人还不少。都在那里排队等候，余然与婆婆老实就坐一旁椅子上排队。当公证处的人听说余然是儿媳妇,有些吃惊道:"都是女儿或儿子陪同母亲来做公证,头一回看到婆媳俩一条心一起来。"当余然说明来意,公证处工作人员做了一系列手续后,把婆婆叫到另一个房间与婆婆谈话,并做了录像为证。几项工作完毕,公证处工作人员请余然一个星期后,去拿公证书。

三天后,报社通知婆婆,可以去储蓄所取存款了。余然开车带着婆婆走进了储蓄所,验码等一切手续办完后,办公大厅里值班主任接待了余然婆媳俩。值班主任是个很热心的中年男人,余然毫不隐瞒地向他解释了发生的情况,以取得他的帮助。值班主任向余然提出了取款的条件和要求。余然把婆婆的身份证、户口本和报社丢失存单声明等一切相关手续,一件不落地拿出来。值班主任又把婆婆叫到一旁,问取款是不是婆婆自愿的,不是被儿媳妇逼迫的或是要挟的。婆婆连连摇头否认。婆婆把那十六万存款全部支出,再次又重新存上,修改了密码,更改了存款数额和存款年限及日期。等到把一切手续办妥,婆婆把折子给了余然,让余然替她保管。

一个星期后,余然婆婆先前的一个五万一年期的长期存款到期,四个小姑子相约,兴高采烈一起到储蓄所取款。谁知被储蓄所大堂值班经理告知,此存款单已被挂失作费失效。姐妹几个慌了,本打算借这个机会,把那几张没有到期的折子也提前取了,分了。竟然如意算盘打错,她们把那几张折子都拿出来,让储蓄所查看。储蓄所工作人员查看后告知,存折已经作废,存款也全部取走了。她们问存哪里了,存了多少。储蓄所工作人员说,储户保密,无可奉告。姐妹几个高高兴兴而来败兴而归,竹篮打水一场空,那窝火劲甭提多大,一个个怒火冲天,一双双犀利的眼神要把储蓄所工作人员吃掉,不耐烦地扭动身子,挥动着胳膊大吵大闹,"我们有存折,为什么不能取款。"工作人员让她们拿出老人的身份证,她们说丢了。工作人员说老太太自己拿着身份证来的,你们怎么说丢了,显然与老太太说的不符合规定。她们又说是余然欺骗了老人。工作人员有老太太亲口录音岂能相信她们。她们又说储蓄所工作人员徇私舞弊。一句话惹恼了大堂经理,在众目睽睽之下,吵吵闹闹如此污蔑储蓄所,大堂经理当机立断拿出手机向110报警。当她们听到警车嘶鸣,吓得花容失色,落荒而逃。

三

她们那口恶气还没有出来,谁知一封街道证明信引起轩然大波,几个小姑子来到街道办事处,围攻街道办事处主任,大吵大闹扬言要砸了办事处,吃了主任。

　　原因是，余然找到公公生前街道居委会，请她们开具了证明信，证明公公生前系本街道城市居民。事后余然把证明信交给了王姐。王姐很快写好起诉书，起诉了四个小姑子。法院很快受理，责成下属分支法院富昌园法院接办此案。法院具体负责此案的于法官给四个小姑子下达了收讫起诉书通知。当四个小姑子到法院领取起诉书的时候，才知道哥哥起诉了她们，她们大吃一惊，异口同声哭哭啼啼地控诉余然的罪行。把余然说成十恶不赦的坏女人，并哭天抹泪地跪请法院给她们做主伸冤。

　　她们看到街道证明信后，从法院回来，才恍然大悟余然比她们先走一步棋，掌握了主动权。三姑丈找到经常到他处工作的浴池洗澡的一名律师，请律师给他出主意。律师开口要一万五千元律师事务费，说五千元给事务所律师费，一万元去贿赂法官酌情处理。律师并给三姑丈出馊主意，你们只需要回那份街道证明信，他们就不能起诉。法院也就无法受理此案。

　　那晚，四个小姑子和小姑丈凑到一起商量对策。你一言我一语各抒己见。当平常无事时，她们互相看不起，经常闹意见。可在利益一致时却惊人的一致对外，最后一致同意，让四个小姑子大闹居委会，耍无赖，反正她们也不敢怎么样几个老娘们，不行就倒地装死耍无赖甚至耍碰瓷。她们找到居委会，直奔主任办公室，破口大骂，说居委会主任办事不公，包庇坏人，做假证明，让居委会撤回证明信。扬言要砸烂街道居委会，不撤回证明信死不休。她们跟着街道居委会主任寸步不离，甚至到主任家里坐下就吃，躺下就睡，不撤回证明信就没完没了。

　　居委会主任无奈拨通了派出所电话。派出所出警的正是马所长，他料定姐妹几个必定大闹居委会，和三名民警火速赶到居委会现场。那姐妹几个一见马所长，有些心神不宁。温顺地向马所长讲述着事情的经过。她们气急败坏谴责居委会主任，开那封证明信，坑害了她们，扩大了家庭矛盾。

　　马所长问她们："你们父亲生前户口本是不是归街道管理。"

　　"是的。"大姑子回答。

　　"你们父亲去世在哪里注销的户口。"

　　"你们派出所。"

　　"谁能证明你父亲是城市户口，吃商品粮。"

　　"只有街道才能证明。"

　　"是呀，现在街道证明了，怎么你们不干了。"

　　"大哥向法院起诉了我们，我们与妈妈都是农民，街道管不着我们。"

　　"是啊，街道证明信提到你们和母亲的名字没有。"

"没有，只提到了父亲的名字。"

"是啊，居委会只是证明你父亲生前户口所在地，没有证明你们的母亲，有什么不对。不要再无理狡辩三分了。再继续闹下去，我们就要以聚众闹事拘留了。"

四个小姑子无话可说，旁边随时准备拉便宜手的四个小姑丈蔫蔫地不敢靠前。一场闹剧就此收场罢休，她们的计划彻底失败。

但在一次二姑丈请小叔子喝酒套话中，小叔子传话给四个小姑子，老大起诉了你们，把你们告上法庭，要与你们分割财产。四个小姑子义愤填膺，破口大骂老大无情无义，没有人情味。

过了几天，小叔子向余然要酒喝，反过来又给余然传话，四个小姑子翻脸不认人，诬告你们。

余然没有理他，只是撇嘴一笑："她们有人情味，为什么坑骗我们，做出背信弃义之事。"

酒是个好东西，能装怂人胆，也能酒盖脸做坏事，小叔子两头讨好，为讨一杯酒两面三刀。嗜酒如命的小叔子，就是这样没有出息，卑微地出卖自己，出卖亲情，出卖人性。

# 四

一天，婆婆家的邻居告诉余然，几个小姑子找到他要给他二百块钱，让他作伪证，说你们根本没有在家住过，从来没有管过老人，他拒绝了，说不愿睁眼说瞎话干昧良心的事。余然感谢他看不惯姐妹几个骄横跋扈，不可一世，保护郝建社，安慰他几句以表谢意。

十七天后的一日早上九点钟，余然怀揣着郝建社和婆婆的委托书，来到富昌园法庭与几个小姑子对质法堂。

法庭是在一个只有十几平方米的小房间进行的，屋子正上方摆放着一张长方形的木质桌子，正中是法官的座位。法官一脸严肃一本正经坐在最中央，他是一个四十岁左右的男人。王姐悄声告诉余然，法官是刚刚从部队转业来的军人。王姐与他是陌生面孔，是第一次与这个法官打交道。法官旁边是一个年纪轻轻的书记员，他一声不吭地坐在法官旁边，把手中文件夹打开，准备随时记录。

下方是原告和被告的坐位，是由几排破木椅拼凑而成，木椅是长方行的，分左右两行，中间为走道，前后四排。法官让余然、王姐与小叔子坐在左手边，让四个小姑子坐右手边。余然看到二个农村妇女模样的中年妇女，坐在她们身后，想必是老片儿拒绝后，四个小姑子又找的做伪证人，但不知这次给这两个女人多少钱来做伪证。她们见到余然羞愧地低下头，连看都不敢看余然一眼，大概是做贼心虚。

余然问王姐："听小叔子说，那四个小姑子给了法官一万块钱好处费。"

王姐说："不要听小姑子胡说八道，她们敢给，法官敢收吗？"

余然问："敢收不收要，你怎么能分辨出来？"

王姐说："干我们这行的都知道，只要他敢收，等到开庭，一审便知。"

余然问："你怎么分辨？"

王姐说："如果法官有私心，会在法律允许的范围内尽量偏向私心保护的那一方。"

"怎讲？"余然问。

"我分析，如果法官公正、公平、公开的话，四个小姑子每人会分到宅基地 8.6 平方米。如果法官偏心的话，会在法律允许的范围内偏向她们分得 8.9 平方米。不管怎样法官是不敢胡来的，总是在法律允许的范围内运筹帷幄，并让律师无可挑剔。"

人员都坐齐了，余然发现四个小姑子请的律师不知为何没有赶到场。余然禁不住问王姐。王姐自信笑道："也许，那个律师认识我，知我道行，不敢面对我。"

在法官宣布开庭之前，法官首先问，谁是原告，谁是被告。当听说余然和婆婆是原告，状告女儿的时候，奇怪地问道："从来都是老人和闺女起诉儿媳，怎么你们儿媳和婆婆起诉女儿。法官我经了这么多案件，婆媳俩站一边起诉女儿，还是头一回。"四个小姑子听此说，故意当着法官的面骂骂咧咧，说郝建社是混进警察队伍中的败类，是警察中的人渣，是黑社会，怎么混进警察队伍的，公安局应该清除败类。骂余然是狐狸精，迷惑住了母亲。这一刻余然想起了萧伯纳的那句话，"让恶狗不敢再咬你的方法，不是喂肉讨好，也不是躲着它，而是要左手棍棒右手提刀，打不服就宰了它。"

余然掏出手机想把整个过程记录下来给郝建社发过去。

"余然，把你的手机放下，法庭不允许记录，你想反攻倒算吗？现在我命令你，把笔记本、手机手提包，甚至连口袋里任何东西，包括一张纸都不允许带，统统扔到外面去。"

余然扭头看看王姐。王姐向她点点头。余然斜眼看到四个小姑子脸露得意神色。余然乖乖就范。可法官并没有给四个小姑子下这道命令，为什么她们允许带，我却不允许带。对于法官的下马威，余然对法官的第一印象是徇私舞弊。

等到法官把一切程序走完后，法官问余然："是你让二小姑子住进那间房子，你说是你的房子，你们有住房协议吗？谁又能证明那间房子是你。一般谁住的时间长，谁就有优先主动权。"

"那房子就是我的，我与郝建社处对象时盖的房子，我出工出力了。我在房里结的婚，在房子里生的孩子。现在屋里摆的家具都是我结婚时的。"余然回答。

"谁又能证明你这些。"法官问。

"你可以问姐妹几人。"余然说。

"房子是父母亲给我们的。那房子是我们的。如果是你的，二姑娘住了十几年，你为什么不向她收取房租费。"四个小姑子矢口否认当初承诺，异口同声质问余然倒打一耙。

最后害你的人都是你帮助过的人。余然厌恶地瞅了她们一眼，她们拿当初自己大度没有收房租费，当成一种理由来证明自己的无理要求，说道："我白白让你们住房子，你们不但不领情，还反咬我一口。当初你们要搬进我的房子来，是怎么跟我保证的，说是为了替哥哥照顾好父母。当初我向你们提出的唯一条件是什么，就是要你们好好善待父母。难道你们忘记了吗？那天答应得点头如捣蒜，我才没有收你们房租费。现在却反咬一口。"

"谁住的时间长就是谁的，这是律师说的。"二小姑子耍无赖，她已经把房子住出了感情，当成了自己的房子。

法官问小叔子："她们谁说得对？"

小叔子低头不语，关键时刻一言不发，余然这才发觉他一个心态不正的人，平时他是一个搅屎棍，这边挑挑，那边搅搅，搞的家里鸡犬不宁，很多矛盾都是他挑的。他还觉得自己很老到，耍那种农民式小聪明。说实话，谁也不傻，余然只是不想翻脸罢了。

"现在你们谁最缺房，假如二姑娘把房退还给余然，二姑娘还有没有房子住。"法官问道。

"二姑娘就这一套房，如果把房让出来，就会睡大街上。余然有三套房，现在都在吃房租。"大姑子张口就来。

"胡说八道。"余然气愤地说。

"法庭上不许骂街。"法官制止余然道。

"二小姑子现在有五套房。"余然火急火燎地答道，"他的丈夫在戏剧院有两套房。她本人在村里分得一套女儿楼，现在她住着我的房子，为了便于二小姑照顾父母，前一阵我又把我的两套房子给了她，那两套房如果卖给外人，得值50万，可我一套房子要了4万，一套房子要了1.5万，那1.5万是我们局长三室一厅的房子给了我，当时二姑娘掉着泪向我保证要好好善待老人，来报答我。现在你们一个个矢口否认，对得起我吗？"余然此时气得心乱如麻，不明白四个小姑子为什么在法庭上光天化日之下说瞎话。

"她们谁说得对。"法官又问小叔子。

小叔子仍然保持沉默，不回答任何问题，最终还是终于象征性说了一句话："听法官判决。"但说了等于没说。

余然不明白小叔子为什么当庭反悔，不敢得罪四个小姑子。余然当然不会想到，早晨临来法庭前，二姑丈给了他200元生活费，让他闭嘴，还信誓旦旦保证给他养老，只要把他那份家产份额给了二姑子，一切全包，如若不信，可以到公证处去做公证。

法官请律师发言，王姐答道："尊重法官判决。"王姐知道，自己不用说话，往这一坐，就是一种震慑、尊严与监督。

## 五

法官让人们休庭十分钟后，在各就各位后，法官好像早已把协议书写好，让人们起立宣判。几个小姑子正像王姐分析一样，各得了8.9平方米。但法官没有判决谁得到哪间房子，也就是说，余然先前的房子，并不等于还给了余然，二小姑子住着就是她的了。

在法官宣判后，余然不解地问道："那老太太谁来赡养。"

四个女儿异口同声道："姑爷们都说了，老人历来都是儿子养，哪有姑爷养的。但老人的财产儿女都有继承权，这是天经地义。"一副咄咄逼人的样子。

余然气愤地说："你们几个姑爷为什么不回去抢自己家里的财产，跑到老岳母家抢夺财产。"

法官立即制止余然说："关于赡养老人与财产分割问题这次没有议题。你想要，另外起诉。"

余然无言闭嘴。小姑子们掩嘴暗笑，以为胜券在握。

法官最后判决，二小姑子现在占住余然的那间房子47平方米，二小姑子只分得8.9平方米。也就是说，二小姑子必须给余然腾出房子。但法官的巧妙在于，让四个小姑子签订了另一份协议书，那姐仨把自己那份8.9平方米全部赠予二小姑子。也就是说二小姑子占用余然的房子，正好是四个小姑子合计平方米，法官并没有分配哪家房归谁所有，谁是哪间房的主人，这样余然的房子仍然被二小姑子霸占着。另外几间，一间老人占着，其余两间小叔子占用。就这样法官的巧妙安排把仍然余然挤出宅院，也就是说，余然搬不回去了。

而且，当初余然在家时在院子里盖的那间18平方米的小厨房，不知何时被二姑子翻盖一新，扩大成20平方米。把余然对厨房的所有权巧妙地占为己有。

"看来，姐妹几个没有说错，法官接受了一万块钱的好处费。"余然说。

"这是捕风捉影的事情，不管怎么样，那房子的大头法官判给了你们，就应该知足了。"王姐说话很轻松，告诉余然哥俩法庭上也算胜诉了。

"我不明白，为什么几个小姑子会这样没有良心。"余然说。

"当你对别人有用时，人性就是善良的。当你对别人没有用时，人性就是自私的。当你触碰别人的利益时，人性就是恶毒的。"王姐说。

余然压根没有想到自己会与几个小姑子走向法庭，到了剑拔弩张的地步。王姐说："总有一种人，你对她们越好，她们就把你当成傻子，伤害你，欺负你。其实，这年头谁都不傻，别总想着算计谁，我敬你，你是我妹妹，我不敬你，你们又算个什么东西。这些话，我会当面说给郝建社听。"

余然顿时明白，她们眼里的财富是至高无上的东西。有了财富就不需要别的，道德也不需要了。在她们看来，财富是必需条件，没有了财富，道德也就没有价值，没有魅力。继承家产，郝建社触碰了几个妹妹的最高利益。他们必定要与一奶同胞的哥哥抗争到底，来捍卫至高无上的利益。哥几个各怀鬼胎，那小叔子两头不得罪，两头落好人，不管谁赢了，他都是既得利益者。他一言不发，一钱不出，他与大哥的利益是一致的，有大哥的就有他的，跟着大哥沾光。法庭后，他得到这么大平方米的房子，暗自高兴，自然也没有兑现对二小姑丈的许诺，出尔反尔，房子归自己所有，暗暗庆幸自己聪明至极，哥妹几个都被他耍了。

几个小姑子在法庭上反咬一口，说郝建社不孝顺，不管老人。余然这时候才明白，悄声对王姐说道："有一只狗咬了我一口，我没有打它，给了它一个馒头吃。后来它又咬我，我给了它一口肉吃，结果这只狗以后只要是饿了，都过来咬我，没完没了。我才明白狗是喂不熟的。这时候我开始绕着狗走，狗见不到我了，但是总是在背后里诋毁我，对我说三道四。这个时候我才真正明白畜生永远是畜生。"

余然胜诉了，她从法庭出来，想到这多年来，郝建社作为大哥，父亲去世得早，长兄如父，他把整个家庭负担一肩挑，没有一天消停过，今天为这个小姑子操心，明天为那个小姑丈解难，后天为她们的孩子着急上火。这群小姑子全不念哥哥曾经为她们办了多少事，解决了多少困难，为了一点眼前的利益翻脸不认人。

"越没有良心的人，越喜欢反咬一口，因为只有把你说得不干净，才能显出她们干净。"王姐神态冷漠地说。

余然想起一句话：别为了给别人撑伞，而淋湿了自己。善良给错了人，就是灾难。农夫与蛇的关系就是如此。

王姐说："现在也好，甩去了拖油瓶，省去了多少麻烦。以后她们有事情再也不敢去麻烦郝建社。"

一语点醒梦中人，余然顿时心里积压的久日阴霾仿佛扫荡一空，最困难的阶段已经过去，感到一身的轻松。她突然发现院子东边花园里那几颗柿子树上结满了果实，红红的柿子像高吊的灯笼带着节日的喜兴，柿子红了，是秋的开始，然而在深秋时节仍挂满枝头，也许示意：以后会事事如意。

四个小姑子曾经的幻想破灭，默默地走出法院大门，渐行渐远消失在人流中。余然清楚当初自己与四个小姑子关系那么亲近，现在却跟乌眼鸡似的对簿公堂，也许以后会老死不相往来。是什么原因使她们背道而驰，逼着余然做出这么痛苦的抉择。鱼那么信任水，水却把鱼煮了。世界上最可怕不是鬼，而是人性的丑陋，看似牢不可破的关系，在利益面前，脆弱的不堪一击，落井下石的都是自己人，看你笑话的都不是外人，不想你比她们好的都是身边人。余然看透了小叔子出尔反尔不可知性，看透了几个小姑子背信弃义前后不一的恶劣性。彻底心寒了，露着轻蔑的笑意挥挥拳头，恨不得每人给她们一记耳光。

余然想起那句话：父爱则母静，母静则子安，子安则家顺，家顺则家和，家和万事兴。不觉自嘲地摇摇头尴尬笑笑，这是多么绝妙的讽刺，眼含泪花向法院大门外走去。

余然心如止水。不后悔对几个小姑子的好，哪怕是看错了人，哪怕是被辜负，哪怕是撞了南墙。因为自己对她们好，不代表她们有多好，只是因为自己很好。散了没有必要去诋毁，断了没有必要谩骂。水过无痕，所有的一切不过是在为自己的选择买单。有心者必有所累，无心者无所谓。余然瞬间释怀，自己已经对几个小姑子做到了仁至义尽，最深情也最冷漠，掏心掏肺的付出不是傻，不是为了输赢，到最后只是为了给自己一个答案，一个交代，是为了以后可以心安理得的对她们无情无义。余然甚至暗暗发誓，要对郝建社吹枕边风，可以不去跟她们计较，但永远不要原谅这几只白眼狼。

"不管什么关系，当别人不再需要你的时候，你就该收回热情，礼貌退场，及时止损。这才是成熟的表现。何必卑微了自己，去换取别人的无视。"官司过后，余然与几个小姑子彻底断了联系，老死不再往来。

# 第十八章

## 一

表妹的素材，一直静悄悄地躺在我的电脑文件夹里，直到有一天余然突然跟我提起表妹晚年的凄凉，我才不得不在记忆库里极力把她搜索出来。表妹是余然姨家的妹妹，名司佳丽，小我一岁。她同余然一起下乡当知青，一起回城参加工作，被分配到集体小厂，橡胶二厂。

说到余然表妹，是个美人胚子，高挑的身段，大大咧咧，十分招人待见。在下乡的时候，我见她长得漂亮，有跳舞的身材，就动员她加入到村文艺宣传队里来。她犹犹豫豫说自己对表演一窍不通，我极力开导她把她拉进宣传队里来，后来发展得很好。自然，她跟我走得很近，不是亲姐妹胜似亲姐妹。

回城后，她被分配到了橡胶二厂，主要是做橡胶车轮胎的修补。90%都是男性工人的小厂，见到来了一位大美人，自然而然趋之若鹜地追求她。心高气傲的她根本看不上眼，连正眼都不会把他们瞧一瞧。当她听说我与楚建军处朋友的时候就有些心动，也想找一个警察。她的妈妈知道她的心思后，在街道辖区派出所给她找了一个年轻帅气的年轻民警。两人见面，她十分满意。可那小警察却说她太漂亮，怕以后在家里守不住，就谢绝了。这对她来说是一个巨大的打击。一向都是她拒绝别人，好不容易看上一个，人家小警察却不同意她。她不服气的情绪近乎有些狂野，对我发誓一定要找一个比这个小警察还优秀的男人。

然而人的梦想往往很丰满，但现实却是很骨感。她的情感闸门被一个已婚丑男人击破。

那是一个冬天的日子，她的心情跟天气一样寒冷，而且一天比一天差，她一直没有找到心仪的男朋友，身边亲朋好友中的姑娘们全都有了男朋友，偏偏她还没有脱单，她有些焦躁。所谓饥不择食，就是在这个时候发生的，她做了一件很不光彩的事件。厂里保卫科来了一名转业干部，三十多岁，姓法。人们叫他法科长。他是一名农村兵，后来提了干，在部队干到连级，认为没有再提升的机会，就转业到了地方，来到橡胶二厂做保卫科科长。

我见到保卫科长是在余然的家里，那是个星期六的下午，那时还没有实行作息时间休大礼拜，他是被佳丽带到余然家里的，那时我还没有结婚，法科长来到余然家里，我感到特别突然，法科长还带着两个孩子，一女一男，女孩五岁，很活泼。男孩三岁，豁唇。我见到法科长时是见他正在案板旁切西瓜，那西瓜又大又圆，约有二十多斤重，不用说一定是他特意买来的。那时只有余然妈妈一人在家里，他把最先切好的一块大大的西瓜送到余然妈妈面前，亲昵地让给余然妈妈，嘴里大姨大姨叫得特甜，好像跟家人一样既亲切又随便。他把切好的西瓜条按照他心中的资辈一一送到各自的手里，最后才分给他的两个孩子。

当他看到我不好意思接时，大大方方地说："吃吧，都是家里人。"

"家里人？"我疑惑的眼神告诉佳丽，应该给我介绍他了。

"这是我单位的同事，法科长，今天下午我俩到市里开会，回来的时候顺便接他的孩子来看看大姨和余然，没有想到余然没有看到，却意外见到了你。"佳丽仿佛看出了我对法科长见面熟的唐突，回答了我的迷惑，表现出一副视法科长为高高在上的贵人的神情。

"法科长不是外人，来我家好几回了，从来不空着手，都拎着东西来。"余然妈妈看来对法科长很热情。可我一次都不知道法科长啥时来过余然家，也没有听余然提起。

"这两个孩子，是法科长的，很懂事。"佳丽抚摸着那两个孩子的头告诉我。

我客客气气与法科长打招呼，微笑地向他点点头。他急忙把手洗干净，从裤兜里掏出不知啥颜色的手绢擦干净水渍，从黑色手提包里掏出一个棕色牛皮档案袋，并没有打开，好像是在炫耀什么，给我看着牛皮袋说："厂里最近发生了一起价值万元的偷盗案，区刑警大队刚刚立案，成立了专案小组，我是小组成员，厂长派佳丽做我的助手，因为抄写材料佳丽的钢笔字写得很好，从工人中抽调上来，还有一名保卫科科员小赵，我们三人进了专案小组。下午刚刚从区里开罢分析会回来，因为路过这里，顺便带孩子看看大姨。"

我行事比较多疑，听他一说，不再靠冥想做伴，并不再多想。佳丽的钢笔字写得不怎么样，法科长怎么却说漂亮呢？他绝非故意如是说。揣着这份疑惑，我并没有吃西瓜，把西瓜放到一边，去哄那两个孩子，缓解尴尬。

时间不长，佳丽在单位找到我，她一见到我，就毫不掩饰地在我的办公室像孩子一样号啕大哭，说："所有人都跟我作对，不理解我。"

我顿感一股不好预兆袭上心头，问道："你的事，余然知道吗？"

"不知道。我不想跟她说，她整天像一个马列主义者，一本正经一副正人君子的样子，她才不会理解我。"一向开朗大方、大大咧咧、不顾小节的佳丽从没有这样闷闷不乐。

我把她让到沙发上坐好，倒了一杯温茶端给她，让她慢慢道来。她伸出手接过水杯，放在茶几上，用手背揩干泪水，沉溺在沉闷中，理直气壮地说："我追求自己的幸福，为什么人人都反对我、讥笑我。"

"如果有人在背后说三道四在诋毁你，无非就是三个原因，一是你有的东西他没有。二是他们想超越你，但是没有成功。三是嫉妒你，想看你出丑，从而获得满足感。所以，对一个处处不如你的人，何必为这种人烦恼呢？"我没有追问她指的幸福指数是什么，但我觉得应该是车间那帮工人们，见不得佳丽抽调到科室做白领，比他（她）们工作好有体面。此时此刻我感到应该这样说，才能打开她的心节。

佳丽听我一说，不由感到脸上的泪水，都是骄傲的资本，都是喜悦的未来。她把手一挥，神情高傲地做出一副不会理会其他人的推拒说："有的人就是见不得我比她们好。"

"现实中的人性就是这样，过好了有人嫉妒，过差了有人瞧不起，别人的嘴咱也管不住，让她们去说吧。做好你自己就是了。"我表示出对她的极大支持。

"她们就是见不得我与法科长好，我这是在追求自己的真爱。"她哑着嗓子斩钉截铁地说，"反正我们已经睡了。"

"什么！"我脸上流露出惊讶和责备，忽地蹿起身来，双手撑住办公桌面，大声喊道，"你太糊涂了。"

"我已经与法科长睡过了，我不怕别人怎样说。"佳丽坐在沙发上，摊开双手耸着肩，说得如此直白，没有一丝羞色，反而带着一副骄傲的轻松。

"这话你还对谁说过？"我吓得险些去捂她的嘴巴，马上给她上了封条或拉链。

"谁也没有说，只对你一人说了，连我的妈妈也不知道。"她狡黠地笑了笑。

"你千万不要对任何人讲，你这是作死，不然你死定了。"

"我是刚刚被妈妈骂出来的，刚才法科长到我家提亲，妈妈把我俩臭骂一顿轰出来了。法科长给我妈妈跪下，赌咒发誓一辈子对我好。妈妈骂得更狠，说我再与法科长联系，要登报声明不认我这个女儿，脱离母女关系。"

"法科长的老婆孩子怎么办？"

"他说正与老婆打离婚，女儿归妈妈。儿子归他。"

"他的豁嘴儿子你能接受吗？"

"你没有听说过爱屋及乌，我会视为己出。"

"你俩啥时候勾搭在一起。"我有些急不择句。

"啥叫勾搭，叫肢体接触。是在破案成功庆功会的酒后。"佳丽没有为自己的行为感到愧疚。

"你确信你们是真爱，他可比你大十岁。"

"我不在乎，遇到爱认真爱，与年龄何干，是意外也是偏爱，不完美又何妨。"

"你找我来要我为你做什么？"我看着佳丽信誓旦旦而又狂热的样子问道。

"我想请你说服我家人，目前你是我最信赖的人。"她把头往后一仰，一副势在必得的姿态。

"你到底爱他什么？"我追问，影射她与法科长的暧昧关系荒唐至极。

"我爱他当过兵，爱听他讲当兵的故事，爱他对我无微不至的照顾，对我好一辈子的承诺。"佳丽说着把手高高举起来，微笑着像度蜜月的甜蜜新娘，我看到她手腕上的那只手表，是女款劳力士手表。"这是他那年去招兵，新兵家属送给他的。他一直舍不得给他的妻子，现在给我了。"她好像有一股暖流温暖着她的心，神色好像在乞求高高在上的法科长赶紧把她收了，去奔赴自己灿烂的人生坦途。法科长就像光辉灿烂的化身，给她梦幻中的幸福。

"佳丽，你这不是爱，是对军人的崇拜。我可以作为你的代表与他谈谈。"我打断了她的滔滔不绝，不管怎样我必须与法科长见个面，弄清楚到底是怎么一回事。

一个人总是对即将委身于他的人欲求更大，佳丽对已经占有她的法科长抱有极大希望，滔滔不绝地给我做着与法科长好下去的似是而非的假象。她喜笑颜开高兴极了，恨不得要我马上动身。但我清楚，佳丽还有一层意思，要我尽快去做通她妈妈的思想工作，对于名声等其他问题都不重要。

晚上，我把余然约出来，毫不吝啬地向她讲述了佳丽的事情。余然气急败坏地说："佳丽是胡闹，简直是胡闹，她这是做小三，横插别人婚姻一扛子。"余然还告诉我，佳丽是一个爱慕虚荣的女孩，心高气傲，贪婪不劳而获的幸福生活。余然劝我要冷静地处理这件事情。并教我见到法科长如是说。

二

带着余然的指令，带着佳丽妈妈的希冀，带着佳丽的委派，带着我个人的成见，我来到法科长的办公室。

法科长看见我的到来，立刻明白是咋回事。他与同室的小赵使个眼色，小赵识趣地躲出去。

法科长给我的初感，小个子，身材很瘦，骨头支楞着，头皮闪闪发光。那脸上不自然的表情散发着一种诡异的神思不安，有一种十分难以说清楚的感觉。他那双迷离的小眼睛，是局促不透明的，仿佛是精心雕刻过的掩饰，透着朦胧的光泽又带着神秘，他的矫揉造作故意拿捏的窘迫，让人一看就很反感。

我开门见山地告诉他，我是受佳丽委派而来，想跟你谈谈，你如何打算离婚，如何抚养孩子，如何对待佳丽婚事的。

听我一说，他的脸立刻像因为缺氧红得像个猴屁股，倏忽站起身来，故作镇静把双手倒剪背在身后，在屋里来回走动，装出一副部队首长做报告的姿态，端着那副大尾巴狼的虚伪，煞有介事地介绍着佳丽的优缺点，好像是首长在给士兵训话。看到他这副故作高深的样子，我失去了耐心，把提前准备好的话三句并一句说出来："你打算如何给司佳丽一个交代。"

"什么交代？"法科长迷惑地问道。随后，他开始犹豫，用来回踱步掩盖着心虚，很长时间。当我心中感叹好长的反射弧的时候。他又说，"交代什么？"

"你何时离婚，又何时娶佳丽。"我直言不讳地说。

"目前，我还没有考虑这个问题。"他脸色露出神秘莫测。

"那你为什么急不可待地睡了佳丽？"我脸呈微愠。

"她又不是头一回，睡与不睡有何区别。"

"她已经不是处女了？"

"我是过来人，一试便知。"

"你为什么跟她妈妈下跪，求她妈妈成全你？"

"我料定她妈妈不会同意，这是我对佳丽的承诺，必须给她一个交代。"他装出满不在乎的模样。

我惊讶他那罕见的厚颜无耻，叫我难受，让我替佳丽感到羞辱。本来我抱着对他有一丝渺茫的希望而来，却听到他如此臭不要脸的要赖皮，我突然间替佳丽不值，怎么看上这么一个臭流氓，"你这样玩弄女性，不知道会有报应吗？"我愤慨地说。

"男人见到漂亮女人，都会垂涎三尺、一时冲动控制不住激情的时候，这是男人见到漂亮女性荷尔蒙激烈贲张的本性。何况那天她一直摁住我的脖子灌酒，我看到她那低胸装乳沟里透着女人的体香，想入非非了。"

　　"这样看来，你是不准备娶司佳丽了。"

　　"这样一来，佳丽要背着拆散别人家庭小三的名声，我不忍心。我不想让她背处罚或被开除公职。我这是为她着想。何况我热爱这份工作，还想继续为党做贡献，不想被迫离职。"法科长低着头道貌岸然地说。

　　"这样看来，你是不想承认你俩的事了。"

　　法科长没有立即回答问题，仿佛乱了分寸，停住脚步，凝视着窗外，好一会儿才说："我不会喝酒，喝酒必醉，醉酒必误事。我只能找佳丽替力，谢谢她帮我救场，达到了目的。"

　　二月里，一开始就出现一段意外的好天气，将早熟的新叶催出枝头，空气中弥漫着苏醒大地的芬芬，春风吹拂着法科长花白的头发，被精心梳理的油光水滑的大背头乱了形状。他用手理理发式，故作镇静地说："我没有更好的办法，只能说，冲动是魔鬼。"他用怯懦证明他不是狡猾的渣男，是个品德高尚的人。我十分清楚这是假话，知道在他的直率中夹带着谎言。从他躲躲闪闪的眼睛里，我看到了他的口是心非。从他磕磕绊绊的语句里，我感到了他的虚伪诡谲。我明白，他不想为佳丽负责任，更不想迎娶佳丽。人与人之间的关系，都是利用和被利用的关系。他自知佳丽酒量大，在庆功会上佳丽把上司灌醉，他利用这个机会为自己升迁奠定基础做准备。他蓄谋已久利用这次圆满完成家贼自盗案，利用佳丽为他创造机会，达到个人目的。利用佳丽为他谋取一张提升社会关系，晋级社会地位的通行证。他熟知一般女孩都会对出轨保持沉默，缄口不言，吞下苦果的羞涩与道德损失的有苦难言。

　　我犹如冷水浇背，透着极度的寒心与忍耐说："如果一个女人心甘情愿把自己的身体奉献给你，只能说明她非常信任你，依赖你，只有动了真情，爱你入骨，她才会把自己给你。如果她不是真的爱你，恐怕你连牵手的机会都没有。你必须要好好珍惜，对她负责任。"

　　"我会对她负责，会做出补偿。"他愁眉苦脸低着头，不敢正视着我的眼睛，说，"现在，你让我怎么办，我的结发妻子是个农村妇女，黄脸婆，她整天辛辛苦苦伺候公婆，还给我带大了两个孩子，把家里农活全包揽了，从无怨言。等把我爸妈伺候走了，我转业到地方刚刚把她弄到城里，还没有享一天福，我就把她辞了，我良心过不去。何况我的小儿子是个豁嘴，她现在正在四处求医给孩子治病。我需要她，我需要儿子，我需要千方百计弄钱。"

　　"既有今日，何必当初。难道你对佳丽良心上就过得去。"我质问他。他无意顾及这些问题，把对佳丽的伤害说得如此轻描淡写，他对佳丽的好是一种利益的驱使。我想挤出一丝微笑，以示我高贵不失礼节，但我知道脸色一定十分难看，我连装都不会做下去了。我离开了他。佳丽与法科长俩人激情过去，法科长背影是无情，佳丽却是牵肠挂肚。法科长的道德已经走到荒芜尽头，这种人活着只能作践别人。

晚上，我在佳丽的家里找到她，趁家里没有人，我把与法科长的谈话简单扼要告诉了她。心急如焚等待我消息的佳丽，却盼来这个结果。"他真得这样说吗？"她露出怀疑的神色猜测说。我庄重严肃地点点头。她瞬间从美好幻想掉到地狱，她为自己的行为深感惭愧，她走到橱子前，打开橱门拿出一瓶白酒，给自己斟了一小杯酒，对我一举杯，仰脖一口闷了。我知道她酒力很好，不用吃饭菜也可以对付半斤八两。我劝她以后不要再喝酒，借酒消愁，那是下等社会的酒鬼才会做的事情。

佳丽面露困惑地问我："法科长说我不是处女，我把我的第一次给了他，他却这样说我，他难道一点都不觉得尴尬，对不起我。"她皱着眉头，从极度失望的情绪中赫然跃出内心全部内容。

佳丽绷住脸，来到衣架前取下衣服，要找法科长算账。

我阻拦住了她，冰冷冷地说："你不怕事闹大，法科长不想理你，也给了你明确的态度，就等着你自己的离开他，你没有必要还要执迷不悟的纠缠。你卑微的样子，当初你那么挑剔，还是选错了人，记住这次教训吧。"

"妈妈给我介绍了一个塑钢厂的男孩子，我一直没有同意，人家一直追我，不放弃。为了法科长我一直没有答应，到头来我却闹个不是处女的下场。"佳丽情绪极度颓废，气得直发抖。

"你与其去追那个你所谓喜欢的法科长，还不如回头去接受那个喜欢你的工人。因为在你爱的人面前，你是卑微的。在爱你的人面前你是尊贵的。喜欢不重要，合适不重要，被爱才重要，被疼爱被偏爱才最重要。"我说。

"我恨他这样说我。"佳丽大踏步地走到餐具架前，将白酒啪啦啪啦地倒入酒杯，有些酒溅到亮晶晶的玻璃板桌面上，她用袖子把酒揩干，那股怒气从心底腾起，"他既然这么不信任我，当初为什么对我那么好，让我想入非非，他许下的诺言难道随风吹跑，都被狗吃了吗？我还有什么理由继续与他相处下去。"我发现她的手在抖，"我就是个傻女人，竟然相信他。宁可相信世界上有鬼，也不相信男人的嘴。"佳丽不由打了个哆嗦，一个趔趄差点要搞垮自己。

"男人对你再好也不要全抛一片心，当他翻脸不认你时，你变得一文不值。多少人渣打着真爱的名号，行苟且之事，伤害痴心的女子，最恶心的是他背叛了你，还理直气壮地站在道德的高点指责你，一个"渣"字，就把法科长演绎的淋漓尽致。"我气愤地说。

"只今只道只今句，梅子熟时栀子香。"我说，"过去的事已经过去，未来的事不必苦苦计较，过好现在的生活，你看梅子成熟的时候，栀子花不也是开得正香吗？现在你要调整好心态，保持最好的状态，活在当下，看淡风云。"我没有找到更合适的语言安慰她，生怕她有丝毫闪失。她的痛苦不堪是我与余然最焦虑和担忧的。

## 三

佳丽与那个工人郭春开始谈恋爱了。因为郭春是佳丽妈妈介绍的，自然佳丽与妈妈的矛盾迎刃而解。后来郭春把佳丽调到自己的单位。佳丽对我说，她要离开那个让她伤心让她爱错人的地方。我劝她，有些人只是遇见，却不适合牵手。有的人该忘就忘了吧。

半年后，佳丽与塑钢厂那个工人郭春结了婚。一年后，佳丽又给郭春生了一个胖乎乎的大胖小子，取名莘莘。一家人和和睦睦倒也平静。

在莘莘上小学的时候，郭春由于多年读书努力，练就了一手好文笔，被调到厂工会工作。那时候工会已经形同虚设，被工人们戏称为，工会工作的伟大作用就四项内容，一是吹拉弹唱，二是打球上网，三是布置会场，四是带头鼓掌。然而郭春的前途也毁在溜须拍马的功夫上，后来佳丽也受牵，两人同时被开除，失去了经济来源。

## 四

郭春与佳丽流浪街头。佳丽垂头丧气，郭春并不气馁，因为他的父母均在望都县委工作，郭春向父母借钱，在父母帮助下，很快开发了自己的小工厂，安装铝合金门窗。因地址选在北京郊区，为了照顾孩子，佳丽留在本市，郭春奔赴他乡，夫妻俩开始了异地生活。

人在饥饿的时候，只有一个烦恼。可人在吃饱了的时候，就会有无数的烦恼，那就是吃饱了撑出来的烦恼。佳丽精心照顾孩子莘莘，在莘莘读初中的时候，佳丽没事就去旁边街心花园跳舞解闷。因为佳丽有当初与我在一起跳舞的底子，所以时间不长，便被一个领舞小子看上了，那小子叫吴子，身高一米八七，与佳丽身段气度特搭。两人搭档舞时动作配合默契，很快在全市广场舞大赛中得中头奖。这时候洋洋得意，昏了头脑的佳丽，找到我，兴致勃勃谈论她们跳舞的事，兴奋地向我借五千元，说是和吴子租赁了一个场地，俩人要联合一块举办拉丁舞培训班，需首付五千元。我疑惑问她，为什么不向郭春要。她说郭春不同意她们办班，不会给她钱。我当时对人们搂搂抱抱、脸贴脸，肉挨肉跳舞很是反感，就劝她尊重郭春的意见，赶紧收手。佳丽很不开心地说，人们都不理解她。我怀疑她被吴子迷住了。她大言不惭地告诉我，"对吴子有一种初恋般的感觉。"

我跟她急了，制止她说："好男不赌，好女不舞，久赌出仇人，久舞出情人，把鞋跳烂，把心跳乱，把家跳散，宁愿跳一身汗，也不愿回家做一顿饭。"

佳丽并不服气力争道："我们是一见钟情。真实的感情。"

我更加不客气："一见钟情的太多，走到最后的太少，感情需要，不是一面之缘的欢喜，而是平凡到死的守候。吴子与你，门不当户不对，家庭的悬殊，年龄的差距，何谈一见钟情。再说郭春知道了怎么能接受，希望你立马收手，解散了舞蹈班，好好培养莘莘考大学光宗耀祖。"

佳丽并不理解我话的含义，伸出双手，摆出一副投降的姿态后退几步，怅然若失地走了。我没有想到，她已经被吴子迷惑了，她喜欢吴子跳舞的本事，热爱跳拉丁舞的狂欢。

后来，佳丽不知道在哪里弄到钱，开办了拉丁舞培训班，听说连连得奖，在市里也小有名气，赚了一笔不菲的钱。

后来，几次佳丽约我和余然一起吃饭，眉飞色舞大谈拉丁舞之事，一种惬意的神色划过她的脸，自鸣得意。我与余然都插不上嘴，知道她是在告诉我们，她赢了。但余然我俩都不赞成佳丽办拉丁舞蹈培训班，让她找点别的事情做。同时也给她介绍了几个工作，佳丽都以自己不喜欢而推辞。

一次，佳丽要带队去外地参加拉丁舞大赛，买不到火车票急坏了，才不得不与吴子找到楚建军帮忙。那时楚建军还在火车站站前派出所工作。楚建军给她们一行人买了火车票后，回到家问我，佳丽是否已经怀孕了。我大吃一惊极力否认，这是不可能的事情。楚建军告诉我，佳丽挺着大肚子，手挽着一个青年人，年轻人似二十多岁，梳着卷曲的头发，二人年龄相差很远，但很是亲密。我一惊非小，想必须找个借口核实一下情况，打了几次佳丽手机，不是没有人接，就是接了那头音乐震响，言她太忙，了了敷衍几句了事。

无奈之下我让余然找到她的二姨核实。余然二姨就是佳丽的妈妈，二姨气急败坏地告诉余然，她与佳丽已经半年没有联系了。原因是佳丽已经与郭春离婚。佳丽净身出户，一无所有，与吴子一起住在租赁的舞蹈工作室。佳丽确实怀孕了，年底就要生产了，是吴子的孩子。可二人并没有办理结婚手续。那时，莘莘在天津读大学。

我与余然万万没有想到，这才问起吴子的详细情况。原来，吴子是一个考上中专的定县大堤村农村的学生，由于喜欢舞蹈，又没有钱，就到公园与大妈们一起跳舞，在这期间认识了佳丽，二人一拍即合，跳舞很顺手很和谐，大有相见恨晚之感，便由不固定舞伴变成固定性舞伴。佳丽是单纯喜爱吴子这个舞伴，而吴子是有心巴结佳丽这个舞伴，他不想毕业后回到农村种地。二人天长地久便产生了感情。在一个酒后失控，情不自禁顺理成章二人有了激情过后的结果。很快，佳丽怀孕了。吴子恳求佳丽把孩子打掉。佳丽不干，坚持要把孩子生下来，要吴子答应拼命挣钱，养活两人的爱情结晶。那年，佳丽四十八岁，吴子二十一岁。佳丽比吴子大十七岁。这种苟合的爱，畸形的爱，实在刺激。

就是在这个时候，郭春发现了二人龌龊之事，当机立断与佳丽离了婚。郭春把佳丽轰出家门后，把家产全部变卖掉，在北京郊区找了一个二婚女人成了家，与佳丽老死不相往来。

春节前夕，佳丽生产，又是一个男孩。吴子把佳丽母子俩弄到定县农村自己家中坐月子。为了孩子，佳丽暂且住在吴子老家。为了佳丽与孩子的生活费用，吴子再找了一个年轻舞伴继续办培训班。佳丽过完月子，因大雪封山，就住在吴子家里养育孩子。每月吴子给母亲寄钱来，说是照顾佳丽母子俩。佳丽熬到春暖花开日抱着孩子来到市里找吴子。哪知工作室已被吴子退掉，吴子与新舞伴已经不翼而飞，不知去向，月落星空，人去楼空，已经跑路了。佳丽全市寻找，没有找到，打手机不通，一切消息全无。无可奈何的佳丽抱着孩子，又回到吴子老家打听消息。可吴子母亲更不知道消息，说吴子已经几个月没有给她寄钱了。也不愿收留佳丽娘俩。佳丽一气之下，把孩子放在吴子娘家，只身出来找吴子，答应吴子妈妈找到吴子立刻把孩子接走。可找来找去，根本没有一丝消息，吴子就像人间蒸发一般，渺无音讯。佳丽万般无奈，找到我与余然，让我俩替她拿主意，何去何从。甚至要我们给她找个算命的，算算吴子现在哪里？常言道，穷算命富烧香，佳丽不过是想吴子想疯了，求得一丝精神寄托。

管不住自己的下半身，就葬送了自己的下半生。我与余然并没有批评佳丽。我俩不想落井下石，更不想冒充事后诸葛亮，来证明我们当初对她的劝说多么高瞻远瞩，远见卓识。或像个高高在上的大辈子佬，一本正经站在道德高度来谴责佳丽，不听人言吃亏在眼前。而是想方设法帮助佳丽尽快从痛苦中走出来。

余然告诉佳丽："凭你那点舞蹈素质，根本满足不了吴子刻意追求的那些完美。吴子只不过是一个外地来的一文不值的穷光蛋，想利用你给他找个立足之地，借你的地盘与经济实力，你的人脉关系，扩大地盘实现他的抱负。还意外得到你的身子，把你长期占用。他是无本生意干赚，你是赔了身子又折兵，干赔。你被吴子的甜言蜜语迷住了。他就是一个渣男。"

# 五

佳丽说："这辈子最后悔的事情，就是没有好好考虑和选择，就糊里糊涂的与吴子一起办舞蹈培训班，我当初只是下岗了，会些舞蹈基础，还是宁宁教给我的一些皮毛，只是为了换取一点柴米油盐混口饭吃，却尝尽了酸甜苦辣，果然，正如宁宁所说，我现在都要为自己的幼稚无知买单了。"

余然说："你接近什么样的人，就很有可能走什么样的路。希望你不要再继续找吴子。如果实在找不到适合你的，宁愿过自己的人生。"

佳丽抽泣道："当你的脚被你的鞋磨出了泡，你却还舍不得丢掉，说明你喜欢。突然有一天这个泡让你日夜疼痛，你才发现这样的坚持毫不值得，因为这双鞋从来没有心疼过你的脚。善良的人遇到对的人付出叫值得。而我选择了一只烂鞋，所有的付出一钱不值。"

佳丽大声喊道："我欠他的还完了，他欠我的我不要了，因为他还不起，如果还有下辈子，我定会重新选择。我会坚强起来的。"佳丽怒火熊熊的眼神显得楚楚可怜，她耸耸肩膀说："永远不见面，是我们最好的和解，也是我们最好的结局，不需要解开误会，各自过着最好的生活就好。他的世界我退出了，让这个人渣接下来找别人继续去演吧。"佳丽脸上表情冷峻而无情，仿佛全部感情受到钢铁般意志的制约。但她眼睛目光仍是明亮的，丝毫看不出沮丧与绝望："都是那些心灵鸡汤害得我，说什么，爱，请深爱。既然爱，就勇往直前披荆斩棘不回头。我想要的东西很多，最后才发现，财钱散尽，一无所有，满身伤痕。"

我与余然哑然失笑，笑她幼稚滑稽，我说："黄鼠狼在养鸡场的山崖边上立了块牌子，上面写着，抛弃传统的禁锢，勇敢地跳下去，你就是那只勇敢的鹰。接下来，这只鹰每天在崖底吃着摔下来的鸡。这个故事告诉我们，所谓的心灵鸡汤需要智商和智慧，大多心灵鸡汤都是黄鼠狼炖的。"

女人最怕什么，她不怕日子苦，也不怕工作累，更不怕男人挣不到钱，她怕是到最后付出了所有一切，连一颗真心都得不到。就这样，心灰意冷的佳丽离开了我们，那年她五十一岁。当时佳丽的儿子莘莘，刚刚天津大学毕业，佳丽陪着莘莘一起去了南方。时间长来信给我，说是在很远的一个地方，离越南只有一条河之隔，与儿子莘莘开一个小卖部，卖一些日常用品。买卖还可以，凑合着过得下去。我问她如何摆脱吴子家乡那个私生子的纠缠。她说："不要了，一切随他去吧，就当孩子没有这个妈妈，妈妈已经死了。"

第二年，佳丽给我来信，说莘莘在当地结了婚，新娘是当地的姑娘，很老实，很勤恳。她也不准备回来了，要老死他乡。自此，杳无音信。

忽然一天，吴子不知怎样打听到我，找到我的办公室，他一身的狼狈，精神颓废，年纪轻轻的满脸胡子拉碴。他求我替他打听司佳丽的消息。他想告诉佳丽，那个女孩子已经离开了他，吴子孑然一身回到家乡在县城给某酒店打工度日，他也在寻找佳丽，想与佳丽共同抚养那个孩子，可怎么也联系不到佳丽，手机号早已更换，联系地址不祥。当我听到吴子的这个消息时，又高兴又担心，佳丽的感情再也经不住折腾了，但我还是答应吴子的哀求，我担心他俩生的那个孩子，从小跟着农村的奶奶长大，实属可怜。余然有些犹犹豫豫，说二姨早已去世，与姨家孩子已经没有了来往。在我一再要求下，余然去了她二姨家一趟，很快回来告诉我，二姨家的人与余然一样谁也不知道司佳丽的信讯。就这样，佳丽与我们彻底断了联系。

现在，我们时不时提起司佳丽，想约她一起回到当初下乡的地方，因为我们依然依恋那片热土。我清楚我们一直思念的不是那段日子，而是回不去的那段蹉跎岁月。

# 第十九章

## 一

时光在忙忙碌碌中过得飞快。一日，女副台长找到我，愁眉苦脸后悔当初自己寻死觅活、活活拆散了女儿与其初恋的爱情，致使女儿至今未找到合适郎君。她对我说："你是做妇女工作的，接触的女孩儿比较多，能否在众多人海中给我女儿介绍一个男朋友。"她的女儿已经过了三十多岁了，成了"剩斗士"。大学被初恋辜负后，至今仍东挑西选，没有一个男孩子被她中意。她的女儿很优秀，也很漂亮，在我台做室外编辑，做专访文案。我劝道："你不要硬撑强作欢笑，也许缘分未到。灵性极高的女孩子很难遇到真爱，她们拥有过人的智慧和慈悲无法被局限，世俗的条条框框和循环里，她们寻找的已经不是爱情，而是更高层次的灵魂体验，是自由、是超越、是大爱，跟一时的心动和感动相比，她们更向往内心深处的宁静和对自我的超越。作为家长的我们，不要整天忧心忡忡，给她们施加压力。要相信她们在等，等待那个自己喜欢的男孩子的出现，因为缘分来了挡不住。"

那天，余然儿子郝雨带来了一个年轻人，我在办公室接待了二人。郝雨给我介绍那个年轻人说，他叫柳明，是郝雨的大学同学，现在北京某计算机开发公司做技工。现年三十五岁，未婚。在郝雨大学同学中，算是晚婚的。但恋爱时间最长。他于大一时开始恋爱，至今已有十年光景，仍在恋爱状态之中。他是郝雨同学中第一个有女朋友的，也是最后一个只恋爱不结婚的人。

我只向柳明短促的一撇，被吓得心惊肉跳，以为郝雨在大街上捡个盲流，胡子拉碴，梳着男式短发两边分，愁眉不展，面容憔悴，头不梳脸不洗，脏兮兮的，一副犀利哥的模样。穿一件看不出啥颜色破夹克衫，浑身上下像郝雨刚刚把他从污水沟捞出来似的，精神萎靡不振，恍恍惚惚，漂移的眼神里散发着一种绝望的光。郝雨把他介绍给我时，他极力想挤出一丝微笑，但是那样的惨淡，笑比哭还难看，龇牙咧嘴，神经兮兮。郝雨把他带来是因为这几天他一直想要杀人。郝雨说他着了魔似的，整天絮絮叨叨，除了杀人还是杀人，谁也劝不动。郝雨怕他真的哪一天杀了人，闯下弥天大祸，他的单亲妈妈会受不了。所以，才把他领到我这里来，让我劝劝他，开导他，制止他的预谋杀人。因为，余然苦口婆心劝说未果，推荐到我这里来。

见他这副德行，我二话没说，掏钱要郝雨带他去洗浴中心洗洗干净，买身新衣服换上再来。郝雨不肯收钱，说自己带着，摊开双手冲我笑笑，很是难为情。柳明也学着郝雨的样子，摊开伸手冲我挤出一丝微笑。这一笑，笑得我胆战心惊，险些把我笑倒，怕他发神经胡乱折腾。郝雨带着傻笑的柳明出去了。我拍拍胸口，我的妈呀，郝雨领个什么玩意来见我。

两个小时后，柳明与郝雨回来，柳明简直判若二人，高高的个头儿，英俊的脸颊，像个模特。但眼神仍是呆滞无光。柳明坐在沙发里，把头埋在衣领里，露出了痛苦的表情，眼睛一直盯着自己的脚，咬紧牙关叹口气说："阿姨，我太不幸了，不想活了，我要宰了她一了百了。可我担心我的妈妈。"我必须要了解他的杀人动机，就问起他有何过不去的坎。

柳明眯起眼睛，闪烁着危险的信号，向我投来仇恨而犀利的目光，滔滔不绝诉说着他的不幸。他把目光从脚下移开颓废地说："自己做了一个赔本的买卖，十多年苦心经营的爱情，到头来人财两空，输得一败涂地，伤了妈妈又伤了自己。现在意难平，这口恶气不出就会被憋死。"

我劝道："没有过不去的事情，只有过不去的心情。"

"我若不犯贱，她连伤我的资格都没有，如果我没有那么爱她，她能伤我半分吗？"柳明没有理会我的劝说，自顾自地流泪道，"现在我什么都没有了。"他的声音极度哀婉。

柳明出身在一个普通工人家庭，单亲家庭，妈妈下岗，靠摆地摊做小买卖为生。他是独子，妈妈辛辛苦苦把他养大，培养成一名大学生。大学时，由于他的吃苦耐劳，热情助人，长得一表人才，得到许多女孩子们的倾慕，纷纷向他抛出橄榄枝。他在众多女孩儿中只取"一瓢饮"，选定了晓莉诺。晓莉诺是一个漂亮的女孩子，单纯爱说爱笑，也是普通工人家庭出身的孩子。上学时他俩有说不完的话题，每天聊到很晚。大学毕业后，柳明领晓莉诺到家里见妈妈。妈妈很喜欢晓莉诺，想让他俩尽快结婚。他与晓莉诺商量，晓莉诺有些犹豫，说他俩还没有经济实力，不愿与妈妈同住在那个三室的小院，提议到天津打拼，说那里有自己的亲戚，可以提供工作。柳明听从了晓莉诺的建议，俩人来到天津，晓莉诺亲戚在房地产公司工作，给两人介绍去了亲戚的房地产公司工作。柳明犹豫有计算机的特长，自己找了一家计算机编程的私企工作。俩人便同居了，一年后不小心有了自己的孩子。柳明很高兴，觉得他们在天津有些经济基础了，就提出回保定贷款买房，准备结婚。晓莉诺却无缘无故、开始不间断的与柳明生气发脾气，说以前柳明是她的定海神针，现在是她的无限烦恼，偷偷把孩子打掉了，还是个男孩儿。柳明知道后与她大吵大闹，柳明妈妈也一病不起。本来妈妈是要他们结婚的，因妈妈病得很厉害，想在闭眼前看着他们结婚。没有想到在这关键时刻晓莉诺却向柳明提出了分手。柳明不敢告诉妈妈知道，因为他清楚这会要了妈妈的命。柳明不明白她为啥这样做，后来偷偷跟随才发现，晓莉诺与亲戚的儿子好了，两人经常到唱歌房蹦迪喝酒。亲戚的儿子比她大八岁，离异，有一个男孩儿，四岁，是亲戚帮带着。柳明顿悟，当初晓莉诺的亲戚让她到天津去，是别有用心，因为亲戚的儿媳好吃懒做出轨别的男人已经离婚。这次把晓莉诺骗到天津，亲戚就是为了让她与儿子接触一下，彼此合适否，磨合感情。

当柳明知道这一切时快要疯了，不明白，当初死求白咧追自己的人是她，他在众多追求的女孩子中选择了她，之后，再也没有理睬过其他女孩。而现在最先冷漠柳明的也是她。这辈子柳明没有等过谁，却心甘情愿的等待着她。没有在乎过谁却只在乎她。没有为谁失眠过却为她失眠。从没有流过泪却为她流下许多泪。可柳明的真心实意却变得一文不值。柳明从趾高气扬她的倒追，到现在变得对她卑微下贱地讨好她。她不仅不感谢柳明，还觉得是理所当然应该的。

柳明说："十年来，我算了算为她整整花去了十六万。这十六万，在一个中等城市，以摆小摊为生计的家庭来说，不买房不置地，只为穿衣吃饭消费，勉强够她奢华的消费。上大学时，自从我与她确定了恋爱关系，她的一切费用全是我担负的，包括学杂费，伙食费，服装费等等，我每学期的奖学金全部花在她身上。"

"大学毕业，她的日常衣食住行一切一切都是我担负。她整天'老公、老公'的叫着，叫得我五迷三道，云山雾罩。她是一个爱美的女孩儿，平时好穿高档衣服。我妈妈摆小摊辛辛苦苦赚来的钱全部给了我，我全部花在她身上。和她在一起，我没有拈花惹草，处处为她着想，处处降低底线。可是现在我觉得，我是这个世界上最差劲的男人。爱情是什么，就是刻骨铭心的伤害。现在她与那个男人已经闪婚，住在二百多平方米的大房子里，雇着保姆，逍遥自在，享受着全职太太的供奉。而我却如此惨败，人不人鬼不鬼，我被她耍了，折磨得太残了。她就是一只白眼狼。我十几年的感情与物质的付出，竟没有喂熟她，她连只狗都不如。这剔骨之刑，是多么痛呀，这口恶气不出，我誓不为人。"

我为柳明的遭遇悲情着，我开导他说："她是一个没有感情的人，实际上她在情感上和智障是一样的。你对她再好都没有用，因为没有感情的人永远你都喂不熟。吃什么喂什么，她都不会记住你。她只是一种占有欲。大学时，你潇洒英俊，许多女孩子追你。她把你搞到手了，她这是一种胜利感，优越感。毕业后，迟迟不与你结婚，就是对你的家庭并不满足，她一而再再而三推托拒绝，是在为自己寻找下家。骑马找马，一旦有了合适的，会立刻摆脱你。"

"她为什么主动与我同居，谁都知道，一个女孩子只要把身子给了你，就是把心给了你。把终身托付给你。"柳明坚持道。

郝雨意味深长地说："现在不乏还有这样传统的女孩子，可一旦把初夜放开，就会毫无顾忌地随便上床。上过床怎么样，在这爱意泛滥的时代，又有多少男生女生在激情以后，如同陌路。又有多少男女相互拉黑，各奔东西。说着喜欢你爱你的时候，又在背着你与其他别人说着同样的情话。在这个薄情的年代，你的深情只是一个笑话。当代年轻人的爱情观，或许再也找不到当初那份纯真的爱情。金钱的诱惑，把当代年轻人的三观都带偏了。钱是感情的照妖镜，也是人品的试金石，是良心的验证码，也是道德的二维码。扫一扫，全是真相和欲望。记住一句话，别看辉煌时谁敬的酒，只看落魄时剩下的友。这些话，也许是我理解的一种偏见。然而，偏见的产生来自于一个错误的情感纠结的故事。"

"我感觉太不上算了，十六万花得太冤枉。我的母亲没有文化，没有资源，可她从没有把自己的委屈、辛苦、焦虑转移给我，而是一人辛辛苦苦、任劳任怨，默默的为我付出，家里的钱全花在她身上，我们没有一点积蓄。而我则把母亲为我的付出的一切，全部给了晓莉渃。而今，她却背我而去。投靠到别人怀抱。我成了多么下贱的嫖客。我被她玩了、耍了，我亏大发了。"柳明一脸气恼和倒霉的神色。

"现在我算明白了，钱是爱的唯一粘连剂。我向她要回我十多年来给她花16万费用。她不但不给我，反而倒打一把向我索要青春损失费。我被她捅了一刀，还没有来得及把血擦干净，她的亲戚又找人把我打出天津市。失去了工作饱尝冷遇。我痛恨她决绝的绝情。"

"有句话讲得好，物物而不物于物。若你不怕失去，就不会被控制，反而能更轻松的驾驭。不要害怕失去，你所失去的也许本来就不属于你。见过花开就好，何必在意花落谁家。你不能再自己作贱自己，邋遢成流浪汉模样，糟蹋学识，消磨斗志，浪费青春。你知道吗，有时候折磨人的不是别人的绝情，而是你自己那份对婚姻的期待和幻想。"我慢慢地对柳明循循善诱。

"你现在是不是还放不下晓莉渃？能折磨你的从来不是别人，老人言，能折磨你的永远都是你在乎的东西，你若不在意，天能奈何你何。"郝雨说，把自己的手稳住柳明的肩头，将杯子放到他的唇边，柳明禁不住打颤，等他喝光，郝雨把杯子放到桌上，摁住柳明肩头不再颤抖，"深爱过一个人，不管过了多少年，这个人始终都会在你心里，谁也无法替代，不管是爱是恨，因为你曾经掏心掏肺过，深深在乎过。所以现在你刻骨铭心的纠结。其实，你嘴上说着要弄死她，真的她站在你面前你舍得捅么，这只不过是情不自禁的爱着想着舍不得你们甜蜜的过往，虚张声势的一种情绪发泄而已。"郝雨大声宣布。

柳明默默地聆听着我与郝雨对他的开导，脸色逐渐凝重起来，那刚刚哭过的鼻塞音好像淡漠了些，"我恨她，恨她首先抛弃了我，而不是我首先抛弃了她。当初是她先倒追的我，当初那么多追我的女孩子，我都没有珍惜，任溺水三千，我只取一瓢饮，偏偏选中了她，失去了许多好女孩儿。而今我尊严扫地，多么丢人现眼，我怎么去面对当初那些倒追我的女孩儿。这大大伤了我的自尊，心有不甘。"柳明说着快要掉下泪来："她毁了我，我就要毁了她。现在我活得多么窝囊，多么无助，把生活搞得这么糟糕，这么憋屈，这么失败，这么生不如死，难道这就是所谓的万般皆是命，半点不由人。我连最起码的忠诚都得不到，还有什么脸面苟活于世。我整夜整夜失眠，想着自己的女朋友躺在别人怀抱里，那种心痛的感觉谁能知道。现在我只剩下对早早离世父亲的思念，母亲的眼泪，亲戚的冷漠，朋友的离开，女朋友的背叛，还有空荡荡的口袋。除此以外，我一无所有。我踮起脚尖够不到东西，天津那小子不费吹灰之力就能唾手可得，他毁了我的幸福，我要跟他来场决斗。让她知道，你伤害了一个真心爱她的男人是怎样的下场。你错过了一座庙，还可以遇到一座城。但是你要是错过了这个男人，那就错过了一生。"

"所以，你乔装打扮成流浪汉，伺机报复晓莉诺和天津撬行那个混蛋，我把你从天津逮回来，就是怕你惹是生非。离你而去的晓莉诺，不一定没有爱过你，但既然离去，就一定不爱你了。时间把一些人带来，又让她们以各种方式离开，大概就是为了伤痛教会你要学会慷慨、习惯、释怀。追不上的就不追，背不动的就放下，看不惯的就删了，渐行渐远的就随意，不属于自己的不要，早晚有一天你会明白，无能为力的事当断，生命中无缘的人当舍，心中烦欲执念当离。放下执念，放下自己，放下云烟，放下梦想，回归自己，回归安宁。所以，面对现实吧，别再执迷不悟了。总有一天你会明白，治愈你的从来不是时间，而是你心中那份释怀与格局。该是你的，你不想要迟早是你的。不该你的，你想尽办法去争，最后也不是你的。"郝雨语气变得更加严厉起来。

柳明竖起双眉，紧拒双唇说："人生最大的痛苦，不是得不到，而是得到之后又失去。你永远不会知道，我为一个晓莉诺付出了多少代价，费了多少心思。她对我的背叛，就像一把刀，狠狠插在我的心上，就算拔了它，永远有深深的一道伤。她对天津那小子撒了多大谎，说没有与我同居，更别说堕胎了。撒谎是一种手段，我要去揭露她，给她一辈子的教训。她把当初对我的承诺统统抛向脑后，丢的一干二净。现在我才明白，承诺这个东西，就是一个疯子哄一个傻子，我记住了人家早忘了，疯子说给傻子听，疯子无心我这傻子却当了真。"柳明越说越扇起往日的怒火，气得声音颤抖着。

柳明无法控制糟糕的情绪，那双眼睛放射出仇恨的光芒，眼珠滚动，像一个神经病人四处扫荡。郝雨对柳明不客气地讲："也许你一生中走错了不少的路，看错了不少人，承受了不该有的背叛，落魄得狼狈不堪。但都无所谓，只要还活着就总有希望，余生很长，何必惊慌。因为强者从不抱怨环境。"

"心若不在，不必强求，人若不爱，不必将就，属于你的赶都赶不走。不属于你的，你也留不住。在乎你的，舍不得伤害你。不在乎你的，强求也没有用。

感情不将就，不勉强，情深则长久，情浅则放手。也许当初她疯狂的追你，是一种恋爱的不成熟。不是越成熟越难爱上一个人，其实不是，只是越成熟越能看清那不是爱。今天的放弃也许是爱的成熟。"我劝柳明。

我对晓莉渃产生极大的厌恶，这个女孩太现实太势力，又对柳明报以极大的同情。

柳明偏执地坚持着他的杀人观点，愤愤不平。我对他说："你对一个不懂得珍惜你的绝情的女人，不值得如此伤心。也许她是你的一个劫数，来渡你的。无能为力挽回的事情，要学会放下，当断则断，当离则离，珍惜生命，坦然接受这一切，放下执念，解脱自己。你想控制的人反而控制了你。女朋友离开你，也许是在保护你，你的情债还清了，情劫渡完了，前世不欠，今生不见。得到未必是福，失去未必是祸。情劫是人生路上必经的一大障碍，过去了是进步，过不去是沉沦，能熬过情劫的人，就再也没有难关阻挡你，也许这是另一段爱情的开始。"

柳明似觉似惑似悟，神情黯然地被郝雨拉走了。因为我到了下班时间，我想要请他俩吃晚饭。郝雨说不好意思让我破费拒绝了。

柳明回到家以后，晚上翻来覆去睡不着觉，强烈地思考着对付晓莉渃的种种方案，气不过的柳明把自己的感情挫折写成文字，匿名发到网上。一夜之间阅读者超越几千人数，评论区仅仅跟帖留言一千多条，给他出了各种各样的建议和意见。

第二天我刚刚上班来，柳明紧紧跟进来，他把评论区跟帖留言摘了几条给我看。他有着一股不吐不快之感，滔滔不绝倾吐着心中的憋闷。

忽然，门口响起了敲门声，我抬高声音"请进"。罗斯思进来，她是新来的实习大学生，三十一岁，就是副台长的女儿，白静的脸蛋，透着温柔典雅。她用手揉揉疲乏的眼睛，就好像是擦夹鼻眼镜的镜片一样，情绪消沉的悄声问我，"到湖北宜昌名家采访的时间啥时能定？"我考虑到陪同的司机家里突遭变故，一直没能来上班，心有些犹豫，就扭头问柳明会不会开车，我主要是想让他开开心，尽快从失恋中走出来。见他点点头，问他有没有时间陪我们去一趟湖北宜昌。他仍点点头。我当下拍板，要了一辆车，让柳明陪同我们一起出去采访。

当第二天一切准备就绪出发时，台里通知，市里要我去参加紧急会议，我不得不暂时留下来，只好把采访的任务交给罗斯思。她欣然接受。我不放心的千叮咛万嘱咐柳明要照顾好罗斯思。柳明满心应允。二人很自信的听从我的派遣，开车而去。

我望着窗外车水马龙的街上，展开了想象，一幅幅画面在脑海中闪过，也许大自然的美好，会让两个年轻人把忧愁与烦恼暂搁一旁。但愿我这次心怀叵测的安排，能达到预期效果。我默默地对柳明说，但愿"你的情劫已渡完，你的厄运已散去，你的福泽已到来，你的好运也降临。"

## 二

如我所料，二人采访完毕，结伴去了湖北宜昌三峡蹦极。回来后，罗斯思给我汇报工作时只字未提蹦极的事，却见柳明一脸欢笑，满身轻松，精神焕发，仿佛脱胎换骨般滔滔不绝提起蹦极的感受。等罗斯思汇报完采访后，他津津有味、兴致勃勃向我描绘此趟收获："人生就该玩一次蹦极，它的感受就是仿佛失去一切，跳下去什么都明白了，很多事情不尽我意，但我无能为力，只能尽人事听天命，一跳解千愁，因为它的另一个名子叫重生。当我被绳索拉回来时，骤然醒悟，以前心心念念的东西，都不想要了，以前较真的东西，也释怀了，人一旦过了那股劲，很多事情就没有想象中的那么重要了，因为我重生了。"

罗斯思情不自禁附和着他说："是啊，这一跳，忘掉人生烦恼。这一跳，是人生的体现。这一跳，是重生的开始。这一跳，甩掉了一切纠缠与愤恼。"说完，好像发觉什么，不好意思瞅了柳明一眼，羞答答地躲出去了。

柳明见她出去，放肆起来，重新焕发了往昔的兴奋，尽情诉说着，越来越激动，越来越兴奋："这一跳，我突然想放弃晓莉渃。因为我对她积累了太多的无力和失败，始发现与她相爱是那么的不值得。我放过了晓莉渃，等于放过了自己，我们本来就不是一类人，又何苦继续纠缠，自寻其辱。"我对他的蜕变饶有兴趣地听下去。他试图向我暗示着什么，不停地介绍此次之行的收获体会："斯思减掉了为男友留的长头发，我把自己的遭遇原原本本告诉她，她让我俩努力忘掉不愉快的过去，痛苦随风而去，鼓励我在高高的跳台一跃而下，这是很好的解压方式，忘掉一切。当我面对高空犹犹豫豫迟疑时，她却毫不犹豫大胆与我双人跳，我俩像一条绳上拴着的蚂蚱，当我们展翅飞翔的时候，那种接近死亡的感觉，什么都想开了。人生就是如此，有时会跌入低估，有时会到达顶峰，虽然最终还是平稳落地，但这个刺激的过程，只有经历过的人才会懂得。斯思告诉我，人生路上很多时候走着走着突然遇到一堵墙，有的人停下来，研究如何爬过去或推倒它，而有的人选择绕过去，继续前行。我赫然开朗，不管我怎样撕心裂肺的缅怀过去，晓莉渃已经结婚了，成了别人的老婆，我们不可能了。当初我孤独一身彻夜难眠时，人家甜甜蜜蜜春宵一刻值千金。当我早上起来，这座城市仍然是车水马龙,没有人知道我的痛苦,只有我的妈妈关心着我的起居生活,可我每天起来,必须装出一张笑脸面对着妈妈。我必须要像蹦极那样,刺激惊险,把生死度之外,失去一切记忆,从头再来,跳掉痛苦羁绊,获得重生。"

柳明用手轻轻敲击着桌面,缓缓地说:"蹦极时,当斯思一把将我推下去,感受失重的刺激,纠缠了这么多日子的痛苦,在生死落差的一刹那,我蓦然明白,当爱已不在,那就忘掉所有。好像一瞬间时光隧道把我送到十年前,那生死一刻我才认识到,我是一个满身伤疤的人,有些东西不属于我的争也没有用。十几年的恋爱,一蹦极如释重负,一瞬间的心如刀绞顿消。晓莉渃对我欲擒故纵、骑马找马就是为了等待她期待的丈夫出现,把我抛甩。现在我连认识晓莉渃都是一种错误,是多么的愚蠢。我必须要接受这个残酷的现实,有人替代了我的位置。我欠她的还完了,她欠我的我不要了。我必须重新做回我自己。这世上所有的原谅和宽容,都是以折磨自己为代价。我要把自己还给自己,把别人还给别人,从此与晓莉渃山水一程,不再相逢,来生不见,不欠,不念。情出自愿,事过无悔,不谈亏欠,不负遇见。一别两宽,永不相见。"柳明说到这里突然打住,看了看我,瞪着一双吃惊的眼睛问我:"蹦极,只有经过大风大浪的人才会从容一跳,罗斯思怎么就那样从容淡定?"

"希望你能向她学习,多多向她请教。"我毫不避讳地说。

柳明侧耳细听着,外面似乎是一个永恒的世界,四下空气凝滞,一片静寂,他略显神色羞涩点点头说:"当善良遇上了感恩,便是这世上最美的邂逅。"

"有一个单位需要一名微机程序编排员。正是你的专业,你愿意去试试吗?"我问他。

柳明仿佛接到一束阳光,连犹豫都没有爽快答应。

从那时起,柳明离开我到新单位上班,时不时给我发来微信问寒问暖,或汇报工作中的成绩,但从未再提起与晓莉渃的问题,反而多次提起对罗斯思的关心。我也曾引起怀疑,隐晦曲折套罗斯思的话。可罗斯思总是抿嘴扭身跑掉,留下身后娇媚、温柔、诱人的笑声。

半年后的一天,柳明与罗斯思一起给我送喜帖,告诉我,他俩要结婚。这在意料之外,又在情理之中,我喜出望外,用舒适与欢笑的口气说:"好一个事以密成。"两人异口同声一并感谢我这个大媒人。柳明还告诉我,在前几天,俩人一起去医院看望了病危的妈妈,带着罗斯思在病床前跪拜妈妈,请妈妈放心自己已经找到良缘。妈妈用最后的力气睁开双眼,拉住两人的手紧紧搂在一起,看着我们笑着闭上了眼睛,妈妈走得安详平静无牵挂。柳明又告诉我,他妈妈的三间平房一个小院已被拆迁，分到了四室二厅返迁房，还意外得到 300 万补偿款。柳明对于晓莉诺谜一样的失踪，罗斯思神一样的出现，简直不敢相信，抱着一种侥幸心理问我："为什么两个八竿子打不着的、不可能在一起的人，竟奇迹般要安排今生相遇。天上掉馅饼，真得会砸到我的头上了。"我笑着祝福两人："姻缘天注定，一生中有一个人爱你，疼你，牵挂你，这就是幸福，万人追不如一人懂，世界上不是所有人都可以掏心掏肺互诉衷肠，路过的都是缘，擦肩而过的都是客。你怎么知道今生的相遇，不是为了弥补前世的遗憾，罗斯思说不定是前世磕破了头求来的。不该是你的，想尽办法去要，最后也不是你的。该是你的，你不想要，迟早是你的。因为上天已经把你的姻缘安排好了。"

姻缘就是一门玄学，谁也不知道月老把红丝线的两头悄悄拴在谁与谁的手上。那看似水到渠成的，偏偏横生枝节，引流旁户。那好像不着边际的两个人，却被抛出的橄榄枝砸中，被月老用红丝线一把牢拴。生活总是让我们遍体鳞伤，可是后来，那些受过伤终将长成最强壮的地方。是福是祸谁又能说的清楚，因为，只有经过失去的痛苦，才会有涅槃重生。

我这一辈子只做过一次媒人，命中率 100%。为了保持住这百发百中的辉煌记录，我以后再没有给人拉线搭桥。因为我的初心只是想保住一个家庭的稳定与完整，挽救一个青年失恋报复杀人的悲剧的发生，却没承想，有心栽花花不活，无心插柳柳成荫。

# 三

我们局长要请科长以上的人吃饭，这个消息像一个炸雷，轰动了整个局机关。局长姓栗，是个威信很高的人，做事一向严谨，清洁自律。平时整天板着一张冰山脸，见到谁也不说话，端着一副官架子，高高在上。上班来车进车出。人们到他的办公室请示汇报工作，都是小心翼翼，谨小慎微，不敢多说一句，怕言多有失，遭来横祸。

开天辟地，栗局长要请客，而且不是在局机关的职工食堂，而是市里最豪华的秀兰大酒店。科长们都有些受宠若惊。我早早做好准备，提前把工作整理清楚，我怕局长问起工作情况，我汇报不周，挨局长狗屁呲，整整一夜未睡，连夜赶出了一篇一万多字的汇报材料。我提前到达大酒店局长助手通知的那个大雅间等待，找个不起眼的角落坐下，等待局长大驾光临，准备随时汇报工作。

往常局长一声令下，就像起了吸入泵的作用，以抽气机的强力把人们早早

# 追忆如歌年华

吸到会议地点，等待局长大人前来做报告，生怕来在局长大人后面显得不尊重局长或被局长穿小鞋。可今天时间已经过中午十二点，人们却迟迟不来，不见一人前来报到。我有些纳闷，有种不好的预感，按捺不住拨通了局长助理的手机。那头助理却说局长已经出发了，来不及回答其他问题就撂了手机。

在恐慌与焦急等待中局长大人终于到了，司机推开门与他站在门口，当他看到仅我一人时，脸色顿然耷拉下来，问我其他人呢。我摇头回答不知道。他竟然没有大怒，而是做到我旁边的椅子上，令司机到外面迎接其他科长。他坐下来，目光不断向门口瞟着，说也许科长们让什么事情耽搁了。他把双手放在桌面上，两只大拇指轮换交替飞速往来转动着，编制着一幅心焦而复杂纷乱的心律图。他站起身来，拉亮水晶灯，把雅间的窗帘全拉上，遮挡住了突然响起闷雷与黑暗中的暴风雨。房顶上的灯光照亮了漂亮的雅间，驱走些了沉闷。我的神经有些紧张，我渴望着灯光适当缓和一些沉默的空气，渴望其他科长们的到来。局长开始讲话了，"我今天把科长叫到这里来，是想向你们宣布一个事情。看来，你们已经知道了"。我有些丈二和尚摸不着头脑，尽力装出往常专心听报告的样子，一副毕恭毕敬的眼神等候局长大人的指令宣布。

"我从明天起，就离职了，不再主持局里工作，要回家颐养天年了。"局长语气平静地告诉我。

"啊！怎么没有听说呀。"我被吓了一大跳，一跃而起，这是十分出乎意料的事情。

"所以，你来了，那没有来的就是听说了。"局长笑道，装出一副不屑理睬的样子。

这时，司机走进来，拭擦着汗涔涔的前额说，刚才助理来电话，其他科长都以各种理由与借口推脱了，不能参加他的告别宴会。我瞬间看透人心，如果不发生点烂事，你永远看不清有些人真实的嘴脸。

局长说："不要等了，该来的已经来了，不来的就是不愿来的，请也没有用。也许，他们正在准备迎接下一届局长。下一届局长是我的死对头，经常写小报告，告我的黑状，揭发我的'罪状'。"

面对形势的逆转，局长宠辱不惊地要了四个小菜，二荤二素，一瓶青岛葡萄酒，把司机也招呼进来。我们先向局长敬酒，然后默默的、庄然而缓慢的喝着酒，活脱脱一副壮别的样子。

我不明白为什么人情冷暖如此薄凉，老局长也没有什么大错呀。借着酒过三巡，我劝局长："你不要在意这些，那几个平常最巴结你的科长一个没来，实属可恶。太势利了。如若换成我，我定会开口大骂。"

局长就是局长，反倒开导起我来。"你怎么那么在意别人怎么样，他们说你好你就好，他们说你坏你就坏？不要在烂事上纠缠，要学会及时止损。得罪几个人，做错几件事，其实没有那么可怕，一辈子委曲求全，战战兢兢才最可怕。"也许他这是自慰。

局长最后说，他已经拒绝老同学到省里工作的邀请，准备在家好好休息，这若许多年因为工作太忙碌了，没有时间照顾家人，才使老婆病重住院。他决定好好伺候老婆来赎过。

我告诉他明年自己也要退休了，可能也要经历你这样的失落、冷落与悲伤，甚至让人们背后说三道四，不仅有些伤感。

"顺境时，埋藏着许多小人；困境时，识破了许多君子。"局长哈哈大笑说，"世间没有不被议论的事，也没有不被议论的人，不要因为别人的一句话，而夺走了一天的快乐。别人的嘴无法控制，但我们可以怀一颗淡然的心去看一切纷扰。内心一旦平静，外界就会鸦雀无声，心态永远是你最好的风水。"

我被局长说笑了，被局长处事不惊，面对尴尬坦然面对感动着，看着局长一副悠然自得的样子，我也开着玩笑，我可千万不能破坏局长带来的这种和谐的气氛。

"生活就像互联网，你关注什么，就给你推送什么。所以，一定要关注美好的人和事，给自己一个美好的磁场。"局长仍是那样循循善诱。

我被局长说得噤声了，没有再言语，洗耳恭听。局长那颗石崖般风化破碎的心，怎样忍受着四面来风的痛苦，和忍受痛苦的愤怒，依然保持着往日里我行我素的风格与棱角。我佩服之至。

三十晚上，午夜十二点到来之际，先前会有许多户人家走出来，到门前或开阔地带燃放鞭炮，噼里啪啦热热闹闹喜庆极，我们把烟花爆竹点燃，那震耳的鞭炮声，携带着七彩的礼花，飞向夜空，绚丽多彩。

楚建军已经调到市委办公厅工作，由于工作关系越是逢年过节越是不找家，都单位值班。我住宿的楼下紧挨马路，由于近几年禁止燃放炮竹，少了年的气味，多了冷冷清清。不知谁家偷偷在街心花园宽阔处拉了一挂鞭就跑了，隆隆的鞭炮声震惊了人们那根神经弦，给人们对春晚节目疲乏厌倦带来一丝兴奋。

鞭炮声很快零落停歇，我坐在沙发上无聊地按调遥控器。一股黯然的心绪袭来，蓄积了一年的思念，即刻激起我的泪水，在美国读书的女儿，你还好吗？妈妈想念你，你想念我吗？你给妈妈发来的新年祝福，妈妈已经收到了，妈妈想念你。

我无眠，慢慢走出屋来，信步来到大街上，这时已经稀少车流，夜色中灯光很璀璨，也很温和，路两边的灯光把我的身影拉得很长。街上空无一人只有自己的形影相伴，我独身孤零零伫立街头，一种莫名的孤单袭来，感觉一颗心融化在无边的夜色里。

远远的一团橘黄色慢慢向我靠近，那是一个星点，闪着微弱的光，在黑色的夜空中像萤火虫时隐时现。逐渐我看清楚了，是一位身穿橘黄色工作服的环卫工人，有五十岁年纪，头戴灰色鸭舌帽，肩扛着一把竹耙，在他的身后跟着一只金黄色小狗，天还很黑，这么早，他来遛狗么？我呆呆地望着他，只见他走近来，把竹耙从肩头放下来，走向刚才不知谁偷放鞭炮的地方，用竹耙把炮竹碎屑拢在一起，蹲下身来，从里面挑选着什么。

好奇心使我靠过去，只见他把没有燃放的鞭炮一个个拣出来，摆房一边，我因为他会留着燃放，却没有，他把鞭炮一个个掰折，点燃一支烟用力吸了几口，蹲下身来用烟火把刚刚掰折的鞭炮中间药捻点燃，即刻，那"刺溜溜"的火花燃放着，如那烟花很是绚烂。

我忍不住向前问道："你什么不点燃放响了。"

他抬头看看我，吐口烟雾道："三更时分，人们刚刚躺下睡觉，怕惊醒了大伙儿。"

他如此善解人意，我祝愿道："祝你新年快乐，阖家团圆。"

他苦笑道："去年老伴没了，儿子在北京上大学，寒假在北京找了份打工，原准备春节回家过年，后又说春节加班可挣双份工资，就不回来了。"

我心中掠过一丝凄凉。他继续说："儿子很懂事，知家境困难，除学费外，其余的从不向我要一分钱，全是自己打工养活自己。"他用手指指身旁的小黄狗说，"这不，我俩相依为命。"

我不知道说啥好，他的儿子近在北京，为了那点加班费，却不能回家与父亲团聚。我的思女之情与他的思儿之情比起来顿显那么单薄屏弱。

回到家中躺在床上后，我又一阵胡思乱想，担心起楚建军的身体、工作，担心着国外的女儿。当我再次醒来，听见宿舍楼里家家户户都在互相拜年问候。这时候我想起了老局长，他是第一年退休，又是老伴去世第一年。他的二个女儿都在北京工作过年没有回来。我来到老局长家门口，轻叩家门。"来了，来了。"里面传来老局长喜悦的欢迎声，当他打开房门，见到只我一人，那喜笑颜开顿失，眉头紧锁，站在那儿一动不动发愣。我躲过他的身子，径直走到客厅，安安稳稳坐地在高靠背椅上。我大言不惭地告诉他，我做为机关全体工作人员的代表来向局长大人拜年问好。他尴尬地笑笑说："往年拜年者接踵而来，趋之若鹜，踢破门槛。今年孤寂冷漠，门可罗雀，你是第一个，可能也是最后一个给我拜年的人。"

我万万没有想到，老局长退居二线，家里竟发生了巨变。往年逢年过节，家里门庭若市，拜年着趋之若鹜，来了一拨又一拨，上演着老局长拒收礼物，客人硬留礼物的闹剧，跟老局长称兄道弟。而今年春节，老局长家里冷冷落落，清静如初。那些称兄道弟者一个不见。人情如此"势利眼"，如此淡薄，人走茶凉，这也太现实了。

我看到写字台上放的录像机，反复播放着老局长与老婆的对话，他不好意思笑笑："现在，只有她与我相依为命了。"他把老伴的遗像搂在怀里，"找人说说话，解闷，不寂寞。"他呵呵地笑着，笑得那么失意，勉强，惨淡。然后，他深深吸口气，稳住激动的情绪，"我真得那么不近人情，得罪了全局的人吗？"我老实告诉他，一朝君子一朝臣，当人们还摸不清你与新来的局长啥关系时，是不会轻举妄动的，皆是为了保住权力与地位。老局长脸上表情已恢复平静与安逸，他饱经世故，早已学会掩饰痛苦。

# 四

突然，走廊响起一阵骚动，将我与老局长惊起，楼道里乱糟糟的嘈杂声，我与老局长站在门口，向外面听去。一个男中音响得出奇，字字清晰。原来是一楼小张家刚刚新买那辆山地车，放在地下室被偷走了。我急忙辞别老局长，来到一楼，看到小张两只眼睛滴溜溜朝每个人围着他的人身上扫去。他蓬松着头发和胭脂涂抹的脸蛋，不是脸带笑容而是斜着眼，一副义愤填膺的样子，厉声叫道："前几天，儿子刚刚花九千元买的新山地车，说准备参加市里越野赛。大年三十晚上却被偷走了。真他妈晦气。王八蛋小偷，你喜欢可以跟我说呀，我给你买一辆。偷车，大年初一给我添堵，找事，隔应人。"局机关宿舍这是第一次发现偷盗。往年局长对局机关事务处抓得很紧，事以俱细。事务处长每年三十晚上都会买十万块钱的炮，在机关办公楼钱燃放，甚是热闹。那五花八门的烟花飞向天空，斑斓绚丽，漂亮仰慕。而近几年，市里规定停止燃放烟花爆竹就显得冷冷清清，没有了往时过年的热闹与喧哗。

往常局管宿舍一有大小事情，事务处处长白主任都会首先跑出来解决问题，跑前跑后，片刻解决。今儿却不见他的踪影，有人说他一家人回山里老家过年去了。人们仅不住向局长家门望去，局长家房门紧闭，无动于衷。我急忙解释替老局长打掩护说，刚才去敲局长家的房门，没有回应，可能也不在家。人们又想到了新来的局长，可新来的局长家没有住在宿舍楼，自然远水解不了近渴。最后主管副局长也是足不出户。小张十分恼火，气急败坏拨打了110。

在警笛嘶鸣中，眼瞅着二名警察来到案发现场，一老一少，一男一女。二人摄像、取迹、笔录、丢失物品价值登记等项工作麻溜做得，小张心急如焚问道："你们啥时能破案，我儿子着急去参加自行车越野赛。"

那个年长像头儿的警察说："着急慢慢等吧，今早我已经接到第五起报案，全是高档山地车被盗。"话没有讲完，又一个电话，催促他到新的案发现场勘察。

警察走后，小张到警卫室查看监控录像，大胆蟊贼午夜时分，从楼后面铁篱笆墙剪断二根铁条钻进来，径直奔了小张家地下室，看来是熟人作案或是提前踩好了点，用了不到两分钟盗车得手。

那个铁篱笆墙不知是谁家的孩子，为了上下学抄近路方便，大人故意剪开的，没成想给贼开了绿色通道。

小张要求保安把漏洞堵上，保安说："等着吧，春节过后，人们上班了，事务处打了报告，领导批了，申请下来，至快也得一个月左右。"

小张无奈只好用自家铁丝编成网堵严实，节日的气氛就这样在小张的骂骂咧咧中被破坏了。

谁知第二天铁丝网被扒，仍然露着大窟窿，利于出入方便。而且小张家的单元楼大门也失控了，形同虚设。

小张站在楼下大声斥责："是谁把单元防盗门弄坏，害我遭贼。"

没有人理她，上怂话的大有人在："认便宜吧，只是丢了车子，没有伤到人，就是好事。自当破财免灾。"

"报警，警察能破案，我三天不吃饭，车子丢的多了，找回来几辆。给你登个记，走走形式，打发你就完事了。"

"贼不吃回头食，起码咱们这里可以安生一阵，看好自己的门，自扫门前雪。"

突然，一声凄厉的哭声惊天动地，那是谁家上学的孩子在小张补得窟窿处，脑袋钻进篱笆墙，身子卡在外，一动不能动，撕心裂肺地哭叫。楼上几层一声叫骂传来，"谁这么缺德，想害死我儿子，我跟他没完"。叫骂声把一个肉盾飞快送下楼来，一看是那个整天牛了吧唧倒腾煤生意的中年男爷们，他手拿压力钳，蹲到篱笆栏栅处，"咔嚓"几下把铁丝剪断，孩子得救了，那个窟窿更大了。肉盾男人的叫骂像一盆冷水泼在小张的脸上，吓得小张大气不敢出，更不敢再次造次修那篱笆墙，被那张愤怒的脸和手中锋利的铁器吓得肝颤。我不知道这个倒霉的男人，是谁的家属，谁的老公，谁让他如初财大气粗，气势如牛。

院子出人意料的安静了几天，然而，时间没有过多久，贼再次光顾家属楼，并扬言，"劫你个贪官污吏，顺你个敢怒不敢言"。人们报警后，警察根据车迹断定，贼是开着130客货两用车来的，停在篱笆墙外面，里应外合偷得方便，整个单元地下室偷个精光，不但偷车，有啥偷啥，还把过年储存的粮油，烟酒，干鲜杂货等值钱的东西扫荡一空。一楼王奶奶放在凉台上的几棵大白菜也被顺手牵羊。心疼的王老太太哭天抹泪，"昨天刚刚买的，剥了光溜溜的，花了十多块钱呢。"

我就不明白了，费解，只听人说，贼不走空，没有听说贼还吃回头食。太胆大妄为，吃了豹子胆不成。

小张见到先前那个老警察，凑过去小心翼翼问道："领导，我丢的那辆山地车，案子破了吗？"

那个老警察手指漏洞说："你们小区一个月报案二十多起，我每天接案出警，忙得焦头烂额，哪有时间破案。"

小张睁大了眼睛，自言自语，感情他们压根就没有破案，原来此警察是专门接案的，让你登记他到场了，工作完闭，一切便万事大吉。至于破案不破案是别的警察的事情。小张又问此警察："破案有个期限吗？"警察说："没有期限，多少年还真没有破案过。已经堆积如山了。丢辆破山地车与杀人案比起来算不得什么。你着着急慢慢等吧，也许哪一天破案了，罪犯捎带脚坦白出来，你跟着沾光吧。"小张一个月来的望眼欲穿，瞬间浇灭，九千多元买的山地车成破烂货，还落得个沾光的下场。山地车就这样丢得莫名其妙，不明不白。小张把找回那辆山地车的渴望一下子落到冰点，彻底黄了，凉了，无望了。小张默默丢丢回到家里，第二天上了火，庄稼火，大火，舌尖上白白的，深深的两大块烂碗，水不能喝，饭不能进，疼得一个劲儿流哈喇子，躺在床上生闷气。

刘嫂串门来看小张，迟迟疑疑地问："有句话，我不知当讲不当讲。"

小张媳妇给她倒杯水说："嫂子，你讲，我不会计较。"

刘嫂放低声音凑过去说："丢车，与一楼的王老太太有关，你知道一楼单元防盗门是谁弄坏的吗？"

小张瞪直了眼摇摇头。一楼王老太太的儿子是组干科的处长，曾经是老局长的手下干将，现在改换门庭成了新局长的跟屁虫。

刘嫂说："上星期五，王老太到楼下倒垃圾，忘带磁卡，单元防盗门自动关上，把她卡在大门外。两岁的外孙女在屋里吓得哇哇大哭，她急忙拨打了110才得救，事后，她故意让姑爷把防盗门撬坏。"

小张那股窝囊气汩汩直蹿脑门，听刘嫂继续说下去："你丢车的那天中午，王奶奶看见俩贼撬他儿子的电动车，我以为她要抓贼呢，谁知，他跑出来对贼小声说，你们别偷，这是我的车，旧的，不值钱，要偷偷新的，能卖大价钱。贼竟然与她搭话，她用手指指你家地下室，并颤抖着声音说，你们别报复我，我有病。贼笑了。她启发贼说，顺车别走正道，有警卫看护，后院铁栏栅有个大窟窿，僻静。"

刘嫂揭发说："你丢车的那天晚上，王老太太发现了动静，但怕贼报复，就没有吱声。"

小张猛然想起，这几天怪不得王老太太整天挂嘴边那句话，贼来了，爱偷谁偷谁，反正别偷我就行。

小张便生出恨恨私愤，心想，这口窝囊气不出，憋屈死了。

第二天，一大早，小区大门口石碑上"模范小区"四个字被一坨烂泥糊上，旁边赫然写着两个黑乎乎的大字：荒原。

我并没有像大伙儿那样，流露出惊讶的神色，我明白这是小张写上去的。家属院有一群自大的居民，她们惧官排外，我痛恨王老太太"事不关己，高高挂起"，更痛恨恶劣的损人利己人性。我把这件事情发表在晚报上，引起一片议论。余然首先埋怨我，为什么无话不谈的好朋友，对此事却对她闭口不谈。她把我带到郝建社的办公室，让我把事情的来龙去脉对郝建社说得清清楚楚。

郝建社并没有说过多的话语，只是仔细听我讲述。只在临送我俩出门时严肃地说道："连民众生活的安逸都保护不了，我们的脸就丢光了。"

郝建社立刻组成了专案小组。很快，案件破获，贼原来是一个先前在机关警卫上班的门卫，是一个机关工作人员家属的亲戚，因他经常酗酒被解雇了。他怀恨在心，经人介绍有目的的结识那个倒腾煤生意的中年爷们，几人臭味相投，一拍即合，拜了把子，七八个组成了一个偷盗团伙，专门偷盗山地车。偷盗销售一条龙，屡屡得手，一个月盗窃山地车百十来辆，很快销赃殆尽。引起全市市民恐慌，影响极坏。

而倒腾煤生意的中年爷们，并不是谁的亲戚，只是那个临时租户，专门踩点，放风，涉猎，里应外合，屡屡盗车得手。那篱笆墙也是他故意弄坏的。

　　丢失的山地车有的收回，有的已经贩卖。小张也得到了相应的赔款。

　　这种事情，老局长在位时从没有发生过，自然而然，人们口中又提起了老局长的严格防范与一丝不苟的制度。而当人们想起他的时候，他已经在医院住院了。

## 五

　　小张为了答谢我给他的呼吁，找回了山地车。那天中午下班他来到我办公室，拉住我的手非要请客。请客地点在局机关职工食堂，我本想拒绝，想到他也花不了十块二十块的，也了却了他的心意，就没有推辞爽快答应了。我俩来到职工食堂，里面热热闹闹早已坐满了人，我们就与坐在一个清静角落里正在一起吃饭的小周、小毛搭桌一起。我俩坐下，小张点了几个家常菜，我是女同志没有要酒，我要了一瓶橙汁。小张、小周、小毛一人要了一杯啤酒。四人也许是高兴，有借口放开了，几杯酒下肚，话匣子便打开了。小张告诉我们说，他的父亲是城里退休的老职工，回到家乡与妈妈共同种庄稼去了，还讲父亲了一个笑话。

　　前些日子，他正在上班时，爸爸来电话说给他送米来了。小张咽下一口酒深情地说道："看见父亲，是他正在铆劲忽闪着那把芭蕉扇，破旧无边，张牙舞爪的露着齿条，比济公的还烂。盛夏的日头是烤人的，父亲坐在汽车站公交站牌下马路牙子旁，掩映在阴凉处，满脸赤红，光亮的脑门淌着汗珠子，正用芭蕉扇扇凉，身上那汗迹斑驳着的浅蓝色背心与芭蕉扇遥相呼应，背心后面大窟窿套小窟窿，几根破布丝惨淡巴结在一起，像个网眼纱。母亲多次嘲笑父亲，"穿件破背心，拿把卖西瓜的破扇子，再戴顶破草帽，面前放一个破碗，坐在路边，大街上准保有人往你碗里丢钱。"

　　父亲每次都理直气壮地反驳："怎么了，凉快。"

　　其实，父亲的秘密我知道，当初父亲在刀剪勺工厂上班，耿直是出了名的，那两样东西是父亲得的劳动模范的奖励，四十多年过去了，多亏那时讲究质量，才使父亲胸前劳动模范那四个大字仍耀眼夺目，每次出门露脸时，父亲总爱让母亲把背心洗干净，披挂在身，但会穿件汗衫把后面的网眼遮住。

　　父亲脚边地上放着一个蛇皮袋，不用说里面肯定是小米，这是父亲此次来城的使命，父亲手机里告诉我，你胃口不好，带些小米熬粥，养胃。手机里我给父亲急了，你快八十岁的人了，有个三长两短咋好。

　　手机那头父亲呵呵笑着，"是老了，怎么下车就转向了。不然还不给你打电话。"

看到父亲的背有些驼了，像个虾米弓在那里，额头皱纹又爬满了许多。我对父亲的抱怨化作心疼，赶忙跑过去，把父亲扶起来说他，"一袋小米值得吗？现在城里啥买不到。"

"家里种的，干净，没有农药，吃着放心。"父亲说。

父亲手搭凉棚仰望天空，因为我的妻子陪儿子在外地读研究生，我把小米口袋放进后车厢内，说中午了，咱俩到饭馆搓一顿。进了餐馆，我找了一个雅间与父亲落座，我点了父亲最爱吃的鱼头泡饼，还有几样小菜。

"母亲可好？"在等候上菜的时候我问父亲。

"好着呢，每天一睁眼就喋喋不休地唠叨我。这也不行，那也不满意，烦死人了。"父亲说。

"哪天，我把二老接到城里来住。"我再一次央求父亲。

"不了，城里住不惯。"父亲再次拒绝。

我给父亲点烟，他一把推掉说："不抽了，咳嗽，你妈说我再犯气管炎，不管我了，把我扔到医院，让我自生自灭。"

多年来，父亲对母亲一向是言听计从，用他的话说是，老爷们不跟老娘们一般见识。其实是心疼母亲，当初，他在城里上班时，我们孩子还小，家里的农活都是母亲一力承担，割麦子，镐棒子，浇地守夜，都是母亲一人所为。他总觉得对不起母亲。

"三个姐姐可好。"我问父亲。

"好着呢，放心吧。"父亲回答。

"最近闹胃病没有？"父亲边喝茶边问道。

"没有。"我安慰父亲，其实我刚刚胃疼看过医生。

小时候，我在家排行老四，上面三个姐姐，我是老来子，因是早产儿，生下来时只有二斤六两。当时农村生活条件差，身体一直发育不良，胃口一直不好。我上大学时，只有34公斤，身高一米五零。父亲怕学院怀疑我是侏儒，拒收。特意让母亲加点熬夜赶制了一双内高鞋，还垫了厚厚的鞋垫，并偷偷在我衣兜里塞了一块石头，嘱咐我，把石头藏在胳肢窝里，量身高时踮起脚尖但不要让大夫看出来。所以，我体重，身高都是勉强过关。现在已是一米八几的大个子。

父亲怕我吃不惯学校食堂犯胃病，每个星期便把母亲给我熬好的小米山药粥，放在饭盒里，用棉布兜裹严实，给我送到学校来。

父亲怕同学们怀疑他是老农民，寒碜，小看了我，与我约好每个星期日的中午 11 点，在学校后门的小树林等我。我家离学校有百八十里地，家里又没有自行车，父亲舍不得坐长途车，说，花那冤枉钱，还不如给儿子买斤猪肉，炖粉条解馋。

父亲让母亲养了几只老母鸡，下了蛋谁也不准吃，攒着，每到星期六煮熟后爆腌了。星期日给我带来，剩下的便给了隔壁家的王叔。因王叔在城里上班，骑自行车，每星期必回家看望爹娘，父亲便借来骑。酬谢他的是一篮子鸡蛋。父亲的咳嗽就是那时候得的。一天父亲给我送饺子来，因赶上下雨，怕淋坏了王叔的自行车，生生在公交站牌的雨搭下躲到深夜，雨停了，才骑车回家，又摔了一跤，膝盖磕破流着血，跌跌撞撞回到家便感冒了，先前还硬扛着舍不得花钱看病，后昏迷了才被送进县卫生院，落下了咳嗽的病根。

我与父亲唠嗑，服务员把做好的饭菜端上来，摆放好，言齐了。便恭敬退出。

我给父亲斟了满满一杯酒说："母亲没有卡你渴酒。"

"她敢？男子汉大丈夫怕老婆不成。"父亲说这话显然底气不足，像蚊子哼哼，我知道爸爸是死鸭子嘴硬，在母亲面前一向跟小鸡似的乖乖听话，名副其实的男子汉大豆腐。

几杯酒下肚，父亲用筷子挡住我给他夹的鱼头说："现在有钱了，还吃鱼头？"

我说："这里的鱼头泡饼是有名气的。也是你最爱吃。你经常说，吃鱼先拿头。"

"我一辈子吃鱼先拿头了，想换换口味，吃鱼肉。"父亲说。

我按照父亲指示，补了一条清蒸鲫鱼。一会儿上来，看着父亲边贪婪地吃边笑道："先前我最爱吃鱼肉，鱼头是我的命，现在见了鱼肉就不要命了。"

我突然明白，多年来，父亲爱吃鱼头，是为了让我们吃鱼肉，整条鱼我一筷子未动，全夹给了父亲，并怕父亲看出破绽解释说："有一次吃鱼，风顶了，不爱吃了。"

父亲突然想起什么，停止了吃鱼动作，右手伸出二个指头，做个胜利的手势。

父亲先前在市刀剪勺工厂上班，因工作认真做了质检安检员。在我十来岁的时候，有一次，我到厂里找父亲，见墙角堆着十几把剪刀，就问父亲这些剪刀还要不要。父亲告诉我，这是检查出来的不合格产品，等待修复。我便悄无声息地偷偷拿了一把回家给母亲使用。因我见母亲使用的那把剪刀已经秃的没刃了。

后来，被父亲发现，对我大发雷霆，"这还得了，小时偷针，大了偷金，这孩

# 追忆如歌年华

子废了。"对我一顿胖揍，大打出手，屁股都绽开了花，几天爬不起炕来，罚我面壁，三天不准吃饭。见到我奄奄一息（他不知道我是故意装的）。才对苦苦哀求的母亲松了口气，并让我写保证书以观后效。当然，我吃得更好，因三个姐姐轮流给我偷偷送好吃的，还胖了几斤。后来我才知道父亲整整三天滴水未尽。

我走向领导岗位，父亲时不时用这个手势敲打我，那不是胜利的意思，是代表剪刀，要我时刻保持廉洁。每当我面对诱惑，便想起父亲这个手势，像一面挡风的墙，为我保驾护航。

父亲把剩下的鱼汤，对些水，端起盘子，仰脖喝下去，说："吃不穷，花不穷，打算不到就受穷，光盘行动好。"

我一瓶啤酒下肚，便有些内急，告诉父亲不要动，急急去了卫生间，解决后，到前台结账，老远听见父亲与人争吵："谁看不起农村人，谁缺了半辈子德，往上数三代哪个不是农村人。"

我急忙跑过去，见父亲正与老板吵架。老板怒气冲冲把父亲堵在门口，对围观的吃客们说："这个叫花子吃霸王餐，看盘子舔得这么干净，下批客气要用这雅间，一看他这邋遢样膈应跑了，影响了我的生意。"

父亲用手忽闪着那把破扇子，指指胸前破背心上那几个蓝字"劳动模范"，大言不惭地说："我骄傲。"

老板怒道："保安，把这个老神经病给我轰了出去！"

父亲理直气壮："哪个敢，朱元璋还是叫花子出身，说不定你上辈子就是臭要饭的。"

我暗暗叫苦，父亲这身打扮，确实像个叫花子。但老板数落我的父亲，我大为不悦，欲争辩，怕失身份，心生一计，对老板说："这是某公司董事长，来微服私访，公司上市十几个亿。"我掏出了我的工作证。那老板一看，顿时像一只斗败的公鸡尴尬赔笑："老人家，我狗眼看人低，得罪了。"立刻要求服务员免单。我告诉他已经买单了。老板责令服务员退单，我拒绝了。

我躬身把父亲这个董事长请出雅间。父亲倒也不客气，把破扇子别在脑后破背心领子上，背着手，昂首挺胸，真把自己当个大干部了。

我殷勤地为父亲开车门，手搭帘子护住车顶："首长请。"

父亲坐进车内，还伸出手对笑脸想送的老板挥手再见。

小张说到这里哈哈大笑道："父亲是道貌岸然，装得还真像。事后父亲还嘚瑟说是为了配合我，才那样做的。"

# 第二十章

## 一

老局长住院。是我万万没有想到的。那天，我到医院去看他，老局长住在神经科，医生说他得了抑郁症。我不敢相信，一个月前，他那么轻松坦然地给我做思想工作，我没有抑郁他却抑郁了。他的两个女儿在身边守护着他。他躺在病床上，倚被而坐，一脸晦气，满身伤痛，输液瓶里的无色液体只剩一个瓶子底，有气无力、奄奄一息地滴答着。他看到我，流露出惊讶的神色。我赶忙走过去，与他的女儿问话，表明以私人的身份来看望老局长。

老局长缩着肩，好让病号服的衣领围住脖子，仿佛有什么冷空气袭击他似的，有些哆哆嗦嗦发抖。

他的大女儿告诉我，手下人揭发他，徇私舞弊，拉宗结派，打击异己，任人唯亲。他气得病了。

老局长满眼灰暗，面色苍白，精神萎靡不振，已经失去了当年的风采奕奕，周身散发着一团迷蒙的光圈，絮絮叨叨，"我不明白为什么有人这么说我，但我问心无愧。"他说"问心无愧"四个字的时候，在灰雾中的眼里有一束光亮、一丝温暖。我选择相信他的话是真的。

他用眼色示意两个女儿出去。两个女儿与我点头行礼后俨然退出。

老局长才流露出真实的思想活动，他问我，自己是不是真的得了抑郁症。看到我否定地摇摇头，好像得到了一种较令人心安的安全感。尽管他仍处在不安中，但勉强一笑，又依然如故地滔滔不绝，"大女儿接我到她家里住了几天。今儿一大早回来，见房间被两个女儿重新粉刷了一边，把客厅布置成上班时办公室模样，挂牌局长办公室。把卧室布置成休息室模样，挂牌计划生育办公室，还说要给我找一个年轻漂亮的女秘书，不离身边左右。把厨房布置成酒店模样，挂牌局招待所。把厕所布置成局卫生间模样，挂牌卫生厅，局长专用。外表看起来富丽堂皇，可我高兴不起来，我犯了什么错误，用这种别有用心寒碜我、刺激我。当我看到她们昂着头，自以为看懂父亲，把我当成抑郁症患者用特殊方式治疗的时候，如此布置，我那颗自卑、失落的心瞬间崩溃了，我对她们的真心实意不感兴趣，更不屑一顾，面对这种嬉笑、侮辱，我一股气血攻心没有说话栽倒在地、不省人事。她们才感到所做不妥，像冰坨炸进油锅来，引起一场骚乱，把一张张裂开的嘴闭上，手忙脚乱地把我弄进医院来。"

"当我醒来，小女儿偷偷告诉我，这是姐夫出的馊主意，说从网上看到的灵丹妙药，屡试屡灵，治好了许多当官退休失落抑郁症。我不知道她们的观念理念与一些人一样世俗迷信，不健康。只知道在进退两难之际，这种做法有多可怕，多不幸和愤怒，现在我该怎么办。"

"面对局里有些人的诽谤，我不屑一顾，让他们去查好了，有问题上级部门就会调查我，找我谈话，甚至双规我。"说到这里，老局长就觉得有些好受些了，"是福不是祸，是祸躲不掉。现在我大大方方地活着，不会再去反思过去的事情，不会做什么忏悔，更不会讨好任何人。"

"那一次，已经使我噩梦大醒。在我刚刚退休的时候，我发现自己平时坐小车，车进车出，很少与人打招呼，有些脱离群众。我故意买了一辆二手自行车，准备自食其力，每天骑着自行车买菜买粮，自己做饭，接近人间烟火气。我主动与人说话，求别人尊重自己，与大家打成一片。谁知这是最可怜的事情，这个世界没人必须对你好。当我走到楼下遇到一楼王老太太，我主动与她打招呼。她竟像遇到恶魔像躲避瘟疫一样，对我理也不理，慌慌张张跑进自己家门，"砰"的一声关上。我当时是那么的尴尬，我骑上车忍不住回头看她，她竟然躲在自家凉台鬼鬼祟祟地偷窥，我是魔鬼，值得她那么害怕与恐惧。我骑车到小区门口主动下车来，推着车到警卫室窗口时，微笑着与看大门的老头打招呼。他竟然鄙夷地要我以后少跟他说话，怕别人怀疑他与我有什么干系，以后有灾祸殃及到他。"

"我时常走过院里小花园纳凉的人群，身后听见她们扯老婆舌头，议论我的是是非非。这最强情报部门，把我毁得心慌意乱，魂不守舍，疑神疑鬼。"

"从那时起，我没有再跟任何人主动说过话，像往常一样仍然是一片布满不成文的行为规范的流沙陷阱，仍然是一座经纬巧妙的拜占式迷宫，仍然是不得其门的自我独行人。现在，我明白了在小区我受欢迎与不受欢迎，那种诚信度对我来说已经不重要了。我没有必要刻意去讨好谁，我不欠谁的，谁与不欠我的。我现在需要的是晚年享清闲的心情。"

老局长说得不为以然，但依然掩饰不住妒意流言蜚语给他带来的伤害。他滔滔不绝向我发泄着感慨的肺腑之言。我静静地倾听，我认为听他倾诉就是对他最大的尊敬与安慰。

他自言自语继续说道:"我过去提拔的那么多干部，现在像避瘟疫似的躲闭着我，有的还揭发我，争取立功表现，重新得到领导赏识，得到更多的好处，实现更大的野心。总有一天，你会明白，任何关系，到最后只是相识一场，大家也都是阶段性的陪伴；那些你放不下的人和事，到最后岁月都会替你去轻描淡写。这个世界上，从来没有感同身受，你可以消沉，也可以抱怨，甚至可以崩溃，但一定要懂得自愈，好起来的从来不是生活，而是你自己！当你的内心足够坚定的时候，谁都没有办法影响你的心，经历越多越明白，善良有度付出有底线，不消耗自己，也绝不会委屈求全，但凡让我累的关系，我都不会去维持；一是没必要，二是没时间；思想不在一个高度，就没必要互相说服，别去焦虑，鼓励自己过好今天就好，这世间有太多的猝不及防，有些东西也根本不配占有你的情绪；人生匆匆，一定要好好爱自己。"

我说："人生过半，学会看淡吧，每天开心笑，胜过长生药，要想明天更好，先把自己照顾好。"

老局长好像喜欢听我这句话，面目安详地说："当我退休在家的时候，突然发现自己老了，不再喜欢热闹，能宅在家里绝不出门，能一个人绝不扎堆，习惯了孤独，也享受安静。你信不信，不摔一跤，不知道谁扶你。"

他心情舒畅多了，眼睛活动起来，用眼睛四下扫了一下，像讲着有趣的故事。他缓缓地说："如果哪一天我快要撑不住了，我会关掉手机，不给任何人消息，穿着自己喜欢的衣服，听着音乐，安静睡一觉。不再醒来。"

我心里担心他有种交代后事的恐慌，就劝他四处走走，到公园看看老大妈广场舞也是好的。老局长摇摇头："你不觉得广场舞扰民？那么大的音乐声响。出院后，我准备寻一方幽静之处，泡一杯清茶，独坐在凉台，眺望远山和流云，微风吹拂着叶子，细细品味着茶的清香，思绪在林间飘荡，那是何时美妙。"老局长仿佛已经找到幽静之处，脸上洋溢着灿烂的微笑。

## 二

那一日，大雨滂沱，广场无人"摇摆"，老局长有些流连忘返，因见广告牌下一老妇人与他年龄相仿，手弄衣角不停哽咽，从日中哭到日末。老局长觉似曾相逢，忍耐不住向前打探。

那妇人掩泪道出，家住东北乡下，年轻时丈夫嫌弃她，离她而去。她辛辛苦苦把二个幼子抚养成人。现在二个儿子均已娶妻，分家单过。她便由二个儿子分养，每家吃住半年。谁知两个儿媳十分彪悍，动不动指桑骂槐，嫌她老不死的是累赘，整天吃白眼看脸色。弟弟陪我到城里告状，不知怎么搭错了车迷了路跑到这里来，与弟弟走散。现在人生地不熟不知咋好，故独自哭泣，哀叹自己命咋这么苦，辛辛苦苦劳累一辈子，老了却没人管。老局长听此哭诉，触动自己丧偶的那根弦，喟叹不已地道："如你信得过我，先到路对面我家歇息，雨停了，再去寻找弟弟或告状不迟。"

妇人点头应允，老局长领她在街头馄饨摊吃了些食物回到家来。妇人极度疲劳，在沙发上唠嗑没有几句便眯上了眼睛睡去了。老局长便回到自己卧室，先前夜里翻来覆去睡不安稳，今夜便一觉睡到天亮。急忙起床来到客厅，发现妇人**撸起袖子**，正在下厨，那香油挂面卧的荷包蛋，香喷喷扑鼻而来。半年失去家庭**温暖**的烟火气笼罩着老局长，他边吃边想起家有老伴时的温馨，不免伤怀，眼圈便红了，急忙偷偷擦拭。

饭过，妇人抹布揩台，拂拭桌椅，一揽包收。老局长欲上前替力，妇人拦住，说自己在家干惯了，不干浑身不自在。

老局长陪妇人去了法院咨询回来，那妇人烧了热汤，喝得老局长心里热乎乎的。那妇人又端来洗脚水，帮他泡脚，说着暖暖的话，伺候得老局长全身舒坦。老局长心里便有了七八分不舍，动了心思。

星期日，北京大休息日的两个女儿来家里看望爸爸，见家里来了陌生女人，怀疑与老爸已经同居，两个女儿容不得老爸半句解释，便吵闹不已，说妈妈尸骨未寒，你却路边拾个不明不白的婆子回来搭伴，闹着让她滚蛋。

老局长欲留住妇人始终难以开口，一时性急，也不与妇人商量，逼得说出："你们来得正好，我正式通知你们，这女人我娶了。"

女儿不依不饶对妇人一顿指责数落："你无怪乎贪图我爸财产，想霸占我爸房产。"

妇人噙泪辩解："我啥也不图，就图年老有人做伴说话。"

老局长痛骂两个女儿："不是她贪我的财产，是你们时时窥探，你们把存款都拿去好了。我只要这个女人。"

儿女们思忖，老爸气色红润，身体硬朗，看来妇人对老爸照顾得着实不错。我们远在外地，照顾老人不便，不如依了他，好歹有人呵护，也省了我们几分操心。便妥协同意妇人留下，但把折子、房产证、工资卡等全部拿走，统统由她们保管。老局长花一分向她们要一分。

半个月后，两个女儿再来探访老爸，门上锁，灶冷火，屋内空荡荡无人，衣橱床被皆空，老爸哪里有个去向，打手机不在服务区内。

"那妇人定是骗子，老爸着了她的道，劫财又劫色。"两个女儿猜测道。

女儿到银行查看，折子已被老爸挂失取走，房产证也被老爸以社区登记要回，如梦方醒老爸被婆子拐带跑了。

报警！正在两个女儿被警察询问之际，老爸灰头垢面回来，一身狼狈，深情沮丧道出被骗的经历，前几天，两人男人找到家来，老的说是妇人的弟弟，少的说是妇人的大儿子，几个人见面抱头痛哭。儿子跪地求饶，寻了这多月，方知在这里，悔过知错了。妇人的弟弟也在一旁替外甥请罪。妇人怒气冲天，千咒万骂，狼心狗肺的东西，还惦记着生你们养你们的母亲。老局长从中好言劝开。妇人又骂了一会儿，大概累了，才歇了气。老局长便给他们整酒留饭。席间，儿子说，孙子要娶媳妇，想接母亲回去。又对老局长说，欢迎继父赏脸去乡里吃几杯喜酒。老局长心想，一人在家，横竖寂寞，便带了些钱随他们而去。

谁知半路下车，他们露出狰狞，掏出刀来，把老局长打劫，浑身搜遍，礼钱抢去，怕老局长报案，把衣服剥光，只剩一条裤头遮羞。老局长一路要饭回来。

派出所继续了解具体详情。老局长惊魂未定，说当时吓蒙了，啥事也记不清楚了。

女儿要老爸随她们回北京。老局长死活不干，你们上班忙，哪有时间顾及我，何况人生地不熟，我更寂寞。

女儿只好给老局长装了手机地位，微信视频。天天与老爸视频通话。

时间长些，两个女儿天天与爸爸视频，慢慢地松懈了就改成隔三岔五地视频。

那几日，两个女儿与老爸断了联系，手机定位显示老爸在千里之外的县城。难不成又遭劫持？两个女儿携带两个女婿开车一路浩浩荡荡顺着手机提示寻父而来。

深山里，正是当年老局长上山下乡做知青的地方，镇上有一座漂亮的敬老院，院内有一群老人，男男女女围住老局长有说有笑，听老局长讲城里的新鲜事。见到女儿的到来，老局长把四人带到自己办公室，明明白白告诉他们，已经把全部存款投资建造了这座养老院，把离婚的，单身的，没有娃娃的夫妻，没有人管的老人们请到这里来，因为都不容易，住宿免费，只收生活费用，互相照应，安度晚年。并开了婚介所，专门为老人们牵线搭桥，成就好事，已经说成了十几对。

女儿们又气又恼，哭笑不得，埋怨爸爸为什么不与她们商量，把她们的觉悟看得这么低。

老局长笑说："商量，你们会同意吗？我的财产我做主。你们知晓会生出多少是非。上次遭打劫，是我编的借口，其实是我回家取钱。"

这时，进来一个妇人，很是干净，有些颜值。女儿定眼细瞧，正是那个拐走老爸的"女骗子"，不由分说扑过去撕打起来。

老局长伸展双臂把妇人护住身后怒道："你们谁敢动，当年我已经辜负她，现在绝不敢再辜负。"

"她是谁？"

"她就是我经常给你们提起的，我时时惦记的初恋，村里的姑娘'小芳'。"

女儿们顿然明白，老爸了却了一生的愧疚，一辈子对"小芳"的辜负，偿还当年当知青寂寥时，"小芳"陪伴他那些年。恢复高考，"小芳"鼓励自己拿起书本复读，走进考场，走出山村，走入大学，走上领导岗位。

就这样，老局长退休后，带着对人们攒够的失望，离开了喧闹的城市，又回到了当年知青下乡的地方，回到了初恋的身旁。

老局长再回来的时候，是女儿们尊重他的遗嘱，把他与"小芳"的骨灰带到城市来，同他葬在同一片墓园，兑现了对"小芳"的承诺，一生一世不再分离。初恋"小芳"的两个儿子接替了养老院的工作。

## 三

我退休了，终于退休了。不知不觉进入了人生的后半场，时光好不经用，抬眼已是半生，不得不感慨时间过得真快，晃晃悠悠我就老了，碎碎念念我感到自己无用了。开始迷茫，路的尽头会是怎样，来不及年轻，来不及疯狂的青春，身不由己就拥抱了夕阳。曾经以为老去是很遥远的事，突然发现年轻是很久以前的事。我想优雅地老去，"你我暮年，闲坐庭院，云卷云舒听雨声，星密星稀赏月影，花开花落忆江南。守一炉清香缥缈，烹一壶晨露荷珠，听一场春雨淅沥，来一场风花雪月。"这是我一生中常有的念头。有人说，喜欢听雨的人一般喜欢安静，性格敏感，比较忧郁，内心相对细腻，具有浪漫情怀，同时缺乏安全感，下雨天是释放内心的一种宣泄。我不这样认为，因为度一段时光锦瑟，捧一本闲书在手，花香满衣，幽静安宁，相依相伴，何乐而不为。我已经55岁了，距离100岁不远了，弹指间我也会死去，我不奢望向老天再借500年，他不给我，我也享受不起。我只想静静地把余生几十年过好，不强求自己多有钱多有权，多有名多风光多体面。只希望自己活得顺心如意，饿不着渴不着，有一个听话的儿女，有一个活泼乖觉的外甥儿，有几个不攀比的亲戚朋友，然后有几个能说心里话的知己，我就知足了。

我的退休意味着另一个新的生存模式的开始，岁月带走了我的青春，却带不走我永远年轻的心。我打算约三五好友，游走于山水间，小病从医大病从命，活时尽兴去无所羁，感恩所有遇见。我规划着三年计划，排列出全国游走名胜古迹的时间表。我与余然、涂燕、赵杏楠分别取得联系，约她们一起去周游世界。可我们已经到了含饴弄孙的年龄，余然说，退休后被返聘到单位上班，等待她有时间再说。涂燕说，看孩子累得五迷三道，抽不出时间来陪我玩。赵杏楠说，孩子上了幼儿园才能从澳大利亚回国，那时再说。旅游对于我来说是多么朦胧而遥远的事情。

我想有一处小院，小院很有一番风味，隐居山水田园间，让心灵与大自然相融，独享悠然自在人生。养花种草，种些时令蔬菜，夹杂着浓浓的蔬菜香气，有友有茶，只闻花香，不谈悲喜，慢煮时光，享乐生活。淡淡的日子，淡淡的心情，淡淡的阳光，淡淡的风，凡事淡淡的。开心活好每一天，享受快乐的退休生活。

我由于从来生活在狭小的空间里，几乎是两点一线，上班时每天机关——家庭。除了应酬很少参加其他活动。我不搓麻将，不打游戏，不喝酒不抽烟，不聚会不化妆，不逛街，不与人闲聊，不爱跳广场舞，每天煮煮饭，种种花，刷刷手机，喜欢一个人独来独往。孩子远在美国不能陪我，只能靠视频联系。楚建军工作繁忙不能与我常谈，甚至时常不着家。我像行尸走肉般活着，坐吃等死，没有事干。我被孤独禁锢在家里，只能靠重操旧业继续干我的老本行——码字，来消磨时光，虽然文字没有生命，但一旦被人解读，便有了灵魂与我沟通。

我们这代人已经走进了退休大军，时光带走了我们曾经骚动的心，有的选择了看孙子孙女、外甥外孙女，有的选择了旅游，领略祖国大好河山、风土人情，有的选择了跳广场舞，而我选择了用文字写出我起起伏伏、坎坷跌宕的人生轨迹。

在无聊枯涩的码字中，我才发现已是形单影只，茕茕孑立，就连一个跟我说话的人都没有，我多么希望有一个人牵着我的手，一边走一边同我讲着儿时的故事，在我病倒时说一句"我在呢"，在我失眠时把我搂在怀中说"我陪你"。人之幸福不是吃得好，穿得好，住得好，而是有一个人陪我、懂我。物质上的享受远远比不上有一份真心，一份安全感，一份在乎的感觉和需要时的陪伴。偏偏这一年，楚建军工作忙忙碌碌，经常不着家。有一次到外地走了47天没有回家。他说是到外地参观学习。我第一次被冷落这么长时间，尤其夜深人静特别害怕，战战兢兢地度过每一夜。有人要给我养一条小狗作伴，可我不喜欢满屋子狗毛，做铲屎官，谢绝了。孤寂，使我逐渐明白自己确实无用，我开始情绪孤僻，不再喜欢热闹，能宅在家里，绝不出门，能一个人绝不扎堆。因为词穷语枯，江郎才尽，写不下去了，同时停止了码字。我终日与手机为伴，无聊翻阅抖音，不久眼睛出

# 追忆如歌年华

现了问题，我去看医生。医生说我眼睛出现飞蚊是闹眼疾，必须立即停止划拉手机。我遵医嘱不再看手机，鼓励自己要慢慢学会孤独，习惯孤单，自我安慰孤独也是享受与安静，静极灵动，静到极致的时候灵性就会主动出现。

每当夜深人静时，我静静地坐在窗前，愣神凝望街对面那座不知啥时候拔地而起的高楼大厦，我仿佛看到了一个秘密，进入一种状态，突然发现对面12层那扇窗口与我一样，也有一盏昼夜不息的灯，而玻璃窗上贴着一对大红窗花，窗花后面好像藏着什么秘密，有一张神秘的面孔对着我的方向，时常对窗张望。我莫名其妙想起了大学同学海东方，因为诱导我出现这个幻觉的是那对窗花中心赫然包围着两个大大的红字——海宁。正是我与海东方两个人名字的缩写。在一片漆黑中，那盏唯一亮着的灯光，像一颗启明星照耀着我，那灯光似与我窃窃私语着与海东方大学时期的往事记忆。又似与我作画，我便是那画中人。那画上全是我与海东方大学时期的过程记录。我不由感激那灯光给了我多少个不眠夜晚的支撑。我设置了一个很好的极为舒适的观察点，我把写字台搬到窗下，冲着那扇窗户，把我的直板电脑放在写字台上遮住我的脸面，我坐在椅子上天天对着那窗口。我渴望着神秘影子的出现，陪我熬过胆怯，熬过孤独，熬到天明。

海东方，这个名字占据了我的整个脑海，我万万没有想到一场相遇，却留下了一生的回忆。我经常在码字中不由自主地打出海东方这三个字。这时，我才知道，原来真正喜欢过的人，无论什么时候，过多长时间，失望多少次，放弃多长时间，再看一眼还是会怦然心动。在所有失去的人里，最想念的是自己曾经经历的事情。这种强烈的内心渴望，终于有一天我实在按捺不住，决定要去那窗口一探究竟。

我假装清高蒙过小区门口警卫，来到那座豪华楼前，单元门被楼卡无情止住。我根本进不去，我在门口徘徊片刻，见一个清洁工手拿八四液喷雾器走过来，她在给楼道消毒。我急忙央求她说，我刚才到楼下扔垃圾袋，忘记带卡，请她帮忙给我按到那个楼层。她客客气气照办。当我来到那个层次，敲响了那扇门，很长时间却不见动静。一会儿，旁边那扇门开了探出一个老太太的脑袋，她很关心地问我啥事，敲门声这么焦急。我随口撒谎说出一个理由。她友好告诉我，这里住着一个画家和他的夫人，画家每逢星期礼拜便出去画画。夫人天天来屋里打扫卫生。我不觉好奇，问她这个画家多大年纪。她说五十岁上下，花白头发，举止言谈不像画家，倒像个军人。我再细问夫人，她连连摇头一问三不知。我只好快快惆怅回到自己家里。我感觉自己很可笑，百般无奈，自作多情。听大学同学讲，海东方转业后与夏雨雪十年前早已定居美国。

# 四

疫情时，我病倒了，我自己到医院去看医生。在等待检查结果的时候，我心怀忐忑通知楚建军来医院。他说马上到，却迟迟没来。一个人去医院不可怕，可怕的是自己挂了号，等待检查结果的时候。我看到别人都有人陪着，而我却是孤单一个人，在忐忑煎熬中害怕突然而至的不幸消息。时间一分分钟过去，我的检查结果出来，医生说肺部感染严重，两肺皆成白肺，必须住院治疗。

我一个人诚惶诚恐地办理了住院手续。姗姗来迟的楚建军终于出现了，他穿着防护衣，戴着口罩看到我正在输液，眉头紧皱，替我掩掩被头，用从没有过的轻言细语对我说，他的一个女战友，从四川成都来北京旅游，路过保定，听到我的病讯，想来医院探望我。问我同意不同意，征求我的意见。

在这严峻的情况下，有人不顾传染来看我，我想都没有多想立刻感激涕零地答应。一个女人全身披挂被楚建军请进来，高高的个头，高高的额头，高高的鼻骨，像一个俄罗斯人。我感觉似曾相识，在记忆库快速搜索，蓦然想起，她是在余然与郝建社的婚宴上，与楚建军喝交杯酒的那个女兵。病床上我有气无力拥被而坐，挣扎着病体对她露出一丝惨淡的笑容，做个手势离我远些怕感染。谁知她扑上来一把握住我的手，声泪俱下地说："妹妹，你要好起来呀。"说着把一束鲜花放在我的床头。她的眼泪跟电影演员似的来得那么得心应手，装腔作势的语气令我听得极为不悦，好像我是一个濒临死亡的人，在我弥留之际她来看我最后一眼，跟我告别似的。那束鲜花仿佛她是从某个人坟墓那边给我顺来的。我很反感，让楚建军拿开，理由是我对花香过敏，楚建军把花放到厕所里。窗户射进来一道朦胧的光线，跟室内的昏暗差不了多少，屋内气氛因为昏暗变得很诡秘，我察觉楚建军的神态很不好，手有些发抖。

我病了两个星期，最严重的时候身体虚弱得连床都下不了。楚建军从来没有看过我，只是一天一个短信安慰，不发视频。原因是医院拒绝探视病人。我一切随他，从不积极主动与他联系。经过医生护士的耐心医治和悉心照顾，我好多了，白肺收敛，能自行其力起来活动，情绪也好转了。强烈的女人第六感逼迫我立即出院，弄清楚这个女人的来龙去脉。

我拎着一大兜子吃的药品回到家里，屋里一切如初，桌椅蒙尘。也就是说，多日来，楚建军根本没有在家。我从未让他在医院与我共餐，也没有让他与我在医院陪床，他吃喝住在哪里？我要彻查清楚，这一定涉及到了那个女人。首先，我想到了余然，因为楚建军与郝建社是最要好的战友，当然与那个女人也是战友。

# 追忆如歌年华

我感到一种莫名其妙的焦躁，我找到余然把自己的满腹狐疑如实告诉了她。余然仿佛预感到什么，故作轻松地答应我的要求，要对这个女人彻查一番。我叮嘱余然，想方设法弄来那个女人的出生年月。因为，我发现从来手机不设密码不上锁的楚建军，这一阵手机加了密码上锁了。我曾经多次用各种方式试图偷偷解开，但都未果。我怀疑楚建军把手机密码改设成这个女人的生日密码。我想试一试。余然诡秘笑笑，身子浑然抖了一下说："有这个可能。"听余然一说，我感到喉咙里因恐惧而痉挛，呻吟着想呕吐。我的心不停地震颤着，我不希望有这种事情发生。

楚建军又是几夜未归，又一次莫名其妙地消失。我一改如常，没有联系他，等他几日联系我。夜很深时，他来电话他说在外开会，会散立即回家。我知他在撒谎，或许又是在和那个女人一起厮混。

那天，暴风雨奇迹般的出现，倾盆大雨狂泻而下，窗外的一切都阴沉沉、湿漉漉的，远远望去直如茫茫大海泛着白光。朦胧中我依稀看见余然撑着伞跑过来。伞，已被风吹得七零八落，七扭八歪，不起丝毫作用，四面八方都是滚滚的暴雨，白色雨点夹着层层泡沫砸在余然的头上，雨水从她的整个脸上往下流淌。这么大的雨阻挡不住余然的脚步，看来她是打的来的。她眯起双眼，步履艰难跑进我的家门，"这天气就像小孩的脸，说变就变，我来时还好好的，说下就下了。"余然说。我惊慌地把她让进屋来，二话不说先让她洗个热水澡，喝杯热茶驱寒。

当余然裹着我的浴衣出来，我把准备好的点心端给她，"你不想尝尝？"她接过点心，急不可耐得告诉我，那个女人是楚建军的初恋，当初在部队倒追过楚建军，因楚建军迷恋你，所以俩人未能修成正果。这么多年了，她早已复员，楚建军都已转业，不知为何她又倒贴式追了楚建军来。她正是那个在余然婚宴上与楚建军喝交杯酒的女兵。至今她仍未婚配，等待着楚建军。前一阵因患子宫癌，来北京做手术。手术后未回四川成都，来找楚建军。楚建军与她在郊区租了一个小房子，陪伴她养病生息。

"也就是说，他俩已经同居一段时间了。"我脱口而出，终于证实了我对楚建军经常不回家的猜疑，我感到震惊而又愤怒，像一记耳光重重扇在我的脸上，万箭穿心，非常痛苦，非常复杂，愤怒、迷茫、焦虑、委屈，甚至绝望一同向我袭来，险些把我击倒。

余然点点头说："这是一个笑贫不笑娼的时代，社会道德断崖式下跌与沦陷，又有几个男人能抵得住色诱。"我立刻感到心如刀割般疼痛，崩溃就在一瞬间，禁不住发出一声尖叫，这叫声在空旷的屋内回荡，其音量惊恐之大，竟吓得余然险些把身上浴衣滑落，她急忙用力裹裹严实。

"我一定要弄清楚这到底是怎么一回事。"我感到空气都结冰了，火冒三丈气得话都有些说不清楚，用力呼吸喘着粗气把肺装满空气，心，都哆嗦圆了，延伸到整个身体。当一个女人全心全意为家庭付出的时候，而她的男人在背叛，楚建军的形象在我眼前轰然倒塌，土崩瓦解。那真是一场毁灭性的灾难，那种从天堂到地狱的感觉，使我的泪水肆意滂沱，如果楚建军在眼前，气头上的我会毫不犹豫地拿刀宰了他。

余然换上我的衣服，把头发梳理整齐，冷冽的寒风使她更裹紧了披在肩上的衣服说："你现在不是急着与楚建军大吵大闹，而是要不动声色，掌握两人苟和的证据，最好抓他们现行，因为事实胜于雄辩。"

余然要我收敛起自己的直脾气，她把从郝建社那里弄来的那个女人的生辰时日给我，并超额完成任务，把女人的微信昵称一同弄来。女人微信昵称，西南二笔。听到这个名字，我脑海里立刻蹦出"西南二逼"四个字，简直像咒符一般。

余然走后，那雨下得愈发大起来，我一个人兴致索然地煮了一碗白象方便面吃着。闷闷寻思，难道一个男人之所以会出轨，是因为他出轨的代价太低，他不用付出代价，所以他就敢出轨，甚至敢频繁出轨。送到嘴边的腥，哪只馋猫能抵挡得住，不吃白不吃，吃了也白吃，好色是男人的本性，能否拦得住，得看女人的本事。我正吃着，楚建军回来，带着一股女人香水的味道进门。门口他一面换拖鞋，一边说会议开得太仓促，来不及通知我一声就急急去了北京。我不冷不热地说："是不是陪着西南二笔到北京复查去了。患了子宫癌把子宫摘除了，等痊愈后你俩再怎么鼓捣也怀孕不了，放心了吧。"

楚建军一愣，对于我的冷嘲热讽并没有表态，他阴冷着表情来到凉台，慢慢点燃一支烟，大口大口吸起来。楚建军一反常态的吸烟动作，使我更加敏感，他深深吸烟，重重吐浓烟，是他心里装着心仪的女人，却又每天面对着一个摆楞不了的女人心境的掩饰。他的眼睛向右上角望去，似在回忆什么事情。我步步紧逼，追问他俩何时勾搭在一起，何时同居。他生硬地甩出一句："你不要胡乱猜疑，只是逢场作戏而已。"他嫌弃鄙夷我的疑神疑鬼说，"我们什么也没做，什么也没有发生。"他矢口否认，眼睛向左上扬着，这是他撒谎时的习惯动作。

## 五

凛冽的寒风穿过洞开的房门呼啸而入，侵蚀着我的情绪，我抓起凉台上的

# 追忆如歌年华
ZHUI YI RU GE NIAN HUA

烟灰缸，顶着风走出裂开大口的房门，但透过雨幕却什么也没有看见，我用尽浑身的力气，把他的烟灰缸狠狠抛向雨中，我颤抖着身躯，冲雨中大喊，"楚建军，你对不起我。"烟灰缸颓废地落在泥泞的地上狼狈打了几个滚，灰溜溜趴下不敢再动弹。我跑过去气呼呼又狠狠踹了它几脚。之后回到屋里，"砰"地把门关上。

我回到客厅，顾不上换拖鞋，把他的全部东西扔到客厅门口，包括他的袜子裤头。我不喜欢他的一丝气味恶心到我。之后，我无奈地回到卧室，感觉心力交瘁，整个全乱了套，当我弯下腰去脱鞋子，瞬间感到整个胸口膨胀起来，剧烈的疼痛使我浑身一震，趴在床上啜泣起来，泪水像溪水一样夺眶而出。我恶心的不是他的背叛，而是让人知道后，他还理直气壮地狡辩，干着最肮脏的事，还要站在道德的制高点上指责别人，到底是什么样的三观，让他把背叛说得理直气壮，把渣字演绎得这么淋漓尽致。

我想给余然打手机，看了看墙上的挂钟，已经深夜两点，就放弃了这个想法。我躺在床上抽泣流泪，在回忆的漩涡中默默惆怅，我被搅在孤寂、焦虑的螺旋中痛苦地旋转。我隐隐约约听到房门被钥匙捅开，听出走步的声响，知是楚建军蹑手蹑脚地回来了。他来到我躺下的卧室，轻轻把门帘一掀，探进来一个脑袋，那双眼睛闪烁着觊觎的光芒。我没有理他，转过身去，背冲着他。他知我发觉了他，进到卧室，面对我行躬身礼，紧接着露出笑容，但笑得十分勉强："把我的东西都扔掉，是想要我扫地出门，还是要我净身出户。"

"你以为我好欺负，如此伤害我。假如我也找一个男人，给你戴绿帽子，用同样的方式伤害你，你会怎么想。"我说完这句话，把身子再次转过去，面朝墙面，不再理他。见我不做声，他一字一顿地又说："我知道你的善良。别忘了这是将军楼，是父母留给我的遗产。"

我想要说："那我净身出户可以了吧。"又觉得气不过，补充道，"是你明媒正娶、敲锣打鼓、八抬大轿迎娶的我，凭什么我净身出户。"我扭动了一下身子没有搭理他。

他把手机送到我面前，恭恭敬敬地说："你不是要查我手机吗？给你，让你查个够。"我对他嗤之以鼻，清楚他想借助谎言掩盖他与西南二笔的暗通款曲，他已经把西南二笔的一切信息删除得干干净净，这是故意拿给我看。我根本不想看，也没有必要看，但我认为他这是在装模作样，耍小聪明故意堵我的嘴。我不能让他看出我已经知道他把先前手机密码改了，我必须依照余然嘱咐我的那样做，抬起沉重的眼皮，气呼呼坐下来，一把抢过他的手机，装作傻乎乎打开手机，一查密码仍然是我的生日。当着他的面煞有介事翻看查找好友微信，一百多个名字，唯独没有余然说的西南二笔。看来他果然早已做好了手脚，处理得干干净净，拿来骗我。我压抑住翻腾的心情，不能让他看出我对他的伪装做戏不感兴趣。

他站在一旁收纳起不再掩饰的虚心假意，看着我翻看手机，一边解释说："西南二笔不是我初恋，我们从来没有谈过恋爱。只是当时她追求我，喜欢我，崇拜我，我们根本没有那层关系。"他眼睛里透着关心的温馨，摄人魂魄的甜蜜又解释说："因为当时心里有你，没有答应她的任何要求，更别说行什么龌蹉之事。当时她是新兵，当了两年就复员了，部队是不允许普通士兵谈恋爱的。再说自己转业后已经与她失去了联系。多少年根本没有联系。现在不知她怎么打听到我，找到我说一直还爱恋着我没有结婚。她拿出了子宫癌切除手术单子，证明她现在已经没有几天活头，她上无父母，中间无兄弟姐妹，下无孩子。孤苦伶仃孑然一身找了我来，哭求我在她生命最后之际陪她生活一阵子，弥补唯一的遗憾。我出于怜悯便动了恻隐之心，怕拒绝她，她会很快死去，那将是我一辈子不能饶恕的罪孽，于是，同情心泛滥迁就了她。我怕你知道了不理解不高兴，可万万没有想到对你造成了如此重大的伤害。我只是想把她悄悄送走，满足她最后的那点遗愿，没有想到被你发现，既然你不喜欢，那我就把她删除，以后再不会有任何瓜葛，绝不会再有任何往来。"

楚建军说着突然眨了眨眼睛，单膝跪倒在我面前，卑微乞求原谅，拿着我的手贴在他的脸上说："打几下，出出气。"见我没有理他，面对我又举起右手斩钉截铁发誓："我绝不会骗你，这是第一次，也是最后一次，已经断得干干净净。我会忠于婚姻，忠于爱情，忠于职守，忠于情操。否则天打五雷轰，没有好下场。"并告诉我已经督促她返回四川成都。对于他信誓旦旦的表演，伪装得太真实了。我看着他那胆怯恳求的眼神，心里空荡荡竟然找不到合适的句子反驳，无可奈何选择了些许相信，忽略了"是狗改不了吃屎"这个颠扑不破的道理。我对楚建军摊牌，"我可以对你的"初犯"，忍气吞声，下不为例。但不是让你肆无忌惮，当你给足了我足够的失望，我同样可以让你颜面扫地。所以，请你不要再轻易践踏我的底线，否则，我绝不会再原谅你。"于是，我必须惩罚他，佯作愠怒操起一本正经腔调对他说："今天我正式通知你，以后咱俩分屋分床睡。你到小卧室将就去吧。"

对于他的诚心实意虔诚悔过，我收敛了几分犹疑，暂时迁就了他。女人就是这么容易上当好骗。但我万万没有想到，一个男人是不会拒绝一个白白送上门的暧昧，不会为了自己心爱女人拒绝所有女人的暧昧。他拒绝的只是表面上的暧昧，想表演给我知道他对我的忠诚，这种忠诚只是一种邀功而已。我更没有预料到，男人的背叛之痛是女人一辈子过不去的心结，只有亲身经历过的女人，才能体会到那种撕心裂肺、生不如死的痛苦,而要想真正跨过内心的这道坎,没有经历过脱胎换骨洗心革面之痛是很难过去了。

我与楚建军结婚这么多年头一次分床睡,冰冷的屋子伴着我冰冷的寒心,我不停地打着寒噤,世上最令人崩溃和绝望的事情,莫过于来自伴侣的背叛,那切肤之痛,安全感被打破,信任感瞬间崩塌,最亲密的爱人用最不堪的方式打破美好,这一刻,说万箭穿心都不为过。

# 第二十一章

## 一

我与楚建军开始了分居模式,没有了夫妻生活。每当他走近我时,我都会冷淡至极地躲开,觉得他肮脏龌龊。楚建军的背叛像一条绳子断了可以再结上,但这个结在我心中永远存在,不可愈合。风姿绰约的我变得萎靡不振,我时不时故意弄些好吃的东西,摆在餐桌上吸引他的胃口,以此来向他发出自尊的信号,可我总是以筋疲力尽、自觉没趣地收场。

我们像一对陌生人开始了精神内耗,每天客客气气打招呼,虚情假意地问候,字斟句酌地说话。人前是夫妻,强颜欢笑维持着名存实亡的婚姻,维持着不温不火的夫妻关系。人后是邻居,关起门来,同灶不同餐,同屋不同床。

他每天早早出去上班,晚晚回来住宿。在他下班时间,我总是站在凉台等候,晚回来一分钟就好像等了一百年那么久,什么事也不能做,跟中了邪似的,怀疑他又再跟西南二笔暗通款曲。下班回来,我们见面彼此一句话不说,他对我小心翼翼,我对他窥探心机。我时时刻刻不受控制地怀疑他,甚至他去厕所我都会怀疑他去与她发信息联系。我开始失眠,每天夜里睡不着,一个人静静地躺在床上,满脑子胡思乱想,那道坎一直迈不过去,对楚建军还有一丝感情,我希望自己能选择原谅他,但是一见到他,就会克制不住地想要跟他吵嘴斗气,因为堵在心里的那口气一直没有撒出来。

我自我剖析怀疑楚建军的背叛是对我的厌倦,我对他已经没有了吸引力,他用出轨来填补千篇一律、循规蹈矩、寡淡枯燥的夫妻生活。过腻了一本正经的生活,用出轨寻求刺激,来证实他身上那股残存的男性荷尔蒙,他已经不爱我了。

　　楚建军变得我都不认识了，他冷若冰霜，无动于衷，目光锐利，不露表情，装得庄重高贵。喜欢一个人躲进卧室里，关起门来撕下那张假面具，情绪难以抑制地暴露出来，情绪时而潮起，时而潮落，时而亢奋，时而低落，时而抓狂，时而消沉。我听过男人说得最恶心的一句话就是，这件事都已经过去了，为什么你还揪住不放。对呀，你是过去了，但我过不去，因为吞下所有委屈的人是我不是你。要么逼急了他就说，你爱怎么想就怎么想，反正早已断了。或者说你没事管我干什么，管好你就行啦。你随便吧，任你怎么想。这更增添了我的苦恼，加重了我的疑心。

　　怎么证明男人有没有跟你说谎，当你质疑他的时候，你看他给你的，是证据还是情绪，如果你每次问他细节的时候，这个男人不是冲你发火就是恼羞成怒或者避而不答，那么这个男人一定是在骗你。你发现了没有，伤害过你的人，比你还委屈，比你脾气还要大，你知道为什么，因为他恼羞成怒，知道做了对不起你的事，但是在他看来，你提都不能提，你提了就是你的不对，当然了，你也不能指责，不然，他会反咬一口，说你在逼迫他，说你在戳他的痛点。

　　夜深人静，他的呼噜声告诉我，他特别累，特别郁闷，借酒消愁，酣睡正浓。突然，他的手机接二连三响起"嘟嘟"的声音，这个微信短信的声音。我怀着那份恐慌与难以捉摸的诱惑，试图按照余然告诉我的西南二笔的生日时期。一试果然灵验密码解锁打开了。我急急忙忙翻看他的朋友圈，朋友圈已经更换。微信好友西南二笔赫然置顶，我心一冷打开内容，以前短信已经删除，今晚连续发来六七条，我来不及细看，手忙脚乱截好屏，发到我的手机里，把他的手机不动声色放回原处，匆匆回到自己卧室。

　　我终于明白，楚建军看似回头，其实藕断丝连，不再联系，不等于忘记，表面上回归家庭，背地里又跟西南二笔暗度陈仓，一直回应着对方。

　　我为完成了一项决定历史性扭转的巨大行动而心跳着，我双手捂住胸口，回到自己卧室不敢开灯，伴着月色黑灯瞎火打开手机，查看他与西南二笔的微信短信。

　　微信中楚建军与西南二笔屡屡调情，语言淫秽让人恶心，二人在一起大尺度亲昵照片不堪入目。

二

　　在我病痛的至暗时刻，给我致命一击的竟然是身边最亲近的人。楚建军出轨实锤了。我晕头转向地这才发现楚建军在我眼皮底下背叛了我已经十七年之久。楚建军给我画了一张大饼，口口声声说爱我一生一世，却原来十七年来一直在外偷腥，寻求刺激。外出学习全是假话，原来是和西南二笔住在一起。

我极力控制自己沉下心来冷静思考，当前表面的维持也可能是楚建军为了某种利益，为了女儿若男或者是为了家庭的原生态暂时按兵不动，或是现在还不想伤害若男，还想继续维护这个家庭。我必须要有一个新的关系认知，楚建军已经不能再当作我的爱人，只能把他当作我的熟人或是抚养孩子的合伙人。我已经抓不住他的人心，我俩的感情已经不可能修复。当务之急就是要牢牢抓住家里的财产大权不放，一定要给自己和孩子留有稳定的经济保障。

我想把截屏给余然发过去，可转念一下，郝建社与楚建军、西南二笔都是战友，我不能让余然夫妇俩卷进我与楚建军的感情纠纷中，那将使余然夫妇陷入极度尴尬难堪之中。我又想把截屏发给女儿若男，可她远在美国，工作和孩子已经搅得她头晕脑胀，筋疲力尽，不想再让她雪上加霜，更不想向她揭发爸爸的不是，伤害女儿的心。我想去楚建军单位像个泼妇骂街式大吵大闹，让他身败名裂，遗臭万年。可这些有什么用，杀敌一千自损八百，我能落得什么好下场。让人们在背后指指点点议论我，被老公淘汰，被小三打败，笑话我是连老公都管不住的一个失败的女人。

我想象不出，楚建军背叛我的理由，我翻看心理学书想找到答案，始发现男人找小三，不要光看表象，要看表象背后的潜在需求。心理学专家告诉我，男人找小三一般有两个需求。一个是生理上的需求，一个心理上的需求。生理需求，夫妻两人越是情投意合，情深意切，给男人带来的价值就越高。如果原配长得漂亮有气质，有经济又努力，各个方面都很优秀，这个时间就会剥夺掉男人一个非常重要的心里需求，就是价值感。男人对这种价值感的渴望是非常非常大的。他希望被崇拜，希望被羡慕，希望被关注，希望被认可。而我恰恰各方面都比他强，给不了他这种需求，来满足他的心理需求。他只能找一个低段位与长相气质都不如我的女人来给予他这样一个心里需求，价值感。西南二笔正满足了他的价值需求。

# 三

楚建军很晚起床，十点钟了，太阳懒散地照进客厅，百无聊赖。他蓬头垢面地走出卧室，惨淡地冲我笑笑，急急忙忙地捯饬完毕，说今天是星期天，要到菜市场帮我买菜，用同情的口吻说我整天锅碗瓢勺围着转太累了，要买排骨给我滋补。

我见他手拽衣角，眼神飘忽，声音嘟囔，似在撒谎。我装傻充愣表示同意，我为自己像个行尸走肉般活着而感到羞耻。他"咣当"一声关上门，没有开车，而是骑着我的自行车仓皇逃窜。我突然觉得以前爱过的他特别恶心，甚至恶心到连同那份付出的感情，都让自己食不下咽。他骑我的自行车都觉得已经肮脏，脏得我连自行车都不想要。

楚建军拿捏住了我不会像泼妇骂街那样与他大吵大闹。我不敢向人倾诉，是因为没有人会理解。不敢流泪，是因为没人安慰。孤独的自己，突然发现有一肚子的心里话想要找个人倾诉的时候，翻遍所有好友通讯列表，却找不到一个可以打扰的人。这一刻我终于清楚，有些人不想找，有些人不能找，有些人想找却不敢找，最后发现只剩孤独的自己。

当你试着不理一个人的时候，其实你的内心，已经受伤很深。沉默是最大的哭声，微笑是最大的伪装，不是只有眼泪才代表悲伤，不吵不闹才是最后的绝望。以前不说话是在生气，现在不说话是在看戏，每看一次关系就淡一分。沉默不是较劲，而是疏远是后退，是在等待适当的时候清空垃圾。有些男人看着老实巴交的，其实他心里心思多着呢，他老实憨厚脾气好，而你嚣张跋扈脾气暴，在所有人眼里，你老公就是在家里受欺负的那个人，亲戚朋友都觉得他是个好人，可是，实际上只有你知道，和他在一起时你到底是有多憋屈，他的冷暴力让你极度崩溃，他的出轨犯错，让你生不如死，他很自私，从来不会去考虑你的感受。既是他知道自己错了，也从来不会主动向你道歉。每次发生矛盾，不解决不沟通，只要结果不是他想要的，他就会拒绝与你一切的沟通，用冷暴力来逼你低头，他不是不知道你有多痛苦，也不是不知道你有多难过，他什么都知道，但他更知道用什么方法来对付你，让你不得不服软。

上午，我参加了一个同学的丧礼，她的亲人告诉我，她是患抑郁症跳楼自杀的。我突然惊恐万状，忧心忡忡。这，是不是也是我最后的选择。这种痛苦又以独立不羁的架势自动向我袭来，令我难以忍受，我清楚那个自杀的危险信号一步步向我逼近。免除痛苦，人痛苦的源泉是内心的痛苦，只有死亡才能解除内心的痛苦，不用其他替代，自杀是最简单快捷的方式。可惜我还没有勇气用这种方式解脱痛苦。想死不敢死，要活却苟活，从而使我变得更加痛苦不堪，度日如年。

孤独的我困在个人小天地里，目之所及，皆是回忆。心之所想，皆是过往。一个我长期没有去想过的往事猛然间在我的记忆凝聚起来，在此之前它一直在我捉摸不定而又隐蔽的记忆长河之下。几年前远离本市去南方躲避情债的司佳丽怎样了？我对司佳丽的的感情从没有被折旧过，一直关心打听着她。我给余然打手机，余然犹豫片刻告诉我，佳丽已经客死他乡。猛然间我的痛苦又注入新的内容，支离破碎的心紧缩起来，像一座桥梁把对司佳丽同情心的折磨，骤然过渡到生离死别的绝望之中。人当什么都经历过的时候，才会发现，人生无论怎么精心策划，都抵不过一场命运的安排。司佳丽因何而死？人的命运的安排有时候是一个谜，这个解谜人已死，是永远解不开的迷所独具的。司佳丽的下场，也许命运一出生就注定了。这就是回忆的残酷之处。

漆黑的夜晚，窗外冷风嗖嗖，我坐在卧室床边，透过玻璃窗，看着对面高楼那扇窗发呆，那窗户灯光竟然亮着，它给我莫名其妙的温存，他没有挂窗帘，他用一面墙的图画告诉我，主人真的是画家。到底画得什么，国画，西洋画，山水画，人物画，动画，静画，模模糊糊，依稀难辨，我不得而知。但不管怎样他带给我的那一丝安抚与抚慰使我度过一个个难熬的夜晚。我眼睛巴巴地望着，我怕主人发现我的偷窥，就把灯熄灭暗地里观察。一会儿那灯也熄灭了，那股孤独冷漠再次袭来，我好害怕恐怖，只好再次亮起灯壮起鼠胆继续偷窥。奇了，那灯光好像在呼应我，也随着亮起灯。我把那灯光看做海东方为我作伴，为我漆黑中亮起的一颗启明星。在我最孤寂最难过的时候，越是夜深人静的时候，我总是把海东方想起，他不是我枕边人，却是我最难忘的人，思而不语，念而不忘，他是我动过情的人，可惜不是属于我的人。我与他离别已经这么多年过去，我无数次想要放弃他，他已迁居美国，可最后还是舍不得，我想念他的这种思念从没有间断过，那种深情心里总有一种牵挂，我与他没有一张合影照片，甚至连他的一张照片都没有，他给我的那种温暖，我对他的那种思念，时时折磨和我，明知相思苦，偏要苦相思。没有一个人能给我足够的安全感和忠诚感。假如要有的话，一定是他。我一宿不敢黑灯，害怕孤独，害怕一人独守空房。那灯仿佛知我心，陪我整整亮了一宿又一宿，我感谢那灯光，我期盼那灯光，我把每天凝望那窗口，盼望那人影儿出现，当作治疗伤痛的良药，进行着自我疗伤。想念，一人独睡，眼泪直流，海东方，你在我梦里，在我脑海里，唯独不在我身边。

余然也曾经多次劝我，心情不好的时候，出去走走，一个人，一条马路，吹吹风，听听音乐，心里就释然了，就会感觉一切都没有那么重要了。余然一有时间就来找我闲聊，给我发来各式各种的微信聊天。楚建军对我却不闻不问敬而远之，他的冷漠更加激发我大吵大闹向他发泄着情绪，他仿佛自知罪孽深重更加选择了沉默，任我发疯似的大声斥责他的背叛对我的伤害。我经常看到他在窗外楼下徘徊不愿回家，他的徘徊给我带来更大的伤害。

　　夫妻间的无话可说是最悲催的，无话夫妻比无性婚姻更可怕。我与楚建军真得没得聊，婚姻本是一场修行，可我与楚建军一说话就吵，南辕北辙，鸡同鸭讲。我把自己心扉关闭，孤独的锁在一个闷罐里，整日在崩溃中度过，活得如此落魄。每天沉浸在自我意识中自我疗伤。我孤身一人在漫漫黑夜里独自落泪煎熬。有谁知，有谁怜，有谁懂我，又有谁在我崩溃时陪我伴独灯。我唯有趴在窗前，望着对面那盏长明灯一夜又一夜无限惆怅，躲在回忆里等待海东方的出现。

　　我也曾经这样安慰自己：有灵魂的人不需要前呼后拥，自己一个人就是千军万马。可白天说说自我壮胆尚可，一到夜晚孤独一人又害怕起来，不得不又去趴窗台望着那扇窗口。

## 四

　　楚建军说他退休了，不再每日里急急匆匆上班去，懒懒散散下班来。他多了一项伟大的任务，就是明天上午10半左右去菜市场买菜。我怀疑那是他们每日约会的时间。表面上他仍在安慰我，关心我，其实他仍在继续伤害我。等待着有一天我不在了，西南二笔立马上位鸠占鹊巢。我心里默默鼓励自己，一定要好好活着绝不能给他们腾地方，不能让西南二笔霸占我的床，不让小三上位。

　　久而久之，我的抑郁症愈发严重，我简直要疯掉了。一个家庭两个相爱的人，就是要站在对方的角度，理解对方，关心对方，给予对方的爱。而我却被楚建军的背叛折磨得遍体鳞伤，我的心灵像一个浪迹天涯的孤岛，渴望有人踏上岛来，听我叙述自己的孤独与烦恼。失眠是一种痛苦的混合体，它带来的伤害是多方面的，不管是精神的还是生理的，无异都是折磨人的，痛苦难言。我整宿整宿睡不着觉，思来想去、搜肠刮肚想念海东方。因为人善于编造神话故事以抚慰自己的痛苦，就像饿得要死的时候总能相信一个陌生人会给予你一笔巨款一样，用臆想出来的虚幻支撑挺下去。假如海东方在我身边绝不会让我如此寂寞孤单。海东方是我虚构出来的精神寄托和生命支柱，支撑我顽强地活下去。我默默地期待着他，远远地爱着他，企盼他帮助我走过人生最低谷的日子。这个信念支撑着我的每天每夜，每时每刻。

　　白天，我经常站在窗前，用手写着海东方的名字，生怕那个窗口突然会出现海东方的影子，我被错过。入夜，我从不敢拉上窗帘，总感觉隐隐约约海东方会从那个窗口向我发出不可抗拒的呼唤。每天夜晚，睡梦中总是被子虚乌有的噩梦惊醒，而这些噩梦总是一次次催促我付诸"自杀"的行动。我用不断编制的美好信念守卫着我的执着：我要活下去，等待海东方。这个欲望一刻不停地占据着我的思想空间，奋力驱赶着自杀的召唤。

## 五

那天，是个深秋的夜晚，天还下着小雨。我动过手术的伤口，疼痛得像刮骨般难受。我拥被依靠在病床，想问问楚建军，有没有那么一瞬间心疼过我，体谅过我，看穿过我的无助，有没有曾经爱过我。但看到坐在陪床椅上低头玩手机的楚建军，我改变了主意，思绪像凌空一跃，我轻声问道："假如让你在我与你的初恋之间二选一，你会选谁？"一般女人都是带着答案来问问题的，我深知楚建军懂得这一点。他把刷手机视频的手停上几秒钟，仿佛在斟酌，在踌躇。果然没有回答，连看我一眼都没有，继续低头刷视频，他的脸上增添了一种神秘莫测的诡谲。我留住最后一丝微笑，指着胸口对他继续说："这里拆迁了，没有地方让你住了。谢谢你对我多年的照顾，你对我已经仁至义尽，你不欠我的，只有我欠你的。缘分本来就是稀松寡淡，相伴一程已是感激，世事无常，没有什么东西是一成不变的，谁也不能一直陪着谁，咱们分开吧，至于怎么走散的，已经不重要了。我与你的感情既然已经爱无用，恨无用，求无用，不如就此了结了吧。"

这句话他仿佛等了很久，坐在陪床椅没有说话，手指只是比刚才停顿的时间更长了些，他继续划手机视频，手却抖了起来。他也许正在与西南二笔发微信，把我说的每一句话记录下来，一字一句发给她。也许想把对我的背叛集中起来寻找借口为自己开脱，他迟疑着故作矜持。我对楚建军说："为了我，解放你。离开吧。"这句话藏着千言万语说不出来的心酸和委屈，无论什么关系，情分被消耗殆尽，缘分便走到了终点。把错误归咎于自己，并且礼貌地退场，把自己还给自己，把别人还给别人。

他仍然选择继续沉默没有回答问题，只是站起身来，拿着他的手机走出屋去，也许他在掩饰什么。

有些事不需要回答，态度就是答案。沉默，就是态度，不回答就是最好的回答。他这是毫不犹豫地答应下来。一瞬间，我的心被掏空了，极力捂着一颗支离破碎的心与所有一言难尽。我不愿再想与他说什么，情绪卡在喉咙里吐不出又咽不下去。我没有想到楚建军答应得会如此果敢绝决，没有半句挽留之意，甚至连虚虚情假意的话都不愿说，也许他怕我瞬间改悔。我默默转过身去，不再理他，泪水，把我的枕头打湿，我的行囊里装满了酸甜苦辣咸，压得我如负重载，快要承受不住了。

出院后，我搬离了将军楼。我想要继续活下去，必须要学会放下，学会沉默，学会独孤，学会自己渡自己。一个女人最好的状态就是，无论婚姻幸与不幸，无论枕边人忠与不忠，身为女人一定要明白，婚姻并不是人生的全部，而是一个陪伴的孩子，一个健康的身体，一个开心优雅的余生。

# 第二十二章

## 一

暮色苍茫，我怀着愁绪，走在寂静的大街上，空旷的马路孤零零只有我一人，四周万籁俱寂，街上的喧闹，已被时间带走。一个"自杀"的声音一遍遍呼唤着我：死，怕什么，无非丢了一个一无所有的外壳，一部杰作的毫无内容的框架。我累了，太累了，我想歇歇。我不欠谁的，唯一的牵挂是海东方，我神情万分沮丧地从手提包里掏出手机，打开微信，想点击海东方的昵称——海宁。留言给他当初夏雨雪逼我俩签字保证书的那句话："我与海东方永不相见，再见只等来生。"可我发现根本没有海东方的微信。我凄苦失望地收起手机，这是一种柏拉图式爱恋。我向着楼层的边缘，也就是死亡的深渊步履蹒跚、踉踉跄跄地走去。我只要纵身一跳，画成一道美丽的弧形离线就能到达心灵宁静的港湾。人都说，世界是个回音壁，念念不忘，必有回响，我举起双臂，冲着蓝天大喊："海东方，在一个个孤单的夜里，我与你一次次在梦里相见，现在我要去找你啦，你在梦里等我。"

"宁宁，你为什么要这样做！"身后传来焦急的喊声，这是海东方的声音。他熟悉的声音我永远忘不了，这是他曾经的声音，仿佛就在耳边。我们分别三十多年，我从没有听到过他的声音，而今他的声音确确实实在我耳畔响起，尽管带着浓重的沙哑。但那语气犹如昨日般清晰。难道海东方从海外飞回来了？我身不由己转过身来，他确确实实站在楼顶尽头向我招手，步伐疾驰向我奔来。我知道，这是我幻化出来他的身影，他是我心中最大的希望，此刻幻化成真。但我清楚而今远在海外的他，不可能此时此刻在此地出现，只是八面来风的臆测。我向他挥挥手，给他一个吃力地惨淡一笑，权作诀别，我慢慢地转过身来，继续绝望地向死亡的边缘走去。

"海东方，是你吗？"这魔幻般的影子，与那扇窗口同样的影子，我决然想不到，不敢相信眼前的幻觉会变成现实，我大声地呼喊。我明知是我幻觉出来的影子，但我还是情不自禁奔过去。

"是我呀，我来了！"那幻觉的影子容不得我半点犹豫迟疑，一个箭步跑过来把我紧紧抱住，埋怨道，"没有你我怎么活，说好一起走，为什么抛下我。"我被他紧紧抱在怀里，感到他那真真切切的体温，那当年拥抱我时呼吸紧促的男子汉的气味。

我不敢相信我企盼的海东方来了，他现在就是和我在一起，他可能迟到了，但他没有缺席。当我确定是海东方的这一刻，我的情绪瞬间崩溃，我的眼泪夺眶而出，"哇"的一声像个受了天大委屈似的孩子哭着瘫软在他的怀里。他把我紧紧搂住靠在他的肩膀，用另一只手沿着我的面颊轻轻地抚摸着，带着那份脉脉含情的眼神注视着我，两颗泪珠夺眶而出。我像一个孩子见到长辈那样委屈地痛哭着，倾泻着许多年来满把情绪。这不符合一个五十多岁老女人的举动，确确实实我就是这样做了。

他从兜里掏出几粒复方丹参滴丸，塞进我的嘴。我一愣，他怎么知道我时常吃这种药。海东方说，在医院查看了我的病历。楚建军在我病中照顾我，从来都不知道我要吃啥药，吃多少，而是我要吃啥药他便给我拿啥药。他从不懂我最需要什么，我渴望得到什么。心灵的沟通远比物质疗效好过一千倍一万倍。

## 二

我感到有什么在触碰我的头发，心中微觉骚动，并模糊地意识到那可能是海东方的嘴唇。他是那么温柔，给我最有效的安慰。海东方用强壮的胳膊搂抱着我，我渴望永远待在他的怀里，这样我就什么也不用害怕了。他从口袋里掏出一块手帕，慢慢替我擦掉脸上的泪水和呕吐物。我想用颤抖的手去抓住他的手臂，但试了试，两只胳膊无力地垂下来，心脏怦怦狂跳。我想极力控制自己，脸在剧烈地燃烧。我隐隐约约感到他弯着腰将一只手臂伸过去托起我的肩膀，另一只手臂抱住我的两个膝弯，轻轻地把我托起来，放进了他的卧室里。我没有叫喊，咬紧嘴唇便抽搐起来，随之迷迷糊糊感觉他用手指掐紧了我的嘴唇人中。

我再次醒来，发现夜晚很安静，安静得害怕海东方走掉。因为我发现海东方不在屋里，他也许去打水，也许去打饭，我头疼得厉害不敢再去想，静静地拥被依在床头，慢慢地打量着海东方的屋子，一缕皎洁色的阳光从红色窗帘射进来，泛着柔和的光芒，抚摸着我的眼睛。我发现这窗帘那么熟悉，那么亲切，仿佛哪里见过。我迎着窗纱凝望过去对面那窗口。我顿然吃惊，发现他的家竟然是我天天对着窗口发呆的那个窗户，玻璃窗上那贴着"宁海"红色二字已被撕下，但依旧痕迹影影绰绰。

在海东方的面前，我产生了一种"惭惶累息，无心怡宁"之感，但我倔强地站起来，要海东方把我扶到厨房陪他做饭。海东方扶我坐在餐桌椅子上，我强忍着头剑刺般阵阵疼痛，眯起眼睛对着他，我挣扎着要帮他摘菜。

他不再拒绝，知我个性拒绝也没有用。他在厨房一边做饭，一边像个大哥哥似的开导我。他告诉我，那晚夏雨雪闹自杀，我从医院跑出来，一直没有回到医院，他预感到不测，想跑回到女生宿舍找我，可夏雨雪却醒了，把他紧紧拴在身边，一双鱼钩眼吊住他死死不放，使他寸步难移，在焦急等待到天亮，其他宿舍的女同学，到医院找他来，才知道我已经不辞而别。他焦急万分怕我有啥闪失，想赶回我居住的城市找我，可被夏雨雪叫来的父亲部队的勤务兵，强行押送一路护送带至北京夏雨雪家，在老首长就是夏雨雪的父亲监护下进行了结婚典礼，夏雨雪留在北京。海东方随首长回到舰艇执行外务任务。半年后才回到祖国南海，那时夏雨雪已经怀孕，十月怀胎，一朝分娩，是个女儿。夏雨雪辞了工作做起了全职妈妈。从此，他们过起了两地分居的生活。后来，他从大学同学中打听到我也结婚了。为了彼此的生活平静，他放弃了找我的念头，从没有打扰过我，只是一直旁敲侧击关注着我的生活。

我把心中的疑团说出来："你怎么知道我住在这里，又怎么到现场去救我？那经常来你家的女人是谁？"

## 三

海东方笑笑："那中年女人是我雇得打扫卫生的清洁工，她每天上午十点来，十一点走，休息大礼拜。"海东方脸上的笑容变得更加明显。

海东方又说道："八十年代初期，掀起了一股出国热，有条件有门路的人都向往美国的富裕生活，以各种理由与借口跑到美国就不回来了。夏雨雪坚持要女儿到美国读书。那时我已经转业，分配到地方市政府工作，兼职摄像拍照。我不同意夏雨雪的决定，她与我吵吵闹闹，固执己见，最后以离婚相要挟。就这样我们以为了更好的教育下一代为理由为代价结束了这场失败的婚姻。她知道我经常以摄影为理由，说是游走祖国大江南北，实则是去你的城市找你。她与女儿去

# 追忆如歌年华

了美国定居，我便名正言顺来到你的城市，我不敢贸然行动，找到郝建社请他帮助我如何接近你。可郝建社义正言辞对我提出制止，对我提出要求，只能远远偷窥，不可以近距离接触，更不能去打扰你的生活。我全然答应。于是，我在你居住的将军楼对面，租赁了这间两居室，按照你喜欢的生活方式装饰，我辞了工作下海经商，做起了广告生意，有时间就是偷拍你，关注你。把你的一举一动拍成照片珍藏起来，虽然照片不能代替记忆，却能保存记忆，我要把你成长的每一个瞬间都记录下来，让你每天都在陪伴我。"

海东方把饭菜做好端上桌来，一盘鱼香肉丝，一盘醋溜里脊，一盘炸花生米，一盘小葱拌豆腐，都是我爱吃的。在上大学时，我就知道海东方会做饭，有时我们嫌食堂饭菜寡淡了，没有味道了。海东方就会买来菜，我们三个偷偷做着吃。可我与楚建军结婚这么多年，他很少做饭，因为他出身在将军之家，从小家里有保姆，大小事都由保姆一揽保收，根本用不着他。与我结婚后，楚建军也曾试着做过几顿饭，可见他笨手笨脚，不是放错盐就是没放盐，少滋没味，我实在看不下去，就把他轰到一旁，我亲自上阵了。

海东方说："我忍住不联系你，并不是我不爱你，也不是我真的放下了，而是我觉得我的出现，会影响你正常的生活。所以，选择不打扰，祝你幸福，默默关心你，暗中保护你，观察你的一举一动。每一年到你的生日，我都会根据我的记忆，给你画张像，为你庆祝生日。"

海东方在市晚报开了专栏，每个月初的第一个星期一的文艺版块，都会刊登他的摄影展。主要以风景人物为主。而粗心大意的我，从来没有看过这些照片。当有人告诉我报纸的照片有些像我，我冷而兴叹，认为他们开我的玩笑，是对我的嘲笑。我与海东方的爱情正是如此，我们败给了现实，屈服了夏雨雪的淫威。海东方整整十年，默默地守护在我身边，我竟浑然不知。

有些事情，没释怀的时候说出来会泪流满面，一旦释怀了再说出来像极了在讲故事。豁然开朗的我顿开了眉苦的脸，收起了怒火中烧，一切恩恩怨怨不攻自破，瞬间即逝。流失的是岁月，不变的是真情，海东方是来治愈我的，他让我如梦方醒，大彻大悟，看透了人情世故，只有经历过吃亏、后悔和受伤，才能使你放弃了固执的执念和执迷不悟。我感谢海东方救我上岸脱离苦海。海东方凝视着我，他为我走出孤独开心而笑，为塑造出一个全新的自我而笑。那笑意带着惬意，带着满足，带着对未来生活的憧憬。

# 第二十三章

## 一

我与海东方办理了结婚登记手续，当我拿着结婚证书的时候，我暗暗发誓，我再也不要松开海东方的手，让当初夏雨雪束缚我俩那张保证书见鬼去吧。

楚建军结婚后，西南二笔恢复了本性，与楚建军在一起并不是想象的那么好。两人整日像防贼似的提防着对方。让楚建军更加怀疑的是，她从不提及回四川成都，也不让楚建军陪她回家乡。半年后，楚建军从战友那里打听到，西南二笔根本不是什么守婚老处女，不但结了婚还有一个儿子，儿子却已结婚生子。她先前工作的重型机械厂一夜之间倒闭。她不思进取，整日沉迷于打麻将，到处唱歌跳广场舞，久而久之有了相好的男人，被老公逮住抓了个现行，与她离了婚。她与儿子住在一起，儿媳妇看不起放荡的婆婆，关系不融洽，儿媳怕她把自己的孩子带坏，被儿媳妇骂出成都。她居无定所，像一个孤魂野鬼四处游荡，投靠多处无人收留。她心高气傲，没有一个男人能走进她的视线，最后走投无路离开熟悉的地方，来到保定寻找战友情。在四十七名战友中筛选看中了所谓的初恋楚建军，认为楚建军可以为她提供栖身享乐的地方，向楚建军发起进攻。她利用楚建军的同情心让楚建军收留她，重温旧日情梦，巧用手段痛哭流涕说她癌症晚期，最大遗憾和愿望就是能和楚建军在一起过几天二人生活，跪求楚建军成全她。

因西南二笔在当地妇女保健院做护士工作，那子宫癌证明是假的，是她伪造的，她也根本没有到北京做手术。她编了这么一个凄惨的弥天大谎，怜悯心过盛的楚建军被她射出的那道魔光击中，感情的天平倒向她。

知道了这对狗男女的龌蹉事之后，这倒有助于我清醒过来，我不再寻找离婚的自身原因，男人出轨真的与女人一点关系都没有，他想出轨了就会出轨，谁也挡不住。所以说女人一定要好好爱自己。男人出轨谴责女人一系列不是，只不过是他们为自己出轨找的理由，是用来掩盖自己肮脏行为的遮羞布。

当楚建军知道这一切后，顿觉被别人利用，被人耍了，立刻将西南二笔轰出了将军楼。楚建军必须为自己因西南二笔抛妻舍女，陪伴初恋等待死亡的龌蹉爱情付出惨痛的代价。一时间楚建军成为了战友们饭后茶余的话柄，流传出许多版本，但每一个版本都是以讽刺挖苦楚建军的悲剧告终。余然丈夫郝建社自始至终一言未发，被人追问急了，耸耸肩膀表示对楚建军多次劝说无果后的无奈。

西南二笔回到四川成都居无定所，唯一的房子被儿媳霸占，又被儿媳骂出家门在外漂泊。她举目无亲，万念俱灰，最后服毒自杀，死在医院里。儿子遵她的遗嘱把骨灰撒向大海，这个人彻底地销声匿迹了。

楚建军在郁郁寡欢中寂寥度日，几年后，病倒在床。若男远在天边，根本无暇顾及，求我替她照顾爸爸。我雇了保姆照看。在楚建军生命的最后时刻，海东方劝我陪伴在楚建军病床边，毕竟以前也有夫妻之恩。

楚建军留下遗言，他的全部财产归我所有，以表示对我的愧疚。我一分没要，全部打给了在美国生活的女儿若男。

往事清零，爱恨随意。错的人早晚会走散，对的人迟早会相逢。该遇到的人，你躲不掉。该经历的劫，你逃不掉，你唯一能做的就是做好自己，让该走的走，该来的来，不负时光不负自己。

## 二

春天的阳光是明媚的，醉人的春风吹拂着整座城市，一切都那么惬意。城中村的改造，适应了飞速发展的时代要求，那一座座拔地而起的高楼大厦，如雨后春笋般盎然挺立，给城市带来生机与活力。生机勃勃的绿色植被，给这个现代化城市披上美丽的新装。

余然家的返迁大楼成功竣工，那一排排鳞次栉比的高楼，彰显着这座城市的现代化和经济发展水平，像一个个高大强硬的汉子透着霸气豪爽，又像窈窕妩媚的女人给大地披上一派美丽娇窈。郝建社在领到房子钥匙后抓紧时间装修房子。房子共五套均三室二厅，占据了整整一楼的整个层次。余然经过紧锣密鼓的半年装修，新家具也置备齐了，又放味晾干。第二年五月某一天，余然翻看黄历选定吉日乔迁搬进了新居。那天，郝建社、余然把我们全部请到她的家中，包括北京的涂燕，澳大利亚的赵杏楠，袁自朝、石利等经常往来的知青。我们跟提前说好了似的，身着盛装出现。男人气质坦荡一律深色西服，有的花色领带，有的黑色领花，蹬一双锃光瓦亮的黑皮鞋。女人们风韵犹存一茬漂亮的春装，五颜六色，风姿绰约，都很知性优雅。我穿着蓝色绣花卡腰丝上衣，白底印花丝裙，颈挂闪闪发光的珠宝项链，是海东方出差给我买的。我们四名女性不约而同会心地笑了。时光在变，我们也变苍老了许多，但我们每个人的性格都没有变，眼神仍是那么明亮，谈天说地，神采飞扬。只是多了几分豁达，几分成熟，几分幸福，几分对万事看得开的淡然。余然把我们请到楼下后花园，约有二百平方米大小，院子布置得井然有序，花草保养得很好。围墙上爬满了姹紫嫣红的蔷薇花，香气扑鼻而来，被春风拂吹着，花香四溢，花蔓摇曳生姿，成了暮春浅夏时节最美的遇见。院子的东边靠墙有三十平方米大小一个凉庭，顶层采用隔热铝板不会漏水，四面雕梁画栋，古香古色。看得我有些眼花缭乱，充满了幻想。在幻境中我联想到了刚刚退休时的那份奢望，就是现在这个样子，仿佛一不小心掉进油画里，沉醉不已。

余然把一张大大的木质纹形圆桌摆在亭子中央，桌上放着棕色茶具，茶水热气腾腾。忽然那靠南墙的假山顶上撒下一把沙子，簌簌地往下落，后来这落下的声音扩散开去，变成了潺潺的流水声，与音乐里放着的《陪你牵手闯天涯》的歌曲浑然一体，悦耳动听：小溪流水哗啦啦，我坐在桥下，看着那太阳升又从西边下。天边的彩虹映红了晚霞，那是你还有我向往的家。情意缠绵长相守美好的年华……

歌声把我们带进了一种怀旧情怀。红色的夕阳在天边升起，一抹紫霞透过玻璃窗射进来，给我们每个人的身子镶嵌上一片片碎金，以耀眼的斜光细致入微地照得满屋生辉。我们坐在凉亭里面休息乘凉，男人们抽烟聊天，女人们谈笑风生，这情景敢与图画媲美。我想起了唐代李峤的那首诗：闲亭独坐对闲花，轻煮时光慢煮茶，不问人间烟火事，任凭岁月染霜华。

在喧哗的闹市中，难得有这样一处幽静庭院，就是患了抑郁症也是养病的好地方。对于余然的盛情款待我们没有说一句"感谢"之类的话，因为我们觉得那样是一种虚伪。从我们多年的交情之中，我看到了什么是真正的君子之交，我们之间没有繁缛的礼节，没有虚伪，有的只是相互之间的真诚和关怀，我们在一起有时会滔滔不绝，有时半天一句话不说，而又不觉得尴尬，我们之间的关系是那么的通透、沉静、安宁。

余然微微一笑，那双大眼睛盯着我们，带着温柔的表情，使得那微笑更美更俏。她邀请我们搬来与她一同居住，因为那几套房子正好是我们每家一套。说房屋租金每套每月200元，饭费、卫生费、洗衣服等每户每月800元，共计包吃包住每户每月1000元，自给自足。就是为了热热闹闹住在一起，有人冲进菜市场买菜，有人下厨房做饭，生病有人照看，相互有个照应，抱团养老，安度晚年。

我们都很赞同这个提议，纷纷赞叹余然的高瞻远瞩、心思细腻。

赵杏楠与袁自朝最早来到余然家里，袁自朝第一个拍手称快，那张爱表现的嘴，一边吃着葡萄，一边夸夸其谈："时间过得真快，'嗖'的一下大半生就这样过去了。曾经年少多轻狂，老了一律靠南墙，哪个还在谈理想，全部都在晒太阳。"

# 追忆如歌年华

*ZHUI YI RU GE NIAN HUA*

郝建社感慨地说:"是啊,岁月的流逝,时代的变迁,一切都在时间里。曾经青春年少的我们已近暮色年华,我们这代人吃了太多的苦,受了不少的罪,我们这代人生在新中国,长在红旗下,是最不寻常的一代人,也是最了不起的一代人。我们先后经历了自然灾害、'文化大革命'、上山下乡、计划生育、职工下岗、市场经济。我们吃过5分钱的冰棍,看过12寸的黑白电视,点过煤油灯,穿过补丁裤。赶上了穷,赶上了白手起家,赶上了计划生育,赶上了生儿生女自己带,赶上了没有父母的帮助,赶上了房子自己盖,赶上了账自己还,赶上了照顾老小,除了没人疼外全身哪都疼。结婚的时候也没有多少彩礼,更别提有房子了。谈恋爱只能靠介绍,婚后有了孩子没人帮忙带,只能自己一边带孩子,一边做着家务,一边工作。甚至还得忙着生计,真是白手起家。我们这代人在最美好的青春岁月,义无反顾地奔向了农村第一线,足迹遍布广阔天地、塞外边关,把美好的青春留在了南疆雨林、戈壁沙漠、北方荒原。但是在经历了大风大浪,咽下了各种酸甜苦辣之后,我们却始终认为生活没有亏待自己,唯美了整个青春时光,那年那月那时那刻,风很轻,云很淡,阳光很温暖。"

石利随意来了一段顺口溜:

五〇后这一代不容易,那时候没有多少钱。
老大衣服老二穿,老二穿过了给老三。
绿不绿,蓝不蓝,款式也不分女和男。
坷垃头子擦过腚,哪有卫生纸给你用。
钩过桃,摘过杏,裤子挂叉露着腚。
偷过瓜,摸过枣,马蜂蛰得哭着跑。
坑里河里洗过澡,爬到树上掏过鸟。
喝凉水,吃凉馍,上学背过拼音表。
土坯房,四方桌,放学了还得会烧锅。
红芋饭,红芋馍,离开红芋难生活。
跳过绳,听过戏,看电影得跑几里地。
吃杂粮,穿破衣,看过黑白电视机。
踢沙包,推铁环,学洋车子是真难。
车子大,个子低,二八大扛真费力。
先掏腿,后大扛,至今我都不能忘。
刚学会,爱骄傲,腚上磨得都起泡。

一到下雨都是泥，洋车子都不能骑。

喂过猪，放过羊，晚上睡觉尿过床，

一幕幕，在眼前，再也回不到从前。

袁自朝深有体会地说："小时候肥皂水吹过泡泡，玉米秆当甘蔗，水里加过糖精，地瓜叶子手上戴，罐头瓶子养过鱼，火钩子烫过凉鞋。"

这些童趣的故事，都是真实的往事，历历在目。相同的年代，相同的历程，相同的话题。这些真实的情节，在人与人之间，事与事之间，不断地用锦线编织，穿梭交叉，层层叠叠织出一张追忆如歌年华的锦图，成为我们这一代人联络感情的纽带，拉近了我们的距离，亲近了我们的感情。在时代的变迁中，我们一步步走向成熟，一次次发生脱胎换骨的质变，成为一代特殊的群体。我们五零后一代人相聚在小院里，调侃着当年鲜衣怒马少年时的青春热情，感慨着人生奋斗的不容易，畅谈着年老快乐生活的惬意。感谢国家给我们提供不仅物质上富有，而且精神上富有的政治经济保障，让我们过着无忧无虑的幸福生活，比我们小时候期盼的那种幸福生活质量要高得多。

涂燕说："我终于醒悟了，现在关心的是，哪个地方便宜好玩，什么食物健康美味，怎样关心孩子的健康成长。我们只是一个普通人，是为自由而活着，不是为了来这个世界上吃苦受罪的，我们生孩子是为了让他们度过快乐幸福的一生。我们现在需求是开心快乐地度过我们接下来的每一天。"

袁自朝带着某些感慨很知性地说，现在诗兴大发，要作诗一首，他清清嗓音道：

昨日顽童今日翁，岁月如梭快如风。人生自古谁不老，顺其自然度余生。
白发方知青春美，珍惜时光醉余晖。感叹岁月飞逝去，往昔历历再难回。

石利跟随：

二两花生酒一盅，闲庭独坐对春风。举杯不问红尘事，饮尽浮沉半世空。
琴棋书画诗酒家，柴米油盐酱醋茶。最是人间烟火气，不是神仙也风雅。

郝建社出于职业习惯一向言语谨慎，也随兴来了灵感：

一路风雨奔天涯，肩挑日月失年华。历经人间万般事，蓦然回首已白发。

# 追忆如歌年华

ZHUI YI RU GE NIAN HUA

岁月赠我两鬓霜，红尘赐我一身伤。尝遍人间千百味，衰颜依旧笑夕阳。

海东方趁热打铁：

半生风雨半生寒，一杯浊酒敬流年。回首过往半生路，七分酸楚三分甜。
山外青山楼外楼，年龄多大都不愁。顺其自然乐悠悠，开心快乐就长寿。

我跟着海东方接下去：

人海茫茫同路走，今生有缘成朋友。风雨同舟度春秋，人生知己最难求。
情深义重浓如酒，老来方觉更珍友。友谊牵挂在心中，幸福安康到永久。

赵杏楠有感而发：

房前屋后有种田，忙碌耕种无空闲。黄桃熟落谁去捡，暮年树下忆童年。
亦在山中开荒田，种花种草种清闲。小酌秋月观云舞，醉卧春风听雨眠。

凌寒不甘其后：

青丝白发一瞬间，年华老去向谁言。春风若有怜花意，可否许我再少年。
笑对夕阳度春秋，保持童趣忘无愁。留得健康伴岁月，活出精彩乐悠悠。

涂燕压轴：

青山不老我不闲，一生忙碌为油盐。风风雨雨几十载，转眼黄土埋胸前。
我笑青山颜不变，青山笑我已暮年。如牛到老不得闲，得闲已与山共眠。

　　袁自朝见涂燕神色有些伤感，诙谐地说："我们的起点都是娘胎，终点都是棺材，中间的是人生。人生就是这么简单，一草一木一春秋，一晨一暮一人生，眨眼就老了。什么荣华富贵，什么爱恨情仇，什么高官厚禄，什么情意绵绵，一切灰飞烟灭，前尘往事一笔勾销。过好余生每一天，因为人根本就没有下辈子。"
　　余然从厨房里把那洗净的苹果，切成一个个小块，上面插上小竹签，放在桌上，用手势示意大家品尝说："老人言，香烟到头都是灰，人生终点土一堆。有福之人不必忙，无福之人跑断肠。人生在世屈指算，难活 36000 天。家有房屋千万间，睡觉不过三尺宽。家有黄金千万贯，死后带不走半文钱。今晚脱掉鞋和袜，不知明天穿不穿。人生是条不归路，分分秒秒停不住。无论是穷还是富，最后都走黄泉路。把自己过好，活好，修炼好，那比什么都要好。所以，人总能有个兴趣，才能抵御漫长的岁月，到了哪个年龄段就做哪个年龄段的事情。现在我正在学练毛笔字，老有所乐，享受闲情逸趣的快乐。"

涂燕不露痕迹地说："人到中年，活得其实已经不是日子，而是被岁月沉淀后的心境，是时光和自我较量后的馈赠。现在我在学画画，修身养性，提高生活质量。"她刚刚做了直肠癌手术，在家休养。凌寒又回到了她的身边，是他给余然提议我们共居一地、抱团取暖的建议。

"涂燕画画，我经常陪着她去买颜料，但是颜料很贵，只要涂燕喜欢，就是值了。我来伺候涂燕，给她做饭，给她做家务，陪她度过余年，过无忧无虑的生活。"凌寒抹一把前额头发，掩盖先前对涂燕照顾不周的局促，想用余生来补偿。

我把茶杯端到嘴边，深深呷一口，微笑着道："真正的朋友，越来越少，因为走着走着，方向不一致，性格不相容，地位有悬殊，所以才有了人生难得一知己的感叹。也许路过的永远是风景，留下来的才是人生。"这期间，我想到了楚建军，神情有些暗淡下来。海东方可能看透了我的心思，举起酒杯说："为忘掉过去不愉快干杯，与以后优雅活着干杯，生存一分钟，快乐六时秒。"

我们无意间提起花小溪，我们用暂时沉默表示了对花小溪的悼念之情。花小溪是我们心中永远的一个痛的伤疤，我对花小溪那份怜悯之情是任何人无法代替的。她是我心中存在的一种真情，我们在一起看渠沟、值夜班、打狗、掏粪、养小猪等情节始终记忆犹新。花小溪死前那张黯淡无光、绝望的眼神，时常浮现在我的眼前。晴朗的天空是那么明亮，那么宁静，透过树隙斑斑驳驳撒在我们身上，显得十分惬意。海东方说："年老最怕寂寞，现在我们各自有了人生伴侣。能忘记的都忘记了，忘记不了的就是不能忘记的。芳华留不住，岁月已白头。愿我们一生活得轻松，活得有奔头。忘记年龄，忘记不愉快。老得漂亮，老得洒脱。现在养儿防老是不现实的，我们不要指望儿女给我们养老，因为他们上有老下有小，工作、房贷比我们过得还累。人到了一定岁数，已经没有了可以躲雨的屋檐，自己就得成为那个屋檐，经历沧桑方知平淡最真，历尽繁华方知简单最美，人生无常，阅尽霜华，心安即是归处，现在我们只剩下享受。"

郝建社说："人心都是向下的，对儿女们及他们的孩子，我们会辛辛苦苦帮助带大。我们很难知道前面的路有多长，不一定清楚自己究竟要走多远，要迈开大步前进，拼尽全力去生活。有什么别有病，没什么别没钱。好好珍惜自己的生命，好好保重自己的身体。岁数大了，只有两件事最主要，一个是攒钱，一个是攒健康，家有余粮遇事不慌，钱是拿命挣的，得有命花。至于其他的，有，则锦上添花，没有，也依旧风华。"

石利含笑附加了一句："我不希望我成为长寿老人。我的独生女儿在外地。对我的照顾鞭长莫及。虽然她多次提出要接我去外地养老院养老，都被我拒绝。我怕女婿不乐意，引起小两口闹意见。其实没有质量的长寿，并不是什么幸事，更多的是一种惩罚，当你躺在床上，生活不能自理，需要人来照顾，痛苦地苟延残喘地活着，对自己是一种折磨，对孩子是一种劫难。"东隅已逝，桑榆非晚。余然举起酒杯说："这一路我们走来真不容易，往事不堪回首，余生不再讲究。让我们举起杯，为我们共同的余生干杯。"大家齐声碰杯开怀畅饮。涂燕怂恿我再跳支舞，给乔迁新居之喜助兴。我又被激起昂扬的情绪，精神抖擞地跳了我最喜欢的那支舞《举杯敬往后》，大家一起举杯用激扬的歌声伴奏：

举起酒杯敬往后，但愿余生再无忧，至那前尘往事，已经难回首。细数一生几个秋，千滋百味品尝够，不枉美好人世这一游。

我的舞姿虽已不再那么活泼灵动，没有了优美的线条，我渴望找回的那种形象再也回不来了。但那一张张迥然不同的脸仍然用赞许的目光看着我。尤其海东方跟随着音乐节奏用手打着拍子朝我频频点头，微笑示意着他的赞许，那微笑里闪烁着奇妙的光辉。我虽然舞姿露出了年老体拙的痕迹，却感觉比初下乡时跳得高雅，舞姿带着成熟与稳重，透着一种无比的高傲。

舞毕，袁自朝眼里闪烁着滑稽的微笑对海东方说："大哥，看咱们倾国倾城的舞蹈天才跳舞，那眼睛直勾勾地盯着不放，别看到眼里拔不出来了。"

袁自朝的话引得人们一阵哄堂大笑，海东方露出一副啼笑皆非的窘态，用吸烟极力掩饰。

我羞愧地说："我哪里倾国倾城，只是有点傻里傻气。"

袁自朝又添了一句："让这对天仙配来段《夫妻双双把家还》。"

余然赶紧打圆场说："一生很短，来不及享用美好年华，就已身处暮年。今天把大家请来，就是要请大家给我们这个小院起个响亮的名字。"

余然这句话一时间把大家的积极性都调动起来，举座纵声笑赞。这是我们梦寐以求的事情，大家七嘴八舌议论纷纷，各抒己见。我考虑片刻，与海东方商量，他点头应允。

我大声说："青春如歌，芳华如诗。我们出现在彼此的生命里，是上天的安排。我们这一生有过共同的理想，有过希望，有过彷徨，有过悲观，有过失望。我们当初在田间地头各自期许的愿望，用我们不懈地努力，现在都已经变成了现实。现在，又带着各自的一半分享卑微和坦荡，真是人生幸事。小院就是我们以后抱团养老，互相照顾，互相牵挂的地方。为了珍惜我们这段岁月结下的友谊。应叫'年华如歌'小院。"

大家一致拍手叫好，脸上露出了满意的神色，漾出无限的欢畅。余然立刻从她的画室找来笔墨，在郝建社提前准备好的大红横幅上挥笔而书：年华如歌。

人们兴高采烈地将横幅挂在小院大门口，在春风吹拂下分外耀眼。

袁自朝双眸不断闪动，提议："我们这代人，一转眼就老了，再转眼就没了，我们要珍惜当下，随遇而安。今天乔迁之喜，在我们'年华如歌'小院里，我们应该拍个合照，留下美好的瞬间，永恒的纪念……"

众人齐声欢呼，郝建社把海东方拉过来，让他给我们拍照。海东方欣然同意，他拿起相机，走到我们对面，指挥让我们依次各就各位排列整齐坐好。郝建社搬来四张椅子一字排好。我们四名女知青坐前排，排列成当初在郝建社家拍照时的位置，余然在C位，我挨着余然左手边，涂燕挨着我，赵杏楠坐在花小溪位置上，余然的右手边。袁自朝站在赵杏楠身后，石利在后排挨着袁自朝站立。郝建社站在余然身后。凌寒站在涂燕身后。

海东方让我们举起右手成V字胜利手形。我们异口同声笑着呐喊："年华如歌，幸福小院。"海东方迅速摁下快门，跑到我的身后站定。

照像机"咔嚓"一声……